U0005357

查泰萊夫人的情人

Lady Chatterley's Lover

D. H. Lawrenc

D·H·勞倫斯 D. H. Lawrence 著

葛綦棋 譯

目次
CONTENTS

作者介紹

D·H·勞倫斯——廿世紀最重要英語文學作家之一

D·H·勞倫斯於一八八五年出生在英格蘭諾丁漢郡，來自一個十九世紀英國標準中產階級家庭。父親是一名小礦工，而母親是藝術品味極高的小學教師，因此兩人在個性及思想上有著相當大的差異。父親喜歡在下工後和三五友人去酒館喝酒取樂，母親則照顧小孩之餘，喜歡寫詩、看書。我們可以從勞倫斯日後的作品得知，他受母親影響至深，例如小說《兒子與情人》便是勞倫斯以他和初戀情人潔西，以及母親三人之間的關係為主軸，進而發展出來的小說情節。

勞倫斯的小說很多是寫他的親身經驗或周遭的人、事、物。勞倫斯在校成績非常優異，他於諾丁漢大學畢業後，即擔任小學教職，並開始從事小說和詩的創作，情人潔西經常給他創作上的意見，還偷偷把他的短篇小說《菊香》投稿至當時一家知名文學雜誌社，並深獲雜誌社主編青睞，進而展開他在文學上發展的機會。

一九一一年，勞倫斯出版了第一本小說《白孔雀》。次年，勞倫斯前去拜訪他就讀諾丁漢大學時的法語老師韋克立教授，因此結識教授的妻子芙麗達，沒想到勞倫斯和芙麗達兩人隨即陷入熱戀。這件醜聞在當時引起社會輿論的群情譁然。不久，兩人相偕私奔，離開英國，開始過著浪跡天涯的生活。他們遊遍了瑞士、法國、義大利、德國、澳洲、歐美等地，豐富的流浪生涯使勞倫斯的作品內容更加包羅萬象。勞倫斯在流浪這段期間完成了半自傳小說《兒子與情人》以及長篇小說《虹》，其中《兒子與情人》一書在一九一三年出版後，使勞倫斯在文壇的發展更加平步青雲。勞倫斯一向主張推崇直覺，厭惡理性思想的觀念，更曾一度獲得當時著名英國思想家羅素的青睞。

一九二七年三月，勞倫斯完成了《查泰萊夫人的情人》初稿，卻始終沒有出版的機會。直到勞倫斯去世前兩年，他的這部驚世之作才在義大利出版。《查泰萊夫人的情人》一書雖引發世人的軒然大波，卻也使他聞名遐邇，並躋身國際文壇名家之列。然而英國資產階級當局認為此書太過傷風敗俗而禁止出書。有意思的是，身為社會主義者的蕭伯納卻對這部小說非常欣賞，並宣稱：「凡是待嫁少女都一定要讀這本書，否則不發給結婚證書。」聽完此話，不禁令人莞爾。

一九三〇年一月，勞倫斯罹患的肺結核已至末期，而且因精神異常進入療養院。同年三月，勞倫斯因肺結核病逝於法國，享年僅四十五歲。勞倫斯雖然英年早逝，但他留下的作品卻琳瑯滿目，舉凡小說、詩、散文、劇本等所在皆有。而文學評論家對他的作品則一直褒貶不一，尤以《查泰萊夫人的情人》一書最受爭議，但經過時間的洗禮，終於確立勞倫斯在二十世紀文學界的卓越地位。他最有名的重要作品還包括：《兒子與情人》《虹》《戀愛中的女人》《白孔雀》《三色紫羅蘭》等書。

勞倫斯是英國文學家中的異數，追溯其作品，可以發現自傳成分相當濃厚，而且往往取材自勞倫斯的童年生活，例如《兒子與情人》就是他的自傳代表作之一。艱困的礦區生活一直留存在勞倫斯的潛意識中，成爲他在作品中經常使用的黑暗象徵。

在長年的浪跡生涯中，勞倫斯過著漂泊不羈的日子，他視這種生活爲人生的成長與嘗試。當勞倫斯與芙麗達一同四處旅行時，也同時達到了他寫作的最高峰。當然，勞倫斯擅長撰寫有關戀愛的小說，他認爲戀愛是人類能夠找到平衡的起點，也是人們保持親密關係的開始。對勞倫斯而言，戀與愛是並重而不可忽視的。

在勞倫斯短短的四十五年生命中，他總共發表了五十部作品，著作甚豐。從小便喜歡接近自然的他，經常徒步旅行，並用他那敏銳的心觀察周遭的一切，他的文字總以深厚的哲學思想、敏銳的觀察力，洋溢著對人類文明深深的關切之情。

（文／溫文慧）

譯者序

他的「性」思考，如許眞誠、撼人

D．H．勞倫斯（一八八五～一九三〇），英國作家，在西方文學史上，他上接狄更斯、哈代，下啓詹姆斯、福克納，是西方近代／現代文學的連接人，被人稱爲「浸透情慾的天才」，本書是他的最後一部著作，也是最著名的、最遭非議的一部長篇小說。由於書中大膽描寫了性愛，所以在當時被列爲禁書，直到一九六〇年才得以解禁。

屢屢遭禁的命運對這本書來說是極不公平的，因爲這本書的主題雖是性愛，但是它並不穢淫；書中雖有許多關於性的描寫，但勞倫斯的目的並不是「刺激」我們，而是促使我們去正確地思考性愛、對待性愛，進而從因性愛而生的種種苦惱解脫出來。在書中，勞倫斯透過女主角康妮（即查泰萊夫人）的性愛經歷，向我們指出健康的、自然的、純潔的性愛是一個人心靈純潔健全的前提，是人類克服工業化異化的唯一途徑。

勞倫斯說：「這是一部誠實而健康的小說。」這句話正是本書的特色所在。如果要對本書主題進行更深入的表述，那就是——什麼是「健康」的人類，如何能夠成爲「健康」的人類進行「誠實」的思考。「健康」是本書的核心概念，在勞倫斯看來，工業社會中的全體人類都有如行屍走肉，了無生氣，人們花錢尋找享受，卻無法享受眞正自在健康的生命。在這篇小序中，譯者很難概括勞倫斯所謂關於「健康」的觀念，索性引用書中的一段話，讓讀者直接體會勞倫斯所謂「健康」的一個面向——

「讓我們爲別的什麼而活吧！讓我們不要爲賺錢而活。無論是爲他人還是爲自己，但我們現在卻被迫這麼做。我們被迫去爲自己賺一點點錢，爲老闆賺一大堆錢。讓我們阻止這種狀況吧，一點一滴地阻止。我們不需要激昂地叫囂，讓我們一點一滴丟掉這工業化的生活，回到過去吧，只要有一點錢就夠了。對每個人來說，包括你和我，老闆和雇主，甚至包括君王，只要有一點錢就夠了。只要下定決心去做，你就可以從這種糟糕的狀態中跳脫出來。」梅樂士停頓了一下，又接著說：「我要告訴他們：『瞧，看看喬，他的動作是多麼美妙、多麼靈敏自如、多麼俊美。再看看約拿，他行動笨拙、面目醜陋，這是因爲他從不願振作起來。』我要告訴他們：『瞧，看看你們自己，一肩高一肩低的，腫著腳，腿已經變了形！看看這該死的工作把你們變成了什麼樣子，它把你們給毀了，根本沒必要做那麼多工作。脫掉衣服，看看你們自己，你們本應敏捷而俊美，如今卻顯得笨拙而醜陋。』這就是我要告訴你們的事。我要讓我們男人穿上另一種服裝，也許是鮮紅的緊身褲和白色的短夾克。爲什麼呢？要是男人們有了紅色的美麗雙腿，僅此一點就能在一個月之內改變他們，他們會重新成爲男人，成爲眞正的男人。因爲只要男人們穿著鮮紅的緊身褲走路，漂亮的紅屁股在白色短夾克底下一扭一擺，女人就會成爲眞正的女人。就是因爲男人不成男人，所以女人才不成女人。最後，我們要拆掉特維蕭，另外建一些美麗的屋子，讓我們大家都住在裡面，然後再清理整個國家。不過不要生太多孩子，因爲這個世界已經太擁擠了。」

勞倫斯說：「我相信，如果男人能熱情地與女人做愛，而女人也能熱情地接受，那一切事情都會好起來的。」這就是他提出解決「工業問題」的方案，這就是他提出讓人類「健康」起來的方案。勞倫斯也說：「健全的心智根植在睪丸之中。」

這本書中有許多直接的性描寫，故而被一些人視爲黃書，但這並不應該成爲禁止人們，特別是青少年閱讀此書的理由。羅素曾說：「傳統的教育試圖讓年輕人避開一切有關性的討論，但其結果只對他們造成了極大的身心傷害，因爲他們只能透過『不良』的談話來獲取性知識，並錯誤地認爲性不但骯髒，而且應該受到鄙視。我認爲沒有一種知識是不應該獲得的，我們不應該讓年齡來侷限對知識的追求，而這一點在有關性知識的傳播方面更是如此。當一個人對某項行爲一無所知時，他更可能採取一些不明智的行動。」

眞的！對性的好奇和因而產生的負罪感不知消磨了多少年輕人的意氣與心力，使多少本來可以有所作爲的年輕人最終竟碌碌無爲、一事無成。更可悲的是，青春期的性壓抑往往使一個人的性心理或多或少有點不正常，所以在他們步入婚姻之後，性愛往往已不能帶給他們心靈上的寧靜與平和，使他們無法享受性愛所能帶來的健康自在樂趣。對許多成年人來說，性愛就像日常機械性的工作一樣，有些人對它感到厭倦，有些人則像工作狂那樣試圖以此證明自己的能力與價值。對他們來說，性愛要不是一種討厭的生理衝動，要不就是一種可以滿足自我妄自尊大虛榮心的神祕事物；他們的性愛缺少溫情也缺少活力，缺少激情也缺少創造力，他們的生命也因而腐朽、晦暗，失去了光彩。

我們必須承認，我們的社會至今仍缺少對性的眞誠思考，我們之中仍很少人擁有眞正健康的性觀念，而這正是我們在生活中極盡冷酷、膽怯和愚蠢的肇因。

要想做一個「健康」的人，一個能享受自己生命的人，就需要對性做眞誠的思考。但願這本寫於廿世紀一九二〇年代的書，在今天仍能促人深思。書末，我們也附上勞倫斯本人對於《查泰萊夫人的情人》一書寫作意圖的說明，以及郁達夫、林語堂等人對這本書的評價，希望能有助人們進行深入思考。

（文／葛萊棋）

「性愛不是令人討厭的生理衝動，
也不是拿來滿足虛榮心的神祕事物。
他倆的性愛充滿激情、溫情與活力，
他倆的生命因而煥發明媚與光彩。」

第1章 新婚

我們根本就生活在一個悲慘的時代，因此我們拒絕悲慘地生活。巨大的災難①已經發生，我們生活在廢墟之中，我們懷著各種新的、渺茫的希望，著手重建新的蝸居。這是一種相當艱難的工作，沒有一條通向未來的康莊大道，我們只能迂迴前進，攀越阻礙而過。不管天翻地覆，我們總得生活。

這就是康斯坦絲．查泰萊夫人的大概處境。大戰曾爲她帶來切身的痛苦，她因此認識到一個人必須活著，並學著如何生活。

她在一九一七年和克利福．查泰萊結婚，當時他請了一個月的假回到英國。蜜月過後，他又回到佛蘭達斯前線。六個月後，他體無完膚、血肉模糊地被送回英國。那年她二十三歲，他二十九歲。

克利福的生命力十分頑強，他並沒有死，在醫生的精心醫治下，兩年後，他康復了，一身傷口已痊癒，只是腰部以下完全癱瘓了。

一九二〇年，克利福帶著康斯坦絲回到了他家族世居的勒格貝。他的父親已死，克利福承襲爵位，成了克利福男爵，康斯坦絲則成了查泰萊男爵夫人。他們來到這淒清的舊宅，開始過著拮据的家居生活。克利福的長兄在戰爭中陣亡，他還有個姐姐，但她已搬到別處，除此之外，他再也沒有別的近親了。克利福知道自己已經永遠殘廢，再也不可能有孩子了，因此他回到空氣渾濁的米德蘭工業區，在他有生之年獨自維持查泰萊家族的世名。

不過他並不因此頹喪，他還可以坐在輪椅上四處優游。他有一輛裝了馬達的巴思椅②，可以自己駕駛，慢慢地繞過花園到淒清的大林園去。對於這片林園，他雖然不說什麼，但心裡還是十分滿意的。

他受了太多的苦，以至於他再也無力承受更大的痛苦。不過他的臉色依然健康紅潤，灰藍的眸子依然光彩逼人，讓人覺得他仍像從前那樣獨特、聰敏、容易快樂。他的肩膀依然寬厚雄壯，兩手依然強健有力，他穿著華貴的衣服，繫著倫敦邦德街買來的漂亮領帶，可是儘管不易察覺，他的臉上還是流露出一絲殘廢之人獨有的空虛與呆滯。

他差點死掉，所以這劫後餘生對他而言十分寶貴。他的眼中有種渴望、焦慮的光彩，透露出他對自己死裡逃生的得意。但是他受到的打擊實在太大了，在他心中有些東西已經死滅，有些感情已經消失，只剩下一片麻木的空白。

康斯坦絲是個帶有鄉間氣息的女子，身強體健，舉止緩悠安適卻精力充沛。她留有一頭柔軟的褐色頭髮，生了一對好奇的大眼睛，聲音溫軟，看似未經世事的鄉村女子。但事實上，她父親是有名的皇家藝術學會會員麥爾肯．勒德爵士，母親則是饒有教養的費邊協會③會員。在父母的薰陶下，康斯坦絲和她的姊姊希爾達接受了一種可稱之爲審美的非傳統教育。她們被帶到巴黎、羅馬、佛羅倫斯去呼吸藝術的空氣，她們也被帶到海牙、柏林去參加社會主義者的大會，在這些大會上，演說者們溫文爾雅，誰也不曾粗聲大氣。

因此，姐妹倆在年輕時既未對藝術、也未對理想政治感到一丁點厭煩，它們已經融入了她們的心靈。藝術具有世界性，但同時是在地化的，這與她們純潔的社會理想相符。她們對藝術的這種思考使她們既擺脫地域上的偏狹，又保留了鄉土的氣息。

十五歲時，她們被送到德國德雷斯頓學習音樂，那是一段快活的日子。她們和同學們一起過著無拘無束的生活，她們與男生們討論哲學、社會學以及藝術上的各種問題。她們的學識並不亞於男子，但由於她們是女子，所以更勝一籌。她們和年輕健壯的小夥子帶著六弦琴到林中漫遊，她們哼著流浪之歌，她們是自由的。自由！這是多麼棒的字眼！在曠野間，在清晨的樹林中，與身強體健、談吐迷人的小夥子一起爲所欲爲，暢所欲言。當然，最緊要的還是交談，傾心的相談，愛情不過是小小的陪襯。

希爾達和康斯坦絲在十八歲前都已嘗過禁果，那些跟她們一起傾心相談，縱情歡歌，在林中野營的小夥子們，不用說都渴望能與她們做愛。她們先是躊躇不肯，但禁不住他們一次又一次地要求，便滿足了他們。既然男孩們如此看重這事，又這樣低聲下氣地央求她們，難道她們就不能以身相許，像個王后般的賜予恩惠呢？

就這樣，她們把自己當作禮物，賜給與她們探討過最精妙、最親密問題的男子。摟抱親撫以及性愛不過是一種原始的本能行爲，相較於傾心交談帶來的快樂，這種行爲總有點敗興。愛得越少，就恨得越少，男孩們卻以愛情爲藉口，侵犯了她們的祕密和內在的自由。少女的尊嚴及其人生意義，在於獲得絕對的、完全的、純粹的、高貴的自由；除了這些，她的人生還有什麼値得追求的呢？她必須擺脫這種古老骯髒的結合與征服。

性愛是一種古老的、骯髒的結合與征服，這是個令人感傷的事實。歌頌性愛的詩人大都是男子，女人們早就知道還有比性更美好、更高尚的東西，現在她們知之更明了。女人追求完美純粹的自由，可比任何性愛都更精采。不幸的是，男人們在這件事情上的觀念太落後了，他們像狗一樣追求性的滿足。

女人不得不屈從於男人的要求。男人就像嘴饞的孩子，要什麼就得給什麼，否則他會像孩子一樣耍無賴，下流地暴跳起來，損害兩性間的和諧關係。女人們雖然屈從於男人，卻並不會放棄她們內在的、自由的自我。那些奢談性愛的詩人或其他什麼人，好像沒有注意到這點。女人可以屈從男人但卻不委屈自己，可以屈從男人卻不臣服自己於他的淫威之下，反之，她還可以利用性愛來支配男人。在做愛時，一開始她不得不做出犧牲，她不得不先讓男子盡情地發洩，而自己卻沒有絲毫快感。但她此後卻可延長性愛的過程，讓自己達到高潮，享受快感，這時，男人就成了她享樂的工具。

在大戰即將爆發前，希爾達和康斯坦絲匆忙趕回家。這時，姐妹倆都已有過性經驗了。她們性愛的對象都是與自己相互傾心、無所不談的密友。她們各自與聰明伶俐的小夥子一小時接一小時、一天接一天地熱情暢談達好幾個月，感受到一種奇特的、回韻深長的、令人難以置信的震顫，這種經驗前所未有。

「妳將得到可以促膝交談的男子！」這是來自天國的許諾，她們卻在還未領會其意之前就享受到了。

如果這些生動的、親密的交談激發了性慾，使性愛變得不可避免，那就只好順其自然。這表示談話得告一段落，當然性愛本身也是令人激動的：那是肉體深處一種怪異的震顫，一陣不由自主的痙攣，就像一篇文章令人激動的最後一個字，和宣告文章結束、主題中止的句號。

一九一三年她們回家過暑假時，希爾達二十歲，康妮④十八歲，父親就看出她們已經有過性經驗了。

法諺云：「愛河既涉，其情難掩。」他自己是過來人，他懂得要對生活聽其自然。她們的母親那時正忍受著神經疾病的折磨，離死不過幾個月了，她希望她的女兒們能夠「自由」，能夠「成就自我」。她覺得自己虛度了一生，從未能完全成爲「自我」。老天才知道她爲何會這麼認爲，畢竟她經濟獨立又富主見。她埋怨丈夫，但事實上，這是因爲她無法擺脫心中某種古老權威的壓迫罷了。這不關麥爾肯爵士的事，他不理睬她的抱怨和仇視，彼此各行其是。

所以姐妹倆是「自由」的，她們回到德雷斯頓繼續學習音樂，繼續與小夥子們交遊嬉戲。她們各自愛著自己的情人，他們也狂熱地愛著她們，他們像所有沉溺性愛中的男子一樣思慕她們，對她們傾訴、表白。康妮的情人學音樂，希爾達的情人學工科，但這兩個女人卻是他們生活的全部內容。她們佔據了他們的心靈，只有她們才能讓他們感到快樂。在性事上，她們對他們有點反感，但他們並沒有意識到。

誰都能看得出他們沉浸在愛情，或者說是肉慾之中。性愛讓男女的身體發生了多麼奇異、多麼微妙的變化啊！女人們更豔麗、豐滿了，粉面含春，流露出渴慾或驕傲的表情。男人們更沉靜、內斂了，舉手投足間也顯得更加溫文儒雅，不再像以前那麼張狂。

在快感如潮時，姐妹倆覺得幾乎就要被這種奇異的男性力量征服，但是她們很快就恢復常態，把性高潮僅僅看作是一種感覺，使自己避免深陷其中。而男人們在過程中因爲感激她們賜予的性愛，就連靈魂也捨得交付，但是完事之後，他們又覺得有點得不償失。康妮的情人變得悶頭悶腦，希爾達的情人則變得輕薄狂妄，男人們就是這樣不知感恩而又永不滿足！妳拒絕他們時，他們憎恨妳，只因妳拒絕了他們；妳滿足了他們，他們還是憎恨妳，因爲別的什麼理由，或者是毫無理由。男人是喜怒無常的孩子，無論得到什麼，無論女人怎樣，都不能讓他們滿意。

不久，大戰爆發了，希爾達和康妮「又」匆匆趕回家鄉——她們在五月剛回過家一次，那時是爲了辦理母親的喪事。在一九一四年耶誕節前不久，她們倆的德國情人也相繼死去，姐妹倆爲此痛哭了一場。雖然她們曾狂熱地愛過他們，但心底卻還是把他們給忘了，他們再也不存在了。

之後，姐妹倆都住在她們父親的（其實是她們母親的）根新洞家裡。她們和那些擁護「自由」、穿著法蘭絨長褲、法蘭絨開領襯衫的劍橋大學學生往來；他們出身高貴，是一群無政府主義的擁護者，舉止誇張，說起話來聲音又低又濁。

希爾達突然和一個比她大十歲的男人結了婚，對方是這群學生中的一位學長，家境富裕，在政府中擔任官僚，有時寫些哲學論文。她隨他搬到西敏寺的一處小屋，來往的都是些政界人士，這些人算不上什麼顯要人物，卻都是國家的棟梁之材。他們知道自己所說的是什麼，或至少裝作知道。

康妮找了個戰時後方工作，常和那些穿著法蘭絨長褲的劍橋學生來往，他們對一切都加以溫和的嘲諷。她有位朋友叫克利福．查泰萊，是一個二十二歲的年輕人，他在德國波恩學習煤礦開採技術，剛從那兒匆匆趕回。他也曾在劍橋大學待過兩年，現在，他當上了堂堂的陸軍中尉，穿上制服，更有資格嘲諷一切。

克利福．查泰萊的社會地位比康妮高。康妮屬於富裕的知識階層，而他是貴族，雖不是什麼大貴族，但總是貴族。他的父親是男爵，母親是一位子爵的女兒。

克利福的出身雖比康妮高貴，但與她相比卻顯得有些老土和害羞。待在由地主貴族組成的狹小社交圈裡，他覺得安適自在，但若離開這個圈子，他就會覺得羞怯不安。說實話，他害怕與那些中下階層的人士或者是外國人打交道，在那種場合，他覺得自己舉止生硬、孤立無助，然而並沒有誰曾冷落他，這是那個時代的一種奇怪現象。因此，溫和自信的康斯坦絲・勒德一下子就迷住了他，在這個混亂的世界裡，她比他鎮定自若多了。

然而，克利福卻是個激越而叛逆的人，與自己的階級格格不入。說他叛逆也許有點言重，他只不過像普通年輕人那樣對一切傳統、權威都心懷逆反罷了。父輩們都是可笑的，他那頑固的父親尤其可笑。政府是可笑的；投機主義式的英國政府尤其可笑；軍隊是可笑的，那些老朽的將軍們，特別是那個面若黑棗的基欽納將軍⑤尤其可笑；就連戰爭也是可笑的，即使它會奪去很多人的生命。

事實上，一切事情要嘛有點可笑，要嘛十分可笑。一切權威，不管是軍隊、政府還是大學，都可笑至極，所有自以爲是的統治階級都可笑至極。他的父親佐佛來男爵更是可笑——他砍倒自己的樹木，把它們和自家煤礦場的一部分礦工一起送上戰場，自己則安全地躲在後方愛國，儘管他已爲此入不敷出。

克利福的姐姐愛瑪・查泰萊小姐，則從米德蘭趕到倫敦當戰時看護，但她也覺得父親那種「義無反顧的愛國主義」有些可笑。長兄赫伯特，佐佛來男爵爵位和財產的繼承人，則公然嘲笑父親，雖然他並不在意那些本應由他繼承的樹木被砍給戰壕用，但克利福卻笑得有點勉強。是的，一切都很可笑，自己身處其中，是不是也會變得可笑？因為其他階層的人，比如康妮，就不像他們那樣玩世不恭，他們還有信仰。

他們仍把戰爭、服役以及孩子們的糖果當回事。派軍隊去打仗，征人民去服役，讓孩子們缺乏糖果，這都是當局幹的好事，但這並不是克利福嘲諷當局的原因，在他看來，當局從來就是可笑的。

當局者也發現自己已把一切都可笑地搞得一團糟，但他們依舊荒唐行事，把局勢搞得越來越糟，直至前方戰事吃緊。勞合．喬治上臺救局，但這時形勢已經非常惡劣，就連輕浮的年輕人也笑不出來了。

一九一六年，赫伯特陣亡了，克利福成了父親的繼承人，這件事讓他覺得非常恐懼。因為作為佐佛來男爵的兒子，傳繼家世的重擔從此落在他的肩上，他再也無法擺脫了，他知道這在外人看來是十分可笑的。現在他是繼承人，要負責經營勒格貝的產業，難道這還不可怕？這雖是件榮耀的事，但同時不也十分荒唐嗎？

佐佛來男爵從不覺得有什麼事是荒唐可笑的，他離群索居，臉色蒼白，有點神經質，不管當權的是勞合．喬治還是其他什麼人，他都會義無反顧地去拯救他的祖國和他的地位。他遠離現實，把眼下當成了古代，他擁護英國和勞合．喬治，就像他的祖先們擁護英國和聖喬治一樣；他不覺得兩者有什麼不同。所以，他砍伐自己的樹林以擁護勞合．喬治和英國，或者說英國和勞合・喬治。

他要克利福結婚，好爲他綿延子嗣。克利福覺得父親是個不可救藥的老頑固，但他自己除了冷嘲一切、熱諷自己外，和父親又有什麼不同呢？因爲不管他願意與否，他都得鄭重其事地從父親那裡繼承爵位以及勒格貝這份家業。

大戰開始時的狂熱消失了、死滅了，死掉的人太多，恐怖太大了。男人們需要支撐和安慰，需要一把鐵錨讓他們停泊在安全的港灣——他們需要一個妻子。

從前，查泰萊兄妹三人一起住在勒格貝的家裡，雖然他們認識很多人，但仍是與世隔絕的。兄妹三人的關係非常親密，雖然他們擁有爵位和土地（但也許正是這原因），使他們覺得自己這類人的地位正搖搖欲墜、孤立無援、沒有保障。他們和自己所在的米德蘭工業區完全隔絕，他們憂心思慮，以至於和同階級的人也隔絕了。他們的父親佐佛來男爵性情古怪、剛愎自用，雖然他們嘲笑他，卻不願他受到別人的嘲笑。

他們三人曾說過要永遠住在一起，但是現在赫伯特死了，父親又要克利福成婚。父親很少說話，他甚至沒有正式提過這件事，但是他那無言的、沉鬱的堅持，卻讓克利福難以招架。但愛瑪反對這事！她比克利福大十歲，她覺得克利福如果結婚，等於背叛他們往日的信念。

然而克利福還是娶了康妮，和她過了一個月的蜜月。那時正是可怕的一九一七年，夫妻倆親密得有如沉船共濟的兩個難友。結婚的時候，他還是個處男，所以對性愛並不熱中，但他們卻不時彼此親狎。這種超乎性愛、不以男性「滿足」爲目的的愛撫讓康妮覺得非常興奮，因爲克利福不像別的男子那樣，只追求自己的「滿足」。不，愛撫比性更深入、更親密，性不過是偶然的、附帶的事，不過是一種古怪而老套、粗魯的官能活動，它並非必不可少。不過，康妮想要生一些孩子，鞏固自己的地位以對抗愛瑪。

然而，一九一八年初，克利福被血肉模糊地送了回來，再也無法生孩子了。佐佛來男爵受不了這種打擊，在灰心失望中死去了。

譯註：

①指第一次世界大戰。

②一種輪椅，供病人或傷殘人士使用，有的帶有篷蓋或玻璃罩。

③費邊協會（Fabian Society）英國一個社會運動組織，於十九世末至第一次世界大戰期間相當活躍，與後來成形的英國工黨淵源很深。

④康斯坦絲的暱稱。

⑤基欽納將軍（Horatio Herbt Kitchener），時任英國陸軍部長。

第2章 勒格貝莊園

一九二〇年的秋天，康妮和克利福回到了勒格貝老家。克利福的姐姐愛瑪由於仍然對弟弟的失信耿耿於懷，已經搬到倫敦去了。

勒格貝宅邸原本只是一長排以褐色石頭築成的低矮房屋，始建於十八世紀中期，此後經過多次擴建，成了一座風格錯綜的迷宮。它坐落在一處風景優美的橡樹林園小丘上，可惜的是，這裡看得見附近特維蕭煤礦場冒著煙霧的煙囪，和遠處濕霧朦朧中的山間小村落，村落約莫沿著林園的門，開始極其醜陋地延伸了一英里之長，一排排以黑石板鋪成屋頂的骯髒磚砌小屋，稜角分明，觸目淨是沉悶抑鬱的景象。

康妮住慣了根新洞，看慣了蘇格蘭的小山和蘇色克斯的開闊高地，那是她以前所知道的英格蘭。但她有股年輕人特有的堅忍與彈性，只看了一眼這死氣沉沉、醜陋骯髒的米德蘭工業區，就立刻接受了它，隨它怎樣令人難以置信、怎樣令人無法想像吧！

在淒清的勒格貝宅邸裡，她能聽見礦坑裡篩子機的轢轢聲、捲揚機的噴氣聲、載重車的換軌聲和小火車粗啞的汽笛聲。特維蕭的煤層在燃燒著，已經燃燒了好幾年，要熄滅它非得花一大筆錢不可，所以只好任它燃燒。風從那邊吹來的時候（這是常有的事），屋裡便充滿硫磺燃燒後的臭味。甚至在無風的時候，空氣裡也帶著某種似乎來自地下的惡臭——硫磺味、鐵鏽味、煤煙味、酸臭味，甚至聖誕玫瑰上也總是蒙著一層煤灰，好像從天而降的黑色嗎哪①。

這就是勒格貝，來到這裡是她的宿命。人生糟糕至極，但為什麼要抗爭呢？你無法擺脫它，而它還會這樣繼續下去，這就是人生，和其他一切一樣！晚上，在低沉的夜幕中，有一塊塊紅色的斑點在燃燒著、顫抖著、蒸騰著、收縮著，像是被火燒得發痛，那是煤場的一些鍋爐。起初，這種景象既讓康妮著迷，又讓她感到恐懼，她覺得自己像是生活在地層底下。後來，她就慢慢習慣了。而到了早上，勒格貝通常會下雨。

克利福認爲勒格貝比倫敦可愛。勒格貝環境嚴酷，居民強悍，但他們既沒有眼光也沒有思想，更不用說有別的什麼東西了。他們憔悴、不潔，是一群沉悶無趣、不太友善的鄉下人。然而在他們低沉含糊的方言裡，當他們一群群下班回家時，一雙雙釘鞋在瀝青路面上擦出的嗒嗒聲裡，似乎有種什麼恐怖而神祕的東西。

當這位年輕的鄉紳返家之時，沒有任何人歡迎他，沒有宴會、沒有代表，甚至連一朵花也沒有。走了一段晦暗潮濕的路程，之後穿出陰冷濕鬱的樹林，經過放牧著灰色綿羊的濕潤斜坡，他們的汽車在小丘上暗褐色的屋前停下。女管家和她的丈夫等在那裡，像是怕被趕走的房客，支支吾吾地說了幾句歡迎的話。

勒格貝莊園與特維蕭村毫無來往，村民見了他們，既不脫帽，也不鞠躬；礦工見了他們，總是傻呼呼地盯著看；商人見了康妮就碰碰帽子，見到克利福就生硬地點點頭，就像他們碰到任何熟人的反應那樣，他們之間的來往僅止於此。他們之間有一條鴻溝，雙方都懷有沉默的敵意。起初，村民們這種淫雨似下個不停的敵意讓康妮覺得很痛苦，但不久她已能堅強地面對這件事，這成了她的一種滋補品，成了她生活的一種內容。並非她和克利福不隨和，而是他們和礦工根本就是兩個世界的人。不可逾越的鴻溝、無法描述的隔閡，這在特蘭以南的地方也許是不存在的，但是在中部和北部的工業區，人們之間還是有這麼一條不可逾越的鴻溝，兩邊的人無法進行任何溝通，你走你的，我走我的！這是對人性的一種奇怪否定。

雖然村民們內心覺得克利福和康妮有點可憐，但是在表面上，他們還是擺出一副「別來煩我」的架勢。雙方都是這樣。

這個教區的牧師是個很有責任心的六十歲上下好人，但村民那種「別來煩我」的沉默態度，使他的存在幾乎變得可有可無。礦工們的妻子幾乎都是衛理公會教徒，而他們自己則完全不信教。在村民們看來，光是他穿的那套教服就讓他看起來異於常人。但是，他只是個無足輕重的人，只會機械地傳道和祈禱。

什麼查泰萊夫人，我們並不比妳差！

這種固執的本性，起初讓康妮覺得十分不安和困惑。當她跟礦工的妻子們打招呼時，她們那種怪異的、猜疑的、虛僞的親熱，讓她覺得非常難受。她常聽到這些女人用一種半阿諛的聲調說：「啊！別小看我，查泰萊男爵夫人和我說話哩，但她也不必因此就覺得高我一等！」

這種奇異的冒犯眞讓人受不了。這是無法避免的，他們都是不可救藥的、令人反感的離經叛道者。

克利福不去理睬他們，康妮也學著這樣做。她經過村裡時，目不斜視，村民們盯著她，好像她是會走的蠟人似的。當克利福不得不和他們打交道時，他的態度總是很傲慢，對他們很輕蔑，他無法表現得更友善一些。事實上，他對任何不屬於同一個階層的人都很傲慢，都很輕蔑，他堅守著自己的地位，一點也不想與人修好。他們不喜歡他，也不討厭他。他只是世事的一部分，就像煤層和勒格貝莊園一樣。

由於殘廢，克利福變得十分害羞、敏感，除了自己的僕人，他誰也不願見，因爲他得坐在輪椅或巴思椅上。不過，他仍然像往常一樣，穿著由最好的裁縫師製作的昂貴服飾，繫著從邦德街買來的講究領帶，上半身像從前一樣時髦漂亮。跟那些缺乏氣概的時髦男子不一樣，他的臉色紅潤、肩膀寬厚，看上去倒像個農夫。但是他的聲音從容而又猶豫，他的目光粗野而又不安，自信而又困惑，從而暴露了他的本性。他先是以粗野、傲慢的態度對待別人，隨後卻變得謙遜、自卑，甚至近乎畏縮。

康妮和他互相依戀，但又保持著適當的距離。終身殘疾對他的打擊太大了，他的心靈受到重創，不再能與人輕鬆地調笑。他是個受傷的人，因此，康妮總是熱情地與他相處。

康妮覺得他和別人的交往太少了。從某種意義上講，礦工們都是他的僕人，但是他常常把他們看作是物而不是人；是煤礦場的一部分，而不是生命的一部分；是一些粗卑的怪物，而不是像他那樣的人類。但在某些方面，他卻害怕他們，他已經殘廢，不能忍受他們盯著他看。他們充滿疑懼的粗俗生活，像刺蝟的生活一樣違乎自然。

他只有保持距離才能對事物產生興趣，就像透過顯微鏡或望遠鏡觀看一樣。他什麼都不接觸，除了因爲習慣而和勒格貝接觸，因爲血緣關係而和愛瑪接觸之外，他和誰從沒有眞正的接觸，也沒有什麼能眞正接觸他。康妮覺得自己並無法眞正地接觸他，也許人根本就不可能眞正接觸其他的事物，這無疑是對人際交流的一種否定。

然而他是完全依賴她的，他無時無刻不需要她。他的塊頭雖大卻無法照顧自己，他雖然可以坐著輪椅或巴思椅在林園裡轉來轉去，但獨處時，他卻總是感到悵然若失。他需要康妮的陪伴，以證明自己還活著。

但是，他的雄心並未完全消退，他開始寫小說，一些古怪的、私人色彩很濃的小說，寫的都是他所認識的人。這些小說有一種帶點惡意的機智，但從某種神祕意義來看卻毫無意義。他對事物的觀察詭異而獨特，卻並未眞正的觸摸到它們，從未眞正與它們交流，一切都好像是在眞空中發生。但是既然我們今日的生活像個人工照明的大舞臺，所以他的小說反而古怪地與現代人的生活、現代人的心理相符合，事情就是這樣。

克利福對於自己小說所得到的毀譽有種病態的敏感，他要人人都說他的小說好，是無人能出其右的最好的作品。這些小說發表在一些最摩登的雜誌上，因此照例會受人讚揚或批評，但對克利福來說，批評是一種酷刑，像刀子一樣逼著他，好像這些故事就是他的生命之所在。

康妮盡力去幫助他，起初，她覺得很興奮。他單調地、固執地、持續地告訴她所有的事情，她不得不打起全副精神回應他。她覺得自己的靈魂、肉體和性慾都被喚醒，並進入他的故事之中。她被震動，並醉心其中。

他們很少關心具體的日常生活，但她得督導家務。那位女管家服侍過佐佛來男爵多年，是個乾癟刻板的老東西，她不但不像是女僕，甚至連女人都不像。她在這裡侍餐已經四十年了。其他的女僕也不年輕，眞是糟糕透頂！在這種地方，你除了聽其自然還能怎樣？瞧瞧這些多得數不清的無人居住空房，這些米德蘭的規矩，這些機械的清潔和整理！克利福堅持請一名新廚師和一位曾在倫敦服侍過他的能幹女僕，其餘的一切則在沒人指揮的情況下機械地運轉著，一切都很有秩序、很潔淨地、很精確地按部就班進行著。然而在康妮看來，這只是有秩序的無政府狀態罷了，沒有什麼熱情將它們有機地組合在一起，整個屋子像廢棄的街道般死氣沉沉。

康妮除了聽其自然還能怎樣？於是她就聽其自然。至於面孔清瘦而高貴的愛瑪·查泰萊小姐，則不時來看望他們，她很高興這兒的一切都沒有改變。康妮破壞了她與弟弟心靈上的契合，她永遠也不能寬恕她。應該由她——愛瑪，引導弟弟寫出這些故事、這些書，它們是查泰萊家族的故事，是這個世界上的新鮮東西，是他們查泰萊家族創造出來的。它們獨一無二，與以往的思想、言語毫無關聯，是絕對新穎、絕對私人的。

康妮的父親曾到勒格貝小住，他私下對康妮說：「克利福的作品雖然結構巧妙卻空洞無物，過一段時間就會被人們忘掉！」看著這位體格雄壯、老於世故的蘇格蘭爵士，她的眼睛，那雙溫和、充滿好奇的藍色大眼睛有些茫然。

空洞無物！

這是什麼意思？批評家們欣賞他的作品，克利福就要名利雙收了，但父親卻說克利福的作品空洞無物，這是什麼意思呢？他的作品還能有什麼內容呢？

康妮像別的年輕人那樣認爲眼前的事情便是一切，將來與現在相接卻不必彼此相屬。來到勒格貝後的第二個冬天，父親對她說：「康妮，我希望妳不要勉強守活寡。」

「守活寡？」康妮覺得有點茫然，「爲什麼？爲什麼不呢？」

「當然，如果妳願意也……」父親慌忙說道。

「我覺得讓康妮守活寡不太合適。」當父親和克利福獨處時，他也這麼對他說，父親甚至用法語講出「守活寡」這個字眼。

「守活寡！」克利福答道，把這個詞翻譯了過來。

他想了一想，臉色漲得通紅。他很生氣，覺得自己被冒犯了。

「怎麼不適合她？」他生硬地反問。

「她越來越清瘦了……變得瘦骨嶙峋。她可不是這種人，她可不是那種瘦小的沙丁魚，她是健壯美麗的蘇格蘭鮭魚。」

「而且沒有斑點……」克利福說。

稍後，克利福想跟康妮談談這事，但是他開不了口。他突然發覺他們之間看似非常親密，可是又不夠親密。他們在精神上相互契合，但在肉體上他們是隔絕的，兩人都不願意討論這事。他們如此親密，卻又幾乎從不接觸。然而，康妮猜到父親對克利福說了什麼，而克利福把它藏在心底。她知道，無論她是守活寡還是與人私通，只要克利福不知道、沒看見，他是不會介意的。眼所不見，心所不知，即不存在。

康妮和克利福已經在勒格貝待了差不多兩年，他們茫然地生活著，精力全部投在克利福身上和他的著作上，他們倆對創作的興趣從未中斷。構思是艱難的，他們相互討論、爭執，彷彿那些事情會在虛空中眞的發生。

生活就是如此，像是發生在虛空之中，在這種虛構之外，什麼都不存在。勒格貝、僕人們等等……一切都是鬼影，不是實在。康妮常來到林園，並走進林園旁的樹林散步，或摘採秋天枯黃的落葉、春天芳馨的迎春花來享受這裡的孤獨和神祕，但這一切都只是夢，都只是眞實的幻影。

在她看來，橡樹的葉子彷彿在鏡子裡搖動，她自己則是某本讀過書裡的一個人物，她採著迎春花，但這些花也只是幻影、記憶，或者詞語。對她來說，沒有實在，有沒有別的什麼……沒有接觸，沒有聯繫！只有她與克利福的生活，只有這些永無止境的故事和心中支離零碎的感悟，只有這些被麥爾肯爵士稱作空洞無物、不能傳世的故事。它們為什麼要有內容呢？為什麼要傳諸後世呢？今天的麻煩已夠多了，何必再為明天擔心？現實的實在便是一切，何必更為他時憂慮？

克利福有許多朋友，但實際上只能算是熟人，他常邀請他們到勒格貝來。他邀請各種各樣的人，作家、批評家，所有有助他作品得到讚揚的人。能被邀請來勒格貝，這些人覺得很滿意，於是他們更起勁地讚揚克利福和他的作品。康妮明白這一切，但是為什麼不呢？它們不過是鏡中幻影，有什麼不好的呢？

她款待這些客人（其中多數是男人），她款待克利福不常往來的貴族親戚們。她性格溫和，臉色紅潤得像個鄉下女孩，皮膚白皙而易起色斑，藍眼褐髮、嗓音輕柔、腰身渾厚，人們認為她不夠時髦，太像個婦人。只因她不是一條瘦小的「沙丁魚」，不像小女孩那樣胸部扁平、臀部細小，她太像個婦人了，所以顯得不夠伶俐。

因此，男人們，特別是那些已不再年輕的男人都對她大獻殷勤。但是，她知道自己絲毫的輕佻行為都會讓可憐的克利福深感痛苦，所以她從不給這些男子放肆的機會。她在他們之間從容而淡漠，從不和他們深談，也從未打算和他們深談。克利福對此感到非常驕傲。

克利福的親戚們對她很友善。她知道這是因爲他們不怕她，如果人們不怕你，他們就不會尊敬你。她和他們並無接觸，所以她不在意他們是友善或輕蔑，她讓他們感到毋需劍拔弩張，她和他們並無溝通。

時日流逝，無論發生什麼，都沒有什麼發生，因爲她是如此優雅地置身在生活之外。她和克利福生活在他們的理念裡、著作裡。她款待客人，家裡常常是有客人的。時間像鐘錶一樣單調地行進著，七點半過了是八點半。

譯註：

①以色列人在曠野四十年中，神所賜予的糧食。

第3章 麥克里斯

然而，康妮感覺到一種日漸增長的不安，她與一切隔絕，所以不安像瘋病一樣逐漸佔有了她。當她想寧靜時，它牽動了她的四肢；當她想舒服地休息一下時，它挺直了她的脊椎。它在她的身體內，在她的子宮或其他什麼地方震顫著，直至她覺得必須跳進水裡游泳，以求能夠擺脫這種瘋狂的不安。不安，使她的心毫無理由地狂跳起來，她逐漸變得消瘦了。

正是這種不安，有時使她狂奔著穿過林園，她丟開克利福，俯臥在歐洲蕨中。她必須離開屋子和人們，樹林成了她的一個安身處、避難所。

但樹林並非眞正的避難所，因爲她並不眞正地接觸樹林，這只是一處可以讓她擺脫其他一切的地方罷了。她從來沒有接觸過樹林的精靈（如果眞有這種怪誕東西的話）。

她朦朧地覺得自己正在破成碎片，朦朧地覺得自己和一切都沒有聯繫，她已與有生命的實質世界失去了聯繫。她只有克利福和他的書，而這些書是沒有生命的……空洞無物，只是空對空罷了。她朦朧地感覺到這一切，但它們卻像石頭一樣敲著她的頭。

父親忠告她：「爲什麼不找個情人呢？康妮，那樣對妳有好處。」

那年冬天，麥克里斯來這兒住了幾天。他是一名年輕的愛爾蘭人，他寫的劇本曾在美國上演，讓他賺了一大筆錢。他在倫敦時曾經很受時髦人的歡迎，因爲他寫過一些時髦的社會劇。後來，這些時髦人漸漸意識到他們被這個都伯林來的市井無賴給嘲弄了，便從他身邊抽身而去。麥克里斯這個名字成了最下流、最粗魯的字眼。他們發現他是反英國的，在他們看來，這是一種最骯髒的罪行。從此，他被時髦社會封殺、遺棄，被扔進垃圾桶裡。

然而，麥克里斯仍然住在梅艾的高級住宅區裡，像個儀表堂堂的紳士般走過邦德街；只要肯付錢，再好的裁縫師也不會拒絕下流人的光顧。

在這個三十歲年輕人職業生涯最不順利的時刻，克利福卻毫不猶豫地邀請他到勒格貝來。麥克里斯大概擁有上百萬的觀眾，而作爲一個剛被時髦社會封殺的人，他居然被請到勒格貝來，這無疑讓他非常感激。既然他心懷感激，那麼他當然一心想幫克利福在美國成名。不動聲色的吹噓，可以使人赫然成名，不管成的是什麼名——尤其是在美國。克利福是個前程遠大的人，追求虛名是他一種露骨的本能。麥克里斯曾在一個劇本裡把克利福描寫得非常高貴，使他成了大眾心目中的一位英雄。後來劇本走向反諷，克利福發現自己其實受到了嘲笑。

克利福這種盲目迫切的沽名釣譽行爲讓康妮覺得有點困惑。他要讓這個雜亂無章的大千世界知道他，使這個令他感到茫然、不安和害怕的世界知道他，知道他是一個作家，一個第一流的摩登作家。康妮早已從成功的、熱心的、老於世故的、善於欺詐的麥爾肯爵士那兒瞭解到，藝術家們也宣傳自己，竭盡全力兜售自己的貨色，但是她父親採取的是一些老派的方式，這些方式爲所有賣畫的皇家藝術學會會員採用，但克利福卻發明了各式各樣的新宣傳方法。他請各式各樣的人到勒格貝來，因而不至於降低自己的身分。他爲了儘早建立自己的聲望，把手邊的每塊碎石都用上了。

麥克里斯坐著一部閃亮的汽車，帶了一個司機和一個男僕來到勒格貝。他的衣飾全是從邦德街買來的，這讓克利福覺得有些反感。他並不太……不太……其實一點也不……表裡一致，在克利福看來，這點毋庸置疑。不過，克利福對他，以及他那驚人的成功還是表露出很大的敬意。成功女神這條母狗，竟然圍著半謙卑半傲慢的麥克里斯的腳跟打轉，張牙舞爪地保護著他，把克利福完全嚇住了。因爲他也想賣身給她，也想成功，如果她肯要他的話。

無論倫敦最高貴住宅區裡的裁縫師、帽子商、理髮師、鞋匠怎樣打扮麥克里斯，他都顯然不是個英國人。是的，他顯然不是英國人，英國人沒有他那種平板而蒼白的臉孔，沒有他那種舉止和怨恨。任何一個眞正的英國紳士都能看出他心懷怨恨和不滿，他的這種心情透過舉止不加掩飾地流露出來，這是他們所不齒的。可憐的麥克里斯，他受到的攻擊實在太多了，以至於他在到了勒格貝後還是處處留神，像條狗似的小心翼翼把尾巴夾在腿間。他全憑著自己的本能，尤其是魯莽，用劇本在舞臺上下爲自己打出一條通向成功的道路。他贏得了觀眾的歡心，他以爲受人拒斥的日子已經過去了。哎呀，原來它們並沒有過去，而且永遠也不會過去，因爲在某種意義上，這都是他咎由自取的。他希望躋身英國的上流社會，但他們卻似乎以攻擊他為樂！他是多麼地痛恨他們啊！

然而，這條都伯林的雜種狗卻帶著僕人，坐著閃亮的汽車到處旅行。

康妮喜歡他身上的某種東西。他不擺架子，不好高騖遠，克利福想要瞭解的事情，他都能講到重點，既簡潔又實際。他從不誇大其詞，他知道克利福請他到勒格貝來是為了利用他，因此他近乎漠然地回答人們提出的種種問題，像一個精明老練、態度從容的大商人。

「金錢！」他說，「金錢是一種本能，賺錢是男人們天賦的才能。不管你幹什麼，不管你搞什麼把戲，都是為了錢，這是一種永恆的天性。我想，一旦你開始賺錢，你就會一直賺下去，直至某種地步。」

「但你總得真正去開始。」克利福說。

「噢，當然！你得先進入這種狀態，否則怎麼做都成不了事。你得為自己闖出一條路來，一旦你進入這種狀態，錢財就會滾滾而來。」

「但你除了寫劇本，還有什麼賺錢的辦法？」克利福問道。

「噢，很可能沒有！我也許是個好作家，也許是個壞作家，但我總是個作家，戲劇作家，我不得不成為作家，這是毫無疑問的。」

「你覺得自己不得不成為一個通俗劇作家嗎？」康妮問道。

「的確如此！」他突然轉向她，「但這些劇本都毫無價値，流行的東西都毫無價値！欣賞這些東西的大眾都毫無內涵。我的劇本裡並沒有什麼値得讓它流行的東西，它們之所以流行，是因爲它們像天氣一樣，是一種不得不這樣的東西……至少目前如此。」

他的眼睛遲鈍而微凸，沉溺在深不可測的幻滅中。它們望著康妮，讓她打了一個寒顫。他看起來很老，無限的老，像是由一層層的幻滅、一代又一代沉積而成，就像地層一樣，但同時他又像個孤苦的小孩。在某種意義上，他是個被社會拋棄的人，他像隻老鼠一樣，帶著一種孤注一擲的勇氣掙扎著生活。

「你這麼年輕就取得了這樣的成就，已經很了不起了。」克利福沉思著說。

「我已經三十歲了……是的，三十歲了！」麥克里斯突然尖聲說道，同時古怪地笑了起來，笑聲中混合著空洞、得意、苦澀。

「你還是獨身一人嗎？」康妮問道。

「妳說什麼？我還是獨身一人？我有個僕人。據我這僕人說，他是個希臘人，是個很不稱職的傢伙，但我卻留著他。而我呢，我正打算結婚呢！啊，是的，我必須結婚。」

「聽起來好像要割掉你扁桃腺似的。」康妮笑著說，「結婚就這麼困難嗎？」

「是的，查泰萊夫人，是有點困難！我發現……請原諒我這樣說，我發現自己不能跟一個英國女子，甚至不能跟一個愛爾蘭女子結婚。」他仰慕地看著她說。

「那就娶美國女子吧。」克利福說。

「啊，美國女子！」麥克里斯乾笑，「不，我已經叫我的僕人幫我找個土耳其女人，或是其他靠近東方的女子。」

康妮對這個奇特的、憂鬱的、取得了非凡成就的人感到非常好奇，聽說他光在美國就賺了五萬美元。有時他顯得很英俊，當他目光下視或旁視時，陽光照在他臉上看起來就像個象牙雕刻的黑人面具，有一種沉靜的永恆之美。他眼睛微凸，濃密的眉毛古怪地彎曲著，嘴唇堅定地抿著；雖然短暫，但卻流露出一種從容的沉靜，這種超乎時間的沉靜是佛陀刻意追求的，但這名黑人卻不時自然地流露出來。這是一種非常古老、根植在種族之中的忍從，這是對世世代代種族命運的忍從，而不是我們對個人命運的反抗。麥克里斯像一隻游過了黑暗河水的老鼠，康妮突然奇怪地同情起他來。她的同情裡有憐憫，也有憎惡，但總的來說卻幾乎近似愛情。這個受人排擠、被人唾棄的人，人們竟說他毫無廉恥，如果是這樣，那克利福看起來就更無恥而且自以爲是，他是多麼蠢啊！

麥克里斯立刻知道自己留給了康妮深刻的印象，他轉動微凸的褐色眼睛，冷靜地望著她。他打量著她，估量著這種印象的程度深淺。和英國人相處的時候，沒有什麼能使他融入他們，甚至連愛情也不中用，但女人卻常傾心於他，連英國女人也不例外。

他心裡明白他和克利福的關係，他們倆像是一對互不相識的狗，本應互相對吠，但卻奇怪地笑臉相對。但是和一個女人的關係如何，他就不太能摸得著頭緒了。

早餐是在各人的寢室裡吃的，克利福在午餐時間以前從不出來，餐廳的氣氛總是有點沉悶。用過咖啡後，麥克里斯覺得有點煩躁不安，不知道該做什麼好。這是十一月裡的一個美麗的日子……在勒格貝，這算是美麗的了。他望了望淒清的林園……天哪！這算什麼地方！

他派僕人去問查泰萊夫人有沒有什麼要他幫忙的，他打算駕車到雪菲爾德走走。僕人回來，說查泰萊夫人請他到她的起居室坐坐。

康妮的起居室在三樓，是這幢建築中心部位的最高樓層，克利福的房間自然是在底樓。能被邀請到查泰萊夫人的私人客廳，這讓麥克里斯覺得很榮幸。他盲目地跟隨著僕人……他從來就不注意外界事物或觀察周圍的環境，但在查泰萊夫人的起居室裡，他卻心不在焉瞥了一眼那些美麗的雷諾瓦、塞尚複製畫。

「這兒可真不錯。」他臉上掛著一種怪異的微笑，露出了牙齒，好像這微笑讓他覺得痛苦，「住在頂樓，這說明妳很明智。」

「可不是嗎？」她說。

她的房間是整個莊園中唯一一處華麗新式的房間，在勒格貝，只有這個地方能體現出她的個性。克利福從來沒看過這間房子，她也很少請人上來這兒。

她和麥克里斯對坐在壁爐的兩側談話。她問關於他個人、他父母、他兄弟的事情……她覺得別人的事情都很神奇，當她的同情心被喚起後，階級的成見便全消失了。麥克里斯眞誠地說著自己的事，眞誠坦白、毫無虛飾地傾吐他那痛苦冷漠、有如喪家犬的心靈，在談及他的成功時，他流露出一絲復仇的驕傲。

「但你爲什麼還是獨身一人呢？」康妮問道。

「有的人就是這樣。」他那微凸的褐色眼睛又一次望著她，像是想在她臉上尋找些什麼。他答道，然後用一種親切卻譏諷的口吻說：「但是，妳自己呢？妳不也是個孤獨的人嗎？」

「是有點，但並不像你是全然孤獨的！」康妮吃了一驚，她想一想，然後說道。

「我是個全然孤獨的人嗎？」他齜著牙苦笑，好像牙痛似的。他的眼睛仍舊帶著一種十分憂鬱，或者說是堅忍的、幻滅的、恐懼的神氣，與他的笑容很不搭調。

「難道不是？」她看著他，覺得有點喘不過氣來，「你的確很孤獨，不是嗎？」

她覺得他身上有股可怕的吸引力在吸引著她，讓她爲之心神搖盪。

「啊，妳說得很對！」他側過頭低視著，露出那種只有古老種族才有、卻早在我們這時代消失殆盡的沉靜氣息。他撇下康妮，讓她覺得非常氣餒。

他抬起頭望著她，他看見一切，記住一切，同時自胸中迸發出一種嬰兒深夜哭喊般的聲音，以某種方式使她的子宮感到震動。

「妳這麼關心我，妳人實在是太好了。」他簡潔地說。

「我為什麼不能關心你呢？」她失聲道，幾乎屏住呼吸。

他的臉上又閃過那種不協調的晰笑。

「啊，那……我可以握一下妳的手嗎？」他突然問道，眼睛凝視著康妮，彷彿帶有催眠功能般，發出直達她子宮深處的懇求。

她望著他，覺得神魂顛倒。

他走過去，在她旁邊跪下，兩手緊緊握住她的腳，把臉埋在她的膝間，一動也不動。

她覺得有些暈眩，頭腦裡一片空白，俯身驚愕地看著他柔嫩的頸背，感到他的臉在擠壓她的大腿。她驚慌失措，竟不由自主地把手溫柔地、憐憫地放在他毫無抵抗的頸背上。他全身戰慄起來，接著，他抬頭看著她，眼中閃爍著極度的渴求。

她根本無法拒絕，胸中湧起了無限的慾望回應著他的渴求。她必須把自己給他，給他一切。

他是一個奇怪而溫柔的情人，對女人非常溫柔，不能自制地戰慄著；但在此同時，他又能超然其外，幾乎清醒地知覺到周圍的任何聲響。

而她除了想要委身於他之外，對其他一切都不在意了。

過了許久，他才停止了戰慄，變得平靜而從容。

康妮憐憫地、曖昧地拍著他依偎在自己胸前的頭。

麥克里斯吻了吻她的雙手、她那穿著羔羊皮拖鞋的雙腳，然後站起來，默默走到房子那一端，背對她站著。兩個人都默不作聲。他轉身走向她，她依舊坐在壁爐旁的老地方。

「我想妳會恨我的。」他平靜地、絕望地說道。

「為什麼呢？」她立刻抬頭看著他。

「她們大多都是這樣的。」他停頓了一下，又接著說：「我的意思是……女人總是這樣。」

「從今以後，我再也不可能恨你了。」康妮不滿地說。

「我知道，我知道，當然是這樣！妳對我真是太好了……」他痛苦地叫道。

「坐下來好嗎？」她不知道他為何這麼痛苦。

「克利福男爵，他會不會……會不會……」麥克里斯向門口瞄了一眼。

「多半會！」她靜靜地想了一想，然後仰望著他，「我不想讓克利福知道，甚至不想讓他有所猜疑，這會傷害他的，但我並不覺得這有什麼不對，你說呢？」

「沒有錯哪，天啊，絕對沒有不對。妳對我太好了，我甚至懷疑自己有沒有資格承受。」

他側過身，她在瞬間發現他的眼睛有些濕潤。

「但是我們不必讓克利福知道，是嗎？」她懇求，「這會傷害他的。假如他永不知道，永不猜疑，那就不會傷害任何人。」

「我！」他口氣激烈地說，「他不會從我身上知道任何東西！如果讓他知道，我不是在出賣自己嗎？哈！哈！」想到此處，他空洞地冷笑起來。

她吃驚地望著他。

「我可以吻吻妳的手再離開嗎？我想到雪菲爾德走一趟，在那兒吃午餐，如果可以，我想回來喝午茶，我能幫妳做些什麼呢？我可以確信妳不恨我嗎……妳不會吧？」麥克里斯對她說，說到最後，他的口氣已變得非常圓滑老練。

「不，我不恨你。我覺得你很可愛。」

「啊！」他急切地對她說，「聽妳這樣說，比聽妳說妳愛我更令我喜歡！很有味道……那麼，下午再會吧，在此之前我得好好回味回味。」他謙恭地吻了吻她的手，然後走了。

「我不喜歡這傢伙。」午餐的時候，克利福說道。

「爲什麼呢？」康妮問。

「這傢伙口蜜腹劍，隨時可能跳起來反噬我們。」

「我想這是因爲人們對他太不友善了。」康妮說。

「妳不相信？難道妳以爲他天天都在幹好事？」

「我倒覺得他比較大度。」

「對誰呢？」

「這個我不太清楚。」

「妳當然不清楚，恐怕妳是把狂妄當作大度了。」

康妮不作聲。她清楚嗎？也許麥克里斯眞的有點狂妄，但這種狂妄卻迷住了她。他膽大妄爲地做出了自己想做的事，而克利福卻才羞怯地邁出幾步。他已用自己的方式征服了世界，這是克利福想做而沒能做到的。他不擇手段嗎？難道他的手段比克利福更卑鄙嗎？難道這個受人排擠的可憐人不顧一切追求成功的行爲，即便不夠光明正大，但會比克利福的自吹自擂更差勁嗎？在成功女神這條母狗背後，不知有多少隻甜言蜜語的公狗追著她。那個先追到她的當然是狗中之狗！只要能取得成功，麥克里斯當然有資格揚起他的尾巴。

奇怪的是他並沒有這樣做，回來吃午茶時，他拿了一大束紫羅蘭和百合花，謙恭得仍然像條夾著尾巴的狗。他總是這樣謙恭，以至於康妮有時甚至懷疑這不過是一種用來消除敵意的面具，他眞的是條憂傷的狗嗎？

他整個晚上都像狗一樣的謙卑，雖然他已讓克利福透過這種謙卑，感覺到他骨子裡的厚顏無恥，但康妮卻感覺不到，也許他這種厚顏無恥的謙卑並不是用來對付女人，而是專門用來對付男人以及他們的專橫和傲慢。這個瘦弱的傢伙骨子裡有種不可救藥的厚顏無恥，因此男人都瞧不起他。無論他裝得多麼斯文得體，上等人一見到他就覺得他們受到了他的污辱。

康妮愛上了他卻不動聲色，她讓他們去談話，自己則坐在一旁刺繡。至於麥克里斯，他幾乎跟昨天傍晚一樣憂鬱、專心、冷漠，像是和男女主人間隔著幾百萬里的距離，他說話簡潔得體，不大獻殷勤。康妮覺得他一定忘了早上的事，但是他並沒有忘記，他清楚自己的處境，他仍處在局外，在那些天生被摒棄之人待的那個老地方。他並沒把這次的性愛當回事，他知道性愛並無法將他這隻失群的狗，這隻戴著金項圈、為人嫉妒的狗變成一隻舒服的上等狗。無論他穿得多麼華麗入時，在靈魂深處，他都是個反社會的、被人排擠在外的人，他心中清楚這個事實。對他來說，孤獨是一種必需品，就像附和大眾、攀炎附勢一樣。

但是偶然的性愛可以使心靈得到甜蜜的撫慰，這倒也是件好事。他並不是一個不知感恩的人，相反地，他對一切自然的、發自眞心的友善都心懷深切的感激，幾乎會為此流淚。在他蒼白的、刻板的、幻滅的臉孔後面，他赤子般的靈魂因為感激著這個女人而啜泣著，急切地想要去親近她。但同時，他那被人遺棄的靈魂卻清楚自己應該與她保持距離。

「我可以去找妳嗎？」在客廳上燈之時，他才找到機會對康妮說。

「我去找你。」

「好的！」

他等了很久……她終於來了。

他是一興奮起來就會發顫的那種情人，高潮來得快，去得也很快。他赤裸的身體像孩童一樣古怪而毫不設防，他的防備全在他的機智和狡猾之中，但當這種狡猾的防備暫時卸下時，他便顯得雙重赤裸，像個孩子，像是未經烹製的鮮肉在絕望中掙扎著。

康妮對他產生了一種瘋狂的同情和愛戀，一種瘋狂的焦渴肉慾，但是他卻沒能滿足她的慾望，他的高潮來去得太快了。她茫然地、失望地、困惑地躺在那兒，看著他癱倒在她的雙乳間，感覺他又變得有點厚顏無恥。

但是很快地，她緊緊摟住他，雖然他的高潮已去，但她仍試圖讓他留在自己的身體裡。這時，他很體貼地留在原處，那玩意兒雖然疲軟，但卻古怪地有效；他仍堅守陣地，把它給她，任她擺動著……瘋狂熱烈地擺動著，直至她達到高潮。當他發現自己被動的堅挺仍能帶給她生理上的極大滿足時，他感到了一種奇異的驕傲和滿足。

「啊！多棒啊。」她顫聲低語，鎮定下來，緊貼著他躺下。

他躺在那兒，有點驕傲，心中卻仍覺孤獨。

他這次在勒格貝只待了三天。在克利福看來，他一直表現得如同第一天晚上，在康妮看來也是一樣，他的外表毫無改變。

*　　　*　　　*

像平常一樣，麥克里斯用一種悲傷而憂鬱的語調寫信給康妮，信有時寫得很詼諧，帶著一種奇特的、與性愛無關的愛情。他對她的愛情是沒有希望的，他們之間依然存在著一種無法克服的隔閡。他在內心深處是非常絕望的，而他也不願有希望，他憎恨希望。「一個巨大的希望穿過了大地。」他在什麼地方讀過這句話，並替這句話加了評論：「它豈有此理溺斃了一切值得擁有的東西。」

康妮從未能眞正瞭解他，但不管怎麼說，她愛他，她時時都能感覺到他的絕望在她心裡留下的影子，她無法在絕望之中與他眞心相愛。而他呢，則因沒有希望，所以絕不能眞心相愛。

就這樣，他們互相通信，偶爾還在倫敦幽會，持續了很長一段時間。她仍然喜歡在他的高潮過後，再自己主動地從他身上獲得性快感，他也仍舊樂意任她擺佈。僅此一點，就足以維持他們的關係了。

僅此一點便足以帶給她一種微妙的自信，和某種盲目而自大的感覺，那是她對自己能力近乎機械的自信，這讓她覺得非常快活。

康妮在勒格貝的日子也非常快活，她用自己被喚起的快活和滿足去激勵克利福，所以在這個時期，克利福寫出了最好的作品，他感覺到一種奇特而不明所以的幸福。其實，他收穫的是她從麥克里斯被動的堅挺中，獲得的性滿足果實。當然，他絕不會知道這些，就算他知道了，也絕不會道聲謝！

然而，當康妮那些能使克利福得到激勵的快樂日子完全過去之後，她就變得沮喪而易怒，克利福多麼希望這些日子能再度來臨啊！如果他知道箇中原因，也許他會寧願她和麥克里斯再度相聚呢。

第4章 密友夜聚

康妮總覺得她和米克①的關係是不會有什麼結果的，可是她對其他男子卻毫無感覺。她屬於克利福，他想從她的生命中得到許多東西，而她給了他；但是她也想從一個男子的生命得到許多東西，但克利福卻沒有給她，也無法給她。於是她不時和麥克里斯幽會，但是，她有預感這種情況很快就會結束。米克對任何事情都沒有長久的興趣，他破壞一切關係，重新成爲一隻自由孤獨、又落寞的野狗，這是他天性的一部分，這是他的必需品，雖然他總是說——「她拋棄了我！」

人們以爲這個世界充滿了各種可能性，但在大多數個人經驗中，可能性其實非常少。大海裡有許多好魚……也許吧……但大多數都是沙丁魚和鯡魚。如果你不是沙丁魚或鯡魚，你就可能覺得大海裡的好魚很少。

克利福的名聲日隆，甚至還賺了些錢。很多人到勒格貝拜訪他，康妮幾乎總是在招待客人，但他們不是沙丁魚就是鯡魚，但偶爾也有幾尾罕見的鯰魚或海鰻。

其中有少數人是常客，他們都是克利福在劍橋時的同學。有個傢伙叫唐米・督克斯，他在軍中服役，是一個旅長。「軍隊生活讓我有餘暇去沉思，而且使我免於爲生活戰鬥。」唐米・督克斯說。

還有查理·梅，他是愛爾蘭人，寫過一些關於天文的科學著作。還有一位也是作家，他叫韓蒙。他們與克利福年紀相仿，都是這個時代的年輕知識份子，他們都崇尚精神生活。在他們看來，精神生活以外的事都是私事，都無關緊要，沒有人想知道你什麼時候上廁所，這種事除了自己，誰也不感興趣。

沒有人對日常生活中的瑣事感興趣。你怎樣賺錢，你是否愛你的妻子，你有沒有外遇……這些都是你自己的事，就像上廁所一樣，沒有人想知道。

韓蒙是個又高又瘦的人，他有妻室和兩個孩子，卻與一個女打字員關係曖昧。他說：「性問題的要點，就是它沒有什麼要點。嚴格地說，其中並沒有什麼問題。我們不想跟別人上廁所，那麼我們爲什麼要關注別人床笫間的事？問題就在這兒。假如我們把床笫間的事看成和上廁所一樣，那就沒有什麼問題了。它是完全無意義的，不過是種不正當的好奇心罷了。」

「說得對，韓蒙，你說得眞對！但是如果有什麼人向朱麗亞示愛，你一定會爆怒；如果他再繼續下去，那你可就要發作了。」

朱麗亞是韓蒙的妻子。

「哎呀，當然！要是有什麼人膽敢在我的客廳裡撒尿，我當然會發作的，每個東西都有自己的位置。」

「你是說，要是有人和朱麗亞躲在壁龕裡做愛，你便不介意嗎？」查理・梅有點嘲弄地說。他有一次曾和朱麗亞眉目傳情，卻被韓蒙粗暴地攪了局。

「我當然會介意！性愛是我和朱麗亞兩人之間的私事，如果誰想插進來，我當然會介意。」

唐米・督克斯身材清瘦，長著雀斑，比起臉色蒼白、身材肥胖的查理・梅，更具愛爾蘭人的特徵。他說，「總而言之，韓蒙，你有一種很強的佔有慾，和一種很強的自命不凡，你老是渴望成功。自從我決意投身軍旅以來，就很少與外界接觸，我現在才知道男人是多麼熱切地追求成功和自我肯定，我們的性格在這方面發展得太過火了！當然，像你這樣的男人總是認爲如果能得到一個女子的幫助，就更容易取得成功。這就是你們妒火中燒的原因，所以性愛在你看來是——你和朱麗亞之間一具關係重大的發電機，應該要爲你帶來成功。如果無法成功，你就會像失意的查理那樣，開始和女人眉來眼去。像你和朱麗亞這種結了婚的人，身上都貼著旅行箱上那種標籤。朱麗亞的標籤上寫著『韓蒙太太』，好似擺在火車行李架上屬於某人的旅行箱，而你的標籤則寫著『韓蒙，由韓蒙太太轉交』。噢，你說得很對，你說得很對！精神生活也需要舒適的家庭和可口的飯菜撫慰。你說得很對，精神生活還需要兒女雙全呢！這一切都與追求成功的本能銜接，它是一切事情的中心。」

韓蒙聽了似乎有點生氣。他對自己那份心思端正、不隨俗浮沉的姿態是有點自負的。儘管如此，他確實還是希望能功成名就。

「眞的，沒有錢你便無法生活。」查理・梅說，「你得有足夠的錢才能生活下去，沒有錢，甚至連思想都不能自由，你的肚子是不會同意的。但是在我看來，你盡可以把標籤從性愛上除去。我們既然可以自由地跟任何人交談，那麼我們爲什麼不能向我們喜歡的任何女子求愛呢？」

「好色的居爾特人才會這樣。」克利福說。

「好色！嗯，爲什麼不呢？我不明白，跟一個女人睡覺，比起跟她跳舞……或談天氣，會帶給她什麼更大的壞處嗎？那不過是以感覺交流代替思想交流罷了，爲什麼不可以呢？」

「像兔子一樣的雜交！」韓蒙說。

「爲什麼不可以呢？兔子有什麼錯？難道，兔子比那些充滿仇恨的神經質革命狂熱份子更壞嗎？」

「即使如此，但我們並不是兔子啊。」韓蒙說。

「沒錯，我們還有精神生活。的確，我有些天文的問題要計算，這事之於我甚至比生死還重要。有時，消化不良會妨礙我的工作，饑餓也對我造成更大的妨礙。同樣地，性饑渴也妨礙著我，該怎麼辦呢？」

「我想你是受到『因縱慾過度而消化不良』的妨礙吧！」韓蒙嘲諷地說。

「不是！我既不暴食，也不縱慾。一個人可以不用吃太多，但卻不能忍饑挨餓。」

「那你可以結婚呀！」

「你怎麼知道我可以結婚？它也許不適合我的精神生活。婚姻也許會……會使我的精神變得遲鈍。我是不適合結婚的，那麼我就活該像個修士被關在狗窩嗎？這絕對是一種陳腐不堪的愚蠢念頭。朋友，我必須一邊生活一邊計算我的天文問題，我有時也需要女人，這不是什麼了不得的事，我才不在乎什麼戒律清規呢！如果有個女人像個箱子似的，貼著上面標有我名字和住址的標籤到處亂跑，我一定會感到羞恥的。」

因爲和朱麗亞調情的事，查理和韓蒙對對方都心懷怨恨。

「你這個說法非常有趣，查理。」督克斯說，「你說性愛不過是另一種形式的交談，不過是把談話中說出的字句做出來罷了。我覺得這是非常正確的。我覺得我們可以和女人們交換各式各樣的感覺和情緒，就像我們可以和她們交換對天氣的看法一樣。性愛可以說是男女之間極平常的肉體談話。如果你和一個女人沒有共通的意見，你就不會跟她談話，就算談起來也會覺得索然無味。同樣，如果你和一個女人沒有共通的感情或理解，你就不會跟她睡覺。但是如果你有……」

「如果你和一個女人有了適當的感情或理解，你就應該和她睡覺。」查理・梅說，「和她睡覺，這是唯一可幹的正經事。同樣地，如果你和誰談得津津有味，你就可以和他談個痛快，這也是唯一可幹的正經事。那時你會暢所欲言，而非假惺惺地咬著舌頭不說話，其他事情也是一樣。」

「不！」韓蒙反駁：「這話不對。比如你，查理・梅，你把一半的精力都浪費在女人身上，你雖然很聰明，但你卻從沒有做自己應該做的事，你的聰明都用在那一方面了。」

「也許是這樣……不過，韓蒙，不管你結過婚沒有，你的聰明在這一方面卻用得太少了。你的精神也許保持著純潔和正直，但是它卻正在乾枯。在我看來，你那純潔的精神正變得像小提琴的琴弓一樣乾枯，你的高談闊論正在貶低你的心靈。」

唐米．督克斯不禁大笑起來。「算了吧，你們這兩位精神貴族！你們看我，我並不想要什麼高尚純潔的精神，只是隨便聽聽別人的談論而已，因爲我既不結婚，也不追逐女人。我覺得查理說得很對，如果他想去追逐女人，他可以隨意控制自己，以使自己不致做得太過火，而且我絕不會反對他去追逐。至於韓蒙呢，他有一種本能的佔有慾，所以他適合走自己的筆直道路。你們瞧，在他還沒數完他的ABC之前，他已經變成英國文豪了。至於我自己呢，我什麼都說不上，只是個好粲口舌的人。你呢？克利福，你認爲性愛是幫助一個男子取得成功的發電機嗎？」

在這種時候，克利福很少說話。他從不當眾闊談，他的思想蒼白無力，不足以使他當眾高談闊論，他的思想太感情化了，很容易感到困惑。督克斯的問題使他臉紅起來，他覺得很不自在。

「用不著這樣。」督克斯說，「你的上半身沒有傷殘，你的精神生活是健全未遭污染的，所以讓我們聽聽你的意見吧！」

「唔……」克利福囁嚅著說，「我還是沒有什麼意見……我想，『結婚完事』這種說法大概就是我的意見。當然，在一對相互關愛的男女之間，性愛也是一件重要的事。」

「怎樣重要呢？」督克斯問道。

「啊……它可以使雙方更親密。」克利福像個女人似的對這種話題感到不自在。

「好，我和查理都認爲性愛是一種溝通，就像說話一樣。如果有什麼女人開始和我談論『性』，時機一到，我就會很自然地和她上床去完成這場談話；如果不幸地沒有什麼女人和我進行這種談話，我就只好獨自上床去，這也不會給我帶來什麼妨礙……至少我希望是這樣，我怎麼知道它會帶來什麼妨礙呢？無論如何，我又沒有什麼天文問題要計算，沒有什麼不朽的著作要趕著寫，性又能妨礙我什麼呢？我不過是個隱匿在軍隊裡的懶漢罷了。」

房子裡沉寂下來，四個男人都在吸菸，康妮坐在一邊刺繡……是的，她坐在那兒，她只能一聲不響地坐在那兒，她只能像隻老鼠似的安靜坐在一邊，不去妨礙這些高智商紳士們的高談闊論，而且，她不得不坐在那兒。

沒有她，他們就不會談得這麼起勁，他們的思維就不會這麼流暢。如果康妮不出聲，克利福很快就會變得非常膽怯、侷促不安，談話就進行不下去了。唐米．督克斯的談興最健，康妮在場讓他覺得有點興奮。她一點也不喜歡韓蒙，他看起來像是個在精神上自私自利的人。至於查理．梅，她雖然覺得他有點可愛，但也有點討厭他，管他什麼星星不星星的。

不知有多少個夜晚，康妮坐在一旁聽這四個人，或還有其他一、兩個人的闊談，他們的談話總是漫無邊際，她也不在意。她喜歡聽他們的心思，特別是當督克斯在座時，那是十分有趣的。他們不吻她，不觸摸她，而是向她暴露自己的精神，那是很有趣的，不過他們的精神是多麼地冰冷啊！

然而這種談話有時也讓她生氣。康妮一直都很尊重麥克里斯，但他們一提起他的名字，就輕蔑地罵他是個愛爾蘭雜種暴發戶，是個沒有教養的下流人。無論他是不是雜種和下流人，他已經成就了自己的事業，他不會只像他們高談闊論，四處炫耀自己的精神生活。

康妮喜歡精神生活，她能從其中得到不少快樂，但是她覺得他們太看重它了。她喜歡坐在那兒，在煙霧繚繞之中參加這些有名的「密友夜聚」——她私下這樣稱呼此事。她覺得很愉快，也很驕傲，因爲如果沒有她默默坐在一邊，他們就幾乎談不下去。她非常尊重思想，而這些人至少在努力眞誠地思想，但是，他們的談話對她來說一直是個沒有弄清的謎，他們好像在談論著什麼，但他們到底在談論什麼，她怎麼也弄不清。麥克里斯也跟他們一樣。

但是米克並不想做什麼大事，他只是在消磨人生的光陰，別人欺騙他多少，他就欺騙別人多少。他是個反社會的人，所以克利福和他的密友們都反對他。克利福和他的密友們不反對社會。他們在躬行著拯救人類、開導人類的事。

星期天晚上有場精采的談話，話題又轉到了愛情上。

「祝福這股把我們的心結而爲一的聯繫……」唐米・督克斯說，「但我想知道這股聯繫究竟是什麼，此刻把我們連結起來的聯繫，是我們精神的碰觸，除此以外，我們之間的聯繫實在是太少了，我們一轉過身就互相詆毀，像所有其他該死的知識份子一樣。所有的人都該死，因爲他們都是這樣，如果不是，那便是因爲我們用甜言蜜語遮掩起心中的惡意。奇怪的是精神生活，精神生活似乎只有根植在無法言說、深不可測的惡意裡才能欣欣向榮。事情一向就是這樣的！看看蘇格拉底和柏拉圖，以及圍著他們的那夥人吧！他們心懷惡意，他們從對他人的詆毀中獲得無上的快樂……就像他們對畢達格拉斯或是其他什麼人那樣！就連亞西比德，還有其他所有的門徒都加入了這場詆毀，這使我們更喜歡佛陀，他是如此安詳地坐在菩提樹下；或是耶穌，他平和地向信徒們說教，沒有絲毫的競爭之心。是的，精神生活在根本上就有問題，它根植於敵意與嫉妒，或嫉妒與敵意之中。你看看樹上結的果子就能知道這是棵什麼樹。」

「我不相信我們都心懷敵意。」克利福抗議。

「我親愛的克利福，想想我們彼此之間強詞奪理的樣子吧。我自己比任何人都壞，因爲我寧願要那自然而然的仇恨，而不要做作的甜言蜜語；甜言蜜語都是毒藥，如果我說克利福多麼好啊……如此等等，那你克利福就太可憐了。看在上帝的份上，請你們說我的壞話吧，讓我知道你們還瞧得起我。千萬別甜言蜜語，那會讓我覺得自己已經完蛋了！」

「啊，但我想我們對彼此的喜歡是眞誠的。」韓蒙說。

「我告訴你，我們只能……我們只能在背地裡說對方的壞話！我自己就是一個滿壞的傢伙。」

「我想你弄混了精神生活和批評行爲。你說批評行爲是從蘇格拉底開始的，這我同意，但他並不是僅僅是在批評而已。」查理・梅煞有介事地說。

這幫密友一個個假裝謙虛，但都有一種奇怪的自負。他們以權威自居，卻又假裝謙恭。

督克斯拒絕再談蘇格拉底。

「說得很對，批評和知識不是同一回事。」韓蒙說。

「它們當然不同。」巴里附和，他是一名有著褐色頭髮的害羞年輕人，他來這兒拜訪督克斯，也跟著在這兒過夜了。

大家都望著他，彷彿聽到驢子在講話。

「我說的不是知識……而是精神生活。」督克斯笑著說，「眞正的知識是從思想的屍體上成長起來的，你透過自己的腸胃和陰莖所得到的知識，和你透過自己大腦和精神所得到的一樣多。精神只會分析和解釋，一旦讓精神和理智佔了其他一切的上風，這兩者便只會批評、扼殺一切。我認爲它們只會做這些，而這是非常重要的。天哪，我們當今的世界需要批評，致命的批評，因此讓我們過自己的精神生活，並以心懷惡意爲榮。剝掉那些陳腐的僞裝吧。但是請注意，這就像當你活著時，你是由生活的全體組成一個有機的整體。當你開始從事精神生活時，就等於把蘋果從樹上摘了下來，切斷了蘋果和樹之間的有機聯繫。也就是，如果在你的生活中只有精神生活，那你就是一顆從樹上掉下來、或被摘下的蘋果……這樣一來，心懷惡意就是一個合乎邏輯的必然結果，就像從樹上摘下來的蘋果必然會腐爛一樣。」

克利福睜大雙眼，這些話他根本就沒聽懂。康妮在一邊暗自偷笑。

「好，那麼我們都是摘下來的蘋果了！」韓蒙有點惱怒地說。

「那麼，讓我們把自己釀成蘋果酒好了。」查理說。

「你們覺得布爾什維克主義怎麼樣？」褐色頭髮的巴里插了一句，彷彿剛才說過的一切都應該歸結到這上面似的。

「妙啊！」查理高叫，「你們覺得布爾什維克主義怎麼樣？」

「來吧！讓布爾什維克主義見鬼去吧！」督克斯說。

「恐怕布爾什維克主義這個問題太大了。」韓蒙搖著頭認真地說。

查理說：「在我看來，布爾什維克主義就是對他們所謂『布爾喬亞』的極端仇恨，至於什麼是布爾喬亞？目前還沒有明確的說法。有種說法認爲它就是資本主義，感情和情緒肯定是布爾喬亞的，所以得創造出一個沒有感情、沒有情緒的人。」

「個人主義，尤其是單個的個人，是布爾喬亞的，所以必須壓制他。你必須投身於更偉大的事業，蘇維埃社會主義的事業，甚至有機體也是布爾喬亞的，所以機械的才是最理想的。機器是唯一一個無機體，由許多不同的、但卻同等重要的部件組成整體，每個人都是這部機器的一部分。推動這部機器運轉的動力是仇恨，對布爾喬亞的仇恨。在我看來，這就是布爾什維克主義。」

「完全正確！」唐米說，「不過在我看來，你的話也可看作是對工業理想的精確寫照。簡言之，那是工廠老闆的理想，只不過他會否認動力是仇恨。但是，動力的確是仇恨，對於生命本身的仇恨。瞧瞧米德蘭這些地方，仇恨不是昭然若揭嗎？但仇恨是精神生活的一部分，這是合乎邏輯的結論。」

「我不同意說布爾什維克主義是合乎邏輯的，它沒考慮到一個重要的前提。」韓蒙說。

「但是，親愛的朋友，它卻承認物質的前提；純粹的精神也承認物質這種前提，甚至只承認這種前提呢！」

「可是布爾什維克主義已經是強弩之末了。」查理說。

「末！這個末可沒有末！布爾什維克主義者不久就會擁有世界上最精銳、裝備最精良的軍隊。」

「但是這種仇恨的事業是無法持久的，必定會引起反動！」韓蒙說。

「那，我們已經等候多年了，而且還要再等。仇恨像別的事物一樣日漸滋長，這是我們的生活、我們最深切的本能，為觀念、理想所強暴的必然結果。也就是說，我們迫使自己最深切的情感去適應某種觀念、理想。我們像機器一樣根據某種規則行事，富於邏輯的精神自稱能主宰一切，但一切卻都變成了純粹的仇恨。我們都是布爾什維克主義者，只不過我們都有些僞善罷了。俄國人是不僞善的布爾什維克主義者。」

「除了蘇維埃這條路，還有其他路可走啊，布爾什維克主義者實在不明智。」韓蒙說。

「他們當然不明智，但如果你想達到自己的目的，有時候愚蠢卻是明智的。我個人認為布爾什維克主義是愚蠢的，但我們西方的社會生活也是如此，我甚至認為我們這種頗為出名的精神生活也是愚蠢的。我們都像白癡一樣冷酷，像傻瓜一樣沒有熱情，我們都是布爾什維克主義者，只不過我們不這樣稱呼自己罷了。我們認爲自己是神……像神一樣的人，這跟布爾什維克主義沒什麼兩樣。如果一個人不想成爲神，不想成爲布爾什維克主義者，就必須成爲人，要有心靈，有陰莖……神和布爾什維克主義者都是一樣的，他們雖好，卻不眞實。」

在一片不表贊成的沉默中，巴里突然不安地問：「那麼你相信愛情，唐米，是不是？」

「可愛的孩子！」唐米說，「不，我的小天使，十之八九我是不相信的！愛情在今日不過是另一種愚蠢的表演罷了。那些傢伙扭腰擺臀，與屁股嬌小、妖嬈冶豔的小姑娘們隨意交歡。你是說這種愛情呢？還是那種共用財產共同奮鬥，我的丈夫我的太太式的愛情呢？不，我的好朋友，我根本就不相信！」

「但是你總得相信什麼啊？」

「我？啊，理智地說，我相信要有一顆好心、一根快活的陽具、一種活躍的智慧，和在一位夫人面前說『媽的』的勇氣。」

「這些你都有了。」巴里說。

唐米・督克斯狂笑起來。「你這個小天使！我要是有就好了！不，我的心麻木得像馬鈴薯，我的陽具萎靡不舉，我寧願把它割了也不願在我母親和姑母面前說『媽的』……請注意，她們都是眞正的夫人；而且我也沒有什麼智慧，我只是個『附庸精神生活的人』。能有智慧那該多好啊！有了智慧，一個人全身上下該或不該說出的每個部分都會充滿生氣。對於任何眞正具有智慧的人，陽具都會抬起頭說：『你好！』雷諾瓦說他的畫是陽具畫出來的……確實如此，多麼漂亮的畫啊！天哪，我也想用自己的陽具做些什麼事情，無奈一個人只能這麼說說而已！這又替地獄增加了一種酷刑，而這都是從蘇格拉底開始的。」

「世界上也有好女人啊。」康妮終於抬起頭說。

男人們都不高興了，她應該裝作什麼都沒聽見才是，她竟敢承認自己對這種談話竟聽得那麼仔細，這讓他們覺得很不高興。

「我的上帝！假如她們對我來說不好，我又何必在乎她們有多好？」

「不，那是不可能的，我無法和一個女人有共鳴，沒有哪個女人能使我在面對她的時候覺得眞正需要她，而我也不打算勉強自己……天哪，絕不！我將如我所是地過自己的精神生活，這是我所能做到唯一不虛僞的事情。女人們聊天時，我可能會覺得很快樂，但那是一種很純潔的樂趣，無可奈何的純潔！你說是嗎？我的小朋友。」

「要是一直保持純潔，那生活可就簡單多了。」巴里說。

「是啊，生活眞是太簡單了！」

譯註：

①麥克里斯的暱稱，人們通常這麼稱呼他。

第5章 虛無

在一個二月微霜、陽光迷濛的早晨，克利福和康妮出去散步，他們穿過林園向樹林裡走去。克利福駕著他的巴思椅，康妮在他身邊步行。

寒冷的空氣中依然帶著硫磺的臭味，但是他們都已經習慣了。四周的地平線看起來很近，籠罩著一種色彩變幻的霜和煙混成的薄霧，頭頂只有一塊小小的藍天，讓人覺得像是被關在一個圍欄裡，一直被關在圍欄裡。生命就像一場夢幻或狂亂，當你總是被關在一個圍欄裡時。

綿羊在園中枯黃的草叢裡窸窸窣窣地吃著草，那兒的草窩積著一些淺藍色的霜。一條穿過林園直到樹林那邊大門口的小路，像一段淺紅色的美麗絲帶。克利福不久前才叫人在這條小路鋪上一層從煤坑邊取來、篩選過的礫石。這些從地底下取出的礫石和廢料在經過焚燒後已沒有硫磺的成分，它們在天氣乾燥時呈現出明亮的淺紅蝦色，在天氣陰濕時則顯出較暗的蟹色。現在這條小路呈現淡淡的蝦色，上面鋪著一層藍白色的薄霜，康妮很喜歡這些鋪路的淺紅色明亮礫石。凡事總是有弊亦有利，這些礦石總算有些用處。

克利福小心翼翼駛下自宅所在的小丘斜坡，康妮在旁幫忙扶著。樹林就在他們面前，近處是榛樹叢，稍遠處是略帶紫色的濃密橡樹林，有幾隻兔子在樹林的邊緣蹦跳或覓食。一群黑壓壓的烏鴉突然飛了起來，相隨著飛過那小小的天空。

康妮打開通向樹林的門，克利福緩緩駛過，上了一條寬闊的馬路。這條馬路順著一條斜坡延伸而上，兩旁是修剪得整整齊齊的榛樹叢。這片樹林是以前羅賓漢打獵的大森林殘跡，而這條馬路正是橫越這片地區的古老大道，但現在，它只是私人樹林裡的一條馬路罷了。從曼斯菲爾德過來的大路，在此折轉向北。

樹林裡很寂靜，地上捲起的落葉背面還留著一層薄霜。一隻松鴉正粗啞地叫著，許多小鳥在振著翅，卻沒有供人狩獵的野物，也沒有野雞，牠們在大戰時都被人殺光了。樹林也一直沒人看管，直到現在，克利福才又雇了一個守林人。

克利福喜歡這片樹林，喜歡那些老橡樹。它們在經過許多世代後屬於了他，他要保護它們，他要讓這個地方與世隔絕，不受侵犯。

巴思椅緩緩地駛上斜坡，在結凍的泥地上顛簸著前行。忽然，左邊出現了一塊空地，那兒只有一叢乾枯的蕨草，四下散佈著一些細長的斜傾小樹和幾棵被鋸斷的大樹樁，毫無生氣地露著斷面和緊抓地面的根；還有幾塊焦黑的地方，那是守林人焚燒樹枝和垃圾後留下的痕跡。

這是大戰中佐佛來男爵伐木以供戰壕之用的一處地方。在馬路的右邊是一片緩緩隆起的小丘，光禿禿的，顯得有些荒涼。小丘的頂部以前有許多橡樹，現在什麼也沒有了。站在那兒，從樹梢上望過去，可以看見煤礦的鐵道和史德門的新工廠。康妮曾經站在那兒遠眺，它是這片徹底與世隔絕樹林中的一個缺口，將外面的世界放了進來，但是她沒有告訴克利福。

一看到這塊光禿禿的地方，克利福就覺得非常憤怒。他曾親歷戰火，他知道戰爭是怎麼一回事，但是直到他看見了這片光禿禿的小山之後，才眞正地對大戰憤恨起來。他已叫人重新種些樹木，但他仍爲此憎恨自己的父親。

克利福駕著巴思椅，面無表情地爬上山坡，到了最高處時，他把車停住，不願冒險駛下這段漫長而顚簸的斜坡。他望著這條馬路向下延伸所形成的淺綠色曲線，這是一條穿過蕨草和橡樹的清晰道路，這條路在山腳下轉彎、隱沒，但它的曲線是那樣美好而自然，令人聯想到往日的騎士和騎馬的貴婦。

「我認爲這兒是英格蘭眞正的心臟。」克利福坐在二月濛濛的陽光下對康妮說。

「是嗎？」康妮說著，把藍色的絨線外衣鋪在一棵樹樁上坐了下來。

「是的！這就是古老英格蘭，古老英格蘭的心臟，我打算讓它保持完整無損。」

「噢，是啊！」康妮一邊說，一邊傾聽著史德門煤礦場傳來的十一點鐘報時汽笛聲。

克利福已經習慣了這種聲音，他一點也沒注意到。

「我要讓這片樹林保持完整……不受破壞，我不會允許任何人侵犯它。」克利福的聲音帶有某種悲憤的情緒。

這片樹林原本還保留著一些古英格蘭荒野的神祕感，但是大戰時，佐佛來男爵的砍伐傷害了它。那些樹木是多麼靜穆啊，無數的樹枝筆直地刺向天空，灰色的樹幹在棕色的蕨草叢中倔強地直立著！鳥兒們在這些樹木間翻飛著，多麼安穩！以前這裡曾有鹿、有弓箭手，教士們騎著驢從這兒躂躂地經過，這地方自己還記憶猶新呢！

克利福在蒼白的太陽下坐著，陽光照著他光滑、近似金栗色的頭髮，照著他紅潤神祕的面頰。「每當我來到這兒，就比平時更加遺憾不能有個子嗣。」

「但是這樹林比你們家族還要古老呢。」康妮溫柔地說。

「的確！」克利福說，「但是我們保護了它，要是沒有我們，這樹林早就完了，像其他被消滅的森林一樣。我們必須保存一點古老英格蘭的東西。」

「必須嗎？」康妮說，「如果這古老的英格蘭無法自保，如果這個古老的英格蘭是反對新英格蘭的，我們也必須保存它嗎？這是可悲的，我知道。」

「如果我們不能保存一點古老英格蘭的東西，就不會再有英格蘭了。」克利福說，「我們擁有這塊土地，而且我們愛它，所以我們必須保存它。」

兩人都悲傷地沉默了一會兒。

「是的，但是我們擁有它的時間很短。」康妮說。

「時間很短！我們只能做到這些，我們只能盡力而為。我覺得自從我們擁有這塊土地以來，我們家族中的每個男子都曾在這兒盡過他的責任。一個人可以反對習俗，但他必須遵循傳統的慣例。」

他們又一次沉默下來。

「什麼傳統的慣例？」康妮問。

「英格蘭的傳統慣例！這個就是！」

「是啊！」她不疾不徐地說。

「這就是得生個兒子的原因，一個人不過是一條鎖鏈中的一環。」他說。

康妮對這條鎖鏈並不感興趣，但是她沒說什麼，她在想他那種有個兒子的渴望有點怪異地不近人情。「可惜我們沒法有個兒子。」

他用微凸的淡藍色眼睛凝視著她。

「要是妳能和別的男人生個兒子，那也許是件好事。要是我們在勒格貝把這孩子養大，那『它』就屬於我們和這塊地方。我不太相信什麼血統，要是我們養『它』，『它』就屬於我們，並繼承我們，妳不覺得這件事值得考慮嗎？」

康妮終於抬起眼睛看著他。孩子，她的孩子，但對他來說不過是個「它」。它……它……它！

「但是要找另一個什麼樣的男人呢？」她問。

「這很重要嗎？難道這種事情會對我們造成很大的影響嗎？妳在德國時有過情人，現在又怎麼樣了呢？差不多什麼都沒有了。在我看來，我們生命中的那些小動作，那些與別人發生的小關係都不怎麼重要。它們都會過去，消失得無影無蹤。去年的雪……去年的雪在哪兒？重要的是那些持續一生的東西，像是我身上這長久延續著與進行著的生命，對我來說是重要的。而那種偶爾的關係，特別是那些偶爾的性關係哪裡有什麼重要的呢？如果人們不要那麼可笑地誇大它們，它們就會像鳥兒的交配一樣被忽略，而它們也的確該被忽略。

「這有什麼重要的呢？重要的是終生的相伴，是一天又一天的共同生活，而不是那一、兩次的共枕眠。對我們來說，不管發生什麼，我們都是夫妻，我們已經習慣對方，我認爲長久的習慣比任何偶爾的興奮都重要得多。我們憑藉生活的是那長久的、緩慢的、持續的東西，而不是任何一種偶爾的快感。兩個人生活在一起，一步一步地達成某種和諧，彼此微妙地影響著對方，這就是婚姻眞正的祕密；它不是性，至少不是那單純的性慾。我們在婚姻中相互影響著，命運已經破壞了我們之間肉體上的結合，但我們可以自己去安排性事，就像我們去找牙科醫生一樣。」

康妮坐在那兒聽著，心中感到一陣困惑和恐懼，她不知道他說得對不對。那就找麥克里斯，他愛她，她這樣對自己說。但她的愛情只是她和克利福婚姻之外的某種出遊，他們的婚姻是在多年痛苦與忍耐中形成的長久單調習慣。也許人類的靈魂需要某種出遊，這種需求是無法抗拒的，但是所謂出遊，意味著終得回家。

「無論我有了哪個男人的孩子，你都不介意嗎？」她問道。

「我爲什麼要生氣呢？康妮，我相信妳的選擇自然會是得體的，妳絕不會讓一個壞男人接觸妳。」

「但是，男人和女人對於壞男人的看法也許是不同的。」她想起了麥克里斯，他絕對是克利福認爲的那種壞男人。

「不會的。」克利福答道，「妳喜歡我，所以我不相信妳會找那種與我格格不入的男人，妳的感覺會阻止妳那麼做。」

她沉默下來，荒謬透頂的邏輯是無法反駁的。

「假如有這樣的事，你希望我告訴你嗎？」她偷偷瞄了他一眼。

「不！我還是不知道的好……不過，偶爾的性行爲與長期的共同生活相比簡直不算什麼，妳同意我這種說法嗎？難道妳認爲一個人會將性事當成附屬生命的必需品嗎？因此，既然我們是被逼迫要發生性事，那就隨意吧！畢竟，這些短暫的快感有什麼重要的呢？生命的全部問題不就是在長年累月中慢慢建立起完整的人格嗎？不就是要成就一種完整的生命嗎？不完整的生命是沒有意義的。

「如果缺乏性愛讓妳不能完整，那麼就出去風流吧！如果沒有兒子讓妳不能完整，那就去生個孩子吧！只要妳能，去做那些能使妳生命完整的事吧，它們能使生命長久地保持和諧。我們可以一起來做這事……妳說呢？我們可以順從這種種需要，並把這種種生理上的順從與我們穩定的共同生活編織在一起，妳說是嗎？」

康妮被他的話震住了。她知道他在理論上是正確的，但事實上，她一想到要和他一直過著這種穩定的生活時，她就猶豫了。把自己的餘生與這個人編織在一起，難道這眞是她的命運，再沒有別的可能了嗎？

只能如此嗎？她只好知足地和他一起編織穩定的共同生活，把一切都編進一張布裡，偶爾還會編朵越軌的花，但是她怎麼能知道自己明年的感受呢？她又怎麼可能知道呢？她怎麼能說「是」呢？而且是一年又一年地說！這個小小的「是」字一開口便能說出來，爲什麼一個人要爲這個輕如蝶翼的字所束縛呢？這個字當然會像蝴蝶一樣鼓翼飛逝，並由其他「是」和「不」替代！它們都是迷失的蝴蝶。

「我想你是對的，克利福。至少我現在同意你，但是生活也許會改變。」

「至少在生活沒有改變之前，妳是同意的？」

「啊，是的！我相信我同意，眞的！」

她看見一頭棕色的獵犬從旁邊一條小路上跑過來，舉著鼻子，望著他們汪汪輕吠。有個人帶著槍跟在獵犬後面，輕快敏捷地向他們靠近，好像要攻擊他們似的，但是他卻停下來朝他們行禮，然後轉身向山下走去。他不過是那個新來的守林人，但是卻把康妮嚇了一跳。他出現得那麼突然，好似一種威脅突然從虛空中跑了出來。

他穿著深綠色的棉絨衣、長統橡膠鞋……樣式很老派，紅色的面頰、紅色的鬍鬚，和分得頗開的雙眼。他正快速地向山下走去。

「梅樂士！」克利福叫道。

那人輕快轉身，像個士兵一樣迅速行了個舉手禮。

「你能把我的巴思椅轉過來，並發動它嗎？這樣比較容易一些。」克利福說。

那人馬上把槍背在肩上走了過來，同樣如此奇異地敏捷輕快，像是怕被人發現似的。他中等個頭，有點消瘦，很沉默，他看也不看康妮，只是望著那張巴思椅。

「康妮，這是新來的守林人——梅樂士。你還沒有和夫人說過話吧，梅樂士？」

「沒有，先生。」他回答得迅速而冷淡。

那人舉起他的帽子，露出近似金色的濃密頭髮。梅樂士直盯著康妮的眼睛，目光老練、無畏且客觀，像是要看出她是個什麼樣的人似的。他使康妮覺得害羞，她羞怯地低下了頭。他把帽子換到了左手，向她微微一鞠躬，像個紳士一樣。但是他什麼也不說，手裡只是拿著帽子，靜靜地站在那兒。

「你到這兒有一陣子了吧，是不是？」康妮問他。

「八個月了，太太……男爵夫人！」他鎮靜地改正稱呼。

「你喜歡這兒嗎?」康妮看著他的眼睛。

他的眼睛稍稍瞇起,露出一種譏諷,也許是粗魯的神情。

「啊,是的,謝謝妳,男爵夫人!我是在這地方長大的……」他又輕輕地鞠了一個躬,然後轉身戴上帽子,走過去推巴思椅。他說最後幾個字時,刻意帶著沉重而音節拖連的口音,也許他是在嘲諷,因爲他先前說話並不帶口音,簡直像個紳士呢。無論如何,他是個敏銳而孤立的怪人,雖然孤獨,卻很有自信。

克利福發動了引擎,梅樂士小心地把車子轉了過來,使它面向那平緩地伸向幽暗的榛樹叢的斜坡。

「還有什麼事嗎?克利福先生。」梅樂士問道。

「是的,你最好還是跟著我們,這車子爬不了坡,它的馬力不夠大。」

梅樂士若有所思地四下張望尋找他的獵犬,獵犬望著他,輕輕地搖著尾巴。他眼中閃過一絲嘲笑康妮、揶揄康妮而又不失溫和的笑意,但很快地又消失了,再度變得毫無表情。他們下坡時走得很快,梅樂士扶著車,使它走得很安穩。他看起來像個自由的士兵,而不是個僕役,他有什麼地方讓她想起了唐米·督克斯。

當他們來到榛樹叢時,康妮突然跑到前面打開通向林園的門。康妮扶著門,兩個男人在經過時都望著她,克利福帶著非難的神情,梅樂士則有點好奇和驚愕,冷漠觀察著她這個人。她在他冷漠的藍眼睛裡看到了痛苦、超脫，然而還有某種熱情，但是她不明白他爲什麼會這樣冷漠、這樣孤零。

過了園門，克利福停住車子，梅樂士趕緊將門輕輕關上。

「妳爲什麼要跑過去開門呢？」克利福用一種沉著從容的聲調問道，流露出一絲不快，「這是梅樂士的事。」

「我想讓你這樣一直開進去。」康妮說。

「然後讓妳在我們後面跟著跑嗎？」克利福說。

「好了！我有時喜歡跑！」

梅樂士重新扶住車子，好像什麼都沒聽到，康妮卻覺得他在留意一切。在推著車子駛上那個有點峻峭的小丘時，他張著嘴唇，呼吸有點急促。他的身材有點單薄，雖然奇異地充滿了生命力，但還是有點單薄和乾枯。她憑著女人的本能意識到了這一點。

康妮後退一步，讓車子繼續前行。天空全部變成了灰色，環繞著那塊小小藍天的霧帶聚攏了，像是蓋了一塊蓋子。空氣也開始冷得刺骨，就要下雪了。一切都是灰色，全是灰色！世界好像衰敗了一樣。

車子停在淺紅色的小路盡頭等著。

「累嗎？」克利福轉頭尋找康妮。

「啊，不！」口中雖這麼回答，但是她卻感到厭倦。一種奇特的疲勞渴望，一種不滿在她心中滋生。

克利福沒有注意到，這種事情他是無法明白的，但是那個陌生人卻知道。對康妮來說，她的生命和世界裡的一切都衰敗了，她的不滿比那些小山還要古久。

他們到了屋前，又繞到沒有臺階的後門。克利福努力地將自己從巴思椅移到屋裡用的較低矮輪椅裡，他的兩臂強壯而靈活，然後由康妮把他那兩條沉重沒有生氣的腿移過去。

守林人正在等主人示意他離開，他看到了這一切，毫無遺漏。當他看到康妮搬起克利福沒有生氣的大腿，克利福吃力地轉動身體時，他的臉色因恐懼而變得蒼白，他被嚇住了。

「謝謝你的幫忙，梅樂士。」克利福隨口說，一邊將輪椅帶向通往僕人房的走廊。

「沒有別的事情了嗎？先生。」梅樂士問，聲音不帶感情，像是在說夢話。

「沒有了，日安！」

「日安，先生。」

「日安！謝謝你幫忙把車子推上山，希望你不會覺得太沉重。」康妮回頭望著站在門外的守林人說道。

他好像剛從夢中醒轉一樣，他的眼睛一下子與她的相遇了，他理解了她。

「呵，不，不重！」他迅速地回應，然後他又帶著沉重的口音說：「日安，男爵夫人！」

「那個守林人是誰？」用午餐的時候，康妮問道。

「梅樂士！妳已經見過他了。」克利福說。

「是的，但他是從哪兒來的呢？」

「不知道。我想他是特維蕭人……一個煤礦工人的兒子。」

「他自己做過礦工嗎？」

「做過煤礦場的鐵匠，我想，他做過鐵匠中的領頭。不過，在戰前，在他從軍以前，曾在這兒當過兩年的守林人。我父親對他印象很好，所以當他退役、準備再回到礦場當鐵匠的時候，我叫他再來這兒做守林人。我對他很滿意……在這兒要找一個好的守林人很難，這工作需要一個熟識附近居民的人。」

「他還沒有結婚？」

「他結過婚，但是他老婆跟人私奔了……她跟過許多男人，最後跟了一個史德門煤礦場的礦工，我想她現在還在史德門。」

「那麼他現在一個人住？」

「應該是吧！我記得他有個母親住在村裡……還有一個孩子。」

克利福看著康妮，他那微凸的淡藍色眼睛流露出一絲曖昧。他表面上看起來很活躍，但骨子裡其實跟米德蘭的天氣一樣陰霾晦暗、煙霧濛濛。這陰霾好像要彌漫開來，所以當他用奇特的目光盯著她，精確回答她的問題時，她覺得他的內在充斥著煙霧和虛無，這令她感到害怕。這使他少了人味，幾乎像個白癡。

她隱約認識到一條有關人類靈魂的偉大法則——當一個人受了創傷的打擊，而肉體又沒被消滅時，靈魂看似會和肉體一起痊癒，但那只是表面現象罷了，那不過是習慣重新恢復的一種機械性動作罷了。慢慢地，靈魂的創傷會開始慢慢發作，就像一道傷口，它只會逐漸加深可怕的痛楚，直至充斥靈魂。就在我們相信自己已經痊癒和忘卻時，它那可怕的痛楚才以最糟糕的方式為我們所覺察。

克利福就是這樣，他已經「痊癒」了，他已經回到了勒格貝，他寫著他的故事，重新確認自己的生命，儘管他曾經受過可怕的創傷，但他看起來像是已經把它們忘掉，重新恢復了往日的鎮定。但是現在，在許多年過去之後，慢慢地，慢慢地，康妮覺得那恐怖和悲慘的創傷才正開始發作，逐漸佈滿他的心靈。在過去很長的一段時間內，那創傷因為太深而讓人覺得麻木，好像它並不存在似的。現在，它開始透過一種不斷蔓延的恐懼，甚至是麻痺來漸漸地展示自己。他的精神仍然很活躍，但是那種麻痺，那種巨大打擊所留下的創傷，已逐漸在他的感覺中蔓延。

雖然它在他的內在蔓延，但康妮卻覺得它也在自己心中蔓延，一種內在的恐懼、空虛，以及對一切事物的漠不關心逐漸在她的靈魂中蔓延。當克利福興致一來，他還能高談闊論，展望未來，就像他曾經有過的那樣，比如在樹林時，他還對她說要有個孩子，要給勒格貝找個繼承人；

但是第二天，所有的闊談像是枯死的樹葉般被揉得粉碎，變得毫無意義，隨便一陣風來便會被吹散，它們不是眞正有生命力的稠密葉子，不是年輕富有活力的長在樹上的葉子，它們只是死氣沉沉的一團落葉。

她覺得到處都是死氣沉沉的。特維蕭的礦工們又開始議論著要罷工了，但康妮覺得那並不是力量的展示，只是暫時中止的大戰所留下的一個創傷，它緩慢地浮出表面，造成了這種巨大不安的痛苦和不滿現狀的混亂。那場不義的、不人道的大戰所留下的創傷實在是太深，太深了……這一代人的鮮血要經過許多年，才能消融他們靈魂和肉體上深深瘀血創傷，這需要一個新的希望。可憐的康妮！許多年過去了，她生命中虛無的恐懼感一直折磨著她，她開始漸漸覺得自己和克利福的精神生活很空虛，他們的婚姻、他們的完整生活只是基於相互親密的習慣。克利福說，那要過很久才會變成完全的空白和虛無，但這只是些浮濫虛語，僅此而已，唯一的眞實是虛無，它高踞在虛僞的言詞之上。

眞實的還有克利福的成功——啊，成功女神那條母狗！

他幾乎是個知名作家了，他的書爲他帶來了上千鎊的收入，他的相片隨處都是。有一座美術館陳列著他的半身雕像，還有其他兩家美術館也掛著他的肖像，他好像是時髦之人當中的最時髦的一位。憑著他那殘疾者的非凡宣傳本能，在四、五年之間，他已成爲青年「知識份子」中最出名的一個。康妮不明白那所謂的才智是從哪裡來的。克利福確實精於略帶幽默地分析人們本身及其思想動機，但結果總是把一切都弄成碎片，這有點像小狗把沙發上的靠枕撕個粉碎；不同的是小狗的行爲是天眞戲謔的，克利福卻是老成的，而且還固執得自負。那是矯作的，而且毫無意義，有一種感覺在康妮的靈魂深處反覆回響著——這一切毫無意義，不過是對空虛的一種精采炫耀，不過是炫耀而已。炫耀！炫耀！炫耀！

麥克里斯以克利福爲中心人物寫了一個劇本，劇情已經擬好，第一幕已經寫成，因爲麥克里斯對空虛的炫耀比克利福更高明。對於炫耀的熱情就是這些人僅剩的一點熱情，他們在性愛上沒有熱情，甚至可以說是死的。現在，麥克里斯所追逐的並不是金錢。克利福則從來沒有把賺錢看成最重要的事，雖然他也在盡力撈錢，因爲金錢是成功的象徵。成功才是他們想要的，他們倆都想做眞正的炫耀……一個人所擁有的每一次自我炫耀，往往能在一時博得人們的歡心。

賣身給成功女神這條母狗——這是非常怪異的行爲。自從康妮置身於外以來，自從她對它帶來的興奮感到麻木以來，它對她來說便再次成了虛無，甚至這種賣身給成功女神的行爲也是虛無，儘管人們是如此熱中於一次又一次地賣身給她。但這也只是虛無。

麥克里斯寫信告訴克利福關於劇本的事，康妮當然早就知道這件事了。克利福覺得非常興奮，這下子他又可以被人炫耀了，這可是別人來炫耀他，炫耀他的成功。他邀請麥克里斯帶著第一幕劇本光臨勒格貝。

夏天時，麥克里斯來了。他穿著灰白色的套裝，戴著白羔羊皮手套，送給康妮一束可愛的淡紫色蘭花。第一幕寫得非常成功，甚至連康妮也覺得很激動，激動到了骨子裡。麥克里斯也非常激動，他爲自己能如此顫動別人而感到激動。在康妮眼裡，他這時眞是卓越非凡，而且十分漂亮。她從他身上看到那種黝黑種族專有、再也不令人爲幻滅所擾的古老鎭靜，她看到了一種不潔的極致，然而這種極致本身也許是純潔的。從他那過分至高無上賣身給成功女神的行爲角度來看，他是純潔的，純潔得像非洲的象牙面具，在那起伏有致的輪廓中，一切不潔都夢幻般變得純潔。

他的劇本把康妮和克利福都迷住了，使他們感到激動，這是他生命中最崇高的一個時刻。他已經成功了，他迷住了他們，甚至連克利福也一時鍾情於他……當然，如果可以這麼形容的話。

第二天早上，米克顯得比以往更不自在，兩隻十分不安的手插在褲袋裡。康妮夜裡沒去找他，而他又不知到哪兒去找她，在他最得意的時候，這種風情可眞撩人啊！

他來到康妮的起居室。她知道他會來，他的不安非常明顯，他問她對劇本的意見……問她覺得好不好？他需要聽到讚美，那比任何的性高潮更能爲他僅存的熱情帶來可悲的顫動。

她狂熱地讚美著它，然而，在她的靈魂深處，她知道這劇本毫無價值。

「聽著！」米克最後突然說，「我們爲什麼不把事情挑明？我們爲什麼不結婚呢？」

「但是我已經結婚了。」康妮吃驚地說，心中毫無感覺。

「啊，這個……跟他離婚就是了……我們爲什麼不結婚呢？我想結婚。我知道這對我來說是最好的事情……結婚，過正常的生活。我現在過的生活糟透了，它簡直要把我撕成碎片。聽著，妳和我，我們可以成為……一對。我們為什麼不結婚呢？妳說，有什麼理由可以不讓我們結婚？」

康妮吃驚地望著他，心中依舊毫無感覺。男人全都是一樣的，他們做什麼事都不顧一切，他們像炮竹似的直往天際竄，而且還希望妳跟他們下面拖著的那根小細棍一樣，被一起帶上天去。

「但我已經結婚了。我不能丟下克利福，這你是知道的。」

「為什麼不能？為什麼不能呢？」他叫道，「半年過後，他就會忘記妳已經走了。除了他自己，他不在意任何人的存在。我看不出這個男人對妳有什麼好處，他只想著他自己。」

康妮覺得這話很有道理，但是她也覺得麥克里斯不過是在炫耀自己的無私罷了。「難道所有的男人不都是只想著他們自己嗎？」

「啊，多少是的，這我承認，一個男人要生存就不得不如此。不過這並不重要，重要的是一個男人為女人帶來的是什麼，他能否為她帶來快樂？假如不能，他就沒有權利擁有她……」他停頓了一下，用那幾乎帶有催眠作用的褐色微凸眼睛凝視著康妮。「我現在認為，我能帶給一個女人所要求的最大快樂，我保證！」

「什麼樣的快樂呢？」康妮仍舊吃驚地望著他，表面看起來十分激動，心中卻毫無感覺。

「所有的快樂！服裝、珠寶，去任何一家妳喜歡去的夜總會，認識任何妳想要認識的人，揮霍無度……旅行，到處受人尊重……總之，各種各樣的快樂。」他洋洋得意地說著。

康妮望著他，像是被迷住了，實際上心中卻毫無感覺。所有這些金碧輝煌的允諾甚至騷不到她精神表層的一點癢處，甚至也不能帶給她最外在的自我任何反應，而通常在其他時候，任何層次的康妮往往是很容易激動的。她對這些話毫無感覺，但又不能表示輕蔑，她只是坐在那兒凝視著他，好像感到目眩神迷，但心中卻毫無感覺，她只是好像在什麼地方聞到了成功女神那條母狗討厭的騷味。

麥克里斯如坐針氈，上半身前傾，斜坐在椅子裡，歇斯底里地望著她。誰能知道他究竟是出於虛榮心而急切地期待她答應呢？還是因爲擔心她眞的答應了而驚慌呢？

「我得想一想。」她說，「我現在無法回答你。在你看來，克利福的感受也許不値得考慮，但是他怎麼想很重要，他可是一個殘疾人……」

「天哪！如果一個人可以拿自己的殘疾乞憐，那我也可以說自己有多麼孤獨，此外更有其他所有瑣屑無聊的可憐之處。天啊！一個人怎麼可以只拿自己的無能去向人乞憐？」

米克轉過身，兩隻手憤怒地在褲袋裡亂抓。那天晚上他對康妮說：「妳今夜會到我房裡來嗎？我不知道妳的臥室在哪裡。」

「會的！」她說。

那晚，他比以往更興奮，赤裸的軀體奇異地像個小男孩般柔弱，康妮覺得她簡直無法和他同時產生高潮。他那孩子般柔弱的裸體和溫柔，在她身上喚起了一種熾熱的情慾，她不得不在他的高潮結束之後，在一種狂野的騷動中繼續搖擺她的腰肢，而他則用全部的意志和自我奉獻的精神，慷慨地讓自己待在她的體內堅持著，直到她最終達到高潮，並發出一陣陣細微而奇異的喊聲。

當他最終從她體內抽退時，他略帶苦澀、近乎嘲諷地輕聲說道：「妳難道不能和男人同步達到性高潮嗎？妳必得自己幹到那一步嗎？妳必得一人操縱這檔子事嗎？」

他突然說出這樣的話，使她很受打擊，因爲他那種被動的獻身，很明顯反映了那是他做愛時僅有的眞實。

「你這話是什麼意思？」

「妳知道我是什麼意思。妳在我達到高潮後還要再幹幾個小時……我不得不咬牙堅持著，直到妳讓自己達到高潮。」

正當她爲一種難以形容的快樂、一種對他的愛情而燃燒著時，她被這句意外粗野的話給嚇呆了。他根本像現代的許多男人一樣，幾乎在性愛還沒開始就已結束，女人只好靠自己去達到高潮。

「但是，你願意讓我繼續這麼做下去而得到滿足吧？」

「我願意！這很好！我願意咬牙堅持著，讓妳向我衝撞！」他冷笑著說。

「你到底願不願意？」她堅持逼問答案。

「他媽的，所有女人都是這樣，都沒有誰能達到性高潮，簡直像個死人，否則她們哪裡會等男人達到高潮後，爲了讓自己達到高潮，而要男人咬牙堅持？我從來沒遇過一個能和我一起達到高潮的女人。」他迴避著，並不直接回答這個問題。

康妮迷惘地聽著這種新奇的男性感受，只因他那種對她的厭惡、他那種不可思議的粗野嚇呆了她。她覺得很無辜。

「但是你願意讓我也得到滿足，是嗎？」她重複問著。

「啊，算了，我非常願意！但是要說讓一個男人咬牙堅持陪女人去達到她的高潮，是種極大快樂的話，那眞是見鬼了！」

這番話是康妮有生以來所受到最殘酷的打擊，它把她心中的什麼東西給毀掉了。其實最早她並不喜歡米克，直到他主動提出要求之前，她並不想要他，她好像不曾肯定地想要過他，但是既然他挑起了她的性慾，那她當然要從他那兒得到性高潮，爲此她幾乎愛上他了……在這個晚上，她幾乎愛上他了，而且想跟他結婚。

也許他本能地知道這個，所以他才粗野地徹底破壞這個幻景、這個海市蜃樓。這天晚上，她在性愛方面對他，甚或是對所有男人，已徹底失去興趣，她的生命和他的生命突然徹底地隔絕開來，好像他從來沒有存在過。

她繼續沉悶地生活著，除了克利福所謂完整生活的空虛單調之外，現在什麼也沒有了。這種所謂的完整生活，就是兩個人長期生活在一起，彼此習慣了共同生活在一個屋簷下的狀態。

虛無！接受生活巨大的虛無似乎是一件不可避免的事。所有那些繁忙的、重要的瑣事，組成了這個巨大整體的虛無！

第6章 梅樂士

「今天，為什麼男人和女人都不眞正喜歡對方了？」康妮問唐米．督克斯，他多少有點像她的精神導師。

「啊，誰說他們不喜歡對方！我相信自人類被創造以來，男人和女人從來沒有像今天這樣互相喜歡過，而且是眞正的互相喜歡！就拿我來說吧，我眞的喜歡女人更甚於男人，她們更勇敢，和她們在一起，一個人可以變得更坦誠。」

「呵，是啊，但你和她們從來就沒有過什麼關係！」康妮沉思著這些話。

「我？那我現在在做什麼？我不是正在和一個女人十分誠懇地交談著嗎？」

「是的，交談……」

「假如妳是男人的話，我除了和妳誠懇地交談外，還能對妳做什麼呢？」

「也許不能，但是一個女人……」

「一個女人要你去喜歡她，和她談話，同時又要你去愛她，去追求她。但在我看來這兩件事是互相排斥的。」

「但它們不應該是相互排斥的！」

「無疑，水不應該如其本質的那麼濕，它濕得太過火了，但它就是如此！我喜歡女人，喜歡和她們談話，所以我不愛她們，不追求她們，這兩件事不會同時在我身上發生。」

「我想它們應該可以同時發生。」

「好了。討論事情應該怎樣，不應該怎樣，這可不是我的專長。」

「不是那樣的。男人既可以同時愛女人，又和她們交談。我不明白他們怎麼能夠愛她們而不和她們談話，不和她們親熱。他們怎麼能夠？」康妮考慮了一下。

「噢，我不知道。我的概談有什麼用呢？我只知道自己是這樣的。我喜歡女人，但我不追求她們。我喜歡和她們談話，雖然這在某種意義上使我和她們變得親密，但那卻反而使我更不想和她們接吻。妳看，我就是這樣！但是不要把我當作一般的例子，也許我恰恰是特殊的；我喜歡女人卻不愛她們，如果她們強加給我一種虛僞的愛情，或要我做出如膠似漆的樣子，我還會恨她們呢！」督克斯說。

「這使你覺得悲哀嗎？」

「怎麼會呢？一點也不！當我看著查理・梅，或者其他有過風流韻事的男人時……不，我一點也不羨慕他們！如果命運送給我一個我想要的女人，那好極了。既然我從來就不知道自己想要什麼樣的女人，也從來沒有碰到過……爲什麼呢？我想我是冷淡的，但是我眞的喜歡一些女人。」

「你喜歡我嗎？」

「非常喜歡。而且妳看，在我們之間沒有接吻的可能，不是嗎？」

「沒錯，是沒有。」康妮說，「但是難道就不應該有嗎？」

「為什麼應該呢？上帝！我喜歡克利福，但是假如我走過去吻他，妳會作何感想？」

「但是這之間沒有差異嗎？」

「拿我們來說吧，不同在哪裡，在於我們都是有教養的人，所以男女之慾會暫時處於中止狀態，暫時的中止。難道妳願意我此刻突然像個歐陸男子一樣，開始向妳展示自己的性慾？」

「那我會惱恨的。」

「妳瞧！告訴妳，作為一個真正的男性，我永遠也遇不到一個適合自己的女性，我也不想遇到，我只是喜歡女人。有誰能強迫我愛她們，或假裝愛她們，跟她們一起玩性愛的遊戲？」

「我是不會的。但是其中恐怕有問題吧？」

「也許妳覺得有，但我卻不覺得。」

「是的，我覺得你對男女關係的說法有問題。照你那樣說，女人對男人就再也沒有魅力了。」

「那男人對女人有沒有魅力呢？」

「不多。」康妮仔細考慮了一下這個問題的另一面，然後誠實地說。

「那好，讓我們撇開這個話題，讓我們大方而坦誠，像個充滿理性之光的人類那樣互相對待吧，就讓那虛假的強迫『性衝動』見鬼去吧，我抗拒它！」

康妮知道他的確是對的，但他的話卻讓她感覺受到遺棄，她孤獨而迷惘，覺得自己像一塊木屑漂浮在池塘的死水上。她的人生有什麼意義？所有的事又有什麼意義？

這是她叛逆的青春期。這些男人顯得既老成又冷漠，一切都顯得既老成又冷漠。麥克里斯讓人失望，他沒有用。他們不需要女人，他們並不眞的需要女人，甚至麥克里斯也不需要。

而那些無恥之徒卻假裝自己需要，他們開始和女人做愛，他們壞極了。

這一切多麼沉悶無趣啊，可是做爲一個人卻不得不忍受。眞的，男人對女人已經失去吸引力了。妳只能欺騙自己相信他們還有吸引力，正如她曾自欺欺人認爲麥克里斯還有吸引力那樣，她只能這樣做，她只能這樣空虛地生活下去。她非常明白人們爲什麼要有雞尾酒會、爵士樂和社交舞，直到他們在生命中徹底沉淪爲止。妳不得不想方設法來消磨青春，否則它就會把妳吞掉。但是，這青春是多麼地蒼白啊！妳覺得自己像瑪士撒拉①一樣老，但青春卻在莫名其妙地沸騰著，讓妳不得安寧。這是一種多麼卑賤的生活，而且毫無希望！她幾乎希望自己已經跟著米克離開，把自己的人生變成一個漫長的雞尾酒會、爵士舞會。無論如何，那總比打著呵欠等死強。

一天，她心情很糟，一個人到樹林裡去散步，她若有所思地走著，什麼都沒留意到，甚至不知道自己身在何處。不遠處傳來一聲槍響，把她嚇了一跳，讓她覺得很惱怒。

她接著向前走，聽見有人在說話，於是就轉身折返。有人！她不想碰到任何人，但是她靈敏的耳朵聽到了另一種聲音，是一個孩子的哭泣聲，她覺得很好奇，她立刻就知道有人在虐待孩子。她沿著潮濕的小路快步走過去，她的怒氣高漲到了極點，她覺得自己已經準備好去發一場脾氣。

轉過彎，她看到兩個人站在她前面的路上——守林人梅樂士和一個穿著紫色外套、戴著鼴鼠皮帽的女孩，她正在哭泣。

「啊，不要哭了，妳這小鬼！」守林人怒道。

孩子哭得更厲害了。

康妮走上前去，眼睛發著光。守林人回轉過身看著她，冷冷地行了一個禮，但是他的臉正氣得發白。

「什麼事？她為什麼要哭？」康妮強橫地問道，幾乎有點喘不過氣來。

「不，這妳得去問她。」梅樂士露出一絲譏笑，他用粗啞的口音冷冷答道。

康妮覺得好像是被他打了一記耳光，氣得臉色都變了。她聚攏起自己的輕蔑，挑釁地望著他，深藍色的眼睛發出一種難以捉摸的光亮。

「我是在問你。」她喘著氣說。

「是的，男爵夫人。」他舉起帽子，怪異地向她微微一鞠躬，然後故意帶著口音說話：「但是我說不清。」

他又變成一個士兵，讓人難以捉摸，只是臉色氣得發白。

康妮轉向孩子。那孩子有著一頭黑髮及紅臉蛋，大約九到十歲。

「怎麼回事？親愛的，告訴我妳爲什麼要哭。」康妮和顏悅色地問。

孩子故意哭得更厲害，而康妮顯得更加溫和。

「好了，好了，不要再哭了！告訴我，他怎麼欺負妳。」她的聲音非常溫和親切，同時，她在夾克口袋裡摸著，恰好摸到了一枚六便士。

「不要哭了！」她彎下身對孩子說：「看我給妳什麼！」

她嗚咽著抽了抽鼻子，一隻手從哭腫的臉拿開，露出一隻黑色靈動的眼睛，快速瞥了六便士一眼。接著，她哭得更厲害了，卻被那六便士征服。

「好了，告訴我發生了什麼事，告訴我！」康妮說著，把錢放在孩子微胖的小手中，她立刻緊緊地握住。

「是……是……爲了獵貓！」女孩抽噎著，漸漸平息下來。

「什麼貓？親愛的！」

短暫的沉默後，握著六便士的小手伸了出來，羞怯地指著一叢荊棘。

「在那兒！」

康妮看了一眼。沒錯，那兒有一隻大黑貓，身上染著血，冰冷地躺在地上。

「啊！」她厭惡地叫道。

「一隻野貓，夫人。」梅樂士嘲諷地說道。

「難怪孩子會哭！你竟然當著她的面把貓打死，難怪她會哭！」她憤怒地瞥了他一眼。

他直盯著康妮的眼睛，毫不掩飾自己的輕蔑。

康妮的臉氣得通紅，她覺得由於自己對他發脾氣的緣故，所以他就不再尊敬她了。

「妳叫什麼？」她和氣地向孩子問道，「妳願意告訴我，妳的名字嗎？」

「康妮．梅樂士！」孩子抽了抽鼻子，矯揉造作地尖聲說著。

「康妮．梅樂士！呵，這個名字眞不錯！妳和爸爸一起出來，他開槍殺了那隻貓，是嗎？但那是一隻壞貓啊！」

孩子用大膽而烏黑的眼睛仔細打量她，仰著頭打量她的憐愛。

「我想回去找奶奶。」小女孩說。

「是嗎？但是妳奶奶在哪兒呢？」

「在村舍裡。」孩子舉起一隻手臂，指向眼前的小路。

「在村舍裡？妳要回她那裡去嗎？」

「是的！」突然，女孩像是想起剛才正在哭泣，接著又抽泣起來。

「那來吧！我帶妳去好嗎？帶妳去找奶奶好嗎？這樣妳爸爸就可以做他的事情了。」

「這是你的孩子，是不是？」她轉向守林人問道。

他行了一個禮，肯定地點點頭。

「我想我可以帶她去吧？」康妮問道。

「只要夫人願意。」

他又一次盯著她的眼睛，冷靜探索地淡淡看了她一眼。他是一個非常孤獨的人，只關心自己的事情。

「妳願意跟我一起到村舍去找妳奶奶嗎？親愛的！」

「願意！」孩子又一次仰起頭偷偷瞥了她一眼，假笑著說。

康妮並不喜歡她，這是個被寵壞的虛偽小女孩，但她還是幫她擦了擦臉，拉住她的手。

守林人默默地向她行了個禮。

「日安！」康妮說。

到村舍大約有一英里路，在還不到守林人的奇特小屋前，康妮已經被女孩煩透了。那孩子像猴子般狡猾自信。

村舍的門開著，裡面傳出一陣聲響。康妮緩步向前，孩子把手抽開，跑進了屋裡。

「奶奶！奶奶！」

「怎麼？妳怎麼這麼快就回來了？」

這是星期六的早晨，她奶奶在用石墨刷爐子。她穿著粗布圍裙，手裡拿著一把黑刷子走到門邊，鼻子上沾著一塊黑。她是個有點乾瘦的小婦人。

「啊，怎麼……」當她看到康妮在門口站著時，趕緊抬起手臂擦了擦臉。

「早安！」康妮說，「她哭了，所以我把她帶回來。」

「怎麼了，妳爸爸在哪兒？」奶奶迅速瞧了孩子一眼。

女孩牽著奶奶的裙子，臉上堆滿了假笑。

「他在那邊。」康妮說，「他打死一隻野貓，把孩子嚇壞了。」

「呵，眞不該這樣麻煩妳，查泰萊夫人，我覺得妳人眞好，但是不該這樣麻煩妳的，哪有這樣的道理！」

「妳瞧，查泰萊夫人爲妳擔了這麼多麻煩，妳不應該這樣麻煩夫人呀！」老婦人接著回頭對孩子說。

「不麻煩，只是散散步罷了。」康妮微笑著說。

「我想妳人眞是太好了，眞的。啊，她哭了嗎？我知道他們倆走不了多遠就會有事。這孩子怕他，唉，就是這樣。他對她來說就像個陌生人，全然的陌生人，我想他們倆不大可能合得來，她爸爸有點古怪。」

康妮不知道該說什麼好。

「妳瞧，奶奶！」小女孩假笑著說。

老婦人低頭看到孩子手中的六便士。

「啊，六便士！啊，夫人妳不應該這樣，不應該的。妳瞧，查萊夫人對妳多好啊！哎呀，妳今天早上運氣眞好！」

她像許多人一樣，把「查泰萊」讀成了「查萊」——「妳瞧，查萊夫人對妳多好啊！」康妮不由得看著她的鼻子，她又重新用手背馬虎地擦了一下臉，卻仍漏掉了那塊黑。

康妮正要走……

「啊，我眞的非常感謝您……說謝謝查萊夫人！」最後這句是對小孩說的。

「謝謝妳。」孩子尖聲說道。

「眞是個乖孩子！」康妮笑著說。

她說了句「日安」就離開她們。她很高興能離開她們，她覺得很奇怪，那個精瘦而驕傲的人竟有這樣一個母親！

康妮走後，老婦人趕緊跑到廚房的一片小鏡子前照著自己的臉，忍不住跺起腳來，「哎呀，怎麼能讓她看到我這副穿著粗布圍裙、鼻子抹著黑的樣子？她應該對我有更好印象的！」

康妮慢慢朝家中走去。「家」，這個溫暖字眼稱呼著這幢龐大到讓人厭倦的迷宮般房子，但它是個過了時的字眼，已經失去了意義。在康妮看來，所有偉大的字眼對她這一代人而言都已經失去意義了。

愛情、歡樂、幸福、家、母親、父親、丈夫……所有這些激戀人心的偉大字眼在今日都是半死的了，而且正在一天天死去。家就是妳居住的地方，愛情是一個妳不再爲它而愚弄自己的東西，歡樂是一個用來形容跳交際舞時感到高興的詞，幸福是一個用來欺騙他人的虛僞詞語，父親是一個只顧自己享受的人，丈夫就是那個妳跟他住在一起、並且要讓他開心的人。至於「性愛」，這個最後的偉大字眼，只是一個輕佻的字眼，用來指那種能夠讓妳暫時興奮的銷魂，銷魂之後卻是一種被愚弄的感覺！破爛！好像妳是以一堆便宜貨做成的，被漸漸磨損成了破爛。

唯一剩下的東西就是堅定的恬淡寡欲，但其中還是有某種樂趣。在對生命本質感到虛無的體驗中，一段一段地，一程一程地，有著某種可怕的滿足。「不過如此」——這句話一向是最後的總結。家庭、愛情、婚姻、麥克里斯，不過如此！在一個人臨死前，他對生命的最後評價是——不過如此！

至於金錢呢？也許我們不能這樣說金錢，人總是需要金錢的。金錢、成功，啊，成功女神這條母狗——唐米・督克斯堅持依照亨利・詹姆斯②的說法如此稱之，那是人們永遠需要的東西。你不可能在臨終前花掉最後一個銅板，然後說：「不過如此！」不，即使你只剩下十分鐘的生命，你還是需要有幾個銅板去買這買那。爲了使生活能機械地維持下去，你就需要金錢，你必須有錢。你必須有錢，除此以外，你並不眞的需要什麼。不過如此！

當然，活著並不是你的錯，但你既然活著，金錢便是必需品，這是唯一絕對的必需品。其餘的一切你可以沒有，但不能沒有錢。眞的，不過如此！

她想起了麥克里斯，還有他的錢，這些錢她是可以和他一起擁有的。但即使如此，她還是不想要他，她寧願幫克利福透過寫作來賺些小錢，至少那些錢眞的是她幫他賺來的。

「克利福和我，我們透過寫作一年能賺一千兩百鎊。」她對自己這麼說。

所以她又拖著沉重的腳步回到克利福那兒，與他一起重新從虛無中找出小說，而小說意味著金錢。克利福似乎很在意他的小說是否被認爲是第一流的文學，但她一點也不在乎。

「空洞無物！」她的父親這樣說。

「去年賺了一千兩百鎊！」但她簡潔而堅定地回道。

只要你還年輕，你就可以咬緊牙關堅持下去，直到金錢開始從虛無中向你湧來。它是力量的問題，它是意志的問題，一股從你身上強力迸出的微妙意志，爲你帶來神祕的金錢虛無；它是一小片紙上的一個字，它是一種魔術，無疑也是一種勝利。成功女神這條母狗，是的，如果一個人必須賣身，還是賣給她吧！一個人即使賣身給她，還是可以一直輕視她。很好，這樣很好。

當然，克利福對「她」（成功女神）還是有些孩子氣的迷信與崇拜，他想要人們認爲他「眞正優秀」，這是一種自負的胡說。他所謂的「眞正優秀」不過是能夠抓住讀者，他認爲眞正優秀卻抓不住讀者的創作，那有什麼用？絕大多數「眞正優秀」的人好像都沒能趕上這班巴士。生命畢竟只能活一次，要是你趕不上這班車，就只好留在街頭，跟其他的失敗者待在一起。

康妮計畫下個冬天跟克利福一起去倫敦過冬。她和他都已趕上這班巴士，因此，他們甚至可以坐在車頂炫耀一下。

最糟糕的是克利福日趨茫然，心不在焉，陷入了空洞抑鬱的痙攣中，他心靈的創傷開始發作了，這讓康妮幾乎要失聲尖叫。

啊，上帝，如果意識的機能本身出了問題，一個人還能做些什麼呢？由它去吧，一個人只能盡力而爲，一個人難道有可能徹底失望嗎？

有時她會痛哭流涕，但是即使如此，她還是一邊哭，一邊對自己說：「笨蛋，又把手帕弄濕了！好像哭能解決什麼問題似的！」

自從麥克里斯讓她失望以後，她已下定決心不再奢求什麼。在沒有其他辦法時，這似乎就是最簡單的解決辦法。除了她已經得到的東西外，她不再需要其他什麼了，她只想好好經營自己已經得到的東西——克利福、小說、勒格貝、查泰萊男爵夫人的地位、金錢，還有名譽，如此等等……她想要好好地經營它們！愛情、性愛，所有這類的東西不過是雪糕，舔過之後就把它忘了吧。如果不去惦記，它就什麼也不是。特別是性愛……什麼也不是，下決心忍一忍，問題就解決了。性愛和雞尾酒，它們都不能夠持久，它們的效力也是一樣的，它們幾乎是同一種東西。

但是生個孩子，生一個小寶貝卻仍是件令人激動的事情，這她可要謹愼行事。首先，得要找個男人，說來也怪，世界上竟沒有合格者？不過如此！

雖然如此，康妮的心底還是想要個孩子。等著吧！等著吧！她要好好篩選這一代的男人，看看能不能找到一個合適的。

到耶路撒冷的大街小巷走走，看看是否能找到一個「男人」。要在這預言者的耶路撒冷找到一個男人，幾乎是不可能的，即使那兒有成千上萬的雄性人類。但是要找一個「男人」？這是另一回事！

她想她應該找個外國人，不是英國人，也不是愛爾蘭人，而是一個眞正的外國人。

就這樣等待吧！等待吧！下個冬天她要和克利福去倫敦。再下一個冬天，她要和他去法國南部去，或者去義大利。等待吧！生孩子的事她不急，這是她的私事，她以一種奇異的、女性的方式，非常嚴肅地對待這件事。她不想貿然讓隨便哪個男人在她身上留下種，絕對不能！一個人可以隨時找個情人，但是要跟他生個孩子……那得等一等！等一等！那是完全不同的事。

到耶路撒冷的大街小巷走走……

這不是愛情的問題，而是找一個「男人」的問題。爲什麼呢？妳也許恨這個男人，但是，如果他是妳想要的那種男人，那麼妳即使恨他又有什麼關係呢？這件事關係到他身上的另一部分。

*　　*　　*

那天像往常一樣下著雨，林園裡的路太濕滑了，克利福不便駕著車子出去，但康妮還是想出去走走。現在她天天一個人出去，通常是到樹林裡，在那兒她可以眞正的一個人靜一靜。她沒在那兒遇見過誰。

這天，克利福想派人捎信給守林人，但僕人卻因感冒起不了床（在勒格貝，好像總是有人在感冒），康妮便說她可以到村舍那邊去。

空氣溫和而沉悶，世界好像正在慢慢斷氣似的。一切都是灰沉的、濕冷的、死寂的，甚至連煤礦場那邊也是死寂的，因爲煤礦場只開了很短一段時間，現在已經完全停工，好像世界末日已經來臨！

在樹林裡，一切都毫無生氣、一片死寂，只有一些大雨滴從光禿禿的樹枝上落下來，發出空洞的聲音。在老樹之間，只有更灰的灰色，慣常的絕望、沉寂、虛無。

康妮在晦暗中向前走著，從這片古老的樹林中傳出一種古代的憂鬱，讓她覺得多少有點安慰，因爲它們總比外面世界觸目皆是的無知覺狀態要好一些。她喜歡這片殘林的內在氣質，這些老樹的無言靜默，這種靜默似乎具有某種力量，是一種生命力的表現。它們也在等待著，固執堅忍地等待著，並發出一種靜默的力量。也許它們只是在等著它們的末日——被人砍倒，運走！這是森林的末日，對於它們而言，則是世界的末日。但是，也許它們強大而高貴的靜默，那大樹的靜默還意味著別的什麼。

她從樹林的北面走出，看到了守林人的村舍。那是一棟以褐色石頭砌成的灰暗小屋，有一面山牆和雅致的煙囪，冷清孤零，好似無人居住。但是煙囪中卻冒著一縷縷輕煙，屋前圍著欄杆的小花園也整理得十分整潔，門關閉著。

現在她到了這裡，卻覺得有點羞於見那個有著奇特銳敏眼睛的人。她不喜歡向他傳達命令，甚至想就此回去。她輕輕地拍了拍門，可是沒有人出來，她又輕輕地拍了拍，仍然沒有人應門。她從窗口向內窺視，房間裡的光線很暗，似乎有種不祥的隱私不願被人侵犯似的。

康妮站在那裡聽著，似乎聽見屋後傳來一些聲響。剛才沒能讓人聽見她敲門，她的勇氣於是被激發出來，不願就此干休。

她繞過屋子，屋子後方的地勢陡峭，向上傾斜，院子的後半部都陷在山坡裡，被矮矮的石牆圍住。她在轉過屋角後停了下來。

離她兩步遠的地方，守林人正在洗澡，沒注意到有人來了。他裸著上身，平絨褲子鬆鬆地在他瘦小的腰際懸著，細長而白皙的背部在一盆肥皂水上彎著。他把頭在水裡浸了一下，然後奇異地、快速地、輕輕地晃著頭。接著，他舉起瘦長而白皙的雙臂去擠耳朵裡的肥皂水，又迅捷又靈活，像是一隻全然孤獨的鼬鼠在玩水。

康妮從屋角繞回，快步向樹林走去。不知為何，她感到心中受到了深深的震動。這只不過是一個男人在洗澡罷了，平常得很，天知道她為什麼會這樣。

這是一種非常奇特而深刻的經驗，她的身體受到了震動。她看到他難看的褲子在那純潔瘦弱的白皙腰際鬆鬆懸著，骨骼微微凸出，還有那種孤獨的樣子，一種全然孤獨之人的孤獨。她被一個獨自生活、內心孤獨之人那完美白皙卻孤獨的裸體，以及那做為一個人的純粹之美徹底征服了。那不是美的物質，甚至也不是美的肉體，而是一道光芒，一團寂寞生活的溫暖白光形成了一種可以觸摸的輪廓——肉體！

這印象深入康妮的肺腑，她知道這印象嵌在她心裡了，但是內心卻覺得有點可笑。一個在後院洗身體的男子！無疑地，他還用著惡臭的黃色肥皂呢！她覺得有點討厭，為什麼偏偏碰上這種不高尚的私事？

她一步步地走開，忘了自己正在走著。過了一會兒，她坐在一棵樹樁上。她的心太亂了，無法思索些什麼，但是在迷亂中，她仍決意要把克利福的話帶給那人，無論如何她得去。不過還得讓那人有穿衣服的時間，只是不要讓他出去就得了，因為他大概正準備出去。她朝村舍慢慢走回去，耳朵探聽著。當她走近村舍時，那屋子還是和剛才一樣，一隻狗吠了起來，她拍了拍門，心不由自主地跳著。

她聽見守林人輕輕下樓的聲音，他敏疾地把門打開，使她吃了一驚。

「查泰萊夫人！要進來嗎？」他也好像非常不安的樣子，但是他立刻露出笑容。

他的模樣是這樣斯文而自然，她只好跨過門檻，進到那間有點沉鬱的小屋。

「克利福男爵有話吩咐你，我就是爲這個來的。」她用溫柔而有點喘急的聲音說道。

他則用他那洞視一切的藍眼睛望著她，她的臉因而微微地躲向一旁。她的羞懼令他覺得她是可愛的，而且可以說是美麗的。他立刻佔了上風。

「請坐坐好嗎？」他問道，心裡想著她是不會坐下的，而門還開著。

「不坐了，謝謝。克利福男爵想問你，如果……」她把男爵吩咐的話對他說，無意地望著他的眼睛。現在，他的眼睛是溫暖而仁慈的，一種對女性特有的仁慈，無限的溫暖仁慈，而且泰然。

「好的，夫人，我這就去看看。」

答應著她吩咐的話時，他完全變了，一種堅硬冷淡的神氣籠罩著他。康妮猶豫著，她該走了，但是她卻以頹喪的模樣四下打量著這間整潔而有點憂鬱的小屋。

「你自己一個人住在這兒嗎？」她問道。

「是的，夫人，就我一個人。」

「但是你的母親呢？」

「她住在村中自己的村舍裡。」

「和孩子在一起嗎？」康妮問道。

「和孩子在一起！」他那有點衰老的平凡臉孔顯出一種不可解的嘲笑神氣，那是一張難以捉摸、不住變換的臉孔。

「唔，我的母親每星期六到這兒來收拾一次，其餘時間都是我自己料理。」當他看見康妮莫名其妙的樣子時，這麼說道。

康妮再次望著他。他的眼睛重新笑著，雖然帶點嘲諷的神氣，但是很藍、很溫暖，而且慈祥。她驚異地望著他。他穿著長褲和法蘭絨襯衫，繫著灰白色的領帶，他的頭髮柔軟而濕潤，他的臉孔有點蒼白憔悴。當他的眼睛不帶笑時顯得很痛苦，但仍不至於失掉熱力。突然，一種孤獨的蒼白映在他的臉上。她在那兒並不是爲了他啊！

「希望沒有打擾你。」她有許多話想說，可是說不出來，只好望著他。

「不，我剛才正在梳頭髮。請妳原諒我沒有穿上外衣，因爲我並不知道是誰在敲門。這兒從來沒有人來敲門，意外的聲音使人覺得不祥。」一個帶著輕輕譏諷的微笑，讓他的眼睛縮小了。

他在她前面走著，到了林園道路的盡頭，把門打開。他只穿著襯衫，沒有那笨重的棉絨外衣，她更清楚看出他是多麼細瘦，而且有點駝背。但是，當她從他面前走過時，她覺得他生動的眼睛和淺褐色的頭髮有些什麼年輕而活潑的光采。他大概是三十七、八歲的人。

她侷促地走進了林園，她心裡知道守林人正在後面望著她，那使她不安而不能自抑。而他呢，當他走回屋裡時，他心裡想著她是可愛的，這是眞的，她顯然不知道自己是這麼可愛！

她在心裡反覆想著他。他的樣子不像是個守林的人，無論如何都不像個工人，雖然他有些地方像本地居民，但也有和他們很不相同的地方。

「那個守林人，梅樂士，是一個奇怪的人。」她對克利福說，「他很像個上流階級的人。」

「眞的嗎？」克利福說，「我倒沒有注意。」

「但他不是有點特別嗎？」康妮堅持著說。

「我想他還不壞，但是我不太瞭解他。他是去年才離開軍隊的，還不滿一年呢。我相信他是從印度回來的，他也許在那邊得了一些什麼怪癖；他也許是一個軍官的傳令兵，也許這爲他提升了一點地位。許多士兵都是這樣的，但這對他們是沒有好處的，當他們回到老家後，於是只好恢復舊態。」

康妮凝視克利福，心裡沉思著。她看見，他對稍有機會向上提升的較低階級，打心底生出一種狹隘的反感，她知道這是他那類人的特性。

「但是你不覺得他有點特別嗎？」她問。

「老實說，我不覺得，我絲毫沒有注意到什麼。」克利福奇異地、不安地、半猜疑地望著她。

她覺得他沒說眞話，貼切地說，他並沒對他自己說眞話。他厭惡別人提起其他什麼人很特別，人們都得站在和他一樣的水平線邊緣或是水平線底下，而不應該高過他。

康妮又感覺到與她同時代男人的那種狹隘和鄙吝。他們是這樣狹隘，這樣地懼怕生命！

譯註：

①瑪士撒拉（Methuselah），《聖經》中以諾之子，據傳享年九百六十九歲。

②亨利・詹姆斯（Henry James，一八四三～一九一六），美國小說家，被譽為心理小說大師。

第7章 覺悟

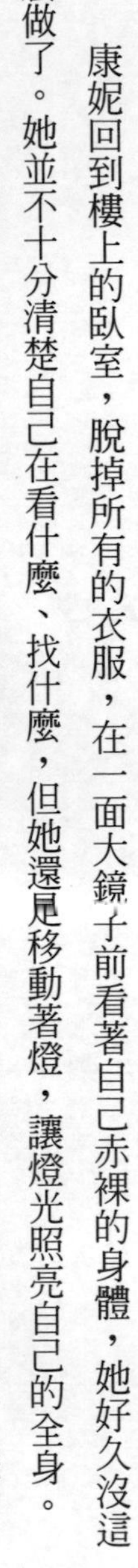

康妮回到樓上的臥室，脫掉所有的衣服，在一面大鏡子前看著自己赤裸的身體，她好久沒這麼做了。她並不十分清楚自己在看什麼、找什麼，但她還是移動著燈，讓燈光照亮自己的全身。

她想，就像她過去常想的那樣，一個赤裸的人體是多麼脆弱，多麼容易受傷，多麼可憐啊！在某種意義上甚至可以說是未完成的、殘缺的！

她過去被人們認爲身材不錯，但是現在她那種身材已經過時，似乎過於女性化，不似青春女性般細瘦。她個頭不高，有點像蘇格蘭人，但是她的身材曲線流暢，有一種雍容的風韻，這可能也算是美吧。她的皮膚略帶茶色，四肢嫻靜，軀體豐滿而靜定，卻又好像欠缺了什麼。

她那雍容的、豐滿的曲線原本應是圓潤的，但現在卻已失去光澤，變得有點粗糙，好像是因爲很久沒曬太陽而變得灰暗、乾枯。它無法貼切展現那種女性化之美，但卻也沒變得像男孩子身體般玲瓏剔透；相反地，它顯得有些沉重而遲鈍。

她的乳房很小，像梨子似的下垂著，但它們看起來好像還沒成熟，略帶苦味，毫無魅力地懸掛在那兒。她的小腹已不像年輕時那樣光潔圓潤，那時她還跟年輕的德國情人在一起，他眞心迷戀著她的肉體。那時她的身軀鮮嫩而充滿誘惑，讓人目眩神迷，但現在它已變得鬆弛、平板、消瘦，一種鬆弛的消瘦。她的大腿也是一樣，過去它們看起來有一種女性的圓潤、靈活和勻稱，但現在也變得平板、鬆弛、毫無魅力。

她的身體正日漸失去魅力，變得晦暗而呆滯，成了一堆毫無吸引力的物質，這讓她覺得非常沮喪和絕望。還能有什麼希望呢？她已經老了，才二十七歲就已經老了，她的肉體已經失去了光輝和神采。它因爲她的疏忽與否定而變老了，是的，她曾經那樣否定它。時髦的女人總像保養一只精緻瓷器似的，持續保養著自己的肉體以維持光彩，儘管瓷器裡什麼都沒有。但是，她卻連這種外在光彩也沒有。精神生活！她突然狂怒地憎恨起它來，這個騙子！

她看到鏡子反射著自己的腰身、臀部。她變瘦了，這不適合她。當她轉身向後看時，後腰的褶皺讓她感到厭煩，以前自己的腰是多麼好看啊！她凸起的臀部已經不再圓潤，失去了光澤，一切都消逝了！只有那個德國男孩曾愛過這臀部，而他已經死了快十年。時間過得可眞快啊！他已死了十年，而她只有二十七歲！她曾蔑視過的那個健康男孩新鮮而笨拙的肉慾，但她現在該到何處尋找呢？再也沒有眞正的男人了，他們只能像麥克里斯那樣持續兩秒鐘可悲的痙攣，而缺乏那種讓人鮮血沸騰、面目煥然的健康人類肉慾。

然而，她仍覺得自己身體最美的部分是從背窩處開始高高翹起，然後再以長長的坡度下降到臀部，以及那兩瓣已不再生動的圓呼呼嫻靜屁股。就像阿拉伯人說的那樣，它們像沙丘，以一個長長的坡度柔和地下降。生命在這兒還留有一絲希望，但是這兒也一樣，比以前更瘦了，顯得不夠成熟，有點乾澀。

想著自己以前的樣子，她覺得很悲傷。她的身體已開始因消瘦而變得鬆弛，差不多要枯萎了，在它還沒眞正地活著之前就已經衰老了。她想自己將來也許會生個孩子，但她眞的合適嗎？

她穿上睡衣，倒在床上痛苦地哭了起來。在她的辛酸裡，燃燒著一種對於克利福，還有他的寫作、他的談話，以及像他那種欺騙了女人和她們肉體的男人們的冰冷怨恨！

不公平！不公平！對生理感到深刻不公平的感覺，燃燒到了她的靈魂深處。

但是第二天早晨，她還是和往常一樣在七點鐘起床，下樓去找克利福。她得伺候他梳洗更衣等一切貼身事，因爲他沒有男僕，又不願意讓女僕來幫他。女管家的丈夫在克利福仍是孩子的時候就認識他，幫他做一些粗活，但康妮卻得幫他做一些貼身的事，而她也欣然地去做。這是他對她的要求，而她也願意去做一些她能力所及的事。

所以她幾乎從不離開勒格貝，就算離開也不過是一、兩天，而改由女管家白蒂斯太太照料克利福。日子久了，克利福自然而然地覺得，康妮替他做這些所有的看護事項是理所當然的，他會這樣想也是自然的。

然而，一種不公平的感覺、一種被人欺騙的感覺卻開始在康妮心中燃燒起來。對肉體不公平的感覺一旦被喚醒，它就是非常危險的。它必須被發洩出來，否則它會把懷有這種感覺的當事人吞噬掉。可憐的克利福！那並不是他的錯，他比康妮更不幸呢！這一切都是那場災難的一部分。

然而，在某種意義上，難道他不應該受到責備嗎？那熱情的欠缺、那簡單溫暖肉體接觸的欠缺，難道不是他的過錯嗎？他從不熱情，甚至也不友善，只帶有一種受過良好教育的人所特有的冷淡體貼和尊重。他從不具備一個男人對女人所能懷抱的那種熱情，甚至連康妮的父親對自己女兒的那種熱情也沒有。雖然男人的情慾一向只是爲了滿足自己，但無論如何，它可以撫慰一個女人的心。

但克利福並不這樣做，他那類人都不這麼做。他們的心腸堅如鐵石，他們認爲熱情是卑劣的東西。你得冷酷下去，守住你的一切；如果你跟他們是同一階層的同一類人，這樣很好，你便可以保持冷酷，受人尊重，守住自己的地位，並享受守住它爲你帶來的滿足感。但如果你不是他們那個階層的那類人，可不能這麼做呢，死守著自己的地位，覺得自己屬於統治階層，這事一點也不好玩。那有什麼意義呢？因爲即使是最高貴的貴族也並沒有什麼確切的東西可守護，他們所謂的統治只是一場笑劇，算得上是什麼統治？那有什麼意義？不過是無聊的胡說罷了。

一種反叛心理在康妮心中潛生。這一切有什麼用呢？她的犧牲、她對克利福的獻身有什麼用呢？她服侍的究竟是什麼呢？不過是一副冷冰冰的空虛精神，它拒人於千里之外，像天生卑微的猶太人一樣敗壞，十分渴望賣身給成功女神這條母狗。雖然克利福冷酷自傲，確信自己屬於統治階級，但這並無法使他不伸出舌頭喘氣追逐成功女神這條母狗。麥克里斯畢竟在這件事上要比他成功得多，有尊嚴得多。眞的，細看之下，克利福只是個小丑，而小丑比暴發戶更無恥。

在這兩個男人之中，麥克里斯對她來說更有用，而他也比克利福更需要她。任何一個好的看護都能照顧好一個兩腿癱瘓的人！就他們所從事的偉業來說，麥克里斯是隻英勇的老鼠，而克利福不過是隻耍把戲的小狗。

家裡現在住著一些客人，其中有克利福的姑母愛娃·本納利爵士夫人。她是一位瘦小的寡婦，約莫六十歲，鼻子紅紅的，帶有幾分貴婦人的派頭。她出身名門，舉手投足間自有一種大家閨秀的風範，康妮很喜歡她。只要愛娃姑母願意，這位老婦人絕對可以表現得非常樸實與誠懇，而且非常友善。她一向是那種能以氣勢淩人的老式貴婦人，這種氣勢不是裝出來的，而是源自於她的自信。她嫻於社交，能夠沉靜自持，並讓別人尊重她。

她對康妮非常友善，並試圖憑著她那高貴的觀察力深入康妮的內心世界。

「我覺得妳非常令人驚奇。」她對康妮說，「妳在克利福身上創造了奇蹟，我從來沒見過像他那樣年輕的天才。妳看，他現在正紅得發紫呢！」愛娃姑母對克利福的成功感到非常的驕傲和自豪。這可是光耀門楣的事！但康妮對他的著作卻毫不關心，爲什麼要關心呢？

「噢，這可不是我的功勞。」康妮說。

「當然是！難道還能是別人的嗎？但我覺得妳並沒有得到妳應得的報酬。」

「什麼？」

「因為妳整天被關在這裡！我對克利福說：『要是這孩子哪天反叛起來，你只能怪你自己！』」

「但是克利福從來沒有拒絕我的什麼要求。」

「聽我說，親愛的孩子。」她把乾瘦的手放在康妮的手臂上，「一個女人必須去過自己的生活，否則就會後悔自己沒有那樣生活過。相信我吧！」她又啜了一口白蘭地，那也許就是她後悔的表現。

「但我不是正在過自己的生活嗎？」

「不，我不這樣想。克利福應該帶妳去倫敦，讓妳走動走動。他的那類朋友適合他，卻不適合妳，如果我是妳，我不會滿意。這樣會使妳虛度青春，並讓妳在悔恨中度過自己的老年，甚至中年。」

白蘭地使這位貴婦人平靜下來，讓她陷入一種近似冥想的靜默。

但是康妮並不太想去倫敦，讓本納利夫人帶著她出入於時髦社會。她不喜歡趕時髦，對那個圈子也沒有興趣。她覺得在那底下有種令人畏縮的奇特冷酷，就像拉布拉多①的土壤一樣，地面上長著一些漂亮的小花，但地面一英尺以下卻是常年冰凍的。

唐米・督克斯也在勒格貝，此外還有哈里・文達斯羅、賈克・司登治魏和他的妻子奧莉芙。他們的談話比「密友夜談」時更加散漫，每個人都覺得有點厭煩，因為天氣不好，只能打打撞球，或隨著自動鋼琴的音樂跳舞。

奧莉芙正在朗讀一本關於未來的書，說那時孩子們將會在瓶子裡長成，女人們因此可以「超脫」生育的痛苦。

「多麼令人興奮的事啊！那樣一來，女人便可以過她們自己的生活了。」奧莉芙說。她的丈夫想要個孩子，她卻不想要。

「妳想要怎樣的超脫呢？」文達斯羅怪笑著問她。

「我希望我能自然地生活。」她說，「無論如何，將來的世界會變得更加合理，而婦女們再也不會被她們的『功能』所拖累。」

「也許她們都要飄飄欲仙了。」督克斯說。

「我認爲眞正的文明應當用於剷除生理上的弱點。」克利福說，「例如性事就應當被消除。如果我們可以在瓶子裡育成孩子，我想性事就會被消除。」

「不！」奧莉芙叫了起來，「這樣我們就沒有可以作樂的東西了。」

「我想……」本納利夫人沉思著說：「假如性事被消除了，那就會有別的什麼東西來替代，也許是嗎啡。空氣中到處飄浮著一點嗎啡味，那該讓人感到多麼美妙清爽啊。」

「每到星期六，政府便在空氣中散佈一些嗎啡，如此一來，星期天全國人民保證快活！」賈克說，「那似乎很好，但是星期三的我們又會怎樣呢？」

「只要能忘掉自己的肉體，你就是快活的。」本納利夫人說，「一旦你意識到肉體的存在，你就是可憐的。所以，如果說文明還有點用處，那就是幫我們忘掉肉體，那時我們就可以在不知不覺中快活地度過自己的時間。」

「而且文明還要幫助我們完全擺脫肉體。」文達斯羅說，「現在正是人們開始改善自己的本性，特別是生理上本性的時候了。」

「想想我們可以像香菸的煙霧那樣飄浮起來。」康妮說。

「那是不可能的。」督克斯說，「我們的老把戲就要玩完了，我們的文明正在走向崩潰，正在跌向無底的深淵。相信我，穿越這座深淵的橋梁將是陽具！」

「啊，這……這太讓人受不了啦，將軍！」奧莉芙叫道。

「我相信我們的文明就要崩潰了。」愛娃姑母說。

「那此後會出現什麼呢？」克利福問。

「這我一點也不知道，但我想總會有什麼的。」老夫人道。

「康妮說人們會像煙霧；奧莉芙說可以在瓶子裡養成小孩，使婦女們得到超脫；督克斯說陽具是通向這一切的橋梁；我不知道究竟會出現什麼。」克利福說。

「啊，不要爭了！讓我們和諧一點。」奧莉芙說，「但請趕快製造一些養成小孩的瓶子，讓我們這些可憐的女人得到解脫。」

唐米說：「將來也許會出現眞正的人，一些眞實有智慧的健康男女！這難道不是一個改變、一個巨大的改變嗎？我們不算是男人，女人們也不算是女人，我們不過是些能思考的權宜之物，不過是機械的、有智慧的實驗品罷了。將來也許會出現一個新的文明，其中存活著眞正的男女來取代我們這一小群聰明的小丑，啊，誰叫我們只有七歲孩童的智商。那一定比像煙一樣飄浮的人和瓶子裡長成的孩子，更令人驚異。」

「呵，如果要談眞正的女人，我放棄。」奧莉芙說。

「除了精神，其他的東西當然都不值得擁有。」文達斯羅說。

「精神！②」賈克一邊說，一邊喝著他的威士忌蘇打。

「你眞這樣認爲？給我肉體的復甦！」督克斯說，「只要我們能把精神上的重負、金錢或其他什麼推開一點，肉體的復甦就會到來。那時，我們將會獲得肉體觸感的自由，以取代金錢對我們的束縛。」

這些句子在康妮心中回響著——給我肉體觸感的自由，給我肉體的復甦！她根本不知道這是什麼意思，但是它使她感到慰藉，就像任何無意義的事物那樣。

然而一切都是那麼無聊。克利福、愛娃姑母、奧莉芙、賈克、文達斯羅，甚至督克斯都讓她厭煩透頂。談話，談話，談話！談話究竟是什麼呢？不過是一連串的喋喋不休罷了！

但是在客人都離開後，她仍然感到厭煩。她繼續過著乏味的生活，懊惱和憤怒佔據了她的身體，讓她無法逃脫。日子磨人，充滿了奇異的痛苦，然而什麼都沒有發生。她漸漸地消瘦了，女管家也注意到了，問她是不是不舒服。雖然她說自己很好，但就連唐米．督克斯也提醒她應該注意身體。

她開始害怕那些慘白的墓碑，它們像克拉拉的大理石一樣，有種令她特別討厭的白色，像假牙般令人厭惡，它們矗立在小山那邊的特維蕭教堂底下，她能在林園中痛苦地望見它們。這些假牙似的醜陋墓碑聳立在小山上，讓她恐懼得毛骨悚然，她覺得自己不久後也會被埋在那兒，加入這些可怕墓碑的主人行列，噢，在這污穢的米德蘭。

她需要幫助，她也知道這一點。於是她寫了一封信給姐姐希爾達，吐露了一點心聲——「我近來很不舒服，我不知道這是怎麼回事。」

* * *

三月的時候，希爾達一個人從蘇格蘭趕到勒格貝，她駕著一部兩人座的輕便小汽車，沿著馬路駛了進來；上坡時，她用力按著喇叭，然後繞過種了兩棵山毛櫸的橢圓形草坪，停在屋前的平地上。

康妮已經跑出來站在門口的臺階上。

「啊，康妮！妳怎麼了？」希爾達把車停好，走出來親吻她的妹妹。

「沒什麼！」康妮有點羞怯地說，但是她知道與希爾達相比，可以看出自己正受著很大的痛苦。以前，姐妹倆都擁有略帶金色、富有光澤的皮膚，柔軟的棕色頭髮，以及自然又健美的活力體格。但是現在康妮變瘦了，皮膚粗糙，又瘦又黃的脖子在衣領中挺立。

「但是妳病了，孩子！」希爾達溫柔地說，略微屏住呼吸。

「不，我沒病，也許是因爲我感到厭煩。」康妮有點可憐地說。

希爾達的臉上閃爍著一種戰鬥的神采，她的樣子雖然溫柔而寧靜，卻有點像古代亞馬遜的婦女，不是生來遷就男人的。

「多麼骯髒的地方！」她輕柔地說，帶著眞正的恨意打量這既醜又舊的可悲勒格貝。她看起來溫柔而熱情，像一顆成熟的梨子，同時也是一位眞正的亞馬遜婦女。

她安靜地走進去見克利福。

克利福覺得她很漂亮，但她卻又讓他感到畏縮。妻子的家人沒有他所習見的那種禮貌和舉止，他覺得他們不屬於他的那個階層，但是既然成了親家，他就只好痛苦地容忍他們。

他裝扮整齊地端坐在輪椅上，金色的頭髮光滑閃亮，臉孔紅潤，藍色的眼睛蒼白微凸，露出一種斯文但卻難以捉摸的表情，這種表情在希爾達看來顯得陰沉而愚蠢。

他等待著，態度非常鎭定，但是希爾達哪管他鎭定不鎭定，她已準備好要戰鬥，就算他是教皇或皇帝也一樣。

「康妮看起來很不健康。」希爾達盯著他輕柔地說，美麗的眼睛裡滿含怒意。她和康妮一樣，看起來像少女般溫柔，但是克利福很清楚這底下隱藏著蘇格蘭式的固執。

「她瘦了一點。」

「你就沒有想想辦法？」

「妳覺得有必要嗎？」他反問，帶著溫和的英國式堅定口吻，這兩樣東西常常湊在一起。

希爾達怒視著克利福沒有回答，和康妮一樣，隨口應答不是她的強項，所以她只是怒目而視，這比她說什麼都更讓克利福感到不安。

「我要帶她去看醫生。」希爾達一字一字地說，「你能在附近推薦一位好醫生嗎？」

「恐怕不能。」

「那麼我要帶她去倫敦，那兒有我們信任的醫生。」

克利福雖然怒火中燒，卻沒說什麼。

「我想我還是在這兒過夜吧！」希爾達褪下手套，「我明天早晨帶她去倫敦。」

克利福憤怒得臉色發黃，但其實到了晚上，他的眼白也會有點發黃，他有肝病。

希爾達仍舊像少女一樣地端莊柔和。

晚飯之後，他們不動聲色地喝著咖啡。

「你必須找個看護或什麼人來照顧你，最好是個男僕。」希爾達說。她的聲音很輕柔文雅，但在克利福聽來卻是當頭一棒。

「妳這樣想嗎？」他冷冷地說。

「是的！這是必要的，否則我和父親要把康妮帶走幾個月，不能再這樣下去了。」

「什麼不能再這樣下去？」

「你有沒有注意過這孩子？」希爾達兩眼緊盯著他。這時，她覺得他像一隻煮熟的大龍蝦。

「我會和康妮商量這件事的。」他說。

「我已經和她商量過了。」希爾達說。

克利福之前已經受夠了看護們的照料，他恨他們，因爲他們讓他失去了眞正的隱私。至於男僕……他無法忍受讓一個男子待在他身邊。那還不如隨便找個女人好，但爲什麼不能是康妮呢？

姐妹倆第二天一早駕車離開。希爾達駕著車，康妮坐在她身旁，看起來有點小，像是復活節的羔羊。

麥爾肯爵士不在家，但根新洞屋子的門開著。

「我有時在畫報上看到妳和克利福男爵的照片，你們已經很有名氣了，不是嗎？妳照片上的樣子像個大姑娘，但妳現在卻像個安靜的小女孩。不，不，任何器官都沒有毛病，但它們卻不經用了！它們不經用了！告訴克利福男爵，他得帶妳來倫敦或到國外散心。妳必須開心起來，必須！妳的生命力太衰弱了，底氣不足。妳的心脈已經有點異常，是的，有點神經衰弱！我建議妳到坎城或比亞里茨③去待一個月。不能再這樣下去了，絕對不能！否則我不能爲後果負責。妳消耗著自己的生命卻不活化它，妳得去找些娛樂，正當而健康的娛樂。妳只消耗著自己的生命力，卻不補充它，它再也堅持不下去了。消沉！要避免消沉！」醫生仔細地爲康妮檢查，詢問她的生活狀況。

希爾達咬了咬牙。

麥克里斯聽說她們來到倫敦，連忙帶著玫瑰來看康妮。「爲什麼會這樣？究竟出了什麼問題？妳只剩下一個影子，爲什麼會這樣？我從來沒見過這麼大的變化，妳爲什麼全不讓我知道？跟我到尼斯去吧！到西西里去！走吧，跟我到西西里去，那兒現在正是最可愛的時候。妳需要陽光！妳需要好好地生活！啊，妳日漸消瘦了！跟我走吧！到非洲去！唉，別管克利福！拋棄他跟我走吧。妳一離婚我就娶妳，來吧，試一試新的生活！天啊！任何人在勒格貝都會被悶死，那地方像野獸一樣殘忍，在那骯髒的地方無論誰都會被悶死，跟我一起到陽光下去吧！妳需要的是陽光和比較正常的生活。」

但是，康妮不忍心就這樣乾脆地拋棄克利福。她不能那樣做。不……不，她眞的不能那樣做，她得回勒格貝去。

麥克里斯憤恨極了。

希爾達不喜歡麥克里斯，但她覺得他似乎比克利福強一點。

姐妹倆又回到米德蘭去了，當她們回去時，克利福的眼球還在發黃，這件事也讓他感到焦慮。希爾達去找克利福談話，告訴他自己的意見、醫生的意見，當然，她沒有告訴他麥克里斯的意見。

他沉默地坐在那兒聽著，直到她說出最後通牒。

「這是一個好男僕的住址，他服侍過那位醫生的一個殘疾病人，那病人在上個月死了。他很不錯，而且一定會來的。」

「但我並不是病人，我也不想要男僕。」克利福說。他是個可悲的惡棍。

「這兒還有兩個女人的住址，其中一個我見過，她很合適。她大約五十歲，安靜、健壯、友善、有教養……」

克利福惱怒著不願回答。

「很好，克利福，這事要是明天還不確定下來，我就發電報給父親，然後我們把康妮帶走。」

「康妮願意走嗎？」克利福問。

「她是不想走，但是她知道她必須走。我們的母親死於焦慮引起的癌症，我們不能再冒這個險了。」

到了次日，克利福提議雇用特維蕭教區的看護婦——波頓太太，顯然是白蒂斯太太想到了她。波頓太太正要辭掉教區的職務改任私人看護婦。克利福一向害怕讓陌生人照顧他，但是他認識波頓太太，有一次他患了猩紅熱，她曾經照顧過他。

姐妹倆立刻去見波頓太太，她住在特維蕭一間還算高雅的新房子裡。她是一個四十多歲的漂亮女人，穿著一身白色的看護婦制服，正在小客廳裡煮著茶。

波頓太太極爲殷勤客氣，看起來似乎很可愛，她說話略帶口音，是很道地的英語。因爲看護過礦工病人多年，她顯得自信而富有主見，簡而言之，在她的小圈子裡，她是村裡管理階層中的一員，很受人尊敬。

「果眞，查泰萊男爵夫人的臉色很不好！她從前是那樣健美的，不是嗎？但是整個冬天她都很憔悴！啊，憔悴得太厲害了，眞的。可憐的克利福男爵！唉，那場大戰，好多痛苦都是那場戰爭帶來的罪惡啊！」

只要沙德羅醫生願意讓她離開，波頓太太願意馬上到勒格貝去。她在教區還得做滿兩星期的看護，這是她的職責所在，但是他們也可以找個替代人手。

希爾達連忙去見沙德羅醫生，所以到了星期天，波頓太太就帶著兩只箱子、乘著馬車到勒格貝來了。希爾達和她談過幾次話，波頓太太似乎很健談，她看起來是那樣年輕，熱情的時候蒼白的兩頰會泛起潮紅。她已經四十七歲了。

她的丈夫泰德·波頓在二十二年前死於礦井下，那是二十二年前的耶誕節，對，恰好是耶誕節，他拋下了她和兩個女兒，其中一個仍在襁褓之中。呵，那個襁褓中的小女孩愛蒂斯，現在已和雪菲爾德的一個青年藥劑師結了婚。另一個女孩在契斯特非爾德當教師，她每逢週末都會回家，那時波頓太太通常都在家。與愛薇・波頓年輕的時候不同，現在的年輕人較懂得享受生活。

波頓先生在二十八歲時死於礦井下的一場爆炸事故，當時他與其他三名工人在一起，前面一名工人叫他們趴下，除了泰德，大家都及時趴下了，他因此喪了命。事後調查時，礦主單方面說泰德當時被嚇呆了，試圖逃走而沒有服從命令，責任全在他自己身上，所以賠償金只有三百鎊，他們甚至認爲這已經是一種恩惠，並非法定的賠償，畢竟泰德死於他自己的過錯。

波頓太太想拿這筆錢開個小店，但是他們不肯把這筆錢一次交給她，他們說她會把這筆錢浪費掉，也許是浪費在酗酒上，所以她只好每星期去領三十先令。是的，她只好在每個星期一的早晨到辦事處去，到了那裡得站上兩個鐘頭才能輪到她；是的，近四年中，她每個星期一都去，畢竟帶著兩個小孩，她能做什麼呢？不過泰德的母親對她很好，當孩子們學會走路後，她的婆婆就在白天幫她帶孩子，而愛薇・波頓則到雪菲爾德去戰地醫院上課。在這四年裡，她也唸完了看護課程，並且得到文憑，她決心不依靠他人，獨力養育自己的孩子。

此後，她在一家名叫阿斯魏特的小醫院當了一段時間的看護助理。這時，特維蕭煤礦公司的老闆，其實就是佐佛萊男爵，看著她獨力奮鬥，就對她漸漸好了起來。他們支持她，幫她找了一份教區看護的工作，這讓她非常感激。從那時起，她就開始做這份工作，現在她覺得這份工作對她來說太吃重了，她想找份清閒的工作；教區看護可是一份忙得不得了的工作。

「是的，公司對我很好，我常常這樣說，但我永遠也不會忘記他們是怎麼說泰德的，這些話等於污衊他是個儒夫，可是他一直是那麼穩健而勇敢。但是，他已經死了，再也不能爲自己辯白。」

這個女人說話時流露出一種奇特的複雜感情。她喜歡那些礦工，她多年來一直爲他們做看護工作，但她又自覺高他們一等。她覺得自己幾乎是上流階級的人，但她心中同時又潛伏著一種對統治階級的怨恨。啊，雇主們！在工人與雇主之間起爭論時，她總是站在工人這一邊，但如果沒有爭論，她總是渴望比工人們高一等，成爲上流階級的一員。

上流階級的生活蠱惑了她，她身上有種英國人特有的、想躋身顯貴的熱望。來到勒格貝讓她覺得非常興奮，與查泰萊男爵夫人談話也讓她非常興奮。「是啊，她與那些礦工們的妻子是多麼不同啊！」——她總是提到這一點。但是，她的眼睛卻仍不時流露出對查泰萊家族的怨恨，一種對上流階級雇主的怨恨。

「什麼？是的，當然，這會把查泰萊夫人累壞的！幸虧她有個姐姐來幫助她。男人們想不到這些，無論尊卑都一樣，他們認爲女人爲他們做事是應該的。我常告訴礦工們不要這樣想。但是克利福男爵也不容易啊，他殘廢成了那個樣子……查泰萊家的人一向都很傲慢冷淡，而他們也的確有資格這樣，但是現在，他竟然落到這種地步！查泰萊夫人眞是不簡單啊，也許她比他更不簡單，她失去的是那麼多啊！我跟泰德只在一起三年，但老實說，他是一個讓我永遠也無法忘記的丈夫。他是千中選一的，總是快活得跟春天一樣，誰能想到他會死於非命呢？直到今天我還不相信他已經死了，我永遠也不會相信，雖然是我親手洗淨了他的屍體，但是對我來說他永遠沒死，永遠不會死，我永遠也不相信……」

這是勒格貝的新聲音，康妮聽得很新鮮。

開始的一個禮拜，波頓太太在勒格貝很坦然，但是漸漸地，她的自信消失了，開始變得不安。她跟克利福在一起時覺得害羞，甚至是懼怕，而且很沉默。

克利福倒喜歡這樣，他不久就重整了自己的威嚴，甚至當她爲自己忙碌時連看都不看她一眼。

「她是個有用的不存在之物！」他說。

康妮聽了驚訝地睜大眼睛，卻沒有反駁他。他們倆對人事物的觀感多麼不同啊！

之後，他在這名看護面前變得相當莊重，甚至有點傲慢，而這正是波頓太太所期待的，他在不知不覺中扮演了她所期待的角色，我們是多麼容易受別人期待的影響啊！當她爲那些受傷的礦工包紮或看護他們的時候，他們就像孩子般跟她談話，向她傾訴他們的痛苦，他們常常讓她覺得自己是多麼高貴，讓她覺得自己在工作時幾乎像個超人。現在，克利福讓她覺得自己卑微得像個僕人，而她也一言不發地接受了，調整自己去適應上流階級的生活。

她服侍他的時候沉默寡言，標致的面孔不苟言笑，兩隻眼睛只敢往下看。

「我現在能做這個嗎？克利福男爵，能做那個嗎？」她非常謙恭地問。

「不，暫時不用做，我以後再叫妳做。」

「好的，克利福男爵。」

「過半個小時再來吧。」

「好的，克利福男爵。」

「把那些舊報紙帶出去吧。」

「好的，克利福男爵。」

她輕輕地走開了，半個小時後她又輕輕地回來。她被人凌辱，但她並不介意，她正體驗著上流階級的生活。她不怨恨克利福，也不討厭他。他只是現象的一部分，上流階級的一個現象，而這個階級是她以前所不瞭解的，但她就要瞭解了。跟查泰萊夫人在一起時，她就覺得自在多了，畢竟，夫人才是這個家中的重要人物啊！

晚上，波頓太太照料克利福上床就寢，她就睡在走廊對面的房間以便他夜裡按鈴叫她。早晨，她也去伺候他，她很快就開始服侍他的一切貼身之事，甚至還幫他刮臉，以一種女性特有的細緻，動作輕柔、小心翼翼地刮著。她很優秀，相當能勝任這份工作，不久後，她就知道怎麼使他順從自己。當她在他的下顎塗上肥皀沫，輕柔擦動他的髭鬚時，他畢竟和礦工不會有太大的不同。他對她高傲冷漠、不夠坦誠，但她並不因此煩惱，她正在體驗一種新的生活。

然而克利福對康妮總有些耿耿於懷，因爲她把貼身照料他的事都交給了一個外來的女僕。他對自己說，這毀掉了他們兩人之間眞正的親密之花，但是康妮卻不在意。她覺得他們之間這朵美麗的親密之花有點像蘭花，是寄生在她的生命樹上，以此而生出的花，在她看來是相當卑鄙的。

現在，她比以前更自由了，她可以在樓上悅耳地彈著鋼琴，她唱著──「不要摸觸那刺人的野草……因爲愛之束縛不易掙脫。」她直到最近才認識到愛之束縛有多麼難以掙脫，但是謝天謝地，她已經掙脫了它們！她很高興能夠孤獨，她不必一直和他談話。

當他獨自一人時，他總在打字機上打呀打的，不停地打著。當他不「工作」，而她又在他那兒時，他就談呀談的，總是談著，無窮盡地細緻分析各種人物、動機、結果、性格及人品，她已經受夠了！她在這幾年一直很喜歡這些談話，但是現在她受夠了，突然間覺得受夠了。好了，現在她清靜了，她眞覺得感激不盡。

無數深具意識的小根小絲好似在他倆心中盤根錯節，長成了一個巨大的混亂團塊，直到它們再也無法擠在一起，這棵植物正在萎死……現在，她開始冷靜地、精細地拆解這個他倆意識的混亂團塊，輕輕地、一條一條地斬斷這些小絲，或耐心或急躁地去清理這一切。但是這種愛之束縛比其他束縛更難解脫，即使波頓太太的到來已然是個大幫助。

但是，克利福還是想要以前那種親密的夜晚，他想和康妮談話或對她大聲朗讀。但是現在，康妮讓波頓太太在十點鐘來打斷他們，於是十點鐘之後，康妮便可以上樓一個人獨處，波頓太太會好好照顧克利福的。

波頓太太在女管家白蒂斯太太的房子裡吃飯，她們倆在一起是很愜意的。奇怪的是，僕人的房間以前看起來相隔遙遠，現在卻好像變近了，就在克利福的書房門口。白蒂斯太太時常到波頓太太的房間去坐，所以當康妮和克利福兩人獨處時，便可以聽見她倆低聲地談著話，好似勞動階級以某種強大的共鳴入侵了上流階級的起居室，這就是波頓太太的到來帶給勒格貝的變化。

康妮覺得自己已經解脫了，已進入另一個世界，連呼吸都與以往不同了。但是，她還是害怕她與克利福之間那些仍然盤錯在一起的無數小根，也許是道義上的小根。不過，她確實呼吸得更自由了，她的生命新階段正在開始。

譯註：

①拉布拉多（Labrador），位在加拿大東邊魁北克省的一座城市。

②精神（Spirits），在此為雙關語，既可指精神，又可指烈酒。

③坎城和比亞里茨，均是法國南部海濱遊樂勝地。

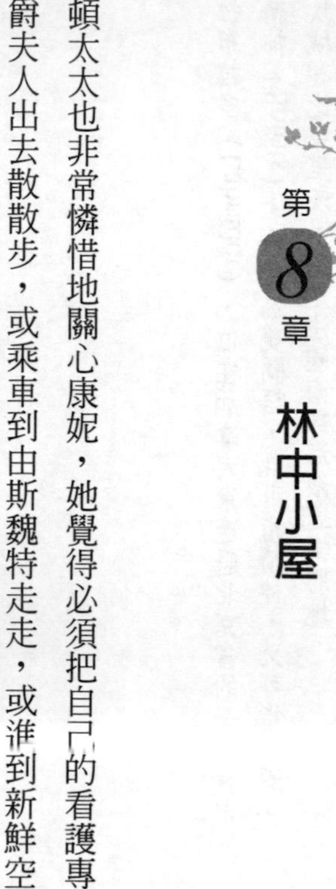

第8章 林中小屋

波頓太太也非常憐惜地關心康妮，她覺得必須把自己的看護專業擴大到女主人身上。她常常敦促男爵夫人出去散散步，或乘車到由斯魏特走走，或準到新鮮空氣裡去。因爲康妮已經習慣整天坐在火爐邊，假裝看著書或做些女紅刺繡，幾乎再也不出門。

希爾達離開後不久，有一天刮著風，波頓太太說：「妳爲什麼不到樹林裡去散散步，到守林人的村舍後面去看看野水仙？它們在三月開得最美，妳可以採一些回來擺在屋裡。野水仙總是那麼好看，不是嗎？」

康妮覺得這個主意不錯。野水仙比水仙花漂亮多了，野生的水仙！畢竟，一個人不能作繭自縛，困守愁城。春天回轉了……

「春夏秋冬去復回，但是那歡樂的日子，那甜蜜地前來的黃昏或清晨，卻不向我回來①。」守林人纖細白皙的身體，就像肉眼看不見的花朵中那孤獨的花蕊，而她竟在極度的抑鬱中把他給忘了。但是現在，有什麼東西被喚醒了……

「蒼白的，在門廊與大門的那邊②。」只要穿過那些門廊與大門就行了！

她現在更健壯了些，走起路來也更平穩輕快。樹林裡的風，不像在花園中那樣緊吹著她，使她感到疲勞。她想要忘記，忘記世界以及所有可怕的行屍走肉之人。在三月的風中，有無窮的詞語在她的心中迅即滑過。

「你必須再生！我相信肉體的復甦！只要一粒小麥落在地下而不死，它就要發芽……當報春花開放時，我也要走到陽光下！」——在三月的風中，康妮的腦海裡掠過無數這樣的句子。陽光如風般陣陣吹來，奇異的明亮，在樹林邊的榛樹叢下，黃色的白屈菜閃著亮光。樹林裡忽明忽暗，但是很靜，很靜。第一批白頭翁已經開花了，無數的小花散佈在隨風輕顫的草地上，把整個樹林染得蒼白。

「您的呼吸讓世界變得蒼白②。」但這一次卻是波瑟楓妮③的呼吸；她在一個寒冷的早晨從地獄中走了出來，風冰冷地吹拂著。在頭頂，它被樹梢掛住，在憤怒地糾纏著，就像押沙龍④一樣。

那些白頭翁裸露著肩部，在綠色的裙襯上發抖著，看起來很冷，但是它們能挺住。一些初綻的報春花，在小路旁綻放著黃色的花蕾。

風在頭頂咆哮撕扯，下方只有冰冷的氣流。在樹林裡，康妮異常地興奮起來，兩頰上泛起了潮紅，藍色的眼睛放出光芒。她緩步而行，隨手摘採一些報春花和散發出一種冷香的初綻紫羅蘭。她信步而行，不知自己身在何處。

她走到樹林盡頭的空地處，看見那覆有綠色苔痕的石築小屋，它近乎玫瑰色，像是一塊放在菌房裡的鮮肉，正暖暖地曬著太陽，緊閉的門旁長有一叢黃色的茉莉。沒有人聲，沒有炊煙，也沒有犬吠聲。

她輕步繞到屋後隆起的小坡上。她有個藉口，去看野水仙。

它們就在那兒，這些花柄短小的野水仙在搖擺顫抖著，發出沙沙的聲響，明亮而富有生氣。它們在風中扭動著，不知該把臉藏在何處。它們在一次次悲慘的較量中搖擺著自己明亮歡快的小花瓣，但是也許它們確實喜歡這樣，也許它們喜歡搖擺。

康妮靠著一棵小松樹坐下，它以一種彈性有力的堅挺姿態緊緊頂著她，讓她感覺到一股奇特的生命力。這棵直立的、生機蓬勃的、頂端曬著太陽的小松樹！陽光暖暖地照在她的手上、腿上，那些野水仙在太陽的照耀下看起來像是金色的。她甚至還聞到了淡淡的花香。她是那樣的安靜而孤獨，似乎要聽任命運之流將她帶走。她曾經被一條繩子繫著、晃蕩著、搖動著，像一隻繫泊的小船。現在，她被解開了，可以自由浮盪了。

陽光暗下來的時候，野水仙默默地藏在陰影裡。它們將這樣藏在陰影裡，度過剩餘的白天和漫長的寒夜，它們脆弱的軀體是多麼堅強啊！

她有點僵直地站起來，採了幾朵野水仙走下小坡。她不喜歡有人折花，但她還是想帶一兩朵回去。她不得不回到勒格貝和它的圍牆中，她恨它，特別是它堅厚的牆壁！牆，到處都是牆，儘管人們在風中的確需要它們。

「妳到哪兒去了?」康妮回到家時，克利福問著。

「只是穿過樹林!瞧，這些野水仙多可愛啊!想想吧，它們是從泥土中長出來的!」

「也是從空氣和陽光中長出來的。」他說。

「但是是在泥土中形成。」她機敏地反駁，這讓她自己也覺得有點驚訝。

第二天下午，她又去了樹林，她沿著開闊的馬路穿過落葉松樹林，來到一個被稱作「約翰井」的湧泉處。山坡上很冷，落葉松的樹蔭下什麼花也沒有，冰冷的泉水輕輕地噴湧著，小小的泉床上鋪著一層淡紅中帶點白色的潔淨鵝卵石。泉水冰涼而清澈，閃著粼粼的光!無疑地，那位新來的守林人在泉床上添了些石子。溢出的細流流下山坡，發出細微的淙淙聲。落葉松直立的、無葉的、殘忍的暗影佈滿了山坡，甚至在落葉松嘶嘶的隆鳴聲中，她還能清晰聽到這小水鈴的叮咚聲。這兒有點陰森、寒冷、潮濕，不過，這湧泉處幾百年來一直是人們取用飲水的地方，現在則不是了。它周圍的這一小片空地顯得蔥鬱，但寒冷淒涼依舊。

康妮站起身慢慢朝家園走去，正走著，她聽到右邊傳來一陣細微的敲擊聲，她站住聆聽。是捶擊聲?還是啄木鳥?啊，肯定是捶擊聲。

她開始邊走邊聽，她注意到小杉樹林中有一條隱沒的小路，她覺得這條小路剛才一定有人走過。她沿這條小路冒險地走了下去，進入濃密的小杉樹林中，不久，這些小杉樹會變成大杉樹。

在風聲呼嘯的樹林寂靜中，是的，樹林在嘈雜的風聲中甚至也能產生一種寂靜。捶擊的聲音越來越近。

她看到一小片隱蔽的空地和一間用圓木建成的隱密小屋，她從未到過這兒！她意識到這是飼養野雞的幽靜地方。守林人只穿著襯衫，正跪在地上捶著什麼。狗兒跑過來，衝著她短促地吠叫，守林人突然抬頭，吃驚地看著她。

他站起來向康妮行禮，默默地望著她。

她朝他走過去，覺得自己四肢無力。

守林人怨恨這種侵擾，他珍愛自己的孤獨，視它爲生命中僅有的和最後的自由。

「我想知道這捶擊聲是怎麼回事。」她覺得自己很虛弱，快要喘不過氣來。見他直直盯著自己，她覺得有點害怕。

「我正在爲小雞準備籠子。」他用沉濁的方言說。

「我想坐一會兒。」她覺得自己軟弱無力，不知該說些什麼。

「到屋裡坐坐吧。」梅樂士走進小屋，把木材和其他雜物推到一邊，拖出一把榛樹枝做成的簡陋椅子。

「要替妳生點火嗎？」他用奇異天眞的方言問道。

「啊，不用麻煩了。」她回道。

他看到她的手凍得有點發紫，很快地往屋角的小磚爐塞了一些松枝，不一會兒，黃色的火焰便向煙囪直冒，他在爐邊爲她清出一塊地方。

「坐到這邊烤烤火吧。」

康妮順從了他，他具備一種能讓她立刻順從的保護者特有權威。她坐下來就著火烤手，不時添些樹枝，他又到屋外捶敲起來。她寧願站在門口張望，也不願坐在火爐邊烤火，但是她受到了款待，只好服從。

小屋裡很舒適，松木做的板壁上沒有塗漆。在她的椅子旁有一張簡陋的小桌和小凳、一條木匠用的長板凳、一口大木箱、一些工具、新鋸的板材和釘子，還有許多東西掛在牆面的釘子上，大斧、小斧、幾個捕獸的夾子、幾袋東西和他的外衣。小屋沒有窗戶，光線透過開著的門照了進來，這是一個雜物儲藏室，也是一處小小的避難所。

她聽著他的捶擊聲，好像不太愉快。他受到了壓迫，他的獨處受到了侵犯，危險的侵犯！一個女人的侵犯！他已經落到這般田地，他所要的只是獨處，然而，他卻沒有力量去保衛自己的孤獨；他是一個被雇傭的人，而這人是他的主人。

他尤其不想再與女人接觸，他害怕女人，因爲過去的接觸讓他受到巨大的傷害。他覺得如果他不能孤獨，如果人們不讓他孤獨，他會死的。他已完全從外界隱退了，森林是他最後的避難所，他將自己藏在這兒！

康妮坐在火邊，身體漸漸暖和起來，她把火弄得太旺了，使她覺得有點熱。她走到門邊，坐在一張凳子上看著梅樂士工作。他好像沒有注意到她，但是他知道她在那兒，不過他仍精神專注地工作著。在他旁邊，褐色的狗兒坐在自己的尾巴上，俯視著這不可信賴的世界。

清瘦沉靜又敏捷的梅樂士做好了籠子，把它翻轉過來，試了試那扇活動門，然後把它放到一邊。他站起來去取一只舊籠子，把它放在剛才用過的木墩上。他蹲伏著，檢查木條還結不結實，有幾條在他手中折斷了，他就把釘子拔了出來。他翻轉著，審視著木籠，不動聲色，似乎一點也沒注意到有個女人在場。

康妮目不轉睛地望著他，那天他裸身時她所看到的那種孤獨，現在她也能從他的衣服底下看出來——孤獨而專心，像一隻獨自工作的動物，但同時也在沉思著，像一副迴避一切人際接觸的靈魂。此刻，他正沉默而耐心地迴避著她。一個急躁而熱情的男子壓抑著這種無限沉默的忍耐，深深觸動了康妮的子宮。從他彎著的頭、快捷沉穩的雙手、蜷縮的身軀、靈敏的腰際，她看到了某種忍耐而內斂的東西，她覺得他比她閱歷深廣多了，也許也殘酷多了。這讓她得以自解，她覺得幾乎再也不用對什麼負責。

她坐在門邊沉思，像作夢似的，完全沒有意識到時間的流逝和環境的特殊，她沉迷在自己的思緒中。

梅樂士迅速瞥了她一眼，看到她臉上那種十分靜穆、充滿期待的神情，那是一種對他的期待。突然，他覺得有一簇小火舌從腰背冒了起來，他的心不禁呻吟。他恐懼地拒斥任何與人的親密接觸，幾乎像拒斥死亡般害怕，他最希望的是她能走開，讓他一個人獨處。他懼怕她的意志、她女性的意志、她時髦女性的堅持，最重要的是，他懼怕她那屬於上流社會的、無所顧忌的、恣情任性的厚顏無恥。他畢竟只是一個雇工。他恨她待在這兒。

康妮突然不安地回過神，站了起來。天色已晚，但她仍未走開，她向梅樂士走過去。

他小心翼翼地站著，憔悴的面孔僵硬而呆滯，眼睛看著她。

「這兒眞美，很寧靜。我以前從沒來過。」

「沒來過？」

「我想不時到這兒來坐坐。」

「是嗎？」

「你不在這兒時，是不是要把這門鎖上？」

「是的，夫人。」

「我可以有一把鑰匙嗎？這樣我就可以不時來坐坐。有兩把鑰匙嗎？」

「據我知道，只有一把。」他又說起方言來。

康妮猶豫了。他不同意，難道這是他的小屋嗎？

「能再弄一把嗎？」她輕聲問道，柔和的聲音中透露出一個女人決意滿足自己要求時的堅定。

「再弄一把！」他說，憤怒而嘲諷地望了她一眼。

「是的，另配一把。」她的臉一下子變紅了。

「克利福男爵也許另有一把。」他應付道。

「是的！他也許另有一把，否則就用你那把另配一把。我想這用不了一天的工夫，你在一天內可以不用鑰匙。」

「這我可不敢說，男爵夫人！我不知道附近有誰會配鑰匙。」

「好吧！我自己去配。」康妮的臉氣得通紅。

「好的，男爵夫人。」

他們對視著。他的眼睛因厭惡和輕蔑而流露出一種冷酷惡狠的神情，似乎對將要發生的事漠不關心，她的目光則因被回絕而變得灼熱。

她的心沉了下去，當與他對峙時，她看到他是多麼地厭惡她。

「再會！」她絕望地看著他。

「再會，男爵夫人！」他行了個禮，唐突地轉身走了。她激醒了在他心中沉睡的狂暴舊恨，對於固執婦女的舊恨，但是他無力反抗，無力反抗。他知道！

她也對這個固執的男人感到憤怒。一個僕人！她很不愉快地回家了。

她看見波頓太太在小山上的那棵大山毛櫸下張望著，等她回來。

「我要知道妳是不是正在往回走，夫人。」她明快地說。

「我回來晚了嗎？」康妮問道。

「啊，只是克利福男爵在等著喝茶。」

「那妳爲什麼不準備呢？」

「啊，我覺得這不太合適，克利福男爵會不喜歡的，夫人。」

「我不明白爲什麼不合適。」康妮說。

她走進克利福的書房，那只舊銅壺正在托盤上冒著氣。

「我回來晚了嗎？克利福。」她在托盤前把花放下，拿起茶葉罐，身上仍戴著帽子、披著圍巾。「很抱歉！不過你爲什麼不叫波頓太太替你泡茶呢？」

「我沒有想過要叫她。」他反諷地說，「我看不出她適合在茶桌上充當主婦。」

「啊，這只茶壺並不神聖。」康妮說。

「妳下午都做了些什麼？」他怪異地看了她一眼。

「散步，找個隱蔽的地方坐了會兒。大冬青樹上仍掛著漿果，你知道嗎？」

她摘下披肩，但沒取下帽子便坐下來弄茶。烤麵包片像皮革一樣韌。她爲茶壺套上套子，站起來找了個小玻璃杯放紫羅蘭。這可憐的花兒垂著頭，花柄已經變軟。

「它們會活轉過來的！」她把花兒端到克利福面前讓他聞。

「比朱諾的眼瞼還要可愛⑤。」克利福引用了一句莎士比亞的話。

「我看不出這句詩和紫羅蘭有什麼關係。伊莉莎白時代的人都喜歡雕飾文句。」她替他斟茶。「你手邊有約翰井附近的那間小屋的鑰匙嗎？那兒還養著野雞呢。」

「可能有，妳要它做什麼？」

「我今天碰巧走到這個地方，以前我從未見過它。我覺得那個地方真可愛，我可以不時到那兒坐坐嗎？」

「梅樂士也在那裡？」

「是的！正是他的捶擊聲讓我找到那兒的。他對我的侵入似乎很不歡迎，當我向他要一把鑰匙時，他幾乎變得十分粗魯。」

「他說了些什麼？」

「啊，什麼也沒說，但是態度粗魯。他說鑰匙的事他不清楚。」

「在我父親的書房裡也許有一把，白蒂斯知道，所有的鑰匙都在那兒。我會要她去找一找。」

「啊，太好了！」康妮說。

「妳說梅樂士有點粗魯？」

「啊，沒什麼，真的！但是我相信他不想讓我在那兒自由出入。」

「我想他不會樂見。」

「但是我不知道他爲什麼會介意。畢竟，那不是他的房子，不是他的私人住所，我不明白我爲什麼不能到那兒隨意坐坐。」

「當然可以！」克利福說，「那個人太看重自己了。」

「你覺得他是這樣的人嗎？」

「無疑是！他覺得自己很特別。妳知道嗎，他的妻子拋棄了他，所以他在一九一五年入了伍，被派往印度。他曾在埃及的騎兵隊當過一段時間的鐵匠，總是跟馬打交道，在那方面他很能幹。後來，一位駐在印度的上校看上了他，把他提升爲中尉，是的，他們委任了他。他跟著那位上校回到印度，駐紮在西北部的邊境，他在那兒病倒了，得了一份撫恤金。我想，他是去年才離開軍隊的，自然，像他這種人又落回原來的地步，心裡肯定很不好受，但他只能適應。他對目前的工作倒很盡責，不過，我不喜歡他擺出梅樂士中尉的神氣。」

「他說話帶有濃厚的德比郡口音，他們怎麼會提拔他做軍官呢？」

「呵，他不……只是一陣一陣的，他能說很純正的英語。我想他覺得自己又落回原來的等級，所以最好還是用這個等級的口音。」

「爲什麼你以前不對我說這些事？」

「啊，我不耐煩講這些浪漫史。浪漫史破壞一切秩序，總會造成不幸。」

康妮同意這種說法。這些在哪兒都感到不滿的人有什麼好呢？

幾天來天氣持續不錯，克利福也決定到樹林轉轉。風有點冷，但並不煩人，陽光像生命一樣，既溫暖又充實。

「眞奇怪！」康妮說，「在一個眞正清爽宜人的天氣裡，人們的感覺是多麼地不同。平時人們覺得連空氣都是半死的，人們正在毀掉空氣。」

「妳覺得人們在毀掉空氣？」克利福問。

「是的，所有的人都在散佈厭倦、不滿和憤怒的氣息，把空氣裡的活力都毀掉了，我確信是這樣的。」

「也許是空氣環境減弱人們的活力。」

「不，是人們毒害了宇宙。」她斷言道。

「弄髒了自己的窩。」克利福說，巴思椅冒著煙向前開進。

榛樹叢上懸著一些淡黃色的花絮，白頭翁在陽光下盛開著，就像過去的日子那樣，彷彿在歡呼著生命的快樂。那時，人們也能歡呼生命的快樂。

那花有一種淡淡的蘋果花香氣，康妮爲克利福採了一些。他接過來好奇地望著它們。

「妳仍未被姦污的安靜新娘⑥。」克利福引用了這句詩說道，「這些花比希臘古瓶更合於這句詩。」

「姦污是個可惡的字眼!人們把一切東西都姦污了。」康妮不滿地說。

「啊,我不知道……但是蝸牛的確……」

「蝸牛不過是吃東西,蜜蜂也沒有姦污什麼。」

她對他生起氣來,他把一切事物都變成字眼。紫羅蘭是朱諾的眼瞼、白頭翁是未被姦污的新娘,她多麼憎恨這些出現在她和躍動生命之間的字眼;這些現成的字句姦污了一切,吸吮著一切生命的汁液。

這次與克利福的散步不太愉快,他們之間有一種緊張關係,兩人都假裝沒注意到,但它確實存在。突然,她藉著女性本能的全部力量把他推開,她要擺脫他,尤其是他的思想、他的話語、他在自己身上的迷失、他那無止境單調的自我迷失,以及他使用的那些字眼。

天空又開始下雨了,但是一兩天後,康妮冒雨去了樹林,一進樹林,她就向那小屋走去。雖然下著雨,但天氣並不冷,在晦暗的雨天中,樹林是這樣的寂靜冷漠,這樣的不可親近。

她來到那塊空地上。一個人都沒有!小屋鎖著門,她坐在簡陋門廊下的門檻上,蜷縮著身子取暖。她就這樣坐著,望著絲絲細雨,聽著雨滴落時的無聲之聲,聽著風在樹梢上的奇異嘆息,雖然此時似乎無風。

老橡樹環立四周,粗壯的灰色樹幹在淋濕後變成黑色,相當圓潤充滿著生命活力,向四周迸發出豪放的樹枝。高大的橡樹下並沒有雜亂的小樹,地面散佈著白頭翁,還有一、兩叢較老的雪球樹和淡紫色的荊棘。在白頭翁的綠衣下面，黃褐色的蕨老蕨草幾乎被淹沒了。也許這是一個未被姦污的地方……未被姦污，整個世界都被姦污了。

某種事物是不能被姦污的。你不能姦污一罐沙丁魚，許多女人也是一樣，還有男人。但是大地……

雨變小了，橡樹林裡也亮了起來。康妮想走，但她仍舊坐著。她漸漸感到有點冷，可是她內心的怨恨以一種無法抵抗的慣性讓她待在那兒，好像麻痺了似的。

被姦污！一個人竟可以不待被碰觸就受到姦污！被猥褻的死字眼姦污，被迷失的死理想姦污！

一隻被雨淋濕的褐色狗跑了過來，沒有叫，只是舉著濕漉漉的尾巴。守林人穿著一件黑油布短外衣跟在後面，像個車伕，面色微紅。

當他看到她時，康妮覺得他的步伐遲疑了一下，她在門廊下那塊狹小的空地上站了起來。

梅樂士默默向她行了個禮，緩步走近。

「我正要走。」她說。

「妳是等著進去嗎？」他用方言問道。他看著小屋，而不是康妮。

「不，我只是坐在這兒避雨。」她帶著平靜的尊嚴說。

他看著她。她看起來有點冷。

「克利福男爵沒有另一把鑰匙嗎？」他問。

「沒有，但是沒什麼關係，我可以坐在門廊下的這塊乾地上。再見！」她恨他的滿口方言。

當她走開時，他緊緊地盯著她。接著，他掀起油布外衣，從褲袋裡掏出小屋的鑰匙。

「妳還是把這把鑰匙拿去吧，我會另外找個地方養小雞。」

「什麼意思？」她看著他。

「我說我會另外找個地方養小雞。如果妳到這兒，妳大概不會喜歡見我在妳旁邊走來走去，忙這忙那的。」

康妮看著他，總算聽懂了他那含糊不清的方言在說些什麼。

「你爲什麼不說普通的英語？」她冷冷地問。

「我？我以爲我說的是呢。」

康妮惱怒地沉默了一會兒。

「如果妳想要鑰匙，還是把它拿去吧。要不然我明天再交給妳，讓我先把這個地方清理一下，妳說行嗎？」

「我不要你的鑰匙，我不要你清理什麼東西出來，我一點也不想把你從這小屋趕走！謝謝你！我只要能不時來這兒坐坐，像今天一樣就好，我可以坐在門廊下。好了，請你不要再說什麼了。」她更惱怒了。

「但是……小屋是非常歡迎夫人來的，鑰匙和其他所有東西都是妳的。不過，在這個時節我得飼養小雉，我得忙這忙那的照顧牠們。冬天我幾乎不需要到這兒來，但是到了春天，克利福男爵要我養些雉雞……夫人在這兒時，肯定不願意我在妳周圍忙碌個不停。」他那雙戲謔的藍眼睛又望著她，用沉濁的方言緩緩說著。

「我為什麼要介意你在這兒呢？」她聽他說著，隱約覺得有點驚愕，她驚奇地看著他。

「我自己覺得礙事！」他簡潔卻意味深長地說。

「好！我不再妨礙你了，但是我並不介意坐在這兒看你管理小雞，我喜歡這樣。但是既然你覺得這樣會妨礙你，那我就不再打擾你。不要擔心，你是克利福男爵的守林人，不是我的。」她的臉紅了起來。

這話聽起來很怪，康妮也不知道自己為什麼會這樣說，但是她說了出來。

「不，夫人，這是夫人的屋子，夫人隨時喜歡怎樣就怎樣，妳可以在辭退我之前一星期通知我，只是……」

「只是什麼？」她困惑地問。

「只是，妳來這裡時，妳儘可以要求獨自用它，儘可以要我停下工作。」梅樂士滑稽地向後推了推帽子。

「怎麼？」她惱怒地說，「你不是個文明人嗎？你覺得我應該怕你嗎？我為什麼要在意你和你是否在此呢？難道這有什麼關係嗎？」

「沒有，夫人，一點也沒有。」他看著她，臉上又露出戲謔的笑容。

「那麼，爲什麼呢？」她問。

「那我爲夫人配一把鑰匙好嗎？」

「不，謝謝！我不要了。」

「無論如何我也要配一把，兩把鑰匙好些。」

「我認爲你很無禮！」康妮說著，臉色變紅了，呼吸有點急促。

「啊，啊！」梅樂士忙說道：「不要這樣說！我沒有別的意思。我只是想如果妳來這兒，我就得把這些東西搬走，那要花好大的工夫，但是如果夫人不在意我，那麼……這是克利福男爵的小屋了，一切都聽夫人的指揮，聽夫人的便。當我在這兒做事時，夫人不要理會我就是了。」

康妮迷惑地走開，她不太確定自己是否被他侮辱或冒犯，也許他的話並沒有別的意思，也許他以爲她是要他避開，好像她眞有這個意思似的，好像他和她是否一起待在那兒眞的很重要似的。

她往家園走去，心中感到非常困惑，不知道自己在想些什麼、感受什麼。

譯註：

①此句引自英國詩人米爾頓（John Milton）的長詩鉅作——《失樂園》。

②此句引自英國詩人絲溫伯恩（Algernon Charles Swinburne）的作品——《普羅塞爾皮娜的花園》。

③波瑟楓妮（Persephone），希臘神話中的冥后。

④押沙龍（Absalom），是《聖經》中猶太王大衛之子。一日戰敗逃往林中，長髮被樹枝絆住，無法掙扎逃脫，最後被追殺者刺死。

⑤此句引自莎士比亞的作品——《冬天的故事》。朱諾為羅馬神話中的天后。

⑥此句引自濟慈的詩作——《希臘古瓶頌》。

第9章 波頓太太

康妮驚訝地發現自己對克利福感到厭惡，更要命的是，她發現自己一向很討厭他；那不是恨，因爲其中並沒有強烈的情感，那是一種很深的生理厭惡。她覺得她之所以和他結婚，似乎是因爲她厭惡他，一種隱密的生理厭惡。當然，她和他結婚，眞的是因爲他在精神上能吸引她，使她興奮。在某些地方，他似乎比她高明，是她的支配者。

現在，這份精神上的吸引已經萎縮崩塌了，她所感到的只是生理上的厭惡，這種厭惡從她內心深處升起，她感受到這種厭惡曾經呑噬著她的生命。

她覺得自己虛弱而無助，她渴望得到外來的幫助，但是世界上哪有什麼幫助！社會因瘋狂而可怕，文明社會是瘋狂的，金錢和所謂的愛情則是兩種最狂熱的狂躁，其中以金錢尤劇，而個人在金錢和愛情這兩種互不相連的狂躁中出著風頭。看看麥克里斯！他的生命和活動淨是瘋狂，他的愛情也是一種瘋狂。

克利福也一樣。所有那些談話、所有那些作品、所有那些使他飛黃騰達的狂熱努力都只是瘋狂，這一切日漸變糟，成了眞正的狂亂。

康妮因驚恐懼怕而感到筋疲力盡。不過還好，克利福對她的控制慾開始改向波頓太太施展。克利福並未意識到這一點，就像許多瘋狂之人一樣，他的瘋狂可以從他所不自知的事物來衡量，從他意識的空白之處來衡量。

波頓太太在許多地方是值得欽佩的，但是她有一種奇特的跋扈，總是顯得非常自負，這是現代婦女陷入瘋狂的標誌之一。她覺得她自己是全然恭順的、爲別人而活的，克利福使她著迷，因爲他以一種更出色的本能，輕鬆就能挫敗她的意志；他的固執己見比她更出色、更精細，這就是他吸引她的魅力所在。

或許這也是他吸引康妮的魅力所在。

「今天的天氣多好啊！」波頓太太有時會用一種愛撫的聲音說話，像是要說服他似的，「我想你應該駕著車子到外面轉一轉，陽光多好啊！」

「是嗎？請把那本書給我；那兒，那本黃皮的，再把那盆風信子拿走。」

「爲什麼？多美的花啊！它們的香氣多濃烈啊！」

「但我厭惡這種香氣，它更適合用在葬禮上。」

「你這麼認爲嗎？」波頓太太驚呼道，有些不快，但是被他的威嚴壓制下來。她把風信子拿出屋子，深感他難以伺候。

「今天早上要我爲你刮臉，還是你自己來刮呢？」她總是用一種溫柔親撫、阿諛但又很節制的聲調跟克利福說話。

「我不知道。請妳等一會兒吧，我準備好了再按鈴叫妳。」

「好的，克利福男爵！」她溫柔順從地答道，然後輕輕退了出去，但是每一次克利福的回絕都增強了她的意志。

過了一會兒他按鈴叫她，她立刻走了進去。

「我想妳今天早上還是爲我刮臉吧。」克利福會說。

「好的，克利福男爵！」她的心微微顫動起來，更加溫柔地答道。她的手很靈巧溫柔、纏綿輕緩地觸摸著他。

起初，他討厭這種溫柔纏綿的長時間觸摸，但是他現在很喜歡，而且覺得越來越舒服。他幾乎每天都讓她刮臉，他們的臉湊在一起，她的眼睛專注盯著她所刮到的地方，漸漸地，她的指尖熟悉了他的臉頰、嘴唇、下頷和脖子。他是個養尊處優的人，他的臉孔和喉部都很漂亮，他是一位紳士。

她也很漂亮，皮膚白皙、臉孔稍長、表情靜穆、眼睛明亮但沒有神采。漸漸地，帶著無限的溫柔，幾乎是愛情的成分，她開始幫他刮著喉部，他也顯得非常順服。

現在，她幾乎伺候克利福一切的事，他覺得跟她在一起比跟康妮相處更自在，更不用羞於接受她僕役般的服務。她喜歡照料他，喜歡將他的肉體置於自己的絕對掌控之下，她願意做所有卑賤的事務。

一天，波頓太太對康妮說：「當妳徹底瞭解他們的本質後，所有的男人都像是嬰兒。啊，我曾照顧過特維蕭礦井下最粗暴的工人，但是當他們為病痛折磨，需要妳來照顧時，他們就成了嬰兒，只不過是大嬰兒罷了。啊，所有的男人都差不多！」

起初，波頓太太相信像克利福男爵這樣一位眞正的紳士，身上會有一些不同之處，所以克利福一開始佔了上風，但是漸漸地當她深深瞭解他之後，以她的話來說——她覺得他跟別的男人一樣，不過是一個長著男人體格的嬰兒罷了。只不過這個嬰兒性情怪異、舉止斯文、富有威權，懂得許多她從未聽過的奇異知識，他以此來欺凌她。

「看在上帝的份上，不要可怕地陷在這個婦人的手裡！」康妮有時很想對克利福說。但她最後並沒有說，她發現自己對他的關心並不足以使她對他說這些話。

他們倆仍舊保持著晚上一起待到十點鐘的老習慣。他們一起談話、閱讀，或潤飾他的手稿，但是其中的樂趣早就消失了；她對他的手稿感到厭煩，但還是盡職盡責地幫他把它們打出字來。不過，不久之後，波頓太太也開始介入這份工作。

康妮曾經建議波頓太太學習打字，而波頓太太是個隨時準備動手去做的人，她馬上就勤勉地練習起來。現在，克利福有時會向她口授一封信，她可以緩慢而正確地打出來。

他很耐心地教她拼讀一些較難的單字或偶爾用到的法文短句，而她是那樣地興奮，所以指導她幾乎成了一件樂事。

現在，晚飯過後，康妮時常以頭痛爲藉口上樓到自己的房間。

「也許波頓太太願意和你玩玩紙牌。」她這麼對克利福說。

「啊，這妳不用管，回房休息吧，親愛的。」

但她一走，他就按鈴叫波頓太太過來玩撲克或比齊克紙牌遊戲，甚至還下棋，他教她玩所有的遊戲。

下棋時，波頓太太像個小姑娘似的興奮得滿臉通紅、渾身震顫，這讓康妮覺得很反感。她的手指碰了碰王后或騎士，卻又縮回來，不知該怎麼走才好。

「妳應該說——『我調子』①！」克利福帶著一絲優越、半揶揄的微笑對她說。

「我調子！」波頓太太會用明亮的眼睛吃驚望著他，然後含羞順服地低語。

是的，克利福正在訓練她，他喜歡這樣做，這給他一種權威的感覺，而她也覺得很興奮。撇開金錢不談，她正在一點一滴學習那些使上流階層之所以成爲上流階層的東西。這讓她十分激動，同時她也一步步讓他喜歡跟自己在一起。而她眞誠的激動，對克利福來說是一種微妙的奉承。

康妮覺得克利福正在顯露他的眞實面目，有點庸俗、有點平凡、缺乏才氣，而且很會養尊處優。波頓太太的把戲和她謙卑的威風也太明顯了，不過康妮更感奇怪的是，克利福爲什麼能使波頓太太發出內心眞誠的激動，說她愛上了他，顯然不對。

讓她激動的是，她正在與一位上流社會的人、一位有爵銜的紳士、一位照片被登在許多畫報上並寫過許多書與詩的作家接觸，她為一種不可思議的熱情激動著。他對她的「訓練」引起一種興奮的激情，比任何性愛所能引起的更深更大。事實上，她已不可能再動情，這一點使她得以完全陶醉於另一種激情，並且陶醉到骨子裡，這種奇異的激情來自於對知識的渴求，對他身上那種知識的渴求。

無論我們如何定義愛情，波頓太太在某種意義上無疑愛著克利福。她看起來那樣漂亮、那樣年輕，灰色的眼睛有時顯得非常迷人，同時還流露出一種隱隱約約的溫和滿足，一種成功的自得。咳！對於這種自得，康妮是多麼厭惡啊！

但是，完全不用訝異克利福為何會深陷在這個女人的手中。她一直都崇拜著他，全心全意服侍著他，任他隨意支使。完全不用訝異克利福受到如此的奉承。

康妮聽過他倆之間的長談，大部分時間都是波頓太太在說話。她對他說關於特維蕭村的閒話，絕對是閒話！什麼格絲太太、喬治．愛理歐、美福小姐夾雜在一起，還有她們做了些什麼等等，只要一開口，波頓太太對平民生活的事情絕對說得比任何書都詳細。她對他們很熟悉，對他們的事情有著強烈興趣，她講的事情都很精采，只是聽她說這些別人的私事讓人覺得有些羞恥。用她自己的話來說，起初，她不敢對克利福說起特維蕭，但是一旦說起就沒完沒了。

克利福在聽取「素材」，他在其中發現許多「素材」。康妮認識到他所謂的天才就是瞭解別人私事的才能、聰明，和顯然的滿不在乎。當然，波頓太太「說起特維蕭」來非常起勁，甚至可以說是滔滔不絕。所有發生過的事情她都知道，眞是太了不起了！她可以一口氣說出十二卷書的材料。

康妮聽她講著，覺得很著迷，但是聽過之後又總是覺得羞恥，她不應該出於這種獵奇病態的好奇心去聽她說話。是的，一個人當然可以去聽別人最隱密的私事，只要他對那些掙扎的、破碎的人類靈魂保持尊敬，只要他心中懷抱善意與判斷力的同情，甚至諷刺也是同情的一種形式。眞正決定我們生活的，是我們流露或收斂自己同理心的方式，而小說最重要的價值就在這裡，它能操縱我們的同理心，它能告知並引導我們的同情流向新的地方，也能把它從已經腐朽的東西上頭引回。因此，經營得好的小說能夠提示我們生命中最隱密之處，正是這些充滿激情的隱密之處最需要我們敏感的意識之濤，在上面潮起潮落，揚清激濁。

但小說如同閒話，也能激起虛僞的同情，這種同情是機械的，是與靈魂隔絕的。小說可以讚揚最齷齪的情感，只要它們在世人眼中是「純潔」的。因此，小說像閒話一樣，最終變得墮落；它像閒話一樣，因假道學而變得墮落不堪。

波頓太太的閒話就總是很道學。「他是這樣的一個『壞』男人，她是那樣的一個『好』女人。」然而，康妮聽著波頓太太的閒話，卻不禁覺得那個女人謊話連篇，而那個男人誠實正直。但是波頓太太那種懷抱惡意的傳統同理心，卻把一個誠實正直的男子說成「壞」人，把一個滿口謊言的女人說成「好」人。正因爲如此，於是說或聽別人的閒話是可恥的。出於同樣的原因，閱讀小說（尤其流行小說）是可恥的，而大眾只喜歡迎合他們惡習的東西。

不過，波頓太太的閒話讓康妮對特維蕭村產生新的認識，那是一種可怕又沸騰的醜陋生活，並不像外表所見那麼平淡無聊。那些被提到的人克利福大都認識，而康妮只認識其中一、兩個，但這些故事聽起來更像是發生在中非的叢林中，而不是英國的小村裡。

「我想你們已經聽說愛爾蘇小姐在上週結婚的事了吧！誰能料到！

「愛爾蘇小姐，就是那個老鞋匠詹姆士・愛爾蘇的女兒。你知道他們在派克羅蓋了一棟房子。老頭是去年死的，他八十三歲，身手卻還靈活得像個孩子。去年冬天，他在北士烏山孩子們做的滑冰道上摔了一跤，摔折了大腿，這一下便要了他的命。可憐的老頭，他死得太可惜了。

「嗯，他把所有的錢都留給黛蒂，兒子們一分錢也沒得到！黛蒂長我五歲……是的，她去年秋天是五十三歲。你知道他們都是虔誠的教徒，真的！到她父親去世時，她已經在主日學校教了三十年的書，後來她就跟一個來自琴伯律的男子勾搭上了。

「我不知道你們認不認識他，他叫威爾賈，長著一顆紅鼻子，打扮入時，有點老，在哈里遜的木廠做工。他至少有六十五歲，但如果你看到他們互相抱著在大門口接吻的模樣，會以爲他們是一對年輕的情侶呢！是的，在正對著派克羅大馬路的窗前，她坐在他的膝上，任誰都可以看見。

「他有幾個兒子，都是四十多歲人，他的妻子在兩年前死了。我敢說，如果老詹姆士・愛爾蘇沒有從墳墓裡爬出來生她的氣，那是因爲他爬不出來，他生前對她可是很嚴厲的！現在他們結了婚，搬到琴伯律去住了。有人說她從早到晚都穿著一件睡衣到處跑來跑去，多丟人啊！他們倆上了年紀還這副德性，多丟人啊！他們比那些年輕人更壞、更令人厭惡。我認爲這都是電影的過錯，但是你卻沒法禁止他們去看電影。

「我常說要看有益的電影，千萬不要看那些劇情片和性愛片。無論如何，不要讓孩子們看！事實上，成人比孩子更壞，老傢伙們則鬧得更兇。沒人聽你講什麼道德，人人隨心所欲，我說啊，他們看起來輕鬆自在得很。

「但是現在，大家不得不縮減開支，現在煤礦場不景氣，他們賺不到什麼錢。他們滿口怨言，特別是那些婦女，眞可怕。男人反倒比較善良、很有耐性！他們又有什麼辦法呢，這些可憐的傢伙，但是女人們卻還是像以前那樣，四處炫耀攀比，湊錢送結婚禮物給當今的瑪麗公主，但是當她們看到公主的婚禮是那樣豪華盛大時，她們又咆哮著：『她是誰啊？竟然比所有的人都奢侈！爲什麼史璜愛格②連一件皮大衣都沒給我，卻給了她六件？我眞後悔出了十先令！我眞想知道她能給我什麼回報。我父親工作得那樣辛苦，我卻買不起一件春裝，而她卻收到幾車的衣服。有錢人享福享了那麼久，該是讓窮人有錢花的時候了。我想要一件新的春裝，眞的想要，但我怎樣才能得到呢？』

「我對她們說：『雖然沒有漂亮華貴的新衣服，但是能吃飽穿暖，妳們也應該知足了。』

但是她們反駁我：『那爲什麼瑪麗公主不需要知足穿她的舊衣服呢？竟然還要我們別介意！她收到幾車的衣服，而我卻買不起一件新春裝，這眞是奇恥大辱。公主，一位公主就能這樣，那都是錢在作怪，因爲她很有錢，所以他們就給她更多！沒有人給我錢，但我不是應該和別人擁有同樣的權利嗎？不要對我說什麼教育，都是錢在作怪。我想要一件新春裝，我眞的想要，但我卻得不到，因爲我沒有錢……』她們眼裡在意的只有服飾。她們總覺得拿七、八鎊去買一件冬季的外套，或拿兩鎊給孩子買一頂夏帽不算什麼，可是要知道她們只是礦工的女兒啊！

「讓孩子們戴著兩鎊的帽子到教堂去！我年輕的時候，我的兩個孩子若是有一頂三先令的帽子就會覺得很驕傲了！聽說今年衛理會教派的教堂舉行紀念會時，他們要給主日學校的孩子們建造一個跟天花板一樣高的大講臺。我聽那位在主日學校教一年級女生的湯普遜女士說，光是講臺上那些孩子身上的服裝費就高達上千鎊！這年頭就是這樣，但你無法阻止她們。她們瘋狂地追求新衣服，男孩子也是一樣，他們把所有的錢都花在自己身上，打扮、吸菸、到礦工福利社喝酒、一個星期到雪菲爾德胡鬧兩、三次。

「唉，世界變了。他們什麼都不怕，什麼都不尊敬，年輕人都是這樣。那些年長的男人是那麼善良、那麼有耐性，眞的，他們任憑女人胡來，所以事情就到了這般田地。女人是眞正的惡魔，但那些年輕男子也完全不像他們的父親，這些年輕人什麼都不犧牲不付出，全都自私自利。如果你告訴他們應該賺點錢成個家，他們會說：『那事可以拖一拖，我要及時享樂，其餘的一切都可以拖一拖。』啊，他們是多麼自私，一切事都讓老年人去做，一切都越來越糟了。」

自此，克利福對這個村莊有了新的認識。這個地方總是讓他感到害怕，但他曾經認爲至少它是穩固的，但現在……

「在村民之中，社會主義和布爾什維克主義盛行嗎？」他問。

「噢！」波頓太太說，「是有一些人在高喊著，不過他們大都是欠了債的婦女，男人並不在意這些事。我不相信特維蕭的男子會變成赤色，他們在這件事情上很有分寸。年輕人有時也跟著胡說，但他們並不是眞的在意，只想著口袋裡能有點錢到酒店裡去花，或到雪菲爾德去胡鬧。他們只在意這些。當他們沒有錢時，他們就去聽赤色份子的宣傳，但是沒有人眞的會去相信。」

「所以妳認爲並不危險？」

「啊，不會。只要工商方面還有景氣就不會有危險，但情況如果一直很糟，年輕人就不免會變得瘋瘋癲癲。

「我告訴你，他們都很自私，都被寵壞了，但我不覺得他們會做出什麼事情來。他們做什麼事都不認眞，除了坐在摩托車上出風頭，或者是到雪菲爾德的舞廳去跳舞。沒有什麼事能讓他們嚴肅起來。他們一本正經地穿著晚禮服上舞廳，到女孩面前炫耀，跳著新式的社交舞，什麼正經事也不做！

「除了那些開著汽車或摩托車帶著女朋友的年輕人除外，我相信巴士上頭有時也擠滿了這些穿著晚禮服的年輕人，這些礦工子弟趕著上舞廳去跳舞。他們對什麼事都不認真……除了對於東加斯脫和德比的賽馬，他們所有的人對會對賽馬下注。噢，還有熱中於足球，但是甚至連足球也不比從前，差得遠了，他們說玩足球太辛苦了。不，每到星期六下午，他們覺得與其玩足球，還不如騎著摩托車到雪菲爾德或諾丁漢去玩去。」

「他們到了那兒後都做些什麼？」

「噢，不過是閒逛……到一些講究的茶園，比如去美卜多喝茶；帶女友上舞廳、電影院，或者去皇家戲院。女孩也和男孩一樣放蕩，她們愛做什麼就做什麼。」

「沒錢做這些事時，他們會做什麼呢？」

「他們好像總是有錢，也不知道是怎麼得來的。沒有錢的時候，他們會說些下流話。但是，我不知道你為什麼要提布爾什維克主義，因為這些小夥子只想著弄錢來享樂，女孩們也是一樣，想要穿漂亮的衣服，其他事情一概漠不關心。他們沒有布爾什維克主義者的頭腦，他們不可能有足夠嚴肅的態度去正視任何事，而且永遠也不會有。」

康妮覺得下層階級跟其他的階級聽起來多麼相似啊！到處都一樣，無論是特維蕭還是倫敦的貴族區梅費爾，還是根新洞，現在只剩一個「拜金主義」階級了，只剩下男拜金主義者和女拜金主義者，人與人之間唯一的分別是你有多少錢，以及你想要有多少錢。

在波頓太太的影響下，克利福重新對煤礦產生了興趣，他開始覺得自己屬於它，他心中產生了一種新的自負。畢竟，他才是特維蕭的眞正老闆，他就是煤礦。這是一種新的權威，他以前一直因懼怕而不敢行使。

特維蕭煤礦公司的規模一直在萎縮，現在只有兩處煤場，一處就叫特維蕭，另一處叫新倫敦。以前特維蕭是一個著名的煤場，曾賺過許多錢，但是它的黃金時代已經過去。新倫敦從來就不太賺錢，平時只能維持正常運轉，但是現在經濟不景氣，像新倫敦這種礦場已經該放棄了。

「特維蕭的許多男子都跑到史德門和懷道華去了。」波頓太太說，「克利福男爵，你還沒看過史德門那些在大戰後新建的工廠吧？啊，哪天你一定要去看看，它們可是全新的工廠。巨大的化工廠建在礦井上，看起來一點也不像礦場。他們說，從化工品上面賺的錢比單純賣煤賺的錢還要多……不過，我忘了是什麼化工品了。

「而那些工人的宿舍簡直像公寓，所以它當然能在那個地區招到許多工人，而且就連特維蕭也有許多人到那邊去了；他們在那邊生活得很好，比我們這邊的工人還好。他們說特維蕭已經完了，再沒幾年就要關閉，而新倫敦勢必要先關。老實說，特維蕭煤礦場停產可不是好玩的事！罷工已經夠糟糕了，若煤礦場眞的倒閉，那簡直就像世界末日來臨。當我年輕的時候，它可是全國最好的煤礦場，一個工人能在這裡工作是很幸運的。啊，特維蕭賺過不少錢呢！但是現在，人們說它是一艘正在下沉的船，人人都得離開。聽起來眞令人寒心！

「但是，總有些人不到萬不得已是絕對不會離開的。他們不喜歡那些掘得很深、用機器工作的新式礦井。有些人見了那些『鐵人』（他們這樣稱呼機器）就害怕，這些機器是用來代替人工挖煤的。他們說它的成本雖然很高，但這可以從省掉的工資去支付，而且還可以省上好多工資呢！看起來再過不了多久就不需要人來面對地層，光是機器就夠了；但是他們說的這些話似曾相識，在以前人們不得不放棄人工織襪那時候，就聽說過了。

「不過，我還是見過一、兩架人工織襪機呢！但老實說，機器越多，好像人也越多！他們說，特維蕭的煤炭沒辦法像史德門的煤炭那樣提煉出化學製品，這太可笑了，這兩處煤礦相距不過三英里，但是他們卻都這麼說。大家都說，有辦法的人不做點什麼事來改善工人的生活，不雇用女工（這就是爲什麼所有的女孩每天都跑到雪菲爾德閒逛），是很可恥的。老實說，所有人都說特維蕭已經完蛋，說它像一艘正在沉沒的船，說大家都得像沉船上的老鼠般離開……但如果特維蕭煤礦能跌破眾人眼鏡地重新復甦起來，那絕對是一件值得大談特談的事。但人們爲什麼不往這方面去說呢？

「當然，在大戰期間它有過一段繁榮期，那時佐佛來男爵把它進行託管，這樣所有金錢都可以安然地保全下去。那時候，那些人也說三道四的，但現在他們又改口說，就連主人和東家都賺不到什麼錢了。你怎麼能相信他們的話？我可是一直相信煤礦公司是永遠也不可能倒閉的。在我還年輕的時候，誰能想像今日的情形呢？不過，新英格蘭公司的確已經關門，還有高維克林公司……

「是啊，穿過那片小樹林，就可以看到高維克林礦場在樹林裡荒棄著，礦井長滿了荊棘，鐵軌佈滿紅鏽，那情景眞令人難忘。一個死掉的煤礦，就如同死亡本身。啊，如果特維蕭煤礦關門，我們該怎麼辦呢？那簡直令人不敢想像。除非鬧罷工，否則那兒總是擠滿了正在工作的人，而即使是在罷工時（除非他們還拿得出錢去賭馬），風輪也沒有停止轉動。這世界多麼奇怪啊，我們每一年其實都不清楚自己的處境，眞的不清楚。」

波頓太太的話在克利福心裡燃起了一種新的鬥志。他的收入，就像波頓太太指出的那樣，因爲有他父親的託管，是可靠的，雖然那筆錢並不多。煤礦和他其實並沒有利害關係，他想征服的是另一個世界，文學和名譽的世界；是功名世界，而不是實業世界。

現在，他認識到名譽上的成功與實業上的成功之間的區別——享樂的群眾和工作的群眾。他作爲一個純粹的個人，曾經以自己的小說去迎合享樂的群眾，而且他成功了。但是在這群享樂的群眾下面，還有一群處境艱難而骯髒悲慘的勞工群眾，他們也需要有人去供應他們的需求。供應這種群眾的需求，比起供應其他群眾的需求是一種更爲冷酷的工作。當他寫著小說，在那個世界發跡的時候，特維蕭卻在這邊瀕臨倒閉。

他現在認識到成功女神這條母狗有兩種慾望，一種是作家或藝術家給她的奉承、阿諛、撫摸、搔癢，而另一種可怕的慾望是肥肉和骨頭，這肥肉和骨頭是由在實業方面發財的人供給的。

是的，有兩大群狗正圍著成功女神這條母狗亂吠。一群是諂媚者，他們爲她獻上娛樂、小說、電影、戲劇；另一群不太浮華，粗野得多，他們向她獻上肉食——那實實在在的金錢。那群打扮入時、提供娛樂的狗，彼此張牙舞爪地爭取著成功女神的寵愛，但是比起另一群肉食供給者之間你死我活的明爭暗鬥，卻又不算什麼了。

但是在波頓太太的影響下，克利福試圖去加入另一場爭鬥，他想透過工業產品這塊血淋淋的鮮肉來獲取成功女神的歡心，他又重新鼓起了鬥志。在某種意義上，是波頓太太使他成爲一名眞正的大丈夫，這是康妮不曾做到的。

康妮冷眼旁觀，並且讓他意識到自己所處的狀態。波頓太太僅只使他對外界事物感興趣，但是在內心他卻開始變軟而腐爛了，不過在外表上，他顯然變得更有力。

克利福甚至勉強自己又一次去到礦場。在那兒，他坐在一個運礦桶裡被人拉著四處察看。大戰前他所學的東西，以前似乎全忘光了，現在又重新記了起來。他現在殘廢了，坐在一個大桶裡，礦井下的負責人用明亮的礦燈照著礦脈給他看。他很少說話，但心裡卻開始工作了。

他開始閱讀關於採煤工業的專業技術書籍，他研究政府公報，仔細閱讀用德文出版的有關採礦學、煤炭化學及石油化學的最新書報。當然，最有價値的發明總是被人儘可能地保密，但是一旦你開始研究採礦業、研究各種相關方法和手段、研究一切副產品和煤炭的一切化學可能性時，你就會對現代技術精神中那巧妙而神祕的智慧感到驚奇，彷佛是魔鬼把智慧借給了工業技術專家。

這種工業技術科學，比起文學和藝術那種可憐傷感的低能東西有意思多了，在這塊領域中，人就像神或者像妖魔，在靈感的激發下提出發現，並奮鬥著去實現它們，在這種活動中，人的精神年齡是無法計算的。但是克利福知道，在情感和日常生活上，這些自力更生的人的精神年齡大約只有十三歲，就像柔弱的孩童，這種差別之巨大眞令人吃驚。

但是管這個幹嘛？讓人類在情感上和心智上變成白癡吧！克利福是不會關心的。讓那一切都見鬼去吧！他感興趣的是現代採煤技術和特維蕭的重振。

他現在每天都到礦場去，他研究著、嚴格考核各部門的經理和工程師，這是他們做夢都沒想到過的。權威！一種新的權威感在他心中滋生，一種凌駕於所有這些人和成千上萬名礦工的權威。他發現，他已經漸漸控制了局面。

他看起來好像眞的再生了一樣，現在生命又重新回到他的身上！當以前和康妮過著那種藝術家和思想者的孤獨私人生活時，他好像在漸漸地萎死。現在他拋棄了那一切，讓它們沉睡，他感到生命力好像從煤炭裡、從礦井下跑出來進入他的身體。礦井下污濁的空氣對他來說比氧氣還好，它給了他一種權威的感覺。他正在做事，他要去做一番事業，他正在贏得勝利；不是他在小說上取得的那種勝利，那只是費盡心力的、蓄意宣傳的勝利而已，他要的是一個大丈夫的勝利。

起初，他覺得解決問題的辦法是把煤炭變成電力，後來他又有了新想法。德國人已經發明了一種自動餵料的火車引擎，不再需要火車司爐。它使用一種新型燃料，這種燃料在特定的情況下只要燃燒很少的量就能產生很大的熱能。

首先吸引克利福的是一種新的濃縮燃料，這種燃料燒得慢但火力卻很猛，要燃燒這種燃料，光是供給空氣是不夠的，還需要添加一種外部刺激物。他開始著手做實驗，並找了一名聰明的年輕人來幫助他，這個年輕人曾在化學研究上取得很大的成就。

他覺得自己勝利了，他終於從自我中解脫出來了，他成功實現了從自我中解脫的畢生私願；藝術沒能幫他做到這一點，反而把情況搞得更糟，但是現在他做到了。

他並未意識到是波頓太太在支持著他，他不知道自己有多麼依賴她。但是很明顯地，當他跟她在一起時，他的聲音就變得安閒而親切，幾近庸俗。

跟康妮在一起時，克利福顯得有點僵硬，他覺得自己欠她很多，所以只要她在表面上還尊重他，他就會盡量地尊敬與體諒她，但是很顯然他在暗地裡有點怕她。他內心誕生的那個新阿基里斯③，腳踝仍是那致命的弱點，而像他妻子康妮這樣的女人就能給他致命的一擊。他半謙恭地害怕著她，對她非常好，當跟她說話時，他會變得有點緊張，所以當她在場的時候，他開始沉默了下來。

只有跟波頓太太單獨相處時，他才覺得自己眞正是一個主子、一位貴族，他幾乎變得跟她一樣愛說閒話。他像個孩子似的，讓波頓太太幫自己刮臉，或者用海綿擦洗全身，好像他眞的是個孩子似的。

譯註：

①棋戲中，舉棋不定時的用語。

②史璜愛格（Swan & Edgar），當時倫敦的一間大百貨公司。

③阿基里斯，希臘神話中的英雄。相傳他出生後被母親握著腳踝，倒懸在冥河水中浸過，因此除了未浸到水的腳踝之外，渾身刀槍不入，後來阿基里斯於腳踝處被刺殞命。

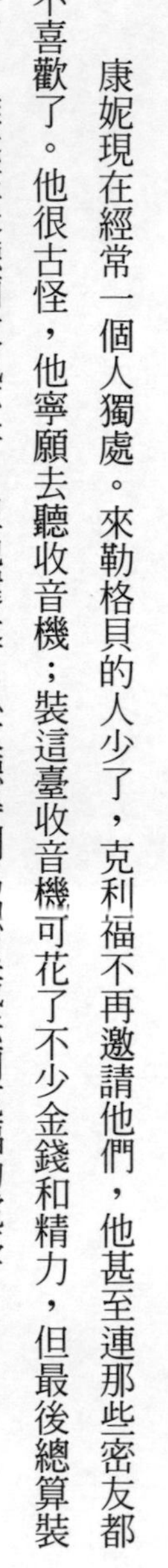

第10章 夫人的情人

康妮現在經常一個人獨處。來勒格貝的人少了，克利福不再邀請他們，他甚至連那些密友都不喜歡了。他很古怪，他寧願去聽收音機；裝這臺收音機可花了不少金錢和精力，但最後總算裝好了。雖然在米德蘭收訊不好，但他還是可以收聽得到馬德里或法蘭克福的電臺。

克利福可以獨自坐在那兒連續聽幾個小時擴音器的吼聲。它把康妮的頭都弄暈了，但他卻能坐在那兒，臉上帶著一種空洞的著迷表情，好像一個失了魂的人，或者看起來很像在聽什麼可怕的東西。

他眞的在聽嗎？或是他只想藉此催眠，同時心裡又想著別的事情？康妮不知道，她只好逃到自己的臥室或樹林裡去。她有時感到恐懼，一種對於整個人類文明初露瘋狂端倪的恐懼。

克利福正墜入從事工業活動的宿命，他幾乎變成一隻有著堅硬而實用的外殼和柔軟漿狀內臟的生物，變成當代實業界和金融界領域一隻令人驚異的螃蟹或龍蝦這類無脊椎的甲殼類動物。牠們像機器一樣有著鋼鐵般的外殼、柔軟漿狀的內臟，這令康妮徹底陷入了困境。

但她還是無法自由，因爲克利福離不開她。他好像有種不安的恐懼怕她會離開他，他那古怪的漿狀物部分、那情感和私人部分仍驚慌地依靠著她，像個孩子，幾乎像個白癡。她必須留在他身邊，留在勒格貝做查泰萊男爵夫人，做他的妻子，否則他就會像個白癡似的迷失在荒野裡。

康妮厭惡地意識到這種令人驚奇的依賴。她聽著克利福和他手下的經理們、董事們，以及和年輕科學家們之間的談話，他精明的眼光、他的權威、他對所謂實業家該具備的奇特權威特質掌握得如此之好令她感到吃驚。他自己也成了一位實業家，而且令人吃驚地成爲一位精明而有權威的實業家，一個大老闆，康妮認爲他生命中的這些轉折都應歸功於波頓太太的影響。

但是這位精明的實業家在獨自面對感情生活時卻幾乎像個白癡，他崇拜康妮，她是他的妻子，一種更高的生命，他像崇拜偶像一樣，十分畏縮地崇拜著她，就像野蠻人，他的崇拜是基於對偶像的巨大恐懼，甚至是基於對偶像力量的嫉恨——一個可怕的偶像。他只要求康妮發誓不離開他，不遺棄他。

「克利福。」她對他說，這時她已有了那間小屋的鑰匙。「你眞的想要我生個孩子嗎？」

「我不在意，只要它不影響我們之間的關係。」他蒼白微凸的眼睛望著她，竭力掩飾自己的不安。

「影響什麼？」她問。

「影響妳和我，影響我們對彼此的愛，如果它影響到這些，我就會反對。也許有一天我能有個自己的孩子！」

她驚愕地望著他。

「我是說我的那個現在也許可以恢復過來。」

她仍舊驚愕地望著他，讓克利福覺得很不自在。

「那麼，你不想要我生個孩子？」她再次問道。

「告訴妳，我十分願意，但它絕不能影響妳對我的愛，否則我堅決反對。」他趕緊回答，像隻被逼入死角的狗。

康妮覺得既恐懼又輕蔑，但她只能冰冷地沉默著。這種談話是白癡的囈語，他根本不知道自己在說什麼。

「啊！它不會影響我對你的感情的。」她略帶挖苦地說。

「對了，這就是我的意思！如果能這樣，我一點也不介意。我是說，要是有個孩子在家裡跑來跑去，讓我覺得自己是在爲他營造未來，那眞是太好了。我的奮鬥得有個目的，我得知道那是妳生的孩子，是不是？親愛的！『它』就像是我親生的孩子。因爲這是妳自己的事，這妳知道的，是不是？親愛的！我呢？我不算數，無足輕重，就生命而言，唯有妳才是重要的，妳知道的，是不是？我是說，就我而言是這樣的。但是對妳來說，我就絕對地無足輕重。我爲妳和妳的前程而活，對自己而言，我也是無足輕重的。」

康妮聽著，心中益發驚慌和厭惡。這是毒害人類生存的半個恐怖眞相，一個理智健全的男人怎麼能對女人說這種話？但是男人們都失去了理智！一個稍微有點榮譽感的男子，怎麼能把那重大的生命責任推到一個女人身上，讓她留在那兒，待在空虛之中？

但是半個小時之後，康妮就聽到克利福用一種熱情而興奮的聲音跟波頓太太談話，以一種無熱情的熱情向那個女人傾吐心聲，好像她一半是他的情婦，一半是他的奶媽似的。波頓太太小心地幫他換上晚禮服，因爲家裡來了些重要的商務客人。

這段時間，康妮有時覺得自己快要死了。她覺得自己正在被那離奇的謊言、被那令人吃驚的白癡式殘忍碾壓而死。克利福在商業方面的才幹令她感到敬畏，而他則宣稱自己崇拜著她，這令她感到恐慌。他們之間什麼也沒有了。這段時間她從不觸摸他，他也從不觸摸她，他甚至從未抓過她的手親切地握著。不，他們之間再也沒有任何接觸，他只是以偶像崇拜式的宣稱來折磨她，那是一種徹底無能者的殘暴，她覺得自己會發狂或者死掉。

她常常逃到樹林去。一天下午，她坐在約翰井旁沉思著，望著冷清湧出的泉水。

「我替妳另外配了一把鑰匙，夫人！」守林人大步走到她身旁，他行了個禮，把鑰匙交給她。

「非常感謝！」康妮驚慌地說。

「小屋裡不太整潔，希望妳不要介意。」他說，「我已儘可能地收拾過了。」

「我不想麻煩你！」

「啊，一點也不麻煩。大約再過一個星期，我就會把母雞安置好，但是妳不用怕牠們。我早晚都得照看牠們，但我會盡力不打擾妳的。」

「你並沒有打擾我。」她懇切地說，「反而是，如果我打擾了你，我寧願再也不到那小屋去。」

他那敏銳的藍眼睛望著她，看起來友善而又冷漠。雖然他看起來似乎瘦弱多病，但他的精神和肉體至少是健全的、健康的。他輕輕咳嗽起來。

「啊，你咳嗽了！」

「沒什麼，受了點涼。我以前得過肺炎，所以容易咳嗽，但這沒有什麼。」

他和她保持著距離，不願靠近她。早晨或午後，康妮經常到小屋裡去，但他總不在那兒。他無疑是在故意躲著她，他要保持自己的孤獨。

他把小屋收拾得很整潔，把小桌椅擺在火爐邊，旁邊放著一小堆引火物和圓木，工具和捕獸機被儘可能放到遠一點的角落，好像想抹去他自己的痕跡。屋外，他在那塊空地旁用樹枝和稻草搭了個低矮的小棚，這是給雉雞遮風避雨用的，棚子下放著五只木籠。一天，當她來到這兒，她看到兩隻褐色的母雞正凶悍警覺地坐在籠子裡孵著小雞，羽毛驕傲地蓬鬆著，深深地沉浸在孵蛋的激動中。看到這種情景，康妮的心都要碎了。她覺得自己是那樣孤苦、那樣無用，根本不是女人，只是一個被嚇倒的可憐蟲。

不久，五個籠子都住進了母雞，三隻褐色的，一隻灰色的，還有一隻是黑色的。在母性的衝動和天性驅使下，牠們都同樣蓬鬆著羽毛，溫柔地緊趴在蛋上。當康妮蹲在牠們面前時，牠們明亮的眼睛盯著她，發出尖銳憤怒、充滿警告意味的短促叫聲；這種憤怒類似女性被人不懷好意逼近時的憤怒。

康妮在小屋裡找了些穀粒，用手捧給牠們吃。牠們並不吃，只有一隻在她手上猛啄了一下，把康妮嚇了一跳。康妮很想餵牠們一些東西，但這些孵蛋的母雞們不吃也不喝。她用小罐子裝了些水給牠們，其中一隻喝了一口，讓她覺得十分高興。

現在，她每天都來看這些母雞。在這個世界上，只有牠們能夠讓她的心溫暖起來。克利福的聲音讓她渾身發冷；波頓太太的聲音，還有來此拜訪那些商人的聲音也讓她覺得渾身發冷；麥克里斯偶爾的來信也同樣讓她感覺冷得發抖。她覺得如果再這樣下去，她肯定會死的。

然而，春天來了，樹林裡開滿風信子，榛樹長出了嫩芽，就像綠色的雨滴。多麼可怕啊，在春天，一切事物竟仍舊冷得徹心刺骨，只有那些趴在蛋上的母雞，令人激賞地蓬鬆著羽毛，讓牠們自己伏窩的體溫溫暖著。

康妮不由得覺得暈眩。

在一個陽光燦爛的日子裡，一叢叢報春草在榛樹下開著花，一簇簇紫羅蘭點綴在小路旁，康妮在午後來到雞籠前，有一隻很小很小的小雞在雞籠四周歡快地跑著，母雞則緊張地咯咯叫著。

這隻小雞是灰褐色的，夾雜著一些黑色斑點。此刻牠好像是這個世界上最活潑的生命，康妮蹲下來入迷地觀察著牠，完全被迷住了。同時，她又前所未有地感受到做爲一名女性在生理上被人徹底遺棄的痛苦，這種痛苦已變得無法忍受。

她現在唯一的願望就是到林中的這塊空地上去，其餘的一切不過是某種痛苦惡夢。有時，她整天待在勒格貝以盡主婦之責，那時她覺得自己彷彿也在變得空虛，空虛而愚蠢。

一天傍晚，她不管家裡有沒有客人，用過茶點後就逃了出來。天色已晚，她逃著穿過花園，像是怕被人叫回去似的。當她走進樹林時，玫瑰色的太陽正在沉沒，她在花叢中疾行著，天一時還不會黑。

她臉色緋紅、神情恍惚地走到林中的空地上。

守林人穿著襯衫，正在關雞籠的門，這樣小雞就可以安全過夜。但仍有三隻褐色的小雞在草棚下機警地拍打著翅膀亂竄，堅決不聽從母親焦急的呼喚。

「我忍不住來看這些小雞！」她喘著氣說，羞澀地瞄了守林人一眼，好像並不在意他，「小雞又變多了嗎？」

「現在已經有三十六隻了。」他說，「還不壞！」

看著這些新出生的小東西時，梅樂士也同樣感覺到一種奇異的快樂。

康妮蹲在最後一只籠子前。

那三隻小雞已被趕了進去，但仍頑皮地在母親黃色的羽翼下探頭探腦，最後，只有一顆小腦袋露在母親龐大的身體外，好奇地向外打量著。

「我想要摸摸牠們。」她說著，小心翼翼地從籠子上的木條間伸進手指，但是那隻母雞凶悍地在她的手上啄了一下，康妮嚇得直往後縮。

「牠怎麼啄得這麼狠？牠恨我！」她驚詫地說，「但是我並沒傷害牠們呀！」

他站在她旁邊笑了起來，然後靠著她蹲了下來，兩膝分開，非常自信地把手慢慢伸進籠中。老母雞也啄他，但不像剛才那樣兇狠。緩緩地、輕輕地，他那沉穩而輕柔的手指在老母雞的羽毛中摸索著，摸出了一隻輕聲啾唧的小雞。

「瞧！」他把小雞遞給她。

康妮用雙手捧著這個土褐色的小小東西，牠就站在那兒，站在牠那兩條令人難以置信的細腿上，牠那微小的、搖擺的軀體顫抖著，透過那幾乎沒有重量的小腳傳到康妮的手上，但牠大膽地抬起清秀美麗的小腦袋向四周觀望，還「啾」的叫了一聲。「多麼可愛啊！多麼勇敢啊！」她柔聲說道。

梅樂士蹲在她旁邊，也開心地看著她手中那隻大膽的小雞。突然，他看到一滴眼淚落在她的手腕上。

他站了起來，走到另一只籠子前轉身望著她。

康妮正跪在地上，雙手慢慢地、盲目地向前伸著，好讓小雞回到母雞那裡去。她的神情是那樣的沉默、那樣的孤獨，讓他打從心底同情著她。

他在不知不覺中迅速朝她走去，重新在她身邊蹲下，因爲她害怕那母雞；他從她手中接過小雞，把牠放回籠子。在他的腰背間，有股火焰突然燃燒得很猛烈。

他不安地瞥了她一眼。

她的臉轉開了，她在盲目地哭泣著，心中充滿她這一代人那種爲人遺棄的痛苦。

他的心突然融化了，像是一團火，他伸出手，把手指放在她的膝上。「不要哭了。」他溫柔地說。

她用手掩住臉，覺得自己的心眞的碎了，她什麼都不顧了。

他把手放在她的肩上，然後溫柔地、輕輕地沿著她的背部滑了下去，盲目地撫摸著，直達她那彎著的腰部。在那兒，他的手輕輕地、溫柔地順著她腰部的曲線滑動，盲目而本能地愛撫著。

她摸出一塊手帕胡亂擦著眼淚。

「到小屋裡去嗎？」他平靜而自然地問。

梅樂士溫柔地扶著她的上臂攙起她，扶著她慢慢向小屋走去，直到她進去之後才放開她。他把桌椅推到一邊，從一只工具箱取出一條褐色的軍用毛毯，慢慢地鋪在地上。

她盯著他的臉，呆立在一邊。

他臉色蒼白，沒有表情，像是一張順從命運的面孔。

「躺下吧。」他輕聲地說，關上門，小屋裡變黑了，完全黑了。

康妮奇異地順從了，在毯子上躺了下來，然後她感覺到有一隻溫柔摸索、渴望無限的手在觸摸著她的身體，撫摸著她的臉。那隻手在她臉上輕柔地滑動著，無限的舒慰、無限的鎮定，最後他在她的面頰上輕輕吻了一下。

她安靜地躺著，像是在沉睡，像是在夢中。這時，她感覺到他的手在她的衣服中溫柔地、笨拙地摸索著，她不由得顫抖起來。這隻手知道怎樣在它想要的地方把她的衣裳解開，他慢慢地、小心地把她薄薄的綢褲直褪到腳跟，在一種極端快樂的顫抖中，他觸摸著她溫暖而軟嫩的肉體。他在她的肚臍上吻了一會兒，很快地，他不得不進入她的身體，平和地進入她柔軟而安靜的身體；進入一個女人的肉體，對他來說是一個完全平和的時刻。

她靜靜地躺著，像是在沉睡，總是像在沉睡；動作、高潮都是他的，全都是他的，她無法爭取主動，甚至當他的雙臂緊緊摟著她時，當他的身體激烈抽動時，當他的精液在她體內噴射時，她都像在沉睡著，直到他完事，喘著氣溫柔地趴在她的雙乳上，她才開始醒轉過來。

這時她感到困惑，朦朧的困惑。為什麼？為什麼這種事是必需的？為什麼這種事竟驅散了她心頭的烏雲，讓她的心平靜下來？這是眞的嗎？這是眞的嗎？

性愛過後，她那充滿現代婦女苦惱的大腦卻仍無法平靜下來。這是眞的嗎？她知道，假如她獻身於這個男人，那麼這就是眞的；但是假如她固守著自己，那這就什麼都不是了。她覺得自己老了，好像已經有了幾百萬歲。總之，她再也無力承受自身的重壓，她整個人隨時可以奉獻出去，奉獻出去。

他則在一種神祕的沉靜中躺著。他感受到了什麼？他在想著什麼？她不知道。他是一個陌生人，她不認識他，她只好等著，因爲她不敢打破他神祕的沉靜。他摟著她，躺在她身上，微汗的身體跟她的身體緊緊貼在一起。雖完全陌生卻沒有不安，他的沉靜本身是平和的。

她看著他最後醒轉過來，從她身上爬起，走開，好像是要遺棄她。黑暗中，他把脫下來的衣裳蓋在她的膝蓋上。他站了一會兒，顯然是在整理衣服，然後安靜地打開門走了出去。

她看見一輪小小的明月懸在橡樹林頂的晚霞之上，她迅速站了起來，把衣服整理好，然後向小屋的門邊走去。

樹林下面已顯昏暗，差不多已經黑了，不過頭頂的天空還是像水晶般明澈，只是沒有亮光照下來。他穿過樹林下的陰影朝她走去，昂起的面孔像個灰點。

「我們走吧！」

「到哪兒去？」

「我送妳到林園門口。」

梅樂士安排好自己的物事後，鎖上門，跟在康妮後面。

「妳不後悔，是嗎？」他走在她身旁問道。

「不、不！你呢？」她反問。

「爲那事？不！」過了一會兒，他補充道：「但是還有其他的事情。」

「什麼其他的事情？」

「克利福男爵、其他人，和所有的困難。」

「什麼困難？」她失望地問。

「事情總是這樣的，對妳對我都一樣，總會有些什麼困難。」他在黑暗中穩步走著。

「你後悔嗎？」她問。

「有點！」他抬頭仰望著天空。「我以爲自己和一切都斷絕了，現在我卻又開始了它。」

「開始什麼？」

「生活。」

「生活！」她重複，感到一種奇異的興奮。

「是生活，人不可能與它斷絕。如果眞的與它斷絕，那人差不多就要死了。所以，我之所以重新開始，是因爲我不得不這樣做。」

「那只是愛情。」她不太同意他的看法，但仍快活地說道。

「隨便它是什麼。」他回答。

他們沉默地穿過漸漸暗去的樹林，眼看就要走到林園的門口。

「你不恨我，是吧？」她熱切地問。

「不、不！」他答道。突然，在一陣古老的性衝動中，他把她緊緊摟進懷裡。「不，我覺得那很好，很好。妳覺得呢？」

「是的，我也覺得很好。」她有點言不由衷地回答，因爲她對那事並沒有什麼感覺。

「要是世界上沒有這麼多人，那該多好啊！」他溫柔地吻著她，非常溫柔，非常熱情。他悲傷地說。

她笑了。

他們到了林園門口，他替她打開門。

「我不再送了。」

「不用了！」

她伸出手和他握別，他用雙手回握。

「我還能再來嗎？」她熱切地問。

「當然能！當然！」

她離開他，向園中走去。

梅樂士站在後面，苦澀地看著康妮背對蒼白的地平線，走入黑暗。他本想守著自己的孤獨，但她卻使他重新和他人發生聯繫，她使他再也無法隱退，一個只想保持孤獨的男人的苦澀隱退。

他轉身走回黑暗的樹林，樹林裡一片靜寂，月亮也沉了下去，但是他聽得見夜裡的各種嘈雜聲——史德門煤礦機器的轟鳴聲、公路上的車馬聲……他慢慢爬上那座光禿禿的小山，在山頂，他可以俯瞰這地區，如史德門那裡一排排明亮的燈光、特維蕭煤礦較微弱的燈光、特維蕭村子黃色的燈光，以及所有地方的燈光。在這片黑暗的大地上，到處都是亮光，因爲夜色清明，可以看到遠處熔爐微弱的玫瑰紅色亮光，那是傾倒熔鐵時發出的。

史德門的燈光刺眼又惡毒，米德蘭工業區夜間所有的不安和永久的恐怖，都有種說不清的邪惡！他聽到史德門的捲揚機響著，把晚間七點鐘上班的工人運到礦井裡去。礦井是三班制的。

他走下山，重新走進黑暗而與世隔絕的樹林中，但是他知道樹林的這種與世隔絕不過是一種幻覺。工業的嘈雜聲打破了這裡的孤獨，那刺眼的燈光雖然在這裡看不見，卻也在嘲弄著這種孤獨。再也沒有人能夠獨處或隱退，這個世界再也容納不下隱士了！現在，他沾染上了這個女人，爲自己帶來一番新的痛苦與毀滅。憑著經驗，他知道這意味著什麼。

這不是女人的過錯，甚至也不是愛情的過錯、性愛的過錯。過錯在那兒，在那邪惡的電燈光線中和惡魔似的機器轟鳴聲中。在那兒，在那個機械的、貪婪的……貪婪的機械裝置和機械化的貪婪世界中，燈光閃爍，熔鐵迸流，交通喧鬧，那兒便是巨大邪惡之物的所在，它已準備好去毀滅掉所有還未順從它的一切。不久它就要毀掉這片樹林，這些風信子將再也不能開花，一切脆弱的東西必定要在鋼鐵的洪流之下毀滅。

他帶著無限的溫情想著那個女人。可憐孤零的人，她不知道自己有多麼可愛。啊！太可愛了，她周圍那些粗俗之徒根本不配與她接觸！可憐的人兒，她像野風信子般柔弱易傷，而不像那些時髦女郎，全是些粗俗的橡膠製品或白鐵製品。他們會毀掉她的！毫無疑問，他們會毀掉她的，就像他們毀掉所有柔弱的自然界生命那樣。柔弱！她在某些地方是柔弱的，像初生的風信子那樣柔弱，而這些特質是今日那些塑膠女人所沒有的。他願意用他的心靈呵護她一段時間，哪怕只有一小段時間，直到無情的鋼鐵世界和機械化的貪婪財神將他倆毀滅。

梅樂士帶著槍和狗回到家，回到黑暗的村舍裡，他點起燈，燃起壁爐裡的火，然後開始吃晚餐，有麵包、乳酪，還有一些小蔥頭和啤酒。他孤獨地待在自己深愛的沉靜中，他的房間乾淨而整潔，卻有些冷清。但在白色的壁爐裡，爐火很旺，一盞油燈明亮地懸在鋪著白色油布餐桌的上方。他試圖去讀一本關於印度的書，但他看不下去。他穿著襯衫坐在爐火旁，他沒有吸菸，手邊放著一杯啤酒，他在想著康妮。

說實話，他對發生的事情感到懊悔，也許主要是因爲她的緣故。他心中有一種不祥的預感，他倒不是覺得有罪或做錯了什麼，他是絕不會爲這方面的良心所困擾的。他知道，良心主要是對社會或對自我的恐懼，而他並不懼怕自己。但是他很明白自己懼怕社會，他本能地知道這個社會是一隻惡毒的半瘋狂野獸。

那個女人！要是她能跟他在一起，而且除了他們倆之外，世界上再也沒有其他的人，那該多好啊！他的情慾重新翻湧起來，陰莖像鳥兒般顫動著。同時，他又害怕他倆被暴露在那電燈光線惡毒閃爍的外部之「物」面前，這種恐懼沉重地壓迫著他。她，可憐的年輕人，對他來說僅僅是一個年輕的女性生物；不過，他曾深入過這個年輕的女性生物，而且渴望著再度深入。

在慾望中他伸了伸懶腰，奇怪地打了一個呵欠，因為他曾遠離所有的男女，獨自生活了四年。他重新站起來，拿起槍和外衣，把燈火擰小，帶著狗走進繁星滿佈的夜空下。他被慾望及那些充滿惡意的外部之「物」的恐懼心情驅使著，在樹林中輕腳慢步地巡邏著。他喜愛黑暗，並讓黑暗擁抱他。夜色正好適合他膨脹的慾望，這種慾望無論如何都像是一筆財富。

他的陰莖在不安地抖動著，慾火在他的腰部焚燒！啊，要是他能跟其他的男人一起肩並肩去跟外面那些閃爍的帶電之「物」戰鬥，去保護生命的柔弱，女人的柔弱，和情慾這筆自然的財富，那該多好啊！但是男人們只是站在外面，為擁有那些「物」而自豪，在機械的貪婪或貪婪的機械洪流中或取得勝利，或慘遭踐踏。

* * *

康妮匆匆地穿過花園回家，幾乎什麼也沒想。她在事後沒有去多想這件事，她只想及時趕上晚餐。

然而，讓她煩惱的是屋門緊閉著，她不得不去按門鈴。

「啊，妳回來了，夫人！我正納悶妳是不是迷路了。」波頓太太開了門，她略帶戲謔地說。「不過克利福男爵並沒有問起妳，他一直在跟林來先生談論著什麼事情。看來，林來先生要在這兒吃晚餐了，是吧？夫人！」

「大概是吧。」康妮說。

「要不要我晚十五分鐘開飯？這樣妳就有時間去換一下衣服。」

「也許這樣較好。」

林來先生是礦場的總經理，是個上了年紀的北方人，他身上沒有什麼衝勁，讓克利福覺得很不滿意。他那種人死抱著「小心行動」的信條，既跟不上戰後的新局勢，也跟不上戰後的那些新礦工，但是康妮卻喜歡他，即使她很討厭他太太諂媚的模樣。她在心裡高興著她並沒有來。

林來被留下來吃晚餐。康妮是一個很討男人喜歡的主婦，她是那樣的謙遜、殷勤、體貼人意，她那藍色的大眼睛和安嫻的神態完全足以掩飾她心中真正的想法。康妮經常扮演這種角色，以致這幾乎成了她的第二天性，但也僅僅是第二天性罷了。然而，奇怪的是當她在扮演這種角色時，她的意識一片空白，什麼也不想。

她耐心地等待著，直到她可以上樓去思考自己的問題。她總是在等待著，等待看起來像是她的專長。

然而，當她回到自己的房間時，她仍舊覺得茫然而困惑，不知道該去想些什麼。他到底是一種什麼樣的人呢？他眞的喜歡她嗎？她覺得他不是很喜歡她，不過，他很友善。他的內在有一種什麼東西，一種溫暖而天眞的友善，奇特而又令人意外，幾乎讓她的子宮向他打開。她覺得他也許對任何一個女人都是這麼友善，但即使如此，他的友善仍然讓人感到撫慰，感到安慰。他是一個熱情的人，富有生氣而且充滿熱情。也許他並不專一，也許他像對待她那樣對待任何別的女人，那種友善也許不只是針對她。對他來說，她僅僅是一個女性。

但是，也許這樣更好。畢竟，他對她的女性是友善的，這是別的男人從未有過的。男人只是對她的身分表示友善，但對她的女性內在卻十分粗魯，全然地輕視「她」、忽視「她」。男人對於康妮小姐或查泰萊男爵夫人十分友善，對她的子宮卻完全不然。而他卻不管什麼康妮小姐或查泰萊男爵夫人，他只顧溫柔地愛撫她的臀部和乳房。

第二天，康妮又去了樹林。那是一個灰沉寂靜的下午，深綠色的水銀菜散佈在榛樹叢下，所有的樹都在靜默中努力地迸放嫩芽。今天，她幾乎能在自己體內感覺到那些大樹的生氣在湧動著，向上，向上，直到每一片嫩芽尖迸出燃燒般混合了銅綠色與血色的小小橡樹葉，好似湧漲的潮水漫過了天空。

她來到那塊空地上，但他不在那兒。她對於能否碰到他本來也只抱一半希望。小雉雞四處奔跑著，輕捷得像昆蟲，那些母雞在籠子裡焦急地咯咯亂叫。康妮坐下來看著牠們，她在等待，她只是在等待著。她幾乎連小雞也看不進去，她在等待著。

時間像夢一樣緩慢流逝，而他卻一直沒有來，她只好半懷希望地等著他。他下午從不到這兒來，可是她得回去吃午茶了，她不得不離開。

她回家時，天空開始下起毛毛細雨。

「又下雨了嗎？」克利福問著，他看到她抖著帽子上的雨滴。

「毛毛雨而已。」

她默默地倒了杯茶，好像在固執地吸吮著。她眞的想在今天見見那個守林人，看看那究竟是不是眞的，究竟是不是眞的。

「等會兒要不要我爲妳讀點什麼？」克利福問道。

她看著他。他覺察到什麼了嗎？

「春天讓我感覺很怪，我想我得休息一會兒。」

「隨便妳吧。妳不會眞的感到不舒服吧？」

「是的，只是有點疲倦，這是春天到了的緣故。你要不要找波頓太太玩點什麼？」

「不！我想聽聽收音機。」

她聽到他的聲音裡有一種奇異的滿足。

康妮上樓回到自己的臥室，在樓上，她能聽見揚聲器又開始吼了起來，發出上流社會那種白癡般的矯揉造作聲音，像是一連串的街頭叫賣聲，像是上流社會模仿老練叫賣者的虛僞叫聲。她披上一件紫色的舊雨衣，從側門溜了出去。

細雨像一層神祕而安靜的面紗籠罩著世界，卻一點也不冷。當她匆匆穿過林園時，她覺得身上熱了起來，她不得不敞開雨衣。

在傍晚的細雨中，樹林裡顯得十分幽靜隱密，到處是神祕的鳥蛋、半放的嫩芽、半開的花朵。在朦朧的幽暗中，赤條條的黑色樹木閃著光，像脫光了衣服似的，地上的青草像在爲自己的綠裝歡快地哼唱著。

那塊空地上仍沒有人。小雞們幾乎都鑽到母雞的羽毛底下了，只有一、兩隻冒失鬼仍在草棚下的乾地啄食。牠們都有些驚疑不安。

啊！他還沒有來，他是故意躲開。也許他出了什麼事，也許她應該到村舍去看看。

但是她天生只會等待。她用自己的鑰匙打開門，屋子裡收拾得很整齊，穀物都盛在箱子裡，毛毯折疊著放在架子上，稻草整齊地堆在一個角落裡，這是一堆新添的稻草。一盞馬燈掛在牆面的釘子上，桌子和椅子也都放回了原處。

她在門邊的凳子上坐了下來，所有的一切多麼安靜啊！細雨輕輕地、薄薄地飄著，卻聽不到什麼風聲，一切都悄然無聲。樹木直立著，像是些強大有力的生命，晦暗、靜謐、富有生氣，沉浸在柔和的微光中，一切是那樣的富有生氣！

夜色漸深，她不得不回去了。他在躲著她。

突然，梅樂士大步走到了空地處，像個車伕似的穿著那件濕得發亮的油布短雨衣。他匆匆瞥了一眼小屋，行了個半禮，然後轉身向雞籠走去。他沉默者蹲下來，仔細地檢查一遍，然後再小心地關上籠子，讓母雞和小雞們可以安全過夜。

最後，梅樂士慢慢朝康妮走去，而她仍舊坐在凳子上。他走到門廊下，站在她面前。

「妳來了。」他用方言說道。

「是的。」她抬頭望著他，「你來晚了。」

「是的！」他把頭轉向樹林。

「你想進來嗎？」她慢慢站起來，把凳子拉到一邊。

他用敏銳的眼睛打量著她。

「妳每天晚上到這兒來，不會引起人們的猜疑嗎？」

「爲什麼？」她困惑地看著他，「我說過我會來。沒有人知道。」

「但是他們不久就會知道的，那時該怎麼辦？」

她不知道該怎麼回答。

「他們爲什麼要知道呢？」

「人們總是這樣。」他悲哀地說。

她的嘴唇微微顫抖起來。

「那我就沒有辦法了。」她的聲音有些發顫。

「不！妳可以不來……只要妳想那麼做。」他低聲補充了一句。

「但是我不想不來。」她咕噥道。

他又把頭轉向樹林，沉默下來。

「如果人們知道了該怎麼辦？」他最後問道，「想想吧！想想妳會覺得多麼丟人。你丈夫的一個僕人！」

她看著他的側臉。

「是不是……」她結結巴巴地問，「是不是你不想要我了？」

「想想吧！想想人們知道後該怎麼辦？克利福男爵和大家都說……」

「那我可以走。」

「到哪裡去呢？」

「隨便去哪兒！我自己有錢，母親爲我託管了兩萬鎊，我知道，克利福是動不了這筆錢的。我可以走。」

「但是妳也許不想走？」

「哪裡的話！我才不在意將來會發生什麼事情。」

「啊，妳雖然這樣想，但是妳會在意的！妳不得不在意，每個人都不得不在意。要知道妳是男爵夫人，而我是守林人，不是紳士。是的，妳必須在意，必須在意！」

「不，我不會在意的，我才不在意什麼男爵夫人，我真的恨這個稱呼！每次人們這樣稱呼我的時候，我總覺得他們是在嘲笑我，而他們確實是在嘲笑我！甚至連你也在這樣稱呼我的時候嘲笑我。」

「我？」他第一次直直地望著她，直望進她的眼睛。「我沒有嘲笑妳。」

當他這樣望著她時，她看見他的瞳孔在慢慢擴大，充滿了憂鬱，十分的憂鬱。

「妳不在意冒險嗎？」他沙啞地說，「妳應該考慮清楚，到時後悔可就太遲了！」他的聲音裡有種奇特的警告和懇求意味。

「但是我沒有什麼好失去的。」她焦躁地說，「假如你知道那是怎麼一回事，你就會明白我很高興能失去它。你是不是自己感到害怕呢？」

「是的！」他簡潔地說，「我怕，我害怕！我害怕所有那些東西。」

「什麼東西？」

「所有的東西！所有的人！所有的那一切。」梅樂士往後轉了轉頭，示意就是樹林外面的那個世界。

他彎下身，在她愁苦的臉上突然吻了一下。

「不，我不在意！讓我們……」

「不要拋棄我！」她懇求。

他用手指撫摸著她的面頰，突然又吻了她一下。

「那麼讓我進去吧！」他溫柔地說，「脫掉妳的雨衣。」

他掛起槍，脫下濕漉漉的油布短衣，然後伸手把毯子拿了下來。「我多帶了一條毯子。要是妳喜歡，我們可以拿其中一條來蓋。」

「我不能久留，七點半要吃晚餐。」

「好的，哪天我們要多玩一會兒。」他瞥了康妮一眼，然後看了看錶，關上門，點亮掛在牆上的馬燈，把火光調小。

他仔細地鋪好毯子，把另一條疊起來做她的枕頭。然後他在凳子上坐了一會兒，把她拉到身邊，用一隻手緊緊地摟著她，另一隻手撫摸著她的身體。

當他摸到她的私處時，她聽見他的呼吸急促起來。在薄薄的裙子下，她什麼都沒穿。

「啊！撫摸妳是多麼美妙的事啊！」他用手指愛撫著她腰部和臀部那細嫩溫暖而隱密的皮膚。他俯下頭，用臉頰一遍又一遍輕輕磨蹭她的小腹和大腿。

康妮再次驚訝於他的這種迷醉，她無法理解的是，當梅樂士在愛撫她那充滿生氣的赤裸肉體時，在她身上發現的美是一種讓人沉迷的美，只有熱情才能感受到它。當沒有或缺少熱情時，這種美所引起的美妙悸動是無法理解的，甚至會被輕視。溫暖、活生生的觸摸之美比視覺之美要深刻得多，她感覺到他的面頰在她的大腿、小腹、雙臀溫柔地游移，他的鬍鬚和柔軟濃密的頭髮正在緊緊磨蹭著她，她的雙膝開始顫動起來。在她的心靈深處，她感覺到一種新的悸動，一種漸漸浮現的、新的、裸露的願望。她覺得有點害怕，她甚至希望他不要再這麼愛撫她了。不管怎樣，他正摟著她，但她卻在等待著，等待著。

當他安靜地插入她的身體，讓她感到一陣強烈的舒緩和充滿時，她仍然在等待。她覺得自己有點被遺忘了，但是她知道這部分是她自己的過錯，她希望自己能保持獨立。現在，也許她正為此付出代價。她靜靜地躺著，感受著他在她身體內的動作，他專注的、深深的插入，他射精時的突然顫動，然後，他的抽動慢慢平息下來。這種臀部的抽動確實有點可笑，如果你是一個女人，又身臨其境，就會發現男人臀部的那種抽動確實是極端可笑的。在這種姿勢和動作中，男人們確實是極為可笑的！

但是她仍舊靜靜地躺著，沒有退縮，甚至在他完事之後，沒有興奮起來去為自己獲取高潮滿足，就像她跟麥克里斯在一起時做的那樣。她只是靜靜地躺著，淚水慢慢地盈滿她的眼眶，流了出來。

梅樂士也靜靜地躺著，但是他緊緊摟著她，試圖用腿夾緊她那可憐的、赤裸的雙腿，讓它們保持溫暖。他緊緊地貼在她身上，溫暖著她。

「妳冷嗎？」他溫柔地輕聲問道，好像她離他很近很近，但其實她是被遺忘、被疏遠了。

「不！但是我得走了。」她輕聲說道。

他嘆了口氣，把她摟得更緊，然後又鬆開休息。他沒有想到她會流淚，他還以爲她此刻的感受和他一樣。

「我得走了。」康妮又重複一遍。

他挺起身，在她旁邊跪了一會兒，吻著她的大腿內側，然後藉著馬燈微弱的燈光重新拉好她的裙襬，不假思索地穿好自己的衣服，甚至沒有轉過身去。

「哪一天妳得到村舍來。」他俯看著她，臉上掛著一種溫情、自信、自在的表情。

康妮一動也不動地躺在那兒，凝視著他想道——「陌生人！陌生人！」她甚至有點怨恨起他來。

他穿上外衣，尋找落在地上的帽子，然後背起槍。「來吧！」他溫柔而安靜地望著她。

她慢慢地站起來。她不想走，但她又憎恨留在這兒。

他幫她穿上薄薄的雨衣，又看了看她是否穿著整齊。

他打開門，屋外相當黑，那條忠實的狗守在門廊下，看見他之後歡快地站了起來。略帶灰色的細雨在暗夜中飄著，天色相當黑了。

「我得帶著燈籠，」他說，「不會碰到別人的。」

在狹窄的小路上，梅樂士走在康妮前面，低提著馬燈搖擺著，照亮了地上的濕草、黑得發亮如蛇般的樹根，以及蒼白的花朵。除此之外，一切都籠罩在灰濛濛的雨霧和無邊的黑暗之中。

「哪天妳得到村舍來好嗎？我們乾脆一不做，二不休。」

他對她的奇特而持久的慾望令她感到非常困惑，因爲他們之間並沒有什麼東西，他從來沒有好好跟她說過話，她不由自主地憎惡他的方言。他那句「妳得來」好像不是在說給她聽，而是在說給任何普通的女人聽。她看到路旁出現毛地黃的葉子，知道他們大概走到了什麼地方。

「現在是七點十五分，妳能趕得上吃晚飯。」他的聲調變了，好像感覺到了她的冷淡。他們在馬路上轉過最後一個彎，正對著榛樹的籬牆和花園的大門。他把燈吹滅，輕輕拉著她的手臂說：「到這裡我們就看得見路了。」

但是，前面的路仍不好走，他們腳下的這片大地是神祕的，不過他在行走時可以憑感覺找到自己的路，他已經習慣了。在林園門口，他把手電筒交給她。「園子裡比較亮，但是帶上這個，萬一迷路了能用得上。」

眞的，園子裡的空地上好像閃著灰色的鬼火。

他突然把她拉到身邊，猛地把手伸進她的衣服，用他潮濕而冰冷的手撫摸著她那溫暖的肉體。

「能夠撫摸像妳這樣的女人，我可以死而無怨了！」他用喉音說道：「要是妳能多待一會兒……」

她感到他突然又想要她。

「不，我得趕緊走了！」她有點迷亂地說。

「好。」他又放開了她。

「吻吻我。」康妮才剛轉身，又轉頭對他說。

他微微彎下身，吻著她的左眼。她把嘴唇湊了過去，他輕輕吻了一下，立即縮了回去。他不喜歡親嘴。

「我明天會來的。」她邊走邊說。「要是我能來的話。」她補充道。

「啊，不要來得太晚了。」

梅樂士的回答從黑暗中傳來，她已經完全看不見他。

「晚安。」

「晚安，男爵夫人。」他回道。

她停下來，回頭看著那片潮濕的黑暗，她只能隱約看出他的輪廓。「你爲什麼這樣叫我？」

「好，不這樣叫了。那麼，晚安，快走吧！」

她隱沒在似乎有形的灰黑暗夜中。康妮發現側門開著，就偷偷溜回自己的房裡，沒有被人發現。她剛關上門，晚餐的鈴聲就響了，但她決意先去洗個澡——她必須洗個澡。

「我以後再也不會晚歸了。」她對自己說，「這樣太煩人了。」

第二天她並沒有去樹林，而是陪克利福去了阿斯魏。克利福現在偶爾會坐上汽車出去轉轉，他雇了一個年輕而強壯的司機，如果需要，司機可以把他抬下車。他特地去看他的教父萊斯利．文達的，他住在希勃萊宅邸，離阿斯魏不遠。文達是一位富有的老紳士，是愛德華七世時代盛極一時的富有煤礦主之一。愛德華七世在狩獵時，曾在希勃萊待過幾次。

這是一幢粉刷過的美麗古宅，屋裡的裝飾也非常雅致。文達是個單身漢，他對自己屋子的裝修樣式感到非常驕傲，儘管這個地方被許多煤礦包圍著。萊斯利．文達很喜愛克利福，卻不大尊重他，因爲他寫過文學作品，而且畫報上曾刊登他的照片。老紳士是愛德華七世那一派的花花公子，他認爲生活就是生活，而舞文弄墨的文人是另一回事。他對康妮則總是非常殷勤，他覺得她是一個富有魅力的端莊處女，但被克利福浪費掉了。更可惜的是，她絕不可能爲勒格貝生下繼承人。但他自己也沒有繼承人。

如果他知道克利福的守林人和她發生過關係，而且以方言對她說「哪天妳得到村舍來」這種鄙俗的話，眞不知他會說些什麼，他一定會憎惡輕視康妮，因爲他憎恨那些出身勞動階級的暴發戶。如果那人跟她是同一個階級的，他便不會介意，因爲康妮天生就有一種端莊順服的處女般外貌，也許這就是她的天性。文達叫她「親愛的孩子」，並硬要送給她一幅相當可愛的十八世紀貴婦人小畫像。

康妮實在不想要，但也得收下。

康妮一心想著她和守林人的事。

文達先生是個眞正的紳士，是一個上流社會中的人物，他尊重康妮的身分，把她當作與他人有區別的個人來對待；他不會用「妳」「妳的」這種字眼，把她跟他認識的其他女人混爲一談。

那天她沒有去樹林，第二天也沒有去，第三天還是沒有去。只要她覺得，或者自以爲那人在等著她、在想要她，她就不到那兒去。第四天，她感到了可怕的煩躁與不安，但是她仍舊不願到林中去對著那個男人張開她的大腿，她盤算著她可以做些什麼。駕車到雪菲爾德去拜訪朋友……不過一想到這些事情，她就感到厭煩，最後，她決定去散散步，但不是到樹林裡，而是朝著相反的方向前去，她可以穿過花園另一邊的小鐵門到瑪爾海去。

這是一個沉悶而灰撲撲的春日，天氣有點暖和。她一邊心不在焉地走著，一邊不自知地沉思著什麼。她對身外的一切都沒有注意到，直到她被瑪爾海農場裡的狗吠聲驚醒。瑪爾海農場的草原緊接著勒格貝花園的圍欄，所以他們算是鄰居，但康妮已經好久沒有到這兒來了。

「貝爾！」她向那條白色的大猛犬叫道，「貝爾！你忘了我嗎？你不認識我嗎？」她有點怕狗。

貝爾後坐著身子，發出低沉的吼聲。

康妮想穿過農場的院子，到養兔場那邊的路上去。

弗林太太走了出來。她和康妮年紀相仿，曾當過教師，但康妮懷疑她是個虛僞的小人物。

「啊，是查泰萊男爵夫人！」弗林太太的眼睛綻放出光，臉頰像個小姑娘似的興奮得通紅。「貝爾！貝爾！你竟敢對著查泰萊夫人叫！貝爾！安靜下來！」她跑過去，用手裡的白布把狗抽打了一頓，然後朝康妮走去。

「牠以前認識我。」康妮跟她握了握手。弗林一家是查泰萊家的佃戶。

「牠當然認識夫人，牠只想耍耍威風罷了！」弗林太太眼中閃著光亮，臉色通紅地望著康妮，「不過牠很久沒見到妳了。希望妳身體不錯。」

「謝謝，我很好。」

「我們幾乎整個冬天都沒見過妳，妳願意進來看看我的小孩嗎？」

「好！」康妮猶豫道，「就一會兒。」

弗林太太興奮地跑進去收拾房間，康妮慢步跟在後面。在昏暗的廚房裡，水壺在火爐上沸騰著，康妮走到那裡時躊躇了一會兒。

「眞對不起，請到裡面去吧。」弗林太太走了回來。

他們走進客廳，只見一個嬰孩坐在壁爐旁的小塊墊毯上，桌子上凌亂地擺著茶具。一個年輕女僕害羞笨拙地從走廊退了出去。

嬰孩大約一歲，有著跟她父親一樣的紅頭髮和兩隻放肆的淡藍色眼睛，是個洋洋自得的小東西。這個女孩一點也不怕生，她坐在軟墊中，四周圍著一些洋娃娃和其他玩具，這也是現代人不知節制的一種表現。

「啊，她多可愛啊，她長得好快。成了一個大姑娘了！一個大姑娘。」康妮說。

女嬰出生時，康妮送了她一條圍巾。耶誕節時，又送了她一些塑膠小鴨。

「嗨，約瑟芬！看看誰來看妳了？這是誰？約瑟芬，是查泰萊男爵夫人，妳認識查泰萊男爵夫人嗎？」

這奇異活潑的小東西放肆地盯著康妮，男爵夫人對她來說跟別的東西沒什麼兩樣。

「來！到我這兒來吧！」康妮逗她。

嬰孩什麼都不在意，於是康妮抱起她放在膝上。把一個孩子抱在膝上，看著她柔軟的小手臂、兩條放肆亂晃的小腿是多麼溫暖、多麼可愛啊！

「我正要自己一個人隨便喝點茶。路克到市場去了，所以我想什麼時候吃茶就什麼時候吃茶。妳要來一杯嗎？查泰萊夫人！我想妳可能不習慣，但是如果妳願意……」

康妮願意用茶，她不喜歡別人提起她習慣什麼。桌子上擺了很多東西，最好的茶杯，還有最好的茶壺。

「妳不要太麻煩了。」康妮說。

但是如果弗林太太不麻煩，那還有什麼樂趣！康妮在一邊逗著小孩玩，這個小女嬰的大膽舉動讓她很開心，她那柔軟年輕的溫熱，令康妮感到一種肉感的快樂。這年輕的生命，她是這樣的無畏！這樣無畏，是因爲她根本就沒有防備。而所有其他的人，則都被恐懼壓縮成了一團。

康妮喝了一杯很濃的茶，吃了一點很不錯的黃油麵包和罐頭蜜李。弗林太太抑制著自己的興奮，臉漲得通紅，眼睛閃著光，好像康妮是個英勇武士似的。他們之間有了第一次眞正的婦女談話，兩人都覺得很滿意。

「抱歉，茶不太好。」弗林太太說。

「比我家用的還要好呢。」康妮誠實地說。

「噢！」弗林太太驚呼，她當然不會相信。

「我得走了，我丈夫不知道我到哪兒去了，他會好奇我做什麼去了。」最後，康妮站了起來。

「他絕不會想到妳是在這裡。」弗林太太高興地笑道．「他會派人到處找呢。」

「再見，約瑟芬。」康妮吻了吻女嬰，撩了撩她那頭纖細的紅髮。

弗林太太堅持替康妮打開門著的前門。

康妮走進農場前以女貞樹籬圍著的小花園，花園的小路旁長著兩排報春花，柔弱而嬌豔。

「多麼可愛的報春花啊！」康妮說。

「路克叫它們野草。」弗林太太笑著說，「採一些吧。」她開始熱心地採起報春花來。

「夠了！夠了！」康妮說。

她們來到小花園的門口。

「妳打算走哪條路?」弗林太太問道。

「走養兔場的那條路。」

「讓我看看!啊,是的,母牛都在圍欄裡,但牠們還沒有走出來。不過大門鎖著,妳得爬著過去。」

「也許我可以陪妳到圍欄那邊去。」

「我會爬的。」康妮說。

她們走過那片被兔子啃得一塌糊塗的草場。樹林中,鳥雀在歡快地唱著勝利的歌,一個男人吆喝著最後一群牛,拉成一排慢慢地走在草場上被踏出的小路上。

「他們回來得太遲了,今晚還要擠奶呢!」弗林太太口氣激動地說,「都是因爲他們知道路克在天黑之前不會回來。」

她們來到圍欄邊,圍欄裡有一片茂密的小杉樹林,那兒有一扇小門,但是鎖著,裡面的草地上放著一個空瓶子。

「這是守林人盛牛奶的空瓶子。」弗林太太解釋,「我們放在這裡,他會自己來取。」

「什麼時候?」康妮問。

「啊,隨時,只要他路過這兒,不過通常是早上。好吧,再見,查泰萊夫人,歡迎妳再來,跟妳在一起非常愉快。」

康妮爬過圍欄，走上了茂密小杉樹林間的一條狹窄小道。

弗林太太往回跑著穿過草場，戴著一頂遮陽女帽，因爲她眞的是個教師。

康妮不喜歡這片新植的茂密樹林，它看起來有點陰森，讓人覺得喘不過氣來。她低著頭匆匆趕路，心裡想著弗林太太的小孩，她眞是個可愛的小傢伙，不過她的腿將來可能會像她父親一樣有點內八字。現在已經可以看出跡象了，不過她也許會長好的。不知何故，有個小孩是多麼溫暖、多麼令人滿足啊！弗林太太顯得多麼得意啊！無論如何，她有些東西康妮沒有，而且顯然也不可能有。是的，弗林太太在炫耀她母親的身分。康妮有點、微微有點嫉妒，她無法自已。

她突然從沉思中驚醒，輕輕驚叫了一聲。有個人站在那裡！

是守林人，他像巴蘭的驢子①一樣站在小路上，截住她的去路。

「妳怎麼在這兒？」梅樂士吃驚地問。

「你怎麼來的？」她的呼吸滯重起來。

「妳怎麼來的？妳去過小屋了嗎？」

「不！不！我到瑪爾海去了。」

他好奇地打量著她。

她低著頭，好像做錯了什麼似的。

「妳正要到小屋去？」他緊迫盯人地問。

「不，我不能去。我在瑪爾海待了一會兒，沒有人知道我去哪兒了。我太遲了，我得趕緊回去。」

「妳好像是要甩掉我？」他臉上露出一絲反諷的嘲笑。

「不、不，不是這樣，只是……」

「那是什麼？」他走到她身邊，用雙手摟住她。

「啊，現在不行，現在不行。」她覺得他的硬挺物事緊緊頂著她，非常興奮，她試圖推開他。

「爲什麼不行？現在才六點，妳還有半小時的時間。不、不，我要妳。」

他緊緊地摟著她，她感覺到他急迫的慾望。她古老的本能使她爲自由而掙扎，但是她的體內卻有種遲鈍而沉重的奇特東西。他的身體緊壓著她，她再也無心掙扎。

他打量了一下四周的環境。

「來，到這邊來！從這邊走。」他敏銳的目光打量著濃密的小杉樹林，這些小樹還沒有完全長成。他回頭看著她。

她看到他的眼睛中有著緊張、明亮、野蠻的神采，卻沒有愛情，但是她已不能自主，四肢奇異地發沉。

梅樂士用力拉著她穿過刺人的樹叢，來到一小塊空地上，那兒有一堆枯死的樹枝。他抽了些樹枝抛在地上，再把外套和背心脫下來鋪在上面，她只好像隻動物似的躺到樹下。他穿著襯衫和短褲站在旁邊等著，色瞇瞇地看著她，但他仍克制地等她躺好才撲過來。不過，他還是把她內衣的帶子扯斷了，因爲康妮只是一動也不動地躺著而沒去幫助他。

他的陰莖裸露著，當他插入時，她感覺到他赤裸的肌膚緊貼著她。他在她的身體裡停留了一會兒，在那兒膨脹著、顫動著，當他開始抽動時，在突然來臨的不自主興奮中，他在她的體內引起一陣奇異的震顫波動。

波動著、波動著、波動著，像是輕柔的火焰般一波波輕撲，輕柔得像羽毛般直奔光輝的頂點，然後越來越強烈，越來越強烈，把她整個人都融化了。像是鐘聲一樣，一波一波達到高峰，最後她忘情地發出了狂野細微的呻吟。

但是它結束得太快，太快了，她再也無力透過自己的動作去達到高潮。這一次是不同的，不同的！她什麼都無法做，她再也無法讓他堅挺起來，無法夾緊它從他身上獲得自己的性滿足。她感覺到他在抽出，抽出並收縮著，就要從她的體內滑出，這是一個可怕的時刻。在這個時刻，她只能等待著，等待著，並在心中呻吟著。同時，她的子宮輕柔地張開了，溫柔地呼喚著，像是潮汐下的海葵，呼喚著他再度進入，讓她獲得滿足。

她忘情地緊貼著他，他沒有完全抽出她的身體，她感覺到他那柔軟的肉芽在她體內顫動著，並以一種奇異的節奏慢慢增強；這種奇異的節奏衝進她的身體，在她的體內氾濫著、膨脹著，直至充滿她意識的裂縫。這種無法形容的律動好似剛才的抽動又重新開始了，但它並不是眞正的抽動，而是一個在她肉體內和意識中旋轉得越來越深、深不可測的純粹情感漩渦，直到她的情感像液體一樣變成了一個完美的同心圓。她躺在那兒忘情地、含混地叫喊著，這聲音傳向無邊的暗夜，這生命之音！

他敬畏地聽著身下發出的聲音，把生命之液噴射進她的體內。當這種叫喊聲平息時，他也平息了下來，一動也不動地躺著；原本緊夾他身體的她，也開始慢慢放鬆，慵懶地躺在那裡。他們躺著，忘掉了一切，甚至忘掉了對方，兩個人都悵然若失。直到最後，他開始清醒過來，察覺到自己赤裸裸地毫無遮掩，她也察覺到他的身體正在鬆開對她的擁抱。他正要離開她，她心中無法忍受他離開她而使她無所遮蓋——現在，他得永遠地遮蓋她！

但是他終於離開了她。

梅樂士吻吻她，用衣服蓋著她，然後開始自己穿衣服。康妮躺著仰望樹枝，仍舊沒有力量移動。他站著扣好短褲，向四下望了望，四周都是濃密的小杉樹，一片寂靜，只有那隻畏服的小狗趴在地上，鼻子放在兩隻前爪中間。他重新坐在灌木叢上，默默地握著康妮的手。

她轉過頭看著他。

「這一次我們是同時達到高潮的。」他說。

她沒有回答。

「這樣很好，大多數人活了一輩子都不知道這事。」他夢囈般地說。

「他們眞的不知道嗎？你覺得高興嗎？」她看著他沉鬱的臉。

「高興！啊，我從不在意這個。」他回頭看著她的眼睛，他不想讓她說話。他俯身去吻她，讓她覺得他必須永遠這樣吻著她。

「人們很少一起達到高潮嗎？」她終於坐了起來，帶著一份天眞的好奇問道。

「許多人從來沒有過，從他們陰冷的表情就可以看出來。」他不由自主地回答，然後開始懊悔自己怎麼談開了話。

「你曾經和其他女人一起達到過高潮嗎？」

「我不知道，我不知道。」他開心地看著她。

康妮明白他絕不會告訴她任何不想說的事。她看著他的臉，心中湧動著對他的熱情，她盡力抑制這種熱情，因爲它讓她迷失了自己。

梅樂士穿上背心和外套，撥開一條通往小徑的路。

夕陽的餘暉斜射在樹木上。「我不送妳了，不送較好。」

她在轉身前充滿渴望地看著他。他的狗正焦急地等著她離去，他好像也沒有什麼話可說，沒有什麼要留下。

康妮慢慢地往家園走去，意識到在她心中深藏著另一件東西；有另一個自我活在她心中，在她的子宮中、臟腑中溫柔地燃燒著、融化著，這個自我讓她愛慕他。她思慕著他，以致走路時雙腳發軟。這個自我在她的子宮和臟腑裡氾濫著、活躍著，讓她變得非常脆弱，她像許多天眞的女人一樣，不可救藥地愛慕著他。

康妮對自己說：「我好像懷了孩子。」眞的是這樣，她的子宮過去好像一直關閉著，現在卻打開了，並裝入一個新的生命，這個新的生命雖然近似於負擔，但卻是可愛的。

「要是我有了孩子！」她想著，「要是我的身體有了他的孩子！」這種想法讓她四肢發軟，她意識到，有個自己的孩子和與一個全心全意愛著的男人有了孩子，這之間有很巨大的差別。前者看起來很平常，但後者卻能讓她感到自己與過往的那個自己截然不同，她好像深深地沉沒在女性氣質的核心之中，沉沒在創造的夢想中。

對她來說，新鮮的不是熱情，而是那種深深的愛慕。她知道自己一直害怕這種愛慕，因爲它讓她覺得衰弱無力；她仍舊在懼怕它，唯恐自己對他的愛慕過深，以致迷失了自己、抹殺了自我。她不想被抹煞，不想成爲一個奴隸，就像那些未開化的女人一樣。她絕不能成爲一個奴隸！她懼怕這種愛慕，但又不願立即反抗它。她知道自己會去反抗它，在她胸中有一個執拗的惡魔會消滅所有從她子宮中溫柔升起的愛慕，把它碾得粉碎。她甚至現在就可以這麼做，至少她認爲她可以，然後她就可以根據自己的意志來駕馭熱情。

啊，是的，她熱情得像是酒神巴克斯的女祭司，在樹林中奔跑著尋找伊阿科斯②，尋找那個沒有獨立人格、純粹做爲女人神僕的輝煌陽具！男人，不能讓他侵入自己的個人性，他只是神廟裡的侍從，只是她那禁臠般輝煌陽具的載體與監護人。

這種新的醒悟在她心中湧動著，這種古老的狂熱在她心中燃燒著，持續了一段時間，它把男人貶抑成一個卑微的物體，僅僅只是陽具的載體，一旦服務完畢就要被撕成碎片。她在她的身體和四肢中感受到那種古代女祭司的力量，那些女人雙目發光，迅速擊敗了男人。但是懷有這種感受，使她的心情很沉重。

她不要這樣，這她早就知道了，這是一股貧瘠不育的女性力量，然而愛慕一個男人的心情卻彌足珍貴；它深不可測，是那樣溫柔與深沉，她還對它一無所知。不，不，她寧願放棄她那無比輝煌的女性力量，這力量令她感到厭倦，令她變得僵硬。她寧願沉浸在這種新的生命之浴裡，沉浸在無聲歌唱愛慕之歌的子宮和臟腑深處。現在開始懼怕這個男人還爲時過早。

* * *

「我散步到瑪爾海，和弗林太太喝了杯茶。」她對克利福說，「我想去看她的孩子。那孩子眞可愛，頭髮像紅色的蛛絲，眞讓人憐愛！弗林上市場去了，所以我和她、還有孩子一起喝了茶。你很納悶我到哪兒去了吧？」

「是的，我很納悶，但是我猜妳一定在什麼地方喝茶。」克利福嫉妒地說。他憑著超人的洞察力察覺到她身上有了些什麼新的東西，一種他完全無法理解的東西，他把它歸因於孩子。他相信康妮之所以苦惱都是因爲不能生個孩子，換句話說，就是不能自動地生個孩子。

「夫人，我看見妳穿過花園走出鐵門。」波頓太太說，「所以我想妳可能到牧師家去了。」

「是的，我差不多走到那兒，但我又轉到了瑪爾海。」

兩個女人的目光碰在一起。波頓太太的眼睛是灰色的，很明亮，在探究著什麼；康妮的眼睛是藍色的，很朦朧，異常的美麗。

波頓太太幾乎斷定康妮有了情人，但這怎麼可能呢？哪兒有男人呢？

「啊，不時出去拜訪朋友，對妳來說很有益。我剛剛才對克利福男爵說，如果夫人能多到人群中走走，對她來說是非常有益的。」

「是的，我很高興出去走了一趟，克利福，那孩子眞的非常可愛，很好玩，很放肆！她的頭髮像橙紅色蜘蛛網那樣古怪、那樣毫無忌憚，還有一雙瓷器般的淡藍色眼睛。當然，她是個女孩，否則不會這樣大膽，比任何小德雷克爵士③都還要大膽。」

「的確是，夫人，那簡直是個小弗林。他們那家人都有著一頭紅髮，都顯得肆無忌憚。」波頓太太說。

「你願意看看她嗎？克利福，我邀請她們來喝茶，這樣你就可以看到她了。」

「誰？」他非常不安地望著康妮。

「弗林太太和她的小孩，下週一。」

「妳可以請她們到妳的房間喝茶。」

「怎麼，你不想看看那孩子？」她叫道。

「啊，我願意看看，但我不想一直陪著她們喝茶。」

「啊！」康妮的眼睛朦朧地望著他。

她並沒有眞正看到他，他是另外的什麼人。

「妳們可以舒適地在妳房間用茶，夫人。沒有克利福男爵，弗林太太會覺得更自在些。」波頓太太說。

她確信康妮已經有了情人，有什麼東西在她的靈魂中歡躍著。但他是誰呢？他是誰呢？也許弗林太太能提供線索。

那天晚上康妮不願洗澡。他們肉體接觸的感覺、他貼在她身上的感覺，就某種神聖意義上來說是非常寶貴的。

克利福非常不安。

晚餐後，康妮很想一個人獨處，但他不願放她走。她看著他，奇異地順從了他。

「我們玩玩牌吧，要不我讀書給妳聽，要不我們做點別的什麼……」他不安地問道。

「讀書吧！」康妮說。

「讀點什麼？詩歌、散文，還是戲劇？」

「讀點拉辛④吧！」

從前，用眞正的法國式氣派腔調朗讀拉辛，可是克利福的拿手好戲，但現在他對拉辛已經生疏，讀起來顯得有點侷促。其實，他倒寧願去聽收音機。

康妮正在替弗林太太的小孩縫一件黃色的絲質上衣，那衣料是她回家後，在晚餐前從她的一件衣服剪下來的。她安靜地坐在那兒，伴隨著他閱讀的噪音全神貫注地縫著。

在她的體內，她能感覺到熱情在嗡嗡發聲，好像鐘聲嫋嫋的回音。

克利福對康妮說了些關於拉辛的什麼，她愣了一下，才領悟到他說的是什麼。

「是的！是的！」她抬頭看著他，「眞是太好了。」

她眼睛中的深藍光輝和她溫柔沉靜的安坐讓他覺得非常吃驚，她從來不曾這麼全然溫柔而沉靜。她使他無法自已地神魂顚倒，好像她身上有什麼芳香令他迷醉。他繼續無助地讀著。對她來說，那些法語的喉音就像一些炊煙，她一句都沒聽進去。

她沉醉在自己溫柔的迷醉中，好像森林在春天低沉興奮的嗚咽聲中颯颯作響，冒出了嫩芽。她可以感覺到她正在和一個男子，一個不知名的男子，在同一個世界裡移動著美麗的雙腳，和美麗神祕的陰莖。在她心中，在她所有的血脈中，她感覺到了他和他的孩子，他的孩子正在她的每一條血脈中孕育。

這會兒，她沒有手、沒有眼、沒有腳，也沒有金色的寶貴頭髮。她像一處森林，一處枝葉交錯的幽暗橡樹林，無數萌發的嫩芽在無聲嗡嗡地低語著。在此同時，慾望的鳥兒則在她巨大錯綜的身體裡沉睡。

克利福繼續讀著，發出非比尋常的劈啪聲和汩汩聲，它是多麼的不尋常啊，他是多麼的不尋常啊！他古怪地、貪婪地、文明地伏在書上，還有他那寬厚的肩膀，還有他那兩條假腿！多麼奇異的生命啊！一隻有著精明冷酷不曲意志的鳥，竟毫無溫情，一點溫情也沒有。這正是一種未來式的生命，沒有靈魂，卻有一股極其警覺的意志、冷酷的意志。

她微微地戰慄起來，她害怕他。不過，她那溫和而溫暖的生命火焰卻比他強大，這種眞正的事物他並不知道。

朗讀結束了。

康妮吃了一驚。當她抬起頭，看到克利福蒼白而可怕的眼睛正含恨似的望著她時，讓她更爲吃驚。

「非常感謝！你讀得很美！」她柔聲說道。

「幾乎跟妳聽它一樣美。」他殘酷地說。「妳在做什麼？」

「我在替弗林太太的小孩做衣服。」

他轉過頭。孩子！孩子！她只想著這個。

「畢竟……」他演說般地說道：「一個人可以從拉辛的著作中得到所有想要的東西。有條理的成形情感，比混亂的情感更重要。」

「是的，這我相信。」她睜著朦朧的大眼睛迷茫地望著他。

「現代世界因為放縱感情而使一切都庸俗了，我們需要古典式的約束。」

「是的。」她慢慢地回答，想著他神情茫然聽著收音機裡那些激勵人心的癡話——「人們假裝有情感，但他們其實什麼也沒有感受到，我想這是非常荒誕的。」

「確實如此！」

事實上，克利福很疲倦，這個夜晚讓他感到疲倦。他寧願去讀點技術方面的書，或和礦場的經理在一起，或是去聽收音機。

波頓太太端了兩杯麥乳牛奶走進來，一杯給克利福，讓他喝了容易入睡，一杯給康妮，讓她喝了可以長胖，這是她為勒格貝引進的一種睡前飲料。

康妮很高興，她喝完後就可以走了，並慶幸自己毋需去幫克利福就寢。她把克利福的杯子放進盤中，端著盤子走了出去。

「晚安，克利福，祝你睡個好覺！晚安！」她朝門邊走去，她沒有給他晚安吻就走了。

他那銳利而冰冷的眼睛望著她。啊！他為她讀了一個晚上，可是她竟然沒有給他晚安吻，她是多麼無情啊！雖說親吻只是一個形式，但生活依賴的不正是這些形式嗎？她真是個布爾什維克主義者！她的本能也是布爾什維克主義的！他冷冷地憤怒凝視她走出去的門。

克利福對夜晚的恐懼又重新來臨。他是一個由神經構成的網狀物，當他沒將全副身心投入工作時，或當他沒聽著收音機時，他就會被焦慮，以及一種陷入空虛的危險感折磨。他感到害怕！要是康妮願意，她可以讓他遠離這種恐懼，但是很明顯的，她不願意，她並不願意。她冷酷無情，對他為她所做的一切也都毫不領情。他為她放棄了自己的生命，但她卻對他冷酷無情，她只想自行其是。

女人愛的是自己的想法！

現在她只想著要個孩子，可是這孩子只能是她的，完全是她自己的，而不是他的！

總的來說，克利福是很健壯的。他的氣色很好，臉色紅潤，他的肩部寬闊而強壯，他的胸腔厚實，有點發胖，但他同時又很怕死。一種駭人的空洞，一種會使他精力崩潰的空虛，好像在什麼地方以某種方式威脅著他。他好像失去了精力，他不時覺得自己已經死了，眞的死了。

他那蒼白突起的眼睛看起來很怪異，鬼鬼祟祟但又有點殘酷冰冷，但同時又非常粗魯。這種粗魯的神情是非常怪異的，好像他能夠戰勝生命。

誰能明白意志之神祕，因為它甚至能戰勝天使……

但是他害怕那無法入睡的夜晚，死滅從四面八方緊逼著他，那時眞的非常恐怖。存在卻沒有生命，那是非常可怕的；在夜晚，無生命地存在著！

不過，現在他可以按鈴叫波頓太太，她總是會來，這對他來說是一個很大的安慰。她穿著睡袍就走了過來，頭髮紮成辮子垂在背後，雖然她褐色的辮子中夾雜著灰髮，卻奇異地有種少女般愚蠢的神情。她會替他弄杯咖啡或甘菊茶，然後跟他下棋或玩紙牌。她有一種女性的奇特才能，甚至在昏昏欲睡時還能把棋下好，讓他感覺值得一擊。在夜裡這種沉默的親近中，他們坐著，或是她坐著而他躺在床上，孤獨的燈光照在他們身上，她幾乎要睡著了，而他差不多陷入了恐懼。他們玩著，一起玩著，然後一起喝杯咖啡，吃點小餅乾，在寂靜的夜裡，兩人都不怎麼說話，卻對彼此感到放心。

那天晚上，波頓太太感到很好奇，究竟誰是查泰萊夫人的情人。她又想起了她的泰德，雖然他早就死了，但對她來說卻還沒有完全死掉。當她想起他時，那種對於整個世界，特別是那些對於雇主的舊恨又在她心中甦醒。在睡意朦朧中，她雜亂想著她的泰德和查泰萊夫人的不知名情人，她覺得她和另一個女人共同怨恨著克利福男爵，以及他所代表的一切。在此同時，她卻和他玩著紙牌，每次賭六便士；能和一位有爵位的人玩紙牌令她覺得很得意，即使輸給他六便士。

他們玩紙牌時經常賭錢，這樣他就會玩得很投入，而他的確經常贏。今天晚上他又贏了，所以不到破曉他是不會去睡的。幸運的是，清晨四點半左右曙光就開始初現。

在這段時間裡，康妮在床上酣睡著，但是守林人卻無法安歇。他關了雞籠，巡視樹林，然後回家吃晚餐。但他沒有上床休息，而是坐在火爐邊思索著。

他想起自己在特維蕭度過的童年，想起他約有五、六年的婚姻生活。他苦澀地想起他的妻子，她是一個無情的女人，自從他在一九一五年的春天入伍之後，就再也沒見過她。她就在不到三英里外的地方，而且比以往更加無情。他希望這一生再也不會見到她。

他想起自己在國外的軍人生涯，印度、埃及，然後又是印度。和馬隊在一起時那盲目輕率的生活；與上校惺惺相惜的革命情感。那幾年的軍官生涯裡，當時他是個中尉，有一個很好的機會可以升爲上尉。然後，上校死於肺炎，他自己則死裡逃生。他的健康受到了損害，帶著深沉的不安，他離開軍隊回到英國，再度成爲一個勞動者……啊，這些經歷。

他在敷衍著過生活。他想，在樹林中，至少在一段時期內，他是安全的。樹林中沒有可供狩獵的野生動物，以至於他得去飼養野雞。他不用陪人家打獵，他可以一個人獨處，與生活隔絕，這就是他唯一想要的事。他得有塊立足之地，而這兒是他的故鄉。這兒有他的老母親，雖然她對他來說並不重要。他可以在此繼續生活下去，一天天地活著，與人隔絕，心無所冀，因爲他不知道該如何自處。

他不知道該如何自處！由於他當過幾年軍官，曾經和其他軍官、公務員以及他們的妻子家人打過交道，他已經失去了上進的雄心。中上流階級是堅硬的，像橡膠般異常堅硬，沒有生氣，他曾經認識他們，他們是冷酷無情的人，他們與他格格不入。

這樣，他又重回自己的階級，在那兒，他又發現了自己在外出幾年中忘掉的東西——那令人不快的猥瑣粗俗舉止。現在他終於承認舉止是多麼重要了，他還承認假裝對一、兩個銅板和生命中其他瑣事滿不在乎，是多麼重要了。但是在平民生活中不需要僞裝，燻豬肉的價錢多一枚或少一枚銅板，比刪改《聖經》還要重要。此外，還有關於工資的爭議。他曾經在有產階級中生活過，他知道任何試圖解決工資爭議的期望都是做白日夢。除了死亡以外，不可能有解決的辦法，唯一可做的事便是不在意，不去在意工資有多少。

但是，如果你貧窮而可憐，你就不得不在意。無論如何，這漸漸變成了他們唯一在意的事。對錢的在意像是一顆巨大的腫瘤，正在呑噬著一切階級中的個人。他拒絕去在意金錢。

但是然後呢？不去在意金錢，生活又是怎麼樣呢？什麼都不是。

然而他可以孤獨地生活，從孤獨中獲得蒼白的滿足，然後飼養野雞，以供那些腦滿腸肥的傢伙在酒足飯飽後獵殺。這種生活同樣毫無意義，極端的毫無意義。

但是，爲什麼要在意？爲什麼要憂慮呢？他從不在意，也從不憂慮，直到這個女人闖入他的生活。他差不多大她十歲，但他的閱歷比她多一千年。他倆的關係日趨親密，他能夠預見他們再也無法分離，而不得不共同生活的那一天。

因爲，愛之束縛不易解脫！

但是然後呢？然後該怎樣呢？他是不是必須赤手空拳地重新開始？他是不是一定要拖累這個女人？他是不是一定要和她殘廢的丈夫進行可怕的爭鬥？還要和恨著自己的粗暴妻子進行可怕的爭鬥？悲慘，太悲慘了，他已不再年輕氣盛，他也不是無憂無慮的那種人，所有的苦難和醜惡都會傷害他，還有這個女人。

但即使他們清除了克利福男爵和自己那粗暴妻子的障礙，即使他們得到了自由，又能怎樣呢？他自己又能怎樣呢？他又該如何自處呢？因爲他總得做些什麼。他不能當寄生蟲，只依靠她的錢和自己那微薄的撫恤金度日。

這是無法解決的。他只能想著到美國去試試新鮮的空氣，他雖不相信美元，但那兒也許會有別的什麼東西。

他無法休息，甚至無法上床。他坐在那兒苦澀地思索著，頭腦昏沉，直到半夜，他猛地從椅子上站了起來，拿起他的外套和槍。

「來吧，愛人。」梅樂士對狗說，「我們最好到外面厶。」

繁星滿天，沒有月亮。梅樂士緩慢地、小心地、躡著腳步巡邏著樹林。他唯一要留神的是礦工們，尤其是史德門的礦工在瑪爾海那邊設置的捕兔陷阱。不過現在是生育季，幸好礦工對此也有點尊重，不致過分放肆。然而，這樣躡著腳步去搜索盜獵的人卻使他的神經平靜下來，使他不再憂慮。

當他走了五英里巡邏完畢之後，他感到很累，於是走到小山頂眺望外面的世界。除了從永不停工的史德門隱約傳來的雜音之外，再也沒有別的聲音：除了工廠裡一排排明亮的燈光之外，幾乎再也沒有別的燈光。世界在黑暗中躺著，在煙霧中沉睡著。現在已經清晨兩點半了，即使是在沉睡中，這個世界仍然是不安的、殘酷的，在火車或別的什麼載重車的噪音中騷動著，在鍋爐的玫瑰色光亮中閃爍著。這是一個鐵與煤的世界，鐵的殘忍、煤的烏煙和無止境的貪婪驅動著這個世界的一切。是貪婪，只有貪婪在世界的沉睡中騷動著。

夜很冷，他咳嗽起來，一陣冷風吹過小山。他想著那個女人，現在他願意放棄所有的和將來的一切，以求能將她抱在懷裡，一起鑽到一條毯子裡睡覺。他願意放棄一切未來的希望和過去的所有，以求能和這個女人裹在一條毯子裡沉睡，僅僅只是沉睡。抱著這個女人一起睡覺，對他來說好像是唯一且必不可少的事。

他走進小屋，把自己裹在毯子裡，躺在地上準備睡覺，但是他睡不著，他覺得冷。此外，他悲慘地感覺到自己天性的殘缺，孤獨的殘缺。他想要她，想觸摸她，他想緊緊地抱著她，睡個完整的好覺。

他又起身出門，朝林園大門的方向走去，然後沿著小路慢慢走向大宅。快四點了，夜色冷清，但是曙光還沒現身，他已習慣了黑夜，在黑暗中能夠看得很清楚。

慢慢地，那大宅好像磁石般慢慢吸近他。他想靠近她，這不是慾望，不是！這是悲慘而孤獨的殘缺感，這需要一個沉靜的女人讓他抱在懷裡才能平撫。也許他能找到康妮，也許他甚至可以把她叫出來，或者想方設法到她那裡去。因爲這種需求是無可抗拒的。

他緩慢地爬上通往門廳的斜坡，繞過山頂那些大樹，圍繞大宅門前那塊菱形草地馬路走著，他能將草坪上兩棵大山毛櫸在暗夜中的大致輪廓看得很清楚。

大宅就在那兒，低長而模糊，克利福男爵那位在底樓的臥室還亮著燈，但是他不知道她在哪個房間裡，噢，那個殘忍將他牽引至此細線另一端的女人。

他走近幾步，手裡握著槍，一動也不動地站在大路上注視著屋子。也許，他現在就可以找到她，透過某種途徑得到她。這屋子並不難進入，而他又像夜盜一樣聰明，爲什麼不到她那兒去呢？

他呆立著、等待著，直到他身後的天空已經微白。他看到克利福房裡的燈熄滅了，但是他並未看見波頓太太走到窗前去拉深藍色的絲質窗簾，並且站在那兒看著窗外半黑將亮的天空，盼望黎明早點來臨。他在等待，等待克利福確信天色眞的亮了起來，因爲一旦他確信天眞的亮了，幾乎立刻就能入睡。

波頓太太百無聊賴地站在窗邊，睡眼惺忪地等待著。她站著，突然吃了一驚，幾乎叫出聲來，因爲在黎明微光中，有個男人的黑影站在外面的馬路上。她完全清醒了，謹愼地觀察著卻未出聲，以免打擾克利福男爵的睡眠。

光明開始普照大地，那個黑影好像變小了，卻更清楚了。她認出了槍、綁腳和那件寬大的短外衣，這不是奧利佛・梅樂士那個守林人嗎？是的，因爲那條狗像個影子似的圍著他嗅，等待著他！

但是這個人想要做什麼呢？難道他想把大家都叫醒？他爲什麼要站在那兒一動也不動，仰望著這座房子，像是一條害著相思病的公狗站在母狗門前？

天哪！波頓太太陡然醒悟。他就是查泰萊男爵夫人的情人！他！他！

想想看吧！啊，她，愛薇．波頓也曾經對他有點鍾情。那時，他還是個十六歲的小夥子，而她已經二十六歲了。那時她還在上課，他在她學習解剖學及其他必學課程時，曾幫過她的大忙。他是個聰明的孩子，在雪菲爾德中學拿獎學金，學過法文和其他的東西，但最後竟成了個蹄鐵工匠，他說這是因爲他喜歡馬，其實是因爲他害怕走出去面對世界，只是他不肯承認罷了。

但他是個漂亮的小夥子，曾經幫過她的大忙，他很聰明，能向妳釐清一些事情。他和克利福男爵一樣聰明，而且總能跟女人們合得來。人們說，他跟女人在一起的時間比跟男人相處時間多。

直到他好像昏了頭，自討苦吃和貝莎．考茲結了婚。許多人結婚都像是在自討苦吃，因爲他們對某些事感到失望，而這場婚姻無疑是失敗的。在大戰期間，梅樂士一去多年，成了一名中尉，一位眞正的紳士！然後又回到特維蕭做一名守林人！眞的，有些人無法把握住手邊的機會，他又重新說起滿嘴德比郡下等人所說的方言，而她，愛薇．波頓，知道他可以說一口很好的紳士英語。

啊，原來男爵夫人是被他迷住了！啊，男爵夫人並不是第一個，他是很特別。但是想想看，一個在特維蕭土生土長的孩子，和勒格貝莊園裡的男爵夫人！老實說，這可是給位高權重的查泰萊家族一記耳光！

但是他，那守林人看到天色漸亮，便瞭解到這一切都是徒勞，想讓自己從孤獨中解脫，這種嘗試是徒勞的。你得一生守著這種孤獨，這種裂隙的彌補只是偶爾的事，只能是偶爾的，你只能等待這些時機的到來。接受你的孤獨，一生堅守著它，然後在時機到來時，接受這些彌補裂隙的時機。它們會來的，但你不能強求。

突然，引誘他去追逐康妮的狂熱慾望中斷了，是他自己中斷的，因爲它必須被中斷。雙方應該互相靠近對方，如果她不向他靠近，他就不應去追逐她。他絕對不能！他得走開，直到她開始向他靠近。

他慢慢地、笨拙地轉過身，重新接受了他的孤獨，他知道這樣比較好。她應該靠近他，而他追逐她是沒有用的，沒有用！

波頓太太看著他消失在遠方，他的狗跟在後面。

「啊！」她對自己說，「我從沒有想到會是他，而他卻是我應該想到的那個人！在我失去泰德後，他曾經對我很好，那時他還是個孩子。啊！要是泰德知道會怎麼說呢？」

她得意地掃了已經入睡的克利福一眼，輕輕地走出房門。

譯註：

①巴蘭（Balaam），《聖經》中的先知，被派去詛咒以色列人，在遭到所騎驢子的責備後，轉而祝福以色列人。

②伊阿科斯（Iacchos），古希臘伊流欣努斯祕儀所涉及的一位次要的神明，根據某些材料，伊阿科斯就是酒神戴奧尼瑟斯。

③德雷克爵士（Sir Francis Drake，一五四〇～一五九六），英國航海家，第一個環球航行的船長，曾任艦隊副司令，於一五八八年擊敗西班牙無敵艦隊，戰功卓著。

④拉辛（Racine），十七世紀法國悲劇詩人。

第11章 時代轉換中

康妮正在一間雜物儲藏室裡收拾著，勒格貝有好幾間這樣的儲藏室。房間裡很雜亂，這一家人從不變賣舊物。佐佛來男爵的父親喜歡收藏繪畫，母親喜歡收藏十六世紀的義大利家具。佐佛來男爵自己喜歡收藏古老的橡木雕花箱、教堂裡的聖衣箱，而它們就這樣一代代傳了下來。而克利福則以很低的價格，收藏了一些非常現代的繪畫。

在這間儲藏室裡，有一些蘭西爾①的失敗作品，和亨特②畫的一些可憐鳥巢，還有其他一些皇家藝術學會會員的畫，足以嚇住她這個皇家藝術學會會員的女兒。她決心在哪一天把它們翻檢一遍清理出來，而那些奇形怪狀的家具也讓她很感興趣。

她找到一個家傳的紅木搖籃，它被小心地包裹起來以防碰損或乾裂。她打開包裹看，它有某種魅力，她盯著看了很久。

「真可惜它派不上用場。」在一旁幫忙的波頓太太嘆著氣說，「雖然這種搖籃在今天已經過時了。」

「也許會用得著它的，我可能會生個孩子。」康妮隨口說說，好像是在說，她可能會買頂新帽子似的。

「妳是說克利福男爵會恢復？」波頓太太結巴地說。

「不！我是照他現在的情況說的。克利福只是筋肉痲痺……這沒有妨礙他。」康妮說著謊，自然得像是呼吸一樣。

這種想法是克利福灌輸她的，他曾經說過：「我當然還可以生個孩子，我並沒有眞的被毀掉。即使臀部和腿部的筋肉一直癱瘓，性能力也是可以輕易恢復的，那時我就可以傳種了。」

他眞是這樣感覺的，在他精力充沛的那段日子，他爲採礦問題努力地工作著，好像他的性能力也正在恢復一樣，這讓康妮覺得非常恐懼。她十分機智地把他的建議拿來當自己的擋箭牌，因爲如果她能，她想要生個孩子，但不是他的。

波頓太太瞠目結舌，一時忘了呼吸。她不相信，她看得出其中有名堂，不過，今天的醫生的確能做到這種事，他們能夠移植精子。

「啊，夫人，我希望、祈禱妳能有個孩子，這對妳和大家都是一件非常可喜的事！老實說，要是勒格貝有了孩子，那事情就完全不同了！」

「可不是！」康妮說。

她選了三張六十年前皇家藝術學會會員的畫，準備送給學蘭女公爵慈善義賣。她被人們稱爲「義賣女公爵」，她一直請求所有的郡送些東西給她義賣。她收到這三張裱框的畫一定會非常高興，也許還會親自上門拜謝呢。克利福非常討厭她的造訪！

波頓太太心想：「天啊，妳給我們準備的是梅樂士的孩子吧？天啊，一個特維蕭的孩子將要坐在勒格貝的搖籃！不過，這倒也沒有辱沒這個搖籃。」

在這間儲藏室堆積的許多稀奇古怪的東西中，有一口做工精巧、刷著黑漆的大箱子，它大約有六、七十年的歷史，裡面裝著各種常見的東西。最上層細密擺著一套梳妝用具，有刷子、瓶子、鏡子、梳子、小盒子，甚至還有三支裝在護套裡的漂亮小剃刀、刮臉盒等等。下面一層裝寫字用品，有吸水紙、筆、墨水瓶、紙、信封、便箋。再下面一層是一整套縫紉用具，有三把大小不同的剪刀、針頂、針、絲線、棉線、補綴用的木球，質感很好而且非常齊全。此外還有個放藥品的格子，瓶子上標著各種藥名，有鴉片酊、松香水、丁香精等等，但都是空的。所有的東西都非常新，整個箱子蓋上像個臃腫的小提箱。在裡面，各個部分像七巧板般精確地嵌合著，連瓶裡的水都不可能溢出來，因爲別無一點空隙。

這口箱子的做工和設計都非常精緻，是維多利亞時代最好的手工藝品。但不知怎地，它顯得非常怪異，查泰萊家的前輩們一定也感覺到了，所以從來沒有用過它。它相當罕見地是個沒有靈魂的提箱。

然而波頓太太卻非常喜歡它。

「看，多麼美麗的刷子，多麼昂貴，這三把刮臉用的肥皂刷多麼完美啊！啊，還有那些剪刀，它們是錢所能買到的最好的東西了。啊，眞是太可愛了！」

「是嗎？」康妮說，「那妳就拿去吧。」

「噢，不，夫人。」

「拿去吧，否則它會在這兒擺到世界末日。如果妳不要，我就把它和畫一起送給公爵夫人，不過她不配得到這麼多東西。眞的，拿去吧！」

「啊，夫人！我不知道該怎樣感謝妳才好。」

「那就快別謝了。」康妮笑道。

波頓太太抱著那只黑色的大箱子走下樓，興奮得臉色緋紅。

白蒂斯太太駕著馬車，把波頓太太和那口箱子送回她在村裡的家。她得邀請幾位朋友炫耀一番，就找女教師、藥劑師的妻子，還有助理出納員的妻子維頓太太來喝茶吧。

她們在讚賞一番之後，開始閒談查泰萊夫人生小孩的事。

「奇蹟從來沒有停止發生過。」維頓太太說。

波頓太太深信，如果眞會生個孩子，那孩子一定是克利福男爵的，就是這樣！

過沒多久，教區的牧師長就溫和地對克利福說：「我們眞的可以期望勒格貝有個繼承人嗎？啊，若能如此，那是上帝慈悲的緣故！」

「嗯！我們可以這麼期望。」克利福說著，口氣中帶著一絲譏諷，同時又帶著某種信心。他開始眞的相信自己也是可能生個孩子的。

一天下午，萊斯利・文達來了，大家都稱他「鄉紳文達」，他清瘦而修潔，已是個七十歲人了。就像波頓太太對白蒂斯太太說的那樣，他「從頭到腳都是紳士」，的確，他身上的一分一毫都是！他說話的方式很老套，夾雜許多「呃、呃」，看起來比十八世紀戴假髮的男子還要過時。飛逝的時光把這些古雅的東西都淘汰了。

他們在討論煤礦。克利福認爲他的煤雖然品質低劣，卻可以作成一種濃縮燃料，這種燃料在一定的濕度、酸度和壓力之下能夠釋放巨大的熱能。人們早就注意到在猛烈濕風的吹拂下，煤層燃燒得十分明亮，幾乎不會冒煙，燃燒後剩下的只是些灰末，而不是粉紅色的砂礫。

「但是你到哪兒去找能使用你燃料的機器呢？」文達問道。

「我要自己製造。我要自己用自己的燃料去發電來賣，我相信我可以做到。」

「要是你能做到，那就太好了。太好了，我親愛的孩子。呃，太好了，如果我能幫上什麼忙，我會非常高興的。恐怕我已經落伍了，我的煤礦也跟我一樣。但是誰知道，在我死後還會不會有你這樣的人。太好了，這樣就能讓所有的人都重新被雇用，你也不用再去賣煤，或擔心它們賣不出去。這是一個非常好的主意，我希望它能夠成功。要是我有兒子的話，他們無疑會爲希勃萊煤礦出些新主意，毫無疑問！順便問一下，親愛的孩了，外面傳言我們可以期望勒格貝有個繼承人，到底是不是眞的？」

「有這種謠傳嗎？」克利福問。

「呃，親愛的孩子，住在惠靈塢的馬歇爾問我這是不是眞的，我是聽他說才知道有這麼回事。當然，如果這毫無根據，我是絕不會多嘴的。」

「呃，先生。」克利福不安地說，眼睛奇異地閃著光，「是有希望，是有希望。」

「我親愛的孩子，我親愛的小夥子，聽到你懷抱生個兒子的希望努力工作著，聽到你也許可以重新雇用特維蕭所有的男人，你不知道我心裡有多激動啊！我的孩子，要保持住望族的門楣，並為所有願意工作的人準備好工作。」文達走到克利福跟前，緊緊握住他的手。

老人眞的被感動了。

第二天，康妮正在將黃色的鬱金香插進一個玻璃瓶裡。

「康妮，妳聽說過，妳就要爲勒格貝生個繼承人的傳言嗎？」克利福問。

康妮因恐懼而心情黯然，但她仍舊安靜地站著，擺弄著花。

「沒有！那是笑話？還是惡意中傷？」

他停頓了一下，然後回道：「我希望兩者都不是，我希望它是一個預言。」

康妮繼續擺弄著她的花。「今天早上我收到了父親的一封信，他想知道，我是否還記得他曾經替我接受亞歷山大·庫柏爵士的邀請，爵士邀請我在七、八月到他威尼斯的埃斯梅拉達別墅去避暑。」

「七月和八月？」克利福說。

「噢，我不會待那麼久。你眞的不願一起去嗎？」

「我不願意去國外去旅行。」克利福立即回答。

「要是我眞的走了，你會介意嗎？你知道，這是答應了別人的事。」她把花拿到窗戶前。

「妳要去多久？」

「也許三個星期。」

兩人一時都沉默下來。

「唔！」克利福略顯沮喪地緩緩說道：「如果我能確定妳會回來，我想三個星期我是可以忍受的。」

「我一定會回來！」她沉靜而簡潔地回答，非常肯定。她正在想著那個男人。

克利福感覺到她的確定，不知何故，他相信了她，他相信這是因爲他的緣故。他覺得心中的一塊石頭落了地，馬上笑顏逐開。「要是如此，我想就這樣吧，妳說呢？」

「好吧！」她說。

「妳喜歡換換環境？」

她藍色的眼睛生疏地望著他。

「我想再看看威尼斯，並且到礁湖中的小礁島上洗洗澡。你知道我厭惡利都③！我想自己是不會喜歡亞歷山大・庫柏爵士伉儷的，但要是希爾達也在那兒，而且我們自己有一艘貢多拉，那就太好了。我眞希望你能一起去。」

她這麼說是眞心的。在這些事情上，她很願意讓他快樂起來。

「唉，但是想想我到時候在巴黎北站和加來碼頭的場面吧！」

「爲什麼不能呢？我看過其他在大戰中受了傷的人，被抬在擔架上旅行呢。此外，我們一路上都可以坐汽車。」

「那我們得帶兩個僕人。」

「啊，不用！我們帶菲爾德去就行了，那邊會有僕人的。」

但是克利福搖了搖頭。

「今年不行，親愛的，今年不行！也許明年我會去的。」

她失望地走開了。明年！誰知道明年會怎樣？她自己並不是眞的想去威尼斯，既然有了那個男人，她現在也不想去了，但是她必須去，因爲這是生活中必須遵守的一種紀律；也是萬一她懷了小孩，克利福會以爲她是在威尼斯有了情人。

現在已經是五月了，他們打算在六月出發。總是這樣！一個人的生活總是被安排得滿滿的。生活之輪鞭策著人、驅使著人，而人卻不能眞正地控制它。

雖然已是五月，但是天氣又濕冷起來。五月濕冷，穀草茂盛。穀物和乾草在今天可是很重要的東西④！康妮得去阿斯魏一趟，那是他們領地裡的小城，在那兒，查泰萊的家族聲名依然顯赫。她是一個人去的，菲爾德爲她駕車。

儘管已是五月，樹木冒出了新綠，但鄉間的景色仍很陰沉。天氣很冷，煙雨濛濛，空氣中飄浮著筋疲力盡的蒸汽。一個人只能在反抗中生活，難怪這些人都醜陋而凶惡。

汽車得先穿過特維蕭那一長排骯髒散漫的村落，艱難地上坡，兩旁的屋子是黑磚砌的，黑石板屋頂的尖銳邊緣閃著光，地上的泥被煤屑染黑，人行道也又濕又黑，一切彷彿都被陰沉浸透了。毫無自然之美，毫無生之歡悅，甚至連鳥獸該有的愛美本能也都消失了，人類的直覺本能已然死亡。

這情形眞令人驚駭。雜貨店裡堆著成堆的肥皂，蔬菜店裡擺著大黃和檸檬，製帽店裡擺著難看的帽子！這一切在她眼前醜陋、醜陋、醜陋地閃過，接著出現以灰泥和鍍金材料建造的俗不可耐戲院，濕漉漉的影片宣傳畫寫著「女人的愛！」，還有衛理公會新建的大教堂，它那裸露的磚牆和彩繪的窗玻璃看上去十分古意。再過去是較高的衛理斯派教堂，它由黑磚砌成，矗立在鐵欄杆和黑色灌木後面。

公理會教堂自以爲高人一等，由砂岩築成，而且有個尖塔，但並不太高。在它後面是新建的校舍，由昂貴的紅磚建成，樓前有個用砂礫鋪成的運動場，以鐵柵環繞，看起來十分壯麗，既像教堂又像監獄。小學五年級的女孩們正在上音樂課，剛練習完「拉——米——多——拉」，正在唱一首「可愛的孩子之歌」。

實在想像不出還有什麼比這更不像歌聲，只是一陣稍有腔調的奇特大叫罷了。它不像野蠻人，野蠻人也有微妙的節奏；也不像動物，動物吼叫時還有意義；它不像世界上的任何事物，卻被稱爲歌唱！在菲爾德添加汽油時，康妮坐在車裡憂心忡忡地聽著。這些人生活的直覺本能已經徹底死滅，只剩下怪異的機械吼叫和乖戾的意志力量，這樣的民族會有什麼樣的將來呢？

一輛運煤車在雨中叮噹著駛下山坡。菲爾德又開始駕車上坡，經過那些大而難看的衣料店、服裝店和郵政局，來到一個空蕩蕩的小市場上，這兒有一家山姆·布萊克開的「太陽客棧」酒吧，旅行的商人常常在這兒歇腳。山姆伺望著門外的行人，向查泰萊夫人的汽車鞠了一躬。

教堂就在左邊不遠的黑樹叢中。汽車開始下坡了，滑行著經過一幢幢礦工宿舍。汽車經過了「惠靈頓」「尼爾遜」「三桶」「太陽」，現在又經過了「礦工之家」，接著是「機械師大堂」，還有新建好的華而不實「礦工樂園」等等，再經過幾處新建的「別墅」，駛上了通向史德門的黑色大路，路兩旁是黑色的樹籬和黑灰的原野。

特維蕭，這就是特維蕭！快樂的英格蘭，莎士比亞的英格蘭！不，在康妮到此定居後，她已經意識到這只是今日的英格蘭。這個英格蘭正在製造一種新的人類，他們迷醉於金錢、社交和政治，每個人的本性和直覺已經完全死滅。他們都是一些行屍走肉，但行動時卻很固執。一切是那麼離奇而隱密。這是一個隱密的世界，一個無法預測的世界。我們怎能理解這些行屍走肉的反應呢？

當康妮看到一些大卡車的雪菲爾德鋼鐵工人，那些模樣像人的古怪扭曲小東西去到馬克洛特遊覽時，她不禁感到黯然神傷。她想：「啊，上帝，人類把自己弄成什麼樣了？人類的領袖把他們的同胞都弄成什麼樣了？他們消滅了他們的人性，再也不可能有友愛了！這眞是場惡夢！」

在一陣陣的恐懼中，她重新對一切感到絕望，灰色粗礪的絕望。有這樣的產業工人，上流階級也不會有什麼希望，再也沒有了，這她知道。然而她卻想要個孩子，一個勒格貝的繼承人！勒格貝的繼承人！她恐懼地戰慄起來。

但梅樂士超越了這一切。是的，他像她一樣遠離它們。但即使是他，身上也沒有友愛，它已經死了，友愛已經死了，只剩下孤獨和絕望。康妮知道，這就是英格蘭，英格蘭的大部分，因爲她正從它的中心經過。

汽車正朝史德門駛去。雨漸漸停了，空中現出一道奇特的五月清光，起伏的田野被拋在後面，往南是畢克，往東是曼斯菲爾德和諾丁漢。康妮正朝南方而去。

汽車駛上高地時，她看到了雄壯的華梭勃城堡高踞在左邊起伏的田野上，投射下巨大的陰影。在它下面是刷著淺紅色灰泥、仍算新穎的工人住宅，再下面是冒著一團團黑煙白霧的煤礦場，每年爲公爵和其他股東帶來成千上萬鎊的收入。這處老城堡已經荒棄了，但它仍然雄踞在天際，高踞在潮濕空氣中翻滾的黑煙和白霧之上。

汽車轉了個彎，行駛在通往史德門的高地上。從公路上望去，史德門就像個龐大壯麗的新旅館，瞧，那紅白相間又夾雜鍍金裝飾的柯甯斯貝旅館，粗野地孤立在路邊。如果仔細看去，你會看到左邊有一排排美觀的「現代」住宅，骨牌似的排列著，中間魚貫間隔著空地和一些小花園，像是超自然的「主宰」在這塊令人驚駭的大地上，玩的一種奇異骨牌遊戲。這片住宅區後面高聳著一些令人訝然的眞正現代化冶礦廠、化工廠，還有巨大的長廊，它們的形狀是以前的人做夢也想不到的。處在這些巨大的新設備中，就連礦場和礦井也顯得無足輕重了。在它們的前方，那些骨牌始終待在那兒，等待著有人來玩。

這就是戰後新興的史德門。事實上，位在「旅館」下方的半英里之外，是老史德門的所在，那兒還有一個老式的小礦場，一片黑磚築成的舊住宅，一、兩座小教堂，幾家小商店和小酒館，不過康妮並不知道。

但是它們已經不重要了。新的史德門是那些彌漫著煙霧的新工廠，那兒沒有教堂，沒有酒館，甚至沒有商店，只有巨大的工廠；它們是現代的奧林匹亞，有著供奉一切神靈的神廟。還有那些現代住宅，還有那座旅館。那旅館看起來雖然金碧輝煌，實際上也只是礦工們的酒館罷了。這塊新地方是康妮到勒格貝之後才建起的。這些現代住宅裡住著各地來的工人，他們常去盜獵克利福的兔子。

汽車在高地上行駛著，可以看到整個德比郡起伏著向遠方延伸。啊，德比郡，它曾經是個以繁華自傲的郡府！在前面，壯麗的查德維克大宅像蜃景一樣雄踞天邊，它的窗戶佔了牆面的大部分面積，這是伊莉莎白時代最有名的一處建築。它孤傲地矗立在一個大花園中，但已經過時，不再顯眼了。不過它還是被保存下來，被當成一處觀光景點。

瞧，我們的祖先是多麼顯赫！

那是過去，現在則躺在它的下面，只有上帝才知道將來會躺在哪裡。汽車轉向阿斯魏駛去，道路兩旁是礦工居住的黑色陳舊小村舍。濕氣沉沉的阿斯魏正朝上帝居住的什麼地方，派遣一批批的煙霧而上。阿斯魏位於谷底，通往雪菲爾德的所有鐵路都從這兒經過；煤礦場和鋼鐵廠裡冒著濃煙，閃著火光；教堂頂上的螺旋尖頂雖然就要倒塌了，仍舊飄著煙霧，它們的光景總是奇異地令康妮覺得感動。這是一個古老的小鎮，位於山谷中央。這兒有一家名為「查泰萊」的大旅館。在阿斯魏，勒格貝遠在天邊的勒格貝，好像它是一處地名，而不是一幢房子，對外人來說，勒格貝只是特維蕭附近的一幢大宅。

礦工們的村舍是黑色的，平整地排列在人行道兩旁，狹小而擁擠，像是上百年前的礦工住宅。它們沿路排列著，於是道路就成了一條街。當你走進這條街時，你會立即忘掉那開闊起伏的原野。原野上，城堡和大宅俯瞰著一切，像鬼影一樣；但在這兒，你看到的是光禿禿縱橫交錯的鐵軌，周圍是高大的鑄造廠或別的什麼工廠，高大得讓你只看得到牆。鋼鐵叮噹響著，伴隨著巨大的回響，載重卡車震動了地皮，發出尖銳的笛聲。

然而要是你沿著這條路走下去，來到教堂後面那曲折盤結的市鎮中心，你就像是回到了兩個世紀以前的世界。「查泰萊旅館」和一家老藥房就在這條彎曲的街道上，這條街從前曾通向那些城堡和堂皇大宅所在的開闊世界。

在街道的拐彎處，一個員警正舉著手，指揮三輛載著鐵塊的卡車通行，它們把可憐的老教堂震得微微搖晃。當這些卡車通過後，他才舉手向查泰萊夫人行禮。

這就是阿斯魏。沿著這條古鎮的街道向上，路的兩旁是擠擁的老式黑色礦工住宅區。緊接著是一排排又新又大的粉紅色房子，妝點著這個山谷，它們是現代工人的住宅。再接著，在那城堡所在的起伏曠野上，煙霧相繼彌漫在空中，一片片紅磚建築或散佈谷底，或醜陋可怖地散佈在天邊的斜坡上，表明這裡已是礦區。礦區裡還殘留著轎式馬車和茅舍時代的老英格蘭，甚至還有羅賓漢時代的英格蘭。喜愛運動的礦工們在這裡很難好好伸張筋骨，所以他們在不工作的時候，便常常在那兒沉悶地閒晃。

英格蘭，我的英格蘭，但哪個是我的英格蘭？那些英格蘭的堂皇住宅照起相來特別好看，讓人與伊莉莎白時代之間接上了幻想。那些古老而漂亮的大宅從安妮女王和湯姆．鍾斯時代起就矗立在那兒。但是煤灰落在黃褐色的粉漆上，把它給弄黑了，大廈早就失去了金黃的色彩。像那些堂皇的住宅一樣，它們一幢幢地被廢棄了，現在又開始被拆毀。至於那些英格蘭的茅舍，現在已變成荒涼鄉野中塗著泥灰的大磚屋。

現在，人們正在拆毀那些堂皇的住宅，喬治風格的大宅正在漸漸消失。當康妮乘車經過佛力治萊大宅時，她看到就連這幢古老而完美的喬治風格大宅也正被拆毀。這幢大宅還很完整，直到大戰以前，維特萊一家人還別具情調地住在裡面。但是現在，他們覺得它太大了，費用太高，而且與周圍的環境很不相搭。貴族們都離開舊宅到一些勝地去了，在那兒，他們可以揮霍金錢而不用看著它們是怎樣從領地得來的。

這就是歷史，一個英格蘭抹煞了另一個英格蘭。煤礦曾經讓那些大宅致富，現在卻像抹煞茅舍那樣抹煞了它們。工業的英格蘭抹煞了農業的英格蘭，一種意義抹煞了另一種意義，新的英格蘭抹煞了舊的英格蘭。其間的連續性不是有機的，而是機械的。

康妮屬於有閒階級，曾經緊抱著那些老英格蘭的殘餘。過了多年她才認識到，那個老英格蘭已眞的被可怕而可憎的新英格蘭抹煞掉了，而且這種抹煞還會繼續下去，直到完全消滅。佛力治萊消失了，伊斯烏德消失了，鄉紳文達所鍾愛的希勃萊也要消失了。

康妮到希勃萊拜訪了一下。希勃萊大宅的花園後面離礦場鐵路和大路交口很近，希勃萊煤礦就在那些樹林後面。園門大開著，因爲花園是礦工們的必經之地，他們在園裡閒逛著。

汽車經過一處點綴園景的池塘，裡面漂著許多礦工們扔的報紙，然後駛上一條通往大宅的私用小道。這是一個建於十八世紀中期的可愛粉刷建築，它有一條紫杉夾道的小路，以前曾通往一座更老的房屋。大宅沉靜地延伸著，喬治風格的玻璃窗像在快活地眨著眼睛。大宅後面是非常美麗的花園。

康妮喜歡宅邸裡面的一切，它比勒格貝更好、更明亮、更有生氣、更優美、更雅致。房間的牆壁都鑲著漆成乳黃色的木板，天花板刷著金漆，所有東西都擺放整齊，所有家具都盡善盡美，處處都花費了大量的金錢。甚至連走廊也寬敞可愛，曲線柔和，充滿生氣。

萊斯利・文達一個人住在這裡，他深愛他的屋子，但他的花園與自己的三處煤礦場連接著。他是一個很大度的人，他歡迎礦工們到他的花園來。難道不是這些礦工讓他致富的嗎？所以，當他看到一群群面目可憎的工人在他的池塘邊閒逛時（但不能進入他的私人部分，他在那兒畫了個界限），他會說：「礦工們也許不像鹿那樣可以點綴園景，卻更有利可圖。」

但那是維多利亞女王在位的後半期——金錢淹腳目的黃金時代，那時的礦工都是些「很能幹活的人」。文達曾對來訪的威爾士王子半謝罪地說過這樣的話，而王子則用他帶有喉音的英語回道：「你說的很對。如果桑德林韓宮底下有煤炭，我也會在草坪上開個礦，並且把它當作最上等的園景。啊，要是有這種好事，我非常願意把鹿群換成工人。我還聽說你的工人都很能幹。」

但是，王子那時也許誇大了金錢的好處，以及工業制度的福祉。這個王子後來做了國王，然而又死掉了，現在在位的是另一個國王，他的主要職責好像是開設救濟貧民的施粥所。

這些「很能幹活的工人」正包圍著希勃萊，大花園裡擠著很多新建的礦工村落，不知何故，「老鄉紳」覺得這些人是異己的。他過去的確愉快大度地感到自己是領地和礦場的主人，但是現在，一種新的精神正微妙地滲透著，他不知怎地已被排除在外，他已經不合時宜了。一點也沒錯！礦業，也可以說是工業，有著自己的意志，這個意志在反對這位擁有一切的紳士！所有的礦工都參與了這個意志，想與它對抗著生活下去是非常困難的。它要不就是把你推離原來的位子，要不就是把你完全從生活中推開。

鄉紳文達像戰士一樣支撐了下來，但是在晚餐之後，他再也不想到園中散步了，他幾乎都躲在屋裡。一次，他曾光著頭、穿著漆皮鞋和紫色絲襪陪著康妮走到花園門口，用他那有教養的、夾雜著「呃、呃」聲的口吻跟她談著話，但是當一群群礦工經過時，他們既不敬禮，也不做些別的什麼，只是站在那裡盯著兩人。康妮覺得這個清瘦有教養的老人畏縮著，像一隻被關在籠裡的斯文牡羚羊在眾人鄙俗的凝視中畏縮著。礦工們跟他沒有私仇，一點也沒有，但是他們不由自主地冰冷排擠著他，他們的內心深處懷有深深的怨恨，他們因自己的醜陋，而怨恨老人的斯文、整潔、有教養。

「他是誰啊？」他們怨恨的是這種「差別」。

在文達這個英國貴族隱密的心底，他作為一名好戰士，他相信礦工們當然有權利怨恨這種「差別」，他也覺得自己獨佔了一切好處是有點不大對。然而，他代表著一種制度，他可不願被排擠出去。

只有死亡才能排擠他。

在康妮走後不久，他突然死了。他在遺囑裡留給克利福一筆可觀的遺贈。他的繼承人馬上就叫人拆掉希勃萊。維持這座大宅運作的費用太高了，誰也不願住在那裡，所以它就被毀掉了，就連小路兩旁的紫杉也被砍掉了。園子被砍得光禿禿的，分成了許多小塊。這兒離阿斯魏很近。在這有點奇怪、沒有主人的靜寂荒漠上，一幢幢半獨立別墅林立著，隨著新街道延伸而去，令人十分滿意。這兒成了希勃萊別墅區。

這一切是在康妮離開後一年內發生的。那兒現在是希勃萊別墅區，臨街是一整排紅磚築成的半獨立別墅。沒有人會想到在十二個月之前，這兒還矗立著一座粉刷大宅，用煤礦來妝點草坪，這是愛德華國王時代最新的園藝造景。

一個英格蘭抹煞了另一個英格蘭，鄉紳文達和勒格貝大宅所屬的英格蘭已經消失了，死掉了！不過，這種抹煞還未完成。

將來會怎樣呢？康妮無法想像。她只看到新的磚築街道在原野上伸展，新的建築在礦場上拔地而起，新的女工穿著長統絲襪，新的男工在舞會和酒吧遊蕩，年輕的一代根本不知道還有個老英格蘭。思想的傳繼出現了裂縫，幾乎美國化了，其實是工業化了。將來會怎樣呢？

康妮總覺得沒有將來。她想把頭藏在沙子裡，或者至少藏在一個活生生的男人懷裡。

世界是這樣的複雜、神祕、可憎！普通大眾這麼多、這麼可怕！她回家時，看到礦工們一個跟著一個走出礦井，面色黎黑，身形扭曲，一肩高一肩低，釘著鐵跟的鞋上滿是泥漿。她不由得這樣想：「他們長年在地底下，臉都變得灰白，轉動著慘白的眼睛，然後縮著脖子從礦井中鑽出來，肩膀已扭曲得失了形。男人！男人！男人！唉，在某種意義上，他們是些能忍耐的好人，在別的意義上，他們根本就不存在。男人應當具有的某種東西在他們身上已經被毀掉了，但他們仍是男人，他們能生孩子，一個女人絕對可以透過他們生個孩子。多麼可怕的想法啊！他們是善良而親切的，但他們只是半個人，是人類灰色的那一半。他們至今仍是善良的，但這也只是他們那一半的善良，要是他們死掉的那一半能夠復甦過來該多好啊！啊，不，這種想法太可怕了。康妮十分害怕這些大眾工人，他們在她看來是神祕的。一個個完全不美、沒有直覺，總是「待在礦井下」的生命。

跟這種人生孩子！啊，天哪，天哪！

然而梅樂士就是這種人生的孩子，當然，也不完全是。四十年前的人與今日是不同的，令人震驚地不同。鐵和煤已在肉體與靈魂的深處吞噬了人類。

然而，那化身爲人的醜惡卻仍然活著，他們會有什麼樣的將來呢？也許在煤炭耗盡之日，他們也會從地球上消失。當煤炭「召喚他們」時，他們成千成千地不知從什麼地方冒了出來，也許他們是生活在煤層中的神祕物種，他們是具有另一種本體的生物，他們是服務於煤元素的元素。

同樣地，鋼鐵工人也是服務於鐵元素的元素。人不再是人，而是煤、鐵和陶土的靈魂；是炭、鐵、矽等元素的動物。是一個個元素。他們也許具有某種神祕非人性的礦物之美——煤炭的光澤、鐵的重量、藍色和韌性、玻璃的透明。礦物世界裡神祕而扭曲的元素生物！他們屬於煤、鐵與陶土，就像魚屬於大海，蠕蟲屬於腐木一樣，他們是礦物分解物的靈魂！

* * *

康妮很高興能回到家，把頭埋在沙子裡，她甚至很高興地跟克利福瞎聊一陣。因爲她害怕這個讓她渾身不自在、像得了流行性感冒般的煤鐵米德蘭。

「我當然得去彭萊小姐的店裡喝茶。」

「眞的嗎？文達先生應該請妳喝過茶了？」

「啊，是的，但是我不能讓彭萊小姐失望。」

彭萊小姐是個淺薄的老處女，生著一個大鼻子，性格有點浪漫。她請康妮喝茶時極爲殷勤，好像在行聖禮。

「她有沒有問起我？」克利福問。

「當然問了！『請問夫人，克利福男爵身體好嗎？』我想她把你看得比卡維爾護士⑤還要崇高！」

「妳對她說我很好？」

「是的！她看起來一副狂喜模樣，好像聽見我說天堂的門已爲你打開一樣。我對她說，要是她來特維蕭，一定要來看看你。」

「我！爲什麼？看看我！」

「啊，是的，克利福。人家這麼崇拜你，你可不能沒有一點回報。在她的眼裡，嘉巴多西亞的聖喬治比起你來什麼都不是。」

「妳想她會來嗎？」

「噢，她的臉紅了起來，一時顯得非常嬌豔。可憐的東西，男人爲什麼不娶那些眞正崇拜他們的女人呢？」

「女人的崇拜來得太遲了。她有沒有說她要來？」

「啊！」康妮模仿著彭萊小姐喘氣的聲音說：「夫人，我哪敢造次呀！」

「造次！太可笑了！我倒希望她不要來。她的茶怎麼樣？」

「噢，是立頓茶，很濃。克利福，你知道，你是彭萊小姐、還有許多像她那種女人的《玫瑰史》⑥嗎？」

「即使如此，我也不以爲榮。」

「她們把你在畫報上的相片都珍藏起來，也許每天晚上還爲你祈禱呢！眞是太棒了。」

之後，她上樓去換衣服。

那天傍晚，克利福對她說：「妳覺不覺得，婚姻中有一種永恆的東西？」

「克利福，你所說的『永恆』聽起來像個蓋子，或者像拖在一個人身後的長長鏈子，無論這個人走多遠都得拖著。」康妮看著他。

「我的意思是，要是妳到了威尼斯，妳不會希望遇到可以認真以對的豔遇，是吧？」他很不高興地看著她。

「在威尼斯遇到可以認真以對的豔遇？不會的，我向你保證！我在威尼斯不會去找任何豔遇，哪怕是逢場作戲我也不做。」她的聲音帶有一種奇特的輕蔑。

他看著她，眉頭皺了起來。

第二天早上，康妮走下樓，看到守林人的狗弗洛西正坐在克利福臥室門前的走廊上，輕輕地嗚咽著。

「怎麼了？弗洛西。」她溫柔地問道：「你來這兒做什麼？」

她輕輕推開克利福的房門，克利福正坐在床上，床桌和打字機被推在一邊，守林人立正站在床腳，弗洛西跟著跑了進來。梅樂士的頭和眼睛微微動了一下，示意牠到門外去，牠就又溜了出去。

「早安，克利福！」康妮說，「我不知道你在忙。」然後她望著守林人，向他道了聲早安。

他毫無表情地看著她，含糊地回答了一聲。

僅是他的在場，就讓她感到一陣熱情觸摸了她。

「克利福，我打擾你們了嗎？眞抱歉。」

「沒有，不是什麼要緊的事。」

她又輕輕走了出去，來到三樓的藍色梳妝室。她坐在窗前，看著守林人以一種沉默的奇特姿勢沿著大路走，直到消失。他有一種自然而從容的特質，一種孤高的自傲，看上去有點虛弱。一個雇工！一個克利福的雇工！「親愛的勃魯圖斯，不要埋怨我們的命運不濟，如果我們低人一等，那是我們自己的過錯啊⑦！」

他低人一等嗎？他又是怎樣看待她呢？

一天，陽光燦爛，康妮在林園裡工作著，波頓太太在旁幫忙，出於某種原因，這兩個女人在一種無法解釋的意氣相投中牽繫在一起。她們把康乃馨放到架子上，並種了一些夏季的小植物，這種工作她們倆都很喜歡。把植物幼苗的嫩根插進柔軟的黑色土坑裡，並將它們輕輕埋好時，康妮特別覺得高興。在這個春天的早晨，她覺得自己的子宮也在輕輕地顫動，好像陽光觸動了它，讓它感到非常快活。

「你丈夫去世已經好多年了吧？」她對波頓太太說著，又拿起一棵植株放進土坑裡。

「二十三年了！」波頓太太正小心地把耬斗菜一棵棵分開。「自從他們把他帶回家，到現在已經二十三年了。」

聽到這個可怕的回答，康妮的心猛地跳了一下。

「你認爲他是怎麼死的？他跟妳在一起時快樂嗎？」這是一個女人對另一個女人提出的問題。

波頓太太用手背拂開臉前的一綹頭髮。

「我不知道，夫人！他是那種不願向困難屈服的人；他不願跟其他的人一樣，他寧死也不願躲避危險，這是一種致命的固執。妳知道，他眞的不在意。我認爲他的死全是礦井的罪過，他本來不該下礦井的，但他父親在他還小的時候就逼著他下去。唉，當一個人過了二十歲就不容易改行了。」

「他說過他恨礦井嗎？」

「噢，沒有！從來沒有！他從未說過他恨什麼，他只是做做鬼臉。他是那種不會保重自己的人，就像大戰中那些第一批狂歡赴戰、立刻陣亡的青年一樣。他的頭腦不是不清楚，而是不在意自己。我常對他說：『你對什麼、對誰都不在意！』但他並不是這樣的！當我生第一胎的時候，他一動也不動地坐在那裡，當孩子生下之後，他淒慘地望著我！那時我受了不少苦，但是我得安慰他。我對他說：『沒事了，親愛的，沒事了！』他看著我，擠出一絲古怪的笑容。

「他沒有說什麼，但我相信，此後他在夜裡和我做愛時再也沒有純然的樂趣了，他再也不恣情任性了。我常對他說：『啊，放縱點吧，親愛的！』有時我會說些粗話挑逗他，但他什麼也不說，他不願放縱自己，也許他是不能，他不想再讓我生孩子了。我常常埋怨他母親，不該讓他進產房的，他不應該到那兒去的。男人一旦深思起來，總會把事情誇大許多。」

「他對此事那麼在意嗎？」康妮驚訝地問。

「是的，他不是那種能自然看待這種生育痛苦痛的人，這毀掉了他在夫婦之愛中應得的樂趣。我對他說：『我都不介意了，你介意什麼？這是我的事！』但他只是說：『這不公平！』」

「也許他太敏感了。」康妮說。

「對的！要是妳眞正瞭解男人，就會發現他們在不該敏感的時候太敏感了。我相信，他不知道自己痛恨礦井，純粹的憎恨。他死後的表情是那樣安靜，好像他獲得了自由。他是一個非常漂亮的小夥子！他的表情是那麼安靜純潔，好像他想去死一樣，我的心都碎了。啊，我的心都碎了，眞的，這都是礦井的罪過。」

說著，她流下了幾滴傷心的淚水，而康妮流的眼淚比她還多。這是一個溫暖的春日，陽光普照，萬物萌生，空氣中飄浮著泥土的芳香和金黃色花朵的芬芳。

「這對妳來說一定非常可怕！」康妮說。

「噢，夫人，起初我還沒有意識到，我只是反覆哭喊著說：『我的小夥子，你為什麼要離開我！』我再也找不到其他的話說。但是不知何故，我覺得他還會回來。」

「但他並不想離開妳。」康妮說。

「噢，是的，夫人，那只是我愚蠢的哭喊。我一直期望著他能回來，特別是在夜裡的時候。我常常睜著眼睛想，他爲什麼不跟我一起睡在床上？好像是我的觸覺不願相信他已經死了。我總覺得他一定會回來緊擁著我躺下，讓我可以感覺到他跟我在一起。我唯一想要的，就是能感覺到跟他溫暖地在一起。唉，不知道經過了多少次的失望，經過了多少年，我才明白他永遠也不會回來了！」

「再也不可能和他肌膚相親了。」康妮說。

「就是這個，夫人，肌膚相親！直到今天我還忘不了，而且永遠也忘不了。假如有天堂，他一定會在那兒緊緊地擁著我躺下，讓我能夠入睡。」

康妮敬畏地看了一眼那張漂亮多思的臉，特維蕭村子又一熱情洋溢的人！和他的肌膚相親，因爲愛之束縛不易解脫！

「一旦妳讓某個男人融入妳的血液，那將是十分可怕的！」

「噢，夫人，正是它讓我感到十分痛苦。那讓我覺得人們都想要他死，讓我覺得礦井想要他死。啊，我覺得要是沒有礦井，要是沒有人經營礦井，他就不會離開我了，但是他們都想拆散成爲一體的男女。」

「在肉體上成爲一體。」康妮說。

「是的，夫人。這個世界上爲什麼這麼多鐵石心腸的人呢？每天早晨，當他起床上礦井時，我總覺得他不應該去，不應該去，但是他還能做什麼呢？一個男人還能做什麼呢？」這個女人心中燃燒著憤怒的火焰。

「那種肌膚之親能夠持續這麼久嗎？」康妮突然問道，「妳在過了這麼久之後還能感覺到他？」

「啊，夫人，哪裡還有什麼能夠持續的呢？孩子們長大後就會離開妳。但是男人……啊，人們甚至想消滅掉妳心中對這種肌膚之親的記憶，這些人甚至包括妳自己的孩子。啊，我們也許已經分別了，但觸覺不同。也許最好不要去在意這些事，但每當我看到那些從未眞正被男人溫暖過的女人時，不管她們打扮得多麼漂亮，她們的生活是多麼閒適，我都覺得她們像是些外表一本正經、內心卻受情慾煎熬的可憐蟲。不，我要我行我素，不屈從於世人之見。」

譯註：

①蘭西爾（Sir Edwin Landseer，一八〇二～一八七三），英國畫家、雕塑家，以畫動物聞名，擅於表現動物的健美和生氣。

②亨特（William Holman Hunt，一八二七～一九一〇），英國畫家，前拉斐爾派兄弟會的重要成員，畫風色調明亮，處理細緻。

③利都（Lido），威尼斯著名的海濱浴場。

④言外之意是，近代工業破壞了田園文明。

⑤卡維爾護士（Nurse Cavell），英國護士，第一次世界大戰時因幫助協約國軍人逃出德國佔領下的比利時，而被德國佔領當局逮捕處死。

⑥《玫瑰史》（Roman de la Rose），東歐中世紀情詩。

⑦此句引自莎士比亞的《尤利斯．凱撒》。

第12章 靈與肉

吃過午飯，康妮逕自去了樹林。天氣很好，蒲公英開著太陽似的花，初開的雛菊是那樣潔白。榛樹叢葉子半開，掛著一些塵土似的絮花，像是一幅花邊。黃色的白屈菜滿地簇開，閃耀著金黃色的光芒，這種黃色是初夏時有力的黃色。蒼白的報春花狂放著，一串串稠密地長著，已不復往日的羞怯。一片青蔥的風信子高舉著一粒粒花蕾，像是白色的穀粒。馬路上，一叢叢勿忘我蓬鬆地長著，耬斗菜乍開著它們藍紫色的花褶。灌木叢下散佈著一些藍色的鳥蛋殼。處處都是蓓蕾，處處都有生機！

守林人不在小屋裡，一切都很安靜，褐色的小雉雞正歡快地跑著。康妮繼續朝村舍走去，她想見他。

在樹林外不遠處，村舍沐浴在陽光下。在屋前的小花園裡，兩簇水仙盛開在敞開的屋門邊，兩排紅色的雛菊夾徑綻放。隨著一陣狗吠，弗洛西跑了過來。

門敞開著，他肯定在家。陽光灑落在紅磚鋪成的臺階上，當她沿著小徑走過來時，透過窗戶，她看到他穿著襯衫正坐在桌前吃東西。狗兒嗚嗚地哼著，慢搖著尾巴。

梅樂士站起來走到門口，用一張紅色的手帕擦了擦嘴，嘴裡仍在咀嚼。

「我可以進來嗎？」

「請進！」

陽光照進簡陋的屋子，屋裡彌漫著煎羊排的氣味，煎羊排的烤箱還放在爐前的擋火板上。旁邊有一只盛著馬鈴薯的黑鍋，就放在白色爐口的一張紙上。爐門關著，火勢不旺，水壺正吱吱地響著。

桌上擺著碟子，裡面是一些馬鈴薯和剩下的羊排；麵包盛在一個籃子裡，有鹽，還有一個盛著啤酒的藍色杯子。桌上鋪著一張白色的油布，他站在陰影處。

「你太晚吃飯了，請繼續吃吧！」康妮在門口的一把木椅上坐下來，曬著太陽。

「我得到阿斯魏去。」他在桌子前面坐了下來，但沒有吃東西。

「吃吧！」她說。

但是他沒有碰食物。

「妳要來點什麼嗎？妳喝茶嗎？水煮開了。」他欠身欲起。

「讓我自己來吧！」她說著站了起來。他看起來有點悲哀，她覺得自己打擾了他。

「好吧，茶壺在那邊。」他指著牆角一座褐色的小碗櫥說道，「茶杯和茶葉在妳頭頂的壁爐架上。」

她取出那只黑色的茶壺，又從壁爐架取下茶葉罐。她用熱水涮了涮茶壺，呆立了一會兒，不知該把水倒在哪裡。

「倒在外面吧，它是乾淨的。」

康妮走到門口，把水潑在小徑上。這兒多麼可愛、多麼安靜啊，這是眞正的林地！橡樹長出了赭黃色的小葉片，花園裡紅色雛菊就像紅絨布上的鈕釦。她瞥了一眼那塊用作門檻的帶洞大石板，跨進它來的腳步太少了。

「這兒眞可愛，多麼美的沉靜，一切都沉靜而充滿生機！」

他重新慢慢地、像是不太情願地吃了起來。

她覺得他有些氣餒，默默地沏著茶，把茶壺放在爐架上，她知道人們是這樣做的。

他推開碟子，起身走到後屋。

她聽到一聲拉栓聲，接著，他拿著一盤乾酪和黃油走了回來。

她把兩個茶杯放在桌上，這是僅有的兩個茶杯。

「你喝茶嗎？」她問。

「只要妳想的話。糖和乳酪都在碗櫥裡，牛奶在食品室裡。」

「我可以把碟子拿走嗎？」她問。

他看著她，露出一絲反諷的微笑。

「啊……只要妳想的話。」他說，然後慢慢吃著麵包和乾酪。

她到側屋去洗碟子，那兒有個水龍頭。左邊有個門，這兒無疑是食品室了。她打開門，忍不住笑了起來。這個他所謂的食品室，不過是一個狹長的白色壁櫥，不過它可以裝下一小桶啤酒、一些碟子和一些食物。她從一個黃色的罐子裡取了點牛奶。

「你從哪兒弄的牛奶？」她回到桌前，向梅樂士問道。

「從弗林家。他們把瓶子放在養兔場邊，妳知道的，就是那天我遇到妳的地方。」他仍然很氣餒。

她倒好茶，然後端起牛奶壺。

「不要牛奶。」他說。接著，他好像聽到了什麼聲響，迅速地朝門外看了一眼。「我想我們最好把門關上。」

「那就太可惜了！沒有人會來的，是吧？」

「是的，但就怕萬一。」

「即使有人來也不要緊，我不過是在喝茶。小茶匙在哪兒？」

他伸手拉開桌屜。

康妮坐在桌前，曬著穿門而入的陽光。

「弗洛西！」他叫著臥在樓梯下一塊小蓆上的狗。「出去聽！聽！」他舉著手指說道。

狗兒小跑著出去偵察。

「你今天心情不好嗎？」

他藍色的眼睛迅速轉過來，直直地盯著康妮。

「心情不好？不，是厭煩！我得去爲我抓到的兩個盜獵者拿傳票。唉，我不喜歡人群。」他說的是冰冷標準的英語，聲音裡含著怒氣。

「你討厭當守林人嗎？」

「討厭當守林人？不，只要讓我一個人靜靜待著就行。但是當我要上警察局或別的什麼地方，等那些白癡來理我時，唉，我就要發瘋了。」他幽默地笑道。

「你不能眞正地自立嗎？」她問。

「我？我想我可以，我可以靠撫恤金過活。我可以，但是我不得不工作，否則我會死的。也就是說，我得做點什麼不讓自己閒著，我的壞脾氣不容許我爲自己工作。我得爲別的什麼人工作，否則我堅持不了一個月，因爲我脾氣不好。總之，我在這兒很好，特別是最近。」他又對著她笑了起來，帶著一種猶太人式的幽默。

「你的脾氣爲什麼不好呢？你是說你的脾氣總是很壞？」

「是吧！」他笑著說，「我無法完全消化自己的膽汁。」

「什麼膽汁？」

「膽汁！妳不知道那是什麼嗎？」

她失望地沉默下來。他並不注意她。

「下個月我要離開一段時間。」康妮再度開口。

「是嗎？到哪兒去？」

「威尼斯。」

「威尼斯？和克利福男爵一起？去多久？」

「大約一個月吧！」她回答，「克利福不去。」

「他留在這兒？」

「是的，他不願那個樣子旅行。」

「啊，可憐的傢伙。」他同情地說道。

兩人沉默了一會兒。

「我走後你不會忘記我吧？」她問道。

他抬起眼睛，上下打量著她。

「忘記？妳知道沒有人會忘記，這不是記憶的問題。」

她想說：「那是什麼？」但是她沒有說。

「我告訴克利福，我想生個孩子。」她用低沉的聲音說。

「是嗎？他是怎麼說的？」梅樂士現在眞正看著她了，深情而懷疑。

「啊，他不介意。他會高興的，眞的，只要孩子看上去是他的。」她不敢抬頭看他。

他沉默了很久，緊緊地盯著她的臉。

「妳沒有提到我，是嗎？」

「是的，沒有提到你。」

「嗯，他絕對難以容忍我當他的傳種人……那妳想假裝是在哪裡懷了孩子的？」

「我可以在威尼斯有一場風流韻事啊！」

「是的。」他慢慢地回答，「這就是妳要到威尼斯的原因？」

「但不是眞的去風流。」她抬頭看他，辯解著。

「只是去做個樣子。」他說。

兩人又沉默下來。

他望著窗外，齜著牙半嘲弄、半悲傷地苦笑著。

她恨他這種齜著牙的苦笑。

「那妳沒有採取避孕措施嗎？」他突然問道，「因爲我沒有。」

「沒有。」她含糊地說，「我恨那樣。」

他望著她，然後又帶著那種很微妙的齜牙苦笑，望向窗外。

兩人緊張地沉默著。

「那麼，妳要我，是想生個孩子？」最後他轉過頭，譏諷地說。

「不，眞的不是。」她低下頭。

「那麼『眞的』是什麼？」他相當尖刻地問。

「我不知道。」她責怪地抬頭看他。

「我要是知道就不是人！」他大笑起來。

兩人沉默了好久，冰冷的沉默。

「好！隨夫人怎樣。要是妳有了孩子，克利福男爵會很高興的，我也沒吃什麼虧。相反地，我有了一次非常愉快的經歷，眞的非常愉快！」他伸伸懶腰，打了半個呵欠。「如果妳利用了我……這並不是我第一次被人利用，而且這次是最愉快地被人利用，雖然這對我來說並不光彩。」他又奇特地伸了伸懶腰，筋肉顫動，緊閉著牙。

「但是我並沒有利用你。」康妮辯解。

「我願爲夫人效勞。」

「不，我喜歡你的肉體。」

「是嗎？」他笑了起來，「好，那麼我們扯平了，因爲我也喜歡妳的肉體。」

「妳現在願意到樓上去嗎？」他深邃的眸子望著她，然後壓低嗓音問道。

「不，這兒不行！現在不行！」她重重地說，但如果他稍作堅持，她一定會屈服的，因爲她沒有力量去反抗他。

他又轉過臉，像是把她忘了。

「我想像你觸摸我那樣地觸摸你，我還沒有眞正觸摸過你的肉體。」

「現在？」他看著康妮，臉上重又帶著微笑。

「不！不！不在這兒，到小屋去。你介意嗎？」

「我是怎樣觸摸妳的？」梅樂士問道。

「當你愛撫我的時候……」

他看到她深沉重而渴望的眼神。

「妳喜歡我的愛撫嗎？」他問，仍在笑她。

「是的，你呢？」

「啊，我！」他改變了聲調。「是的，妳不用問就知道。」這是眞的。

「我得走了。」她站起身拿帽子。

「妳要走了嗎？」他客氣地說。

康妮希望他來觸摸她，對她說些什麼，但是梅樂士什麼也沒說，只是客氣地等著。

「謝謝你的茶。」

「我還沒有感謝夫人賞光使用我的茶壺呢！」

她走上小徑，他送出門口，微微地咧嘴笑著。弗洛西豎著尾巴跑了過來。康妮默不作聲，步履沉重地向樹林走去，她知道他正站在那兒望著她，臉上帶著那種不可思議的咧嘴苦笑。

她非常沮喪煩惱地回到家。他說他被人利用了，這讓她覺得很難過，因為在某種意義上，這是真的，但是他不應該說出來。因此，她的情感十分矛盾，既怨恨他，又渴望能與他和好。

她非常不安而惱怒地喝完茶，之後立刻上了樓，但她在自己的房裡也同樣坐立不安。她想做點什麼，她想到小屋去，即使他不在那兒也行。

康妮從側門溜了出去，悶悶不樂地走向小屋。當她走到那塊空地時，她感覺到一種可怕的不安。梅樂士在那兒，穿著襯衫，蹲在雞籠前把母雞趕出籠子。小雉雞圍在他的四周，現在已長得有點粗笨了，但比起普通的母雞卻漂亮得多。

她走到他身邊。

「你看到我來了！」

「啊，我看到了！」他挺直腰桿抬頭看她，似乎覺得有點好笑。

「你現在要讓母雞出來？」她問。

「是的，牠們孵小雞孵到變成皮包骨了。現在，牠們一點也不想出來取食，孵蛋的母雞是忘我的，一心只想著牠的蛋或小雞。」

可憐的母雞，多麼盲目的獻身！即使那些蛋不是牠們自己的。康妮憐憫地望著牠們，兩人之間籠罩著一種絕望的沉默。

「我們到屋裡去吧？」

「你想要我嗎？」她不相信地問道。

「啊，只要妳願意來。」

她沒有作聲。

「來吧！」

她跟著他進了小屋。

當梅樂士關上門時，屋子裡面一片漆黑，於是他點亮馬燈，和以前一樣。

「妳沒有穿內衣吧？」

「是的！」

「啊，好，那該我脫了。」

他鋪好毯子，把另一條放在旁邊準備拿來蓋。

她摘下帽子，撥了撥頭髮。

他坐下來，脫掉鞋子和綁腿，解開褲子。

「躺下吧！」穿著襯衫的他，站了起來。

她默默地服從了。

「好了！」他躺到她身邊，拉過毯子蓋在他們身上。

他從後面掀起她的裙子，直至乳房。他溫柔地吻著她的乳房，把乳頭含在嘴裡，輕輕地愛撫著。

「啊，妳眞可愛，妳眞可愛！」他突然用臉來回摩擦她溫暖的小腹。

她的雙臂在他的襯衫下面摟著他。她感到害怕，害怕他那清瘦光滑、赤裸有力的肉體，害怕他那暴起的筋肉，她因害怕而畏縮著。

當他輕嘆著說「啊，妳眞可愛！」時，她的體內顫抖起來，但她的意識卻變得有些生硬，抗拒這種可怕的肉體親密，抗拒他這種特別匆忙的佔有。

這一次，那種消魂的情慾並沒有征服她，她躺著，兩手無力地放在他蠕動的身上，做著她可能做的事。她的意識在局外旁觀著，她覺得他臀部的衝撞是可笑的，他陰莖的那種射精渴望是滑稽的。是的，這就是愛，這種可笑的臀部衝撞，這種可憐的、無意義的、濕潤的短小陰莖萎縮，就是神聖的愛！現代人蔑視這種表演終歸是對的，因爲這是一種表演。有些詩人說得對，創造人類的上帝一定有某種惡意的幽默，因爲祂造了一個有理智的生命，卻迫使他採取這種可笑的姿勢，並在一種盲目的渴望驅使下進行這種可笑的表演，甚至連莫泊桑也覺得這種虎頭蛇尾是一種羞辱。人們性愛，但輕視它。

她奇特的女性自覺冷漠而嘲諷地在一旁觀看，儘管她一動也不動地躺著，卻有股想挺起腰把這男人摔出去的衝動，擺脫他醜陋的擁抱，擺脫那在她身上衝撞的可笑臀部。他的肉體是愚蠢無恥、不完整的，它那不完整的醜陋有點令人討厭。因爲一個完全進化的人類一定不會再有這種表演、這種「官能」。

他很快就結束了，非常非常安靜地躺著，陷入一種她的意識所無法觸及的沉默與靜止。她的心開始哭泣起來，她覺得他像潮水似的退落，退落，把她留在那兒，像一塊海邊的石頭。他從她體內抽出，他的精神也離開了她，她知道。

在一種眞正的悲傷中，在自己的意識和感覺的雙重折磨下，康妮哭了起來。他沒有在意，也許他甚至不知道。她哭得渾身發抖，連梅樂士也感覺到了。

「唉，這次很糟，妳的心思不在做愛上。」

那他是知道的！她哭得更厲害了。

「怎麼啦？有時就是這樣的。」

「我無法愛你！」她哭泣道，突然覺得自己的心都碎了。

「妳無法？那就不用去愛！沒有法律規定妳必須去愛，順其自然吧。」他的手仍放在她的乳房上。

她卻沒有摟著他，他的話不太能安慰她。她放聲大哭起來。

「不，不！」他說。「甜的、苦的都得嘗嘗，不過這次有點苦罷了。」

「我想愛你，卻無法愛你，這很可怕！」她抽泣道。

「這並不可怕，即使妳那樣認為，也不能使它變得可怕。不要勉強自己愛我，這是勉強不來的。一籃核桃中總會有幾個壞的，好的、壞的都得要。」他半苦澀半興奮地笑了笑。

他把手從她的乳房上拿開，不再觸摸她，她竟然覺得這樣很舒服。她恨他說的方言。要是他想站起來，他會放肆地站在她面前，直接對著她扣上那件可笑的燈芯絨褲子。麥克里斯畢竟還知道要得體地轉身，但這個人卻是這樣自信，他不知道人們會覺得他這樣做是粗魯、沒教養的。

然而，當他默默地抽身坐起時，她恐懼地緊緊抱住了他。

「不，不要走，不要離開我，不要生我的氣！抱著我，緊緊抱著我！」她盲目而狂暴地囈語著，不知道自己在說什麼，用一種離奇的力量緊緊抱著他。她想從自己內在的憤怒和抗拒中解救自己，但是她這種內在的抗拒是多麼強大啊！

他重新把她摟進懷裡，她在他的懷中突然變小了，像隻未離巢的雛鳥。消失了，內在的抗拒消失了，在一種不可思議的平靜中她開始融化了。她在他的懷中變得小巧而美妙，他又對她充滿了無限的慾望，對她嬌柔與美豔的溫柔慾望，使他的血脈賁張起來。在一種純粹的溫柔慾望中，他的手奇妙地、令人暈眩地愛撫著她，溫柔地撫摸著她腰部光滑的曲線，再往下、往下，進入她柔軟而溫暖的兩股之間，慢慢靠近她身上最敏感的部位。

她覺得他是一團溫柔的慾望之火，正在融化她。她不能自禁了，她感覺到他的陰莖默默地帶著一種驚人的力量和武斷勃起了，緊頂著她，她主動迎了過去。她在欲生欲死的顫抖中屈服，她的一切都向他敞開了。啊，假如他此刻對她不夠溫柔，那是多麼殘酷啊，因爲她的一切都向他敞開了，她是那麼無助！

這種有力而不由分說的進入，奇特而可怕，又一次讓她顫抖起來。它也許會像劍一樣猛插進她溫柔敞開的肉體，那會讓她死掉的。在一種突然的恐懼中，她緊緊抱住他。但是，他的插入是緩慢的、平和的、隱密的，像初生的生命一樣笨拙而溫柔，好像整個世界才剛被創造好一樣。她胸中的恐懼平息了下來，她的胸口平靜下來，什麼也不想，什麼也不管，讓自己縱情地沉入那洶湧的洪水裡。

她整個人似乎是大海，只有黑色的波濤湧漲著、氾濫著，慢慢地，整個黑色的海水都動盪起來，她內心暗黑沉默的團塊像海洋一樣翻滾著。在一陣漫長的、逐漸深入的浪湧中，她內心深處的暗黑團塊破裂成了碎片，在波浪中翻滾著；在她最敏感的部位，這種深藏著的團塊破裂成了碎片，並以那溫柔的插入爲中心向四周翻滾著。插入越來越深，越來越低，她被越來越深、越來越深地打開了。她體內的巨浪翻捲著沖向海岸，讓她暴露出來。這種未知的、可感覺到的插入越來越近，她體內的波浪就翻捲得離她越來越遠，遠遠地離開了她。突然，在一陣溫柔顫抖的痙攣中，她最敏感的花心被觸碰了，她知道自己被觸動了，被完全地觸動了。她沉醉了，她沉醉了，她不再是以前的她了，而像是一個新生出的女人。

啊！太美了，太美了！在愛潮退落之時，她意識到這一切的美麗。現在，她整個身體帶著柔情蜜意緊貼著這個男子，盲目貼著他那萎縮的陰莖，它在經過凶猛有力的刺入後疲軟了下來，在不知不覺中退縮著。當這個隱密而敏感的東西從她的肉體中滑出時，她悵然若失，忘情地叫了一聲，她試圖再把它放回去。它曾經是那樣完美！她是多麼愛它啊！

她現在才知道陰莖是這樣的小巧，像花蕾似的柔嫩、緘默，她不禁又驚訝地尖叫了一聲；她女人的心正爲這個曾經強有力東西的柔嫩與嬌弱而驚呼。

「太美了！」她呻吟道，「太美了！」

但是他什麼也不說，只靜靜地躺在她身上，溫柔地吻著她。

她幸福地呻吟著，像一個獻祭品，像一個新生的生命。

她的心中現在又對他感到好奇。一個男人！一種施加在她身上的奇異男性力量！她的手仍在他身上滑動著，有點害怕，害怕他又像以前那樣，會成爲一個奇特而敵對、讓她感到些微厭惡的男人。現在，她撫摸著他，這是上帝的兒子跟人類的女兒在一起。他摸起來是多麼美啊，他的皮膚是多麼光潔啊！多麼可愛而強壯、純潔而脆弱，這敏感的身體是多麼沉靜啊！這有力又脆弱的肉體是如此全然的沉靜啊！多麼美啊！多麼美啊！

她的雙手從他的背部膽怯滑到他柔軟卻結實的兩塊屁股上。美啊，眞是太美了！這種新的認識像火焰般突然在她心中閃現。這種地方竟然很美，而她以前只對它感到厭惡，這怎麼可能？摸著這溫暖充滿活力的臀部，眞是美不可言。這生命中的生命，這溫暖有力的尤物。他兩腿間的睪丸異常的重！多麼神祕啊，多麼神祕又異常的重啊，可以溫柔而沉甸地被握在手裡。這是根蒂，所有可愛之物的根蒂，所有完備之美的原始根蒂。

康妮緊貼著他，發出近乎敬畏、恐懼的驚訝低呼。

梅樂士緊緊抱著她，什麼也不說，他是絕不會說什麼的。

她靠近他，想要接近他那感官的奇蹟。在他那不可思議的完全沉靜中，她發現他的陰莖又重新慢慢顫動著勃起，這是他身上的另一種力量。在一種敬畏之情中，她的心融化了。

這一次，他的插入是完全溫柔而輝煌的，純粹的溫柔與輝煌，意識根本無從捉摸。她的整個自我都無意識地快活顫動起來，像血漿一樣。她無法知道這是什麼，她無法記住這是什麼，她只知道世上再也沒有比它更可愛的事了，僅此而已。後來，她完全平息下來，完全失去了意識，她不知道時間經過了多久。

他仍舊跟她躺在一起，帶著一種深不可測的沉默。關於這點，他們從來不會談起。

當她恢復了對外界的知覺時，她緊貼在他的胸口呢喃：「我的愛！我的愛！」她蜷伏在他完美的胸膛上。

他沉默地抱著她，他的沉默是深不可測的。他的手摟著她，像是持著一朵花那樣寧靜而奇異。「你在想什麼?你在想什麼?跟我說話吧!為我說些什麼!」她低語。

「啊,我的愛人!」他溫柔地吻著她,喃喃地說。

她不知道他是什麼意思,她不知道他在想什麼,他的沉默讓她覺得他很失落。

「你愛我,是嗎?」她呢喃道。

「啊,這妳知道!」

「但我要你說!」她懇求。

「啊,是的,妳沒感覺到嗎?」他模糊卻溫柔地、肯定地說。

她緊貼著他,越貼越緊。在愛情中,他比她平和多了,她想要他再度向她保證。

「你真的愛我?」她固執地低語。

他的手溫柔地撫摸著她,好像她是一朵花,他的手不再因情慾而顫抖,卻有一種溫情的體貼,而她永不休止緊抓住愛的需要,仍在她心中縈繞著。

「說你永遠愛我!」她再次懇求。

「是的!」他心不在焉地說。

她覺得自己的質詢,把他從自己身邊趕得更遠了。

「我們得起來了吧?」他最後說。

「不!」她覺得他分心了,正在聽外面的動靜。

「天就要黑了。」

在他的聲音中，她聽出一種環境帶來的壓力。她吻著他，悲傷地意識到自己必須離開他了。

他站起來把馬燈擰亮，然後迅速穿上衣服。他站在她面前繫著褲子，烏黑的大眼睛俯視著她。他臉孔微紅、頭髮蓬亂，在昏暗的燈光下顯得特別溫暖、寧靜和美麗，他是那麼美，她無法告訴他——他有多美。這讓她想去緊貼他、抱著他，因爲他的美有一種溫暖而懶散的冷漠，讓她想要叫出來，抓住他、佔有他，但她是絕不會佔有他的。所以她裸著臀部，蜷縮在毯子上。

「我愛妳，我喜歡進入妳的身體。」梅樂士不知道她在想什麼，但對他來說她是美麗的，是他可以進入的、柔軟的、無與倫比的尤物。

「你喜歡我嗎？」她的心跳了起來。

「我可以進入妳的身體，這就說明了一切。我愛妳這樣向我敞開，我愛妳讓我可以這樣進入妳的身體。」他彎腰吻了吻她柔軟的腰窩，用臉磨蹭它，然後把它蓋住。

「你永遠不會離開我吧？」

「別問這種事。」

「但你眞的相信我愛你吧？」

「妳只是現在愛我，比妳自己意識到的還深。但是一旦妳反省這件事，誰知道妳又會怎樣想呢！」

「不，不要說這種話！你不是真的以爲我在利用你吧！是嗎？」

「怎麼？」

「去生孩子。」

「如今誰都可以隨便生個孩子。」他坐下來繫他的綁腿。

「啊，不！」她叫道，「你不會真是這個意思吧？」

「啊，」他看著她說，「這樣最好。」

康妮靜靜地躺著。

他輕輕地打開門。天色暗藍，天邊是晶瑩的藍寶石色。他出去把母雞關進籠子，輕輕地對狗說些什麼。

她躺在那兒，驚嘆著生命和自然的奇蹟。

當他回來時，她仍舊躺在那兒，容光煥發得像個吉普賽人。

他坐到她旁邊的小板凳上。「在妳走之前，哪天晚上妳得到村舍來，好嗎？」他仰眉望著她，兩手垂在膝間搖擺著。

「好嗎？」她揶揄地模仿著梅樂士的方言。

他微笑了。

「啊，好嗎？」他重複道。

「啊！」她仍舊模仿著。

「好！」他說。

「好！」她重複道。

「和我睡覺，懷孕需要這個。妳什麼時候來？」

「我什麼時候來？」她模仿道。

「不，妳學得不像。好了，妳哪天來？」

「也許在星期天。」她仍在模仿他的方言。

「也許在星期天，啊！」他嘲笑地看著她。「不，妳學得不像。」他評論道。

「爲什麼不像？」

「來吧，妳得走了！」他又笑了。她模仿方言的企圖有點滑稽。

「是嗎？」

他身體前傾，溫柔地撫摸著她的臉。

「那是個好屄，不是嗎？當妳喜歡的時候，當妳願意的時候，妳就擁有世間最好的屄！」

「什麼是屄？」她問。

「啊，妳不知道嗎？屄，就是妳下面那個；就是我進入妳身體時，讓我、也讓妳感到興奮的那個。一切快樂都來自它。」

「一切快樂都來自它……屄……那就是性愛了。」

「不，不！性愛只是妳做的事，禽獸也會性愛，但是屄卻不只如此。它是妳自己，明白嗎？妳和禽獸完全不同，不是嗎？甚至在妳性愛的時候。屄，唉，那是妳的美麗所在，愛人！」

她站起來，在他兩眼之間吻了吻。他的眼睛看著她，是那樣深邃溫柔，無法形容的溫暖，無法忍受的美麗。

「是嗎？你愛我嗎？」

他吻了吻她，沒有回答。

「妳得走了，讓我撣去妳身上的灰塵。」他理性地忽略她美好的身體曲線，不帶慾望地拍了拍她。很溫柔、很親暱。

當她憑著黃昏的微光朝家裡跑去時，世界似乎像個夢，林園裡的樹木凸起著、湧漲著，像是在浪潮中拋了錨，就連通往大宅的斜坡也充滿了活力。

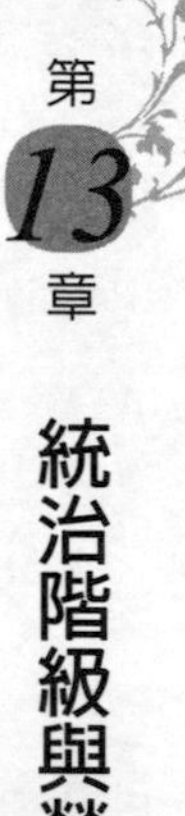

第13章 統治階級與勞動階級

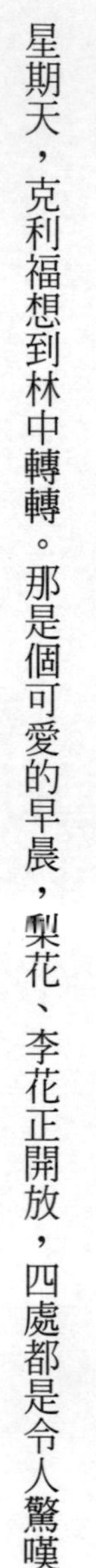

星期天，克利福想到林中轉轉。那是個可愛的早晨，梨花、李花正開放，四處都是令人驚嘆的白色。

在這個百花爭豔的季節，克利福卻得在別人的幫助下從輪椅移到巴思椅裡，這是一件悲慘的事，但他自己卻不這樣認爲，他甚至對自己的殘疾抱有某種驕傲與自負。然而，在波頓太太或菲爾德搬動他那毫無生氣的大腿時，康妮心裡仍舊覺得難過。

她站在馬路的高處，在山毛櫸圍成的樹籬邊等著他。他駕著巴思椅，像個行動遲緩而滯重的病人噗噗而來。

「克利福男爵騎著駿馬閒遊！」他趕上妻子，說道。

「是匹噴著鼻子的駿馬！」康妮笑著說。

「勒格貝沒有改變任何神色！不過它爲什麼要改變呢？我駕的是人類的智慧成就，它可比駿馬強多了。」他停下來，望著低長的褐色老宅正面。

「是的。柏拉圖的靈魂從前上天堂時，乘的是兩匹馬拉的戰車，現在他一定會坐福特汽車去的。」

「他也許會坐勞斯萊斯汽車，因為柏拉圖是個貴族！」

「是的！再也沒有黑馬可供人驅策了。柏拉圖絕不會想到我們竟有比他的黑白駿馬更勝一籌的東西，他絕不會想到再也沒有駿馬了，有的只是引擎！」

「只是引擎和汽油！」克利福說。「我希望明年能把老宅整理一下，我想這大概需要一千鎊，工資太貴了！」他又加上一句。

「啊，很好！」康妮說，「只要不再罷工就行了！」

「他們再罷工又有什麼用呢！只會毀掉工業，這劫後餘生的工業。這幫惡棍想必也清楚這一點！」

「也許他們並不在意毀掉工業。」

「唉，眞是婦人之見！即使工業沒有裝滿他們的錢包，也塡飽了他們的肚子。」他的語調奇怪地帶有波頓太太的鼻音。

「你那天不是說，你是一個保守的無政府主義者嗎？」她天眞地問。

「妳理解我的意思嗎？」他反駁，「我的意思是，人們在嚴格意義的私生活方面可以隨心所欲、恣意行事，只要他們不去損壞生活的形式與組織的完整。」

「這聽起來好像是在說，一顆蛋可以想怎樣腐臭就怎樣腐臭，只要它的殼是完整的就行，但是臭蛋肯定會破裂的。」康妮沉默著走了幾步路，然後固執地說。

「我想人們並不是蛋，甚至也不是天使的蛋，我親愛的小傳教士。」

在這個明媚的早晨，克利福的情緒極佳。雲雀在園中鳴唱著飛翔，礦井在遠處的山谷中悄無聲息地冒著煙霧，像是又回到了戰前的老日子。

康妮實在不想爭論，也實在不想陪克利福到樹林裡去，但她不得不勉強地跟在他的巴思椅旁。

「這事要是能處理得當，就不會再有罷工了。」他說。

「爲什麼？」

「因爲罷工將成爲不可能的事。」

「但是工人答應嗎？」她問。

「這我們不用問他們。爲了他們自己的好處，我們要趁他們不注意的時候去做，去挽救工業。」

「也是爲了你自己的好處。」

「當然啦！爲了每個人的好處，但更是爲了他們的好處。沒有煤礦我也能生活下去，但他們不能。要是沒有煤礦，他們就會挨餓，而我還有其他的生計。」

他們望著礦場的淺谷，在它之外，特維蕭村舍的黑色屋頂像毒蛇一樣爬在山坡上。褐色的老教堂傳來一陣陣鐘聲。禮拜日，禮拜日，禮拜日！

「但是工人們肯聽你擺佈嗎？」

「親愛的，只要手段溫和，他們不得不聽。」

「難道彼此就不能相互諒解嗎？」

「完全可以，只要他們認識到工業比個人重要。」

「但是你一定要佔有工業嗎？」康妮不解地問。

「我並非佔有。但是在某種程度上，我確實佔有了它，是的，的確如此。財產所有權現在已變成一個宗教問題，自從耶穌和聖法蘭西斯以來就是如此。關鍵不是把你所有的財產都分給窮人，而是用它們來發展工業，給窮人工作，這是讓芸芸眾生蔽體果腹的唯一途徑。把我們所有的一切分給窮人，只會導致他們挨餓，我們也跟著挨餓。普遍的饑饉不是目的，普遍的貧窮並不是件好事，貧窮是醜惡的！」

「但是貧富不均！」

「那是命。為什麼木星比海王星大？妳不能改變事物的天性！」

「但是當嫉妒、猜忌和不滿一旦爆發……」

「那就盡力去壓制它，總得有人做老闆。」

「由誰來做呢？」康妮問道。

「擁有和經營工業的人。」

兩人都沉默了好一會兒。

「我看他們都是些壞老闆。」她說。

「那妳說他們應該怎麼做呢？」

「他們並不把自己老闆的地位當作一回事。」

「他們對自己的地位比妳對自己男爵夫人的地位更當作一回事，」克利福說。

「那是強加給我的地位，我眞的不想要它。」她脫口說道。

「現在是誰在逃避責任？現在是誰在逃避妳所說『老闆地位』的責任？」他停住車看著她。

「但是我並不想當老闆。」她反駁。

「咳！這是怯懦。既然命運讓妳擁有了它，妳就應該依照它的要求去做。是誰給了這些礦工所有那些值得擁有的東西？他們的政治自由、他們的教育、他們的衛生設施、他們的健康環境、他們的書籍、他們的音樂等等？這一切是誰給他們的？是礦工們給礦工們的嗎？不！是英國所有的勒格貝和希勃萊盡了他們的本分，而且必須繼續盡下去。這就是妳的責任。」

「我也想給點什麼，但卻沒有得到允許。現在，一切東西都是用來買賣的；你剛才提到的一切，都是勒格貝和希勃萊高價賣給人們的。所有的東西都是被賣掉的，你們沒有給他們一絲一毫的眞正同情。此外，是誰奪走了他們自然的生活和人性，而給他們帶來這種工業化的醜惡？這是誰幹的？」康妮聽了臉漲紅地說。

「那我應該做什麼呢？」他臉色氣得發青，「請他們到家裡來掠奪？」

「爲什麼特維蕭是這麼醜陋、這麼可憎？爲什麼他們的生活是這麼絕望？」

「這個特維蕭是他們自己建成的，這是他們表現自由的一種方式。他們自己建造了他們美妙的特維蕭，過著他們自己美妙的生活。我是沒法過他們那種生活的，每隻甲蟲都有自己的生活方式。」

「但是你讓他們爲你工作，他們過的是『煤礦生活』。」

「根本不是！每隻甲蟲都是自己尋找食物，沒有人強迫他們爲我工作。」

「他們的生活是工業化的、是絕望的，我們也是一樣。」她叫道。

「我不這樣認爲。你所說的只是一些狂言妄語，只是不切實際且日趨式微的浪漫主義殘渣。妳站在那兒看起來一點也不絕望，親愛的康妮！」

這是眞的！她深藍色的眼睛閃著光，兩頰通紅，看起來充滿了反叛的激情，沒有絲毫絕望的沮喪。她看到濃密的草叢下隱隱露出一些新長出的毛茸茸立金花。她心中覺得很憤怒，奇怪自己爲什麼覺得克利福大錯特錯，卻無法告訴他怎麼個錯法，無法確切告訴他錯在哪裡。

「難怪工人們都恨你。」

「他們並不恨我！不要弄錯了，在妳所理解這個詞的意義上，他們並不是『人』。他們是妳所不理解的、而且永遠也無法理解的動物，不要將妳的幻想強加在別人身上。群眾過去一直是這樣的，將來還會是這樣。羅馬暴君尼祿的奴隸和我們的礦工，或福特汽車廠的工人，這三者之間的差別是微乎其微的。無論尼祿擁有的是礦場裡或田野裡的奴隸，這就是群眾，他們是不會改變的。個人或許能從群眾中脫穎而出，但這並不會改變群眾，群眾是無法改變的，這是社會科學中最重大的事實之一。Panem et circenses！噢，麵包與雜耍①！只是今天，我們錯誤地用教育替代了馬戲團。今天的錯誤在於我們完全毀掉了不可或缺的馬戲團，而用一點點教育毒害了我們的群眾。」

克利福對平民的真正情感令康妮感到非常震驚。他的話中有著令人震驚的眞理，但這是一種殺人的眞理。

看到她沉默下來、臉色蒼白，克利福又重新發動了巴思椅，沒有再說什麼。他們來到林園門前，克利福停下車子，康妮走過去打開園門。

「我們現在要拿起的，是鞭子，不是劍。群眾自有史以來就一直被人統治，這種情況會一直持續到世界末日，他們將不得不被統治。說他們能統治自己，那是僞善的、荒唐的。」

「那你能統治他們嗎？」她問。

「我？當然！我的頭腦和意志都沒有殘廢，我並不用雙腿去統治，我完全能夠統治自己的『領地』。給我一個兒子，他將能接替我統治他的『領地』。」

「但他不會是你的親生兒子，他不屬於你的統治階級……也許不會。」她結結巴巴地說。

「我不管他的父親是誰，只要他是一個身體健康、智力正常的男人就行。隨便給我哪個身體健康、智力正常男人生的孩子，我將會讓他成爲一個完全勝任的『查泰萊』。重要的不是誰生了我們，而是命運將我們置身於何處。隨便把哪個男孩放入統治階層，他都會成爲一個『領地』的統治者。把國王或公爵的孩子放入群眾中，他們就會在群眾的影響下成爲小小的平民。環境對人有決定性的影響力。」

「那麼平民並非世世代代都得做平民，貴族的血脈也非代代相承的了？」

「不，孩子！這都是浪漫的幻想。貴族是一種命定的職責，群眾是另一種命定的職責。個人是無足輕重的，問題是人所受到的教養讓他適合盡哪一種職責。個人無法成就貴族，是貴族整體的職責造就了貴族；是全體群眾的職責使平民成爲平民。」

「那人們之間就再也沒有共同的人性了！」

「妳說有就有，比如說我們都需要塡飽肚子，但是說到如何表現或該盡的職責，我相信在統治階級與服務階級之間存在著一條不容置疑的鴻溝。這兩種職責是相反的，而職責決定了個人。」

康妮茫然地望著他。

「我們繼續走吧。」克利福發動了巴思椅。他要說的話都說夠了，他又再度沒入了異常空虛的冷漠裡。

這讓康妮覺得很難堪，她決定在林中無論如何也不和他爭論了。

馬路在榛樹籬和美麗的灰色樹木之間劈開一條裂縫，巴思椅噴著氣緩緩前進。在路面，榛樹籬陰影遮不到的地方，長滿了牛奶沫似的勿忘我，巴思倚隨著地形的起伏慢慢駛過它們。克利福駛在馬路中央，一條以人跡踏出的小徑上，康妮跟在一邊，看著車輪搖晃著駛過車葉草和喇叭花，把爬地藤淡黃色的小花輾得粉碎，從勿忘我中輾出一道轍跡。

遠處長著各式各樣的花兒，藍色的風信子簇生在一起，像是一潭靜止的水。

「妳說得很對，這兒美麗極了，美得令人吃驚。還有什麼能像英國的春天一樣可愛呢！」

康妮覺得這聽起來像是在說，春天的花開也得遵守議會制定的法案。英國的春天！爲什麼不是愛爾蘭的春天？或者是猶太人的春天？小車緩緩地前進著，輾過像麥子似挺立的風信子和灰色的牛蒡葉。他們來到一片樹木被伐光的空地上，強烈的陽光直射下來，野風信子有如一塊塊藍色的地毯散佈在四處，與周圍深深淺淺的紫色花兒形成強烈對比。蕨草抬著褐色的、捲縐的頭，像是一大群小蛇，替夏娃帶來什麼新的祕密。

克利福一直把車駛到小山脊上，康妮慢慢地跟在後面。橡樹褐色的嫩芽柔弱地綻開著，一切都由原來的堅硬變得柔弱，就連粗糙多根的橡樹也吐出了最柔弱的嫩葉，纖細的褐色翼瓣像是在陽光下伸展的幼嫩蝠翼。爲什麼人類無法自新，無法重新變得新鮮？陳腐的人類！

克利福把車子停在小山頂上往下眺望。風信子像藍色的洪水，把那條寬闊的馬路洗得發藍，用一種溫暖的藍色燃亮了整個山坡。

「這是一種非常美麗的顏色，除了那被用在繪畫上的藍彩以外。」

「是的！」康妮說，一點興趣也沒有。

「我能冒險到泉水那邊去嗎？」克利福說。

「回來時，車子上得來嗎？」

「讓我們試試看，不入虎穴，焉得虎子！」

車子開始沿著長滿藍色風信子的寬闊馬路搖晃著慢慢駛下山坡。啊，最後的一艘船行駛在風信子的淺灘上！啊，一艘駛在最後波濤上的船艦，正在對我們的文明展開最後一次航行。啊，神祕的帶輪船隻，你慢慢地改變航向，是要到哪兒去？克利福戴著舊黑帽，穿著軟呢夾克，安閒自得地坐在巴思椅上，鎮靜而又謹慎。啊，船長，我的船長，我們壯麗的旅程已經結束了！然而，又還沒結束！

康妮穿著灰色的衣服，看著搖晃的輪椅，精神振奮地跟在後面下坡。

他們路過通向小屋的那條小徑。謝天謝地，這條小路很窄，容不下車子，只能勉強容一人通過。車子到了斜坡底下，突然轉彎不見了。

康妮聽見背後傳來一聲輕輕的口哨，她轉頭瞥了一眼，守林人正朝著她大步走下山來，他的狗兒跟在後面。

「克利福男爵要到村舍去？」梅樂士盯著她的眼睛問道。

「不，是到約翰井去。」

「啊，很好！那我就不露面了，但我晚上想見妳。十點左右，我會在林園門口等妳。」他又直直地盯著她的眼睛。

「好的。」她躊躇著說道。

他們聽到克利福一陣陣地按著喇叭在叫喚康妮，她高喊著回答了一聲。

守林人微微露出一副苦相，由下往上溫柔地摸了一下康妮的乳房。

她吃驚地看了看他，忙跑下山，高喊著回答克利福。

那人站在山坡上望著她，微微苦笑了一下，然後轉身走了回去。

她看見克利福正在緩緩地上坡，向斜坡半腰幽暗落葉松林中的泉水駛去。當康妮趕上他時，他已經到了。

「車子走得很好。」克利福說。

康妮看著牛蒡肥大灰色的葉子，鬼影似地長在落葉松林的邊緣，人們叫它羅賓漢大黃。泉水四周看起來十分冷清陰沉，但泉水卻在歡快美妙地湧動著！還有幾簇小米草和茁壯的藍色喇叭花在水岸下，那裡的黃土鬆動剝落著。一隻鼹鼠！牠露出水面，粉紅色的爪子在水中亂撥，鑽子似的面孔在盲目地亂晃，粉紅色的小鼻尖高高舉出水面。

「牠好像是用鼻尖來看。」康妮說。

「比用眼睛好！」他說，「妳要喝水嗎？」

「你呢？」

她拿起一個掛在樹枝上的琺瑯杯，彎腰爲克利福舀了點水。

他啜了幾口。

「太冰了！」她又彎腰爲自己舀了些，啜飲著喘氣說。

「很好喝，不是嗎？妳許願了嗎？」

「你呢？」

「是的，我許了，但我不想說。」

她聽到松林中傳來啄木鳥剝剝的啄木聲，還有輕輕的、不安的風聲。她抬頭望了望，藍天上浮過幾朵白雲。「啊，白雲！」

「那是白色的羔羊。」他答道。

一片雲翳讓空地上的光線暗了下來。鼴鼠游過水，爬到鬆軟的黃土上去了。

「討厭的小畜牲，我們應該把牠打死。」克利福說。

「瞧！牠像是佈道壇上的牧師。」她採了幾株車葉草給他。

「新割的乾草！聞起來像上個世紀的浪漫貴婦，不是嗎？畢竟那時的婦女比較明智！」

「我想知道會不會下雨。」她仰望著白雲。

「下雨！爲什麼？妳希望下雨嗎？」

他們開始折返。克利福謹慎地駛著車子，顛簸著下了山。到了幽暗的谷底，再向右轉走幾百碼，他們又來到長滿風信子的向陽長坡腳下。

「好，就看你的了！」克利福把小車開到坡下。斜坡陡峭而崎嶇，小車子勉強掙扎著緩緩爬行，不過它只勉力顛簸著爬到一叢風信子中，然後像是被絆住了，掙扎著，抽動一下就停了下來。

「我們最好按喇叭看守林人會不會來。」康妮說，「他可以推推車子，我也可以推，這樣它就可以爬上去了。」

「我們讓它喘口氣。」克利福說，「妳在車輪後放一塊石頭吧。」

康妮找了一塊石頭放下。他們等了一會兒，克利福又啓動引擎，車子掙扎著抖了幾下，像生了病似的，發出奇怪的嘈雜聲。

「讓我推一下吧！」康妮說著，走到車子後面。

「不！不要推！」他惱怒地說，「如果需要人推，還要這鬼東西幹什麼？把石頭放在車輪下！」

他們等了一會兒，又重新啓動，卻比上次更糟。

「你得讓我推一下，或者按喇叭叫守林人來。」

「等一等！」

康妮等著，克利福又試了一次，但是越弄越糟。

「如果你不要我推，那就按喇叭吧！」

「該死！妳能不能安靜一會兒！」

她安靜了一會兒，他把那臺小機器折騰得快碎了。

「你會把機器弄壞的，克利福。」她規勸著，「別白費力氣了。」

「要是我能下來看看這鬼東西就好了！」他惱怒地說，刺耳地按著喇叭，「也許梅樂士知道毛病在哪兒。」

他們在一片被輾碎的花朵中等著，天上的雲朵開始漸漸凝結。在一片沉寂中，一隻野鴿開始咕咕地叫著。克利福猛地按響了喇叭，把牠嚇得再也不敢出聲。

這時，他們看到了守林人。

他好奇地大步繞過林角，向他們行了個禮。

「你會修機器嗎？」克利福尖聲問道。

「恐怕不會。它出了毛病嗎？」

「這很顯然！」克利福厲聲說道。

守林人熱心地蹲在車輪邊，端詳著那個小引擎。

「我恐怕對機器之類的東西一無所知，克利福男爵。」他平和地說，「要是它有足夠的汽油和機油……」

「仔細檢查一下，看有沒有什麼損壞的地方。」克利福促聲道。

守林人把槍靠著一棵樹放下，脫下外衣丟在旁邊，他的狗坐下來守著。然後他蹲下來端詳車底，用手指摸索油污的小引擎，他身上那件做禮拜穿的潔淨襯衫被油漬弄髒了，讓他覺得有點怨恨。

「好像沒有什麼破損，」梅樂士站了起來，把帽子從額前往後一推，用手指搓著眉毛，好像在思索著。

「你有沒有看到下面的連桿？」克利福問道，「看看那兒有沒有毛病？」守林人肚皮貼地，整個人趴在地上，扭著脖子將頭伸到引擎下，用手指摸索著。

看著他俯臥在大地上，康妮想，男人是多麼軟弱而渺小的可憐東西啊！

「據我看一切都很完好。」他悶聲說道。

「我想你也沒有辦法。」克利福說。

「我確實沒有辦法！」他爬起來，像礦工一樣蹲在腳跟上，「肯定沒有明顯損壞的地方。」

克利福發動引擎，進檔，但仍不見它移動。

「看來得加大引擎馬力。」守林人建議。

他的干涉讓克利福感到非常不快，不過他還是把發引擎弄得像綠頭蒼蠅似的嗡嗡響起。車子突突地咆哮著，好像又恢復了正常。

「聽這聲音，車子的故障好像已經排除了。」梅樂士說。

克利福猛地進檔，車子又像個病人似地，虛弱蹣跚著前行。

「要是我推它一把，它就能夠爬上去。」守林人走到後面說。

「不要碰它！」克利福促聲說道，「它自己能走！」

「克利福！」康妮在一邊插嘴，「你知道它爬坡很費力，你爲什麼這樣固執？」

克利福氣得臉色發白。他猛推了一下操縱桿，車子搖晃著向前猛衝了幾碼，然後在一叢長得特別茂盛的風信子叢中又停了下來。

「它不行了！馬力不夠。」梅樂士說。

「它以前曾爬過這個山坡。」克利福冷冷地說。

「這次它爬不上去了。」守林人說。

克利福沒有回答，他又發動引擎，讓它轉得時緊時慢，好像要拿它奏出音樂似的。樹林裡回響著這種怪異的嘈雜聲音。然後，他陡然放開車，進檔。

「你會把它弄碎的。」守林人嘀咕道。

車子搖晃著衝向路旁的濠溝。

「克利福！」康妮衝過去叫道。

守林人抓住車子的扶手，克利福用盡全力轉向，才讓車子重新轉到路上來。在一陣怪異的雜音中，小車又開始艱難地爬坡。有梅樂士在後面穩穩推著，小車又開始往上爬了，像是重新恢復了正常。

「你看，它能走！」克利福得意地說。他向後瞥了一眼，看到守林人的臉。

「你在推它嗎？」

「不推不行。」

「不要推！我叫你不要推！」

「不推不行。」

「讓它試試看！」克利福咆哮道。

守林人退開了，轉身去拿他的槍和外衣。小車似乎立即就覺得很不習慣，又無力地停了下來。克利福坐在上面像個囚犯，臉色氣得發白。他用手猛推著操縱桿，他的腳是毫無用處，結果車子響著怪聲。他暴躁地擰著手柄，小車發出更大的雜聲，卻仍舊一動也不動。他關掉引擎，憤怒地僵坐著。

康妮坐在一邊的土堆上，望著那些被輾壞了的可憐風信子。

還有什麼能像英國的春天一樣可愛呢……我能統治我的「領地」……我們現在要拿起的是鞭子，而不是劍……統治階級！

守林人拿著外衣和槍大步走過來，弗洛西機警地跟在他後面。克利福要他再弄弄引擎。康妮對機械技術一無所知，卻對半路拋錨習以爲常，她耐心地坐在土堆上，好像她不存在似的。

守林人又再次肚皮貼地趴在地上。統治階級與勞動階級！

「再試一下吧。」他站起來耐心說道。他的聲音很從容，幾乎像是在對一個孩子說話。

克利福發動機器，梅樂士迅速地走到後面去推。車子又開始走了，一半靠引擎，一半靠人力。

「我叫你不要推！」克利福又回頭看了一眼，氣得臉色發黃。

守林人立即鬆開手。

「這樣我怎能知道它走得如何！」克利福補充道。

守林人放下槍，穿上外衣。他已經盡力了。

車子開始慢慢地後退。

「克利福，車！」康妮喊道。

三個人登時都手忙腳亂，康妮和守林人輕輕地撞在一起。

車子停住了。三人都死寂地沉默了一會兒。

「看來我只能聽人擺佈了！」克利福說，氣得臉色蠟黃。

沒有人回答。

梅樂士把槍扛在肩上，臉色怪異而沒有表情，心不在焉地耐心等待著。弗洛西站在主人的兩腳間守望，不安地動著，厭惡而猜疑地盯著車子，對這三人的模樣感到非常困惑。他們像是一幅擺在壓倒風信子堆裡的生動圖景，沒有人說話。

「我想應該推推它。」克利福終於假裝鎮靜地說。

沒有人回答。梅樂士仍舊是一副心不在焉的表情，好像他沒聽見。康妮不安地望了他一眼。克利福也回過頭來探望著。

「梅樂士，你不介意把車子推回去吧！」他居高臨下地冷冷說道。「希望我這麼說沒有冒犯你。」他不悅地補充。

「沒什麼，克利福男爵！你要我推車子嗎？」

「如果你願意。」

守林人走了過去，這一次卻沒能推動，車子卡住了。他們又戳又拉的，但都沒有用。守林人又把槍和外衣卸了下來，克利福現在一言不發。最後，守林人從後面將車子抬離地面，飛快地踢了一腳，試圖讓輪子鬆開，但是沒有用，車子又往後墜滑下去。

克利福緊抓著車子的扶手，守林人在喘著氣。

「不要這麼做！」康妮對他說道。

「如果妳可以這樣拖一下輪子的話。」梅樂士一邊說，一邊向她示意怎麼拉。

「不，你絕不能再這樣抬它，這樣你會扭傷的。」她急得臉色通紅。

但是他看著她的眼睛，向她點頭示意，令她不得不走過去抓住輪子。他抬起車子，她拉了一拉，輪子鬆開了。

「看在上帝的份上！」克利福驚叫起來。

但是現在好了，車輪鬆開了。

守林人在車輪卡住一塊石頭，走過去坐到土堆上。剛才一用力的結果，使他的心臟跳得很劇烈，臉色蒼白，幾乎快要失去知覺。

康妮看著他，急得幾乎叫了出來。一陣沉寂之中，她看見他擺在大腿上的手正顫抖著。

「你受傷了嗎？」她走過去問道。

「沒有，沒有！」他幾乎是惱怒地轉過頭。

又是一陣沉寂。克利福的金黃色腦袋沒再扭過來，甚至連狗兒也站著不動。烏雲遮住了天空。

「肺炎讓我失去很多。」最後，守林人嘆了口氣，用一條紅手帕擦了擦鼻子。

沒有人回答。康妮估算了一下，要把車子和大塊頭的克利福抬起來，所需要的力量太大了，太大了！這幾乎會要了他的命！

他站起來，拿起外套，把它掛在車子的扶手上。

「準備好了嗎？克利福男爵。」

「是的，我正等著你！」

梅樂士彎腰拿掉石頭，用全身力量推著車子。康妮從來沒見過他的臉色這樣蒼白虛弱。

克利福很重，山坡很陡，康妮走到守林人的旁邊。

「我也來推！」她開始用一種女性的暴怒力量推著車。

「有必要嗎？」車子走得更快了，克利福轉頭看了一眼。

「很有必要！你想要這人的命嗎？要是剛才車子還沒壞，你就讓他推……」

她話沒說完，就已經喘不過氣來了。她稍微放鬆了一下，因爲這工作十分耗費力氣。

「啊，慢慢來！」守林人在她旁邊說，眼裡帶著一絲笑意。

「你確定自己沒有受傷嗎？」她粗聲問道。

他搖了搖頭。她看著他短小生動、凍得發黃的手。這雙手曾經愛撫過她，可是她從未端詳過它呢。它看起來很安靜，像他這個人一樣有種奇特的內在沉靜，使她似乎永遠無法靠近，這讓她很想去握住它；她突然對他傾心起來，他是那樣沉默，那樣不可接近！

梅樂士覺得自己的四肢重新恢復了活力，他用左手推著車，右手放在康妮渾圓白皙的手腕上溫柔地愛撫著。一股力量的火焰在他的背部和腰際下沉，讓他重新恢復了力氣。康妮突然彎腰吻了吻他的手。此時，克利福圓圓的後腦勺在他們面前一動也不動。

到了小山頂，他們休息了一會兒，康妮很高興能鬆開手。她曾經夢想過這兩個男人之間可以和平相處，一個是她的丈夫，一個是她孩子的父親。現在，她明白了這種夢想有多荒謬，這兩個男人是水火不容、勢不兩立的。她第一次意識到「恨」是一件多麼微妙的事，這是她第一次明確而自覺地憎恨著克利福，這種憎恨是鮮明的，好像想讓他從大地上消失。奇怪的是，她對他的憎恨，以及她對這種憎恨的完全承認，反而讓她感到自由而充滿生命。她心想：「既然我恨他，那我就再也不能繼續跟他生活在一起了。」

到了平地，只要守林人一個人就能推動車子。

克利福和康妮隨便聊了幾句以表現自己很沉著，他們談到在迪耶普的伊娃姑母，還有麥爾肯爵士，他曾寫信邀請康妮跟他一起駕車去威尼斯，或跟希爾達一起搭火車去。

「我比較想搭火車。」康妮說，「我不喜歡坐汽車長途旅行，尤其是有煙塵的時候，但是我得看看希爾達的意見。」

「她會駕車帶妳去的。」克利福說。

「也許吧！在這兒我得幫忙把車子推上去，你不知道這車子有多重。」她走到車後，跟守林人並肩把車子推上粉紅色小路。她不在意被人看見。

「爲什麼不讓我在這兒等，去叫菲爾德來，他力氣夠大做得來。」克利福說。

「沒有多遠了。」她喘著氣說。

到了山頂，她和梅樂士都擦了擦臉上的汗水。這共同的工作將他們之間拉得更近了。

「非常感謝，梅樂士，」當他們到了大宅門口，克利福說：「我得另外換個引擎才行。你願意到廚房用餐嗎？是吃飯的時候了。」

「謝謝，克利福男爵，我打算到母親那裡去吃飯，今天是禮拜天。」

「隨你吧。」

梅樂士穿上外套，望著康妮，向她行禮，然後走了。

康妮怒氣沖沖地上了樓。

「你爲什麼這麼討人厭地不體諒別人，克利福？」用午餐時，她再也克制不住自己的情緒了。

「對誰？」

「那個守林人！如果這就是你所謂的統治階級作爲，那我覺得你很可悲。」

「爲什麼？」

「那個人生過病，他的身體不夠強壯！老實說，假如我是勞動階級的人，隨你怎樣按喇叭，我一定不會理你！」

「我相信妳會這樣。」

「如果他雙腿癱瘓，像你一樣坐在車子裡頤指氣使，你會對他怎樣？」

「我親愛的傳教士，妳這樣隨意把人搞混可不夠體面。」

「你這種卑劣而冷漠地欠缺同理心的姿態才更不體面呢！『是貴族就得行爲高尚！』——可是看看你和你的統治階級！」

「妳要我怎樣高尚呢？去對守林人產生許多不必要的感情？我拒絕。我把它留給妳，這些事我留給妳來做，我的傳教士。」

「哎呀，好像他與你不是平等的！」

「沒錯，而且他還是我的守林人，我每週付他兩英鎊，還給他一間屋子。」

「付他錢！你爲什麼要付他兩英鎊和一間屋子？」

「爲了他的服務。」

「哼！我說，你還是留著你的兩英鎊和屋子吧！」

「也許他也想這樣說，不過他沒這個能耐！」

「你，統治！別做夢了，你並沒有統治。你不過是比別人更有錢，用一週兩英鎊的代價雇別人爲你工作，否則就用饑餓威脅他們。統治！你能統治什麼？你從頭到腳都是乾癟的！你只會藉金錢去淩辱別人，就像那些猶太人和投機者一樣！」

「妳的口才很棒，查泰萊夫人！」

「你在林中的表現才叫棒呢！我眞爲你感到羞恥！好個紳士，我父親比你要有人性十倍！」

克利福伸手按鈴叫波頓太太，他的兩腮已氣得蠟黃。

康妮憤怒地回到樓上，對自己說：「他用錢買人！好，他並沒有花錢買我，所以我沒必要跟他在一起。一個死魚般的紳士，長著一副塑膠的靈魂！他們用那可笑的溫文爾雅禮貌來欺騙人，他們的感情大概只跟塑膠一樣多。」

她計畫著晚上的幽會，決意不再去想克利福。她不想去恨他，她不想在任何情感上與他密切地攪在一起。她希望他不知道任何關於她的事情，特別是她對守林人的感情。這種關於她對待僕人態度的爭論很久前就發生過，他覺得她太隨和了；而她覺得在事關他人時，他遲鈍、冷漠、粗暴，像橡膠一樣沒有感情。晚餐的時候，她平靜地下了樓，像平常一樣舉止端莊得體。克利福的兩腮仍舊蠟黃，當他非常不快時，他的肝病總會發作。他正在讀一本法文書。

「妳讀過普魯斯特嗎？」他問。

「我試著讀過，但是他讓我感到厭煩。」

「他是位非常特別的作家。」

「也許吧！但是他讓我感到厭煩，他太做作了！他沒有感情，只有關於感情的一串串詞語，我對妄自尊大的精神感到厭倦。」

「那妳更喜歡妄自尊大的獸性？」

「也許是！但一個人也可以不那麼妄自尊大。」

「很好，我喜歡普魯斯特的敏銳，和他那有教養的無政府主義思想。」

「正是他讓你變得沒有情感，真的！」

「我的傳教士老婆又開始佈道了。」

他們又開始爭論起來，她忍不住要跟他爭論。

他像具骷髏般坐在那兒，用一種骷髏似的冰冷灰色意志來反對她。她幾乎覺得這具骷髏正在抓她，把她塞進他牢籠般的肋骨裡。他甚至武裝了起來，讓她覺得有點害怕。

她儘可能趕快脫身，迅速上了樓，早早上床就寢。到了九點半，她起床到門外聽了聽動靜，沒有聲響。她披上睡袍下樓看了看，克利福正在和波頓太太玩牌賭錢，他們可能要玩到半夜呢。

康妮回到自己的臥室，把睡袍丟在凌亂的床上，穿上一件薄薄的網球服，外面套了件平時穿的毛料衣服，然後換上一雙膠底網球鞋，又披了件薄外套。她準備好了，要是她碰到什麼人，她可以說自己要出去一會兒。早上回來時，她可以說自己在露水中散了一會兒步，她經常在早餐前出去散步。除此之外，唯一的危險是有人在夜裡到她的房間去，但這是極不可能的。

白蒂斯還沒有鎖門。她通常在晚上十點關門，早上七點再開門。

康妮悄悄地溜了出來，沒有被人發現。半輪月亮高懸在空中，微光照亮了大地，卻不足以讓人認出身著深灰色衣服的她。她迅速穿過花園，並未因幽會而感到興奮，相反地，她的心中燃燒著某種憤怒和反叛，這種心境並不適合幽會。但是，無論順境逆境，我們都得承受！

譯註：

①Panem et circenses，義大利文，意為「麵包與雜耍」，出自古羅馬諷刺詩人朱文那的詩篇，諷刺衰敗時期的羅馬人所想的只是麵包和不用花錢看的雜耍。

第14章 過去、現在、未來

走近林園門時，她聽見了門栓拉動的聲音。是他在那兒，他在樹林的暗影中看見了她。

「妳眞好，來得很早。」梅樂士在黑暗中說，「一切都順利嗎？」

「十分順利。」

他在她身後輕輕關了園門，用手電筒在黑暗的地面上照出一塊圓圓的亮斑，映出那些在夜中仍然綻開的蒼白花朵。他們分開走著，默不作聲。

「你確定今天早上抬車子時沒有把自己弄傷吧？」康妮問道。

「沒有，沒有！」

「你得肺炎時，它對你產生了什麼影響？」

「啊，沒什麼！它讓我的心跳變弱、肺葉變硬，得過肺炎就會這樣。」

「你不應該做劇烈的體能活動，是吧？」

「只要不常做就行。」

「你恨克利福嗎？」她在憤怒的沉默中，步履沉重地走著。

「恨他？不！像他那樣的人我見多了，再也不會自尋煩惱去恨他。我早就知道自己不喜歡他那類人，所以就懶得去理會。」

「他那類什麼人？」

「啊，這個妳比我更清楚。那類沒有蛋、有點娘氣的年輕紳士。」

「什麼蛋？」

「蛋！男子的蛋。」

「但這是問題的所在嗎？」她沉思著他的話，有點生氣地說。

「當一個人是白癡時，我們說他沒有腦子；當他卑鄙時，我們說他沒有人心；當他懦弱時，我們說他沒有腸胃；當他沒有男人狂野的火氣時，我們就說他沒有蛋。這時，他是一種被馴服的人。」

「所以克利福是馴服的？」她問。

「像他那種傢伙，有人反對他們時，他們大都馴服而卑鄙。」

「你覺得自己不馴服嗎？」

「也許不太馴服。」

「有燈！」她遠遠看到一處黃色的燈光，她站住了。

「我出門時常常讓燈亮著。」

她繼續走在他旁邊，但是沒有碰他，更奇怪自己爲什麼要跟著他。

他打開門，他們走了進去，他又轉身把門閂上。

她覺得這像座監獄！水壺在火上吱吱地響著，茶杯擺在桌上。

她坐在火爐邊的扶手椅上。剛從寒冷的外面走進來，她覺得屋裡很溫暖。「我要脫掉鞋，它們都濕了。」她把穿著長襪的腳放在火爐明亮的擋鐵板上。

他到食物儲藏室取了些食物，有麵包、黃油和醃牛舌。她覺得有點熱，就脫了外套，他把它掛到門上。

「妳想喝可可呢？還是喝茶或者咖啡？」他問道。

「我什麼都不想要，你自己吃吧。」

「不，我也不想吃。只是要餵狗。」他平靜地走過去，將狗食放在一個褐色的碗裡。

狗兒不安地看著他。

「來，這是你的晚餐，不用怕吃不到！」

他把碗放在樓梯下一塊墊子上，然後坐進一把靠牆的椅子，脫去綁腳和鞋子。

狗兒沒有吃東西，而是跑到他跟前坐下，仍舊不安地看著他。

他慢慢地解著綁腳，狗兒又向他靠了靠。

「你怎麼啦？因爲這兒有外人而不安？你還眞像個女人！去吃你的東西吧。」

他把手放在牠的頭上，母狗側過頭偎著他。他緩緩地、輕輕地捋了捋牠光滑的長耳朵。

「那邊去，」他說，「到那邊去！吃你的晚餐去！去！」

他對著那塊墊子敲了敲椅子，狗兒溫順地走了過去，低下頭來吃東西。

「你喜歡狗嗎？」康妮問他。

「不，不太喜歡。牠們太馴服、太黏人了。」

他已經解開了綁腳，正在脫笨重的鞋。

康妮背對火爐打量著屋子。屋裡空蕩蕩的，但他頭頂的牆上卻掛著一張放大的難看新婚夫婦照，顯然是他和一個面孔粗糙的女人，那無疑是他的妻子。

「那是你嗎？」康妮問道。

「啊，那是我們在結婚前照的，那時我二十一歲。」他抬頭看著頭頂那張放大的照片，冷漠地說。

「你喜歡這張照片嗎？」康妮問他。

「喜歡它？不！我從不喜歡這玩意兒，但是她非要照這張相不可。」他轉過頭脫掉鞋。

「如果不喜歡，你爲什麼要把它掛在那兒？也許你妻子想要它。」

「她把家裡所有值錢實用的東西都帶走了，但卻把這張照片留了下來！」他看著她，突然苦笑起來。

「那你爲什麼還留著它？因爲感傷？」

「不，我從沒正眼瞧過它，我幾乎不知道它掛在那兒。自從我們到這兒來，它就一直掛在那兒。」

「那你爲什麼不燒掉它？」

他又轉頭看那張照片。它裝在一個鍍金的褐色相框裡，非常難看。裡面是一個穿著高領服裝的年輕機敏男子，鬍子刮得很乾淨，和一個穿著黑緞上衣、捲髮蓬鬆、身材粗壯的年輕女人。

「這主意不錯。」

他已經脫掉了鞋，換上一雙拖鞋。他踩在椅子上取下照片，綠色的牆面露出一大塊蒼白。

「用不著擦它了。」他把相框靠著牆放下。

他到儲藏室取了把鐵錘和鉗子，回到剛才的地方坐下來。他撕掉相框後面的那層紙，去拔用來固定夾板的小釘子。他立即全神貫注安靜地投入工作中，這是他的一種特色。

他很快就拔完釘子，取下後面的夾板，然後取出那張照片和堅硬的白色襯紙。他看著它，覺得很有趣。「這就是我那時的樣子，像個年輕的牧師；這是她那時的樣子，像是個暴徒，一個一本正經的暴徒。」

「讓我瞧瞧。」康妮說。

他的鬍子刮得很乾淨，容貌整潔，是個二十年前的整潔年輕人，甚至在照片上，他的眼睛也顯得銳敏而無畏。那女人雖然顎骨粗大，但並不完全像個暴徒，她身上有一種能打動人的吸引力。

「一個人絕不應該保留這些東西。」康妮說。

「是不應該，絕不應該照這些東西！」他在膝上撕碎相片和襯紙，丟進了火裡。「這會把火弄得很嗆人。」

梅樂士小心地把玻璃和夾板拿到樓上，相框被他幾錘砸成了碎片，泥灰飛揚，然後他把這些碎片放進了儲藏室。

「我們明天再燒它吧，上面塗太多灰泥了。」

把一切收拾乾淨後，他坐了下來。

「你愛你的妻子嗎？」她問。

「愛？妳愛克利福男爵嗎？」

「但是你想她嗎？」她可不想讓他岔開話題，堅持問道。

「想她？」他苦笑。

「也許你現在在想她。」

「我！」他睜大了眼睛，平靜地說，「不，我是不可能想她的。」

「爲什麼？」

他搖了搖頭。

「那你爲什麼不離婚呢？她總有一天會回到你身邊。」康妮說。

「她絕不會走近我周圍一英里的範圍內，她恨我比我恨她更甚。」他逼視著她。

「你等著瞧吧，她一定會回到你身邊的。」

「絕不會，這是毫無疑問的！看見她我就難受。」

「你會見她的，你們還沒有合法分居，是嗎？」

「沒有。」

「啊，那她會回來的，而且你不得不接受她。」

他直直地盯著康妮，然後奇怪地搖了搖頭。

「妳也許是對的。我眞傻，竟然回到這個地方來！但那時我無依無靠，不得不找個安頓的地方，落魄的人太可憐了。不過妳是對的，我得把婚離了，落個自由。我恨死了公務員、法庭、法官，但我得忍受他們，我要離婚。」

「我現在想喝杯茶。」她看到他咬緊牙，心中非常高興。

他起身去弄茶，臉上的神色仍沒有改變。

當他們坐到桌前時，她問：「你爲什麼要娶她？她比你的地位更低。波頓太太對我說過她的事，她不明白你爲什麼要跟她結婚。」

他凝視著康妮。「告訴妳，我在十六歲時就有了第一個女友，她是奧拉東中學校長的女兒，長得很漂亮。我當時剛從雪菲爾德文法學校畢業，懂點法文和德文，心高氣傲，被人們認爲是個聰明的年輕人。

「她是那種浪漫的女人，憎恨平凡，她鼓勵我讀書吟詩；從某種意義上來說，是她塑造了我，爲了她，我開始熱切地閱讀和思索。當時我是巴托來事務所的一名職員，身體瘦弱、臉色蒼白，讀到什麼都會想入非非。

「我們之間無所不談，我們從波斯波利斯談到丁布各都①，我們是百里之內最有文學修養的一對。我一跟她談起話就滔滔不絕，那勁頭眞有點狂熱，我簡直飄飄然若仙了。她崇拜我。可是，性愛是伏在草中的毒蛇。不知何故，她沒有性慾，至少在應該有的地方沒有。

「我越來越消瘦，越來越瘋狂。我告訴她我們必須成爲情人，我像平常一樣跟她談起這事，她就依了我。我很興奮，但她卻一點也不想要，她壓根就不想要。她崇拜我，喜歡我吻她，跟她說話，她很熱中於這些事，其餘的一點也不想要。許多女人都跟她一樣，可我想要的恰恰是其餘的，於是我們就分手了，我很殘忍地離開了她。

「接著我又跟一個女教師搞在一起，她曾經有過一樁醜聞，她迷住了一位有婦之夫，幾乎把他弄得發狂。她很溫柔，皮膚嫩白，比我大一些，還會拉小提琴。她眞是個魔鬼，除了性愛之外，性愛的所有把戲她都喜歡。她想出各種花招黏著你，愛撫你，爬進你懷裡，但是如果你強迫她做愛，她就會咬牙切齒地恨你。我強迫她做，她只能帶著憎恨冷漠地屈服於我，我又一次受到了挫折。我厭惡這一切，我想要一個想要我、想要性的女人。

「接著就是貝莎．考茲。小時候我們兩家是鄰居，所以我很瞭解她家的人，他們一家都很平庸。貝莎曾到伯明罕的什麼地方做過事，她自己說是去爲一位貴婦做女伴，別人卻說她是在一家旅店裡做女招待或別的什麼。總之，當我對別的女人感到厭煩的時候，貝莎從伯明罕回來了，風姿迷人、穿著時髦、美豔如花，這種充滿肉慾的美豔，我們有時可以從一個女人或者妓女身上看到。那年我二十一歲，正受著肉慾的煎熬。

「我辭掉了在巴托來事務所的工作，因爲我覺得自己在那兒無足輕重。我回到特維蕭做一名鐵匠工頭，主要工作是替馬釘掌。那曾經是我父親的工作，我常常跟他在一起，我喜歡這份工作——善待馬兒，以便牠們能安靜地讓你釘掌。我不再說他們所謂的『斯文』話，不再說標準的英語，重新又操起方言來了。

「我一邊在家讀書，一邊做鐵匠，我還有一輛自己的小馬車，日子過得很像樣。我父親死時留下三百鎊給我，接著，我就跟貝莎搞在一起，我喜歡她的平庸。我希望她平庸，也希望自己能變得平庸，然後，我娶了她，那時她還不壞。那些『純潔』的女人幾乎把我的睪丸當成了廢物，但是她沒有，她需要我，而且不忸捏作態。我非常滿足，我需要的就是一個需要我來幹她的女人，所以我就拚命地幹她。我想她有點瞧不起我，因爲我對此心滿意足，有時還服侍她在床上吃早餐！

「她什麼都不做，每當我下班回家時，連一頓像樣的飯也吃不到。要是我稍有微詞，她就朝我發火，於是我也火了，兩個人鬧得不可開交。她用茶杯砸我，我則掐她的脖子，差點把她掐死。

「事情就是這樣。然後她就很傲慢地對待我，事情最後搞到了這種地步，每次我想要她時她總是不讓，她總是拒絕我，粗野得不像話。每當她拒絕了我，我也不想再要她了，她卻又變得情意纏綿地主動要我。我總是遷就她，但是當我幹她時，她卻從不願和我一起達到高潮，從不！她只是等待著。要是我忍上半個小時，她就能忍更久。當我幹完後，她就開始幹她的，我不得不待在她的身體裡，直到她自己讓自己幹完。

「她扭動著、吟叫著，下體緊緊地鉗著我，然後，她達到了高潮，如癡如醉。她說：『太爽了！』漸漸地，我再也受不了了，而她也越來越壞。她越來越難達到高潮，她的下體撕扯著我，像是鳥喙一樣。天哪！人們以爲女人的下體全柔軟得像無花果，但是我告訴妳，那些老娼婦的兩腿間有個尖喙，她們用那玩意兒撕扯你，直到你無法忍受。

「自我！自我！自我！她們撕扯著、吟叫著，只想著自我。她們說男人是自私的，但是我懷疑男人的自私根本敵不過女人盲目的撕扯。她們太過分了，像個老娼婦，但她這麼做是不由自主的。我曾經向她說過這事，告訴她我對此有多厭惡，她也願意試著改過來。她試著靜靜地躺著，一切由我來幹。她試了，卻沒有用，不管我怎樣幹都無法讓她達到高潮，她只好自己幹，自己來磨咖啡。

「她離不開那種如癡如醉的快感，她只得讓自己放肆，她撕扯著、撕扯著，好像除了那尖喙，那摩擦著、撕扯著的陰唇之外，她身上的其他部分都沒有感覺，男人常說，只有老娼婦才是那樣的。她很『賤』、很瘋狂，像那些酗酒的女人一樣。好，最後我再也無法忍受了，我們分床睡了，這個辦法還是跟她學的。當她發脾氣不想理我時，她就說我對她作威作福，提出要有一間自己的房間，但後來卻是我不讓她進我的房間。

「我恨這事，而她也恨我。我的上帝，在那孩子出生前，她是多麼恨我！我常想她是在對我的憎恨中懷了孩子的。總之，孩子出生後，我就再也不理她了。然後大戰爆發了，我入了伍，直到得知她跟了史德門的一個傢伙，我才敢回來。」

他突然停了下來，臉色蒼白。

「史德門的那個傢伙是個什麼樣的人？」康妮問道。

「是個嬰孩似的大漢，滿口髒話。她欺凌他，兩個人都酗酒。」

「我說，要是她回來……」

「天哪，那我就得走，再度消失！」

兩人都沉默下來，相片已在爐中燒成了灰燼。

「這樣看來，當你得到了你想要的女人，你很快就會對她感到厭煩。」

「啊，好像是的！雖然如此，我卻寧願要她，而不要那些說『不』的女人——那些我年輕時的『純潔』愛人、那些有毒氣的百合花，還有其他。」

「什麼其他？」

「其他？沒有其他，只是在我的經驗中，大部分的女人都是這樣的；她們大都需要男人，卻不要性愛，她們忍受著，好像那是一種交易，許多老式的女人乾脆像塊木頭似的躺在那兒任你擺佈。她們事後也不介意，她們喜歡你，但那件事本身對她們毫無意義，只是有點令人不快。許多男人都喜歡這樣，可是我不喜歡，但有的女人很狡猾，她們假裝不是那樣，她們假裝很狂熱、很興奮，但那只是騙人的鬼把戲！」

「你對此很介意嗎？」康妮問道。

「我會殺了她們！要是我碰到一個眞正的女同性戀，我的心會狂嚎起來，想要殺掉她！」

「你要怎樣做呢？」

「只能儘快躲開。」

「你認爲女同性戀比男同性戀更壞嗎？」

「是的！因爲她們讓我吃了更多的苦頭，不過在理論上我倒不這樣認爲。每當我遇到女同性戀，不論她自己知不知道，我都會火冒三丈。不，不！我再也不想和任何女人來往了，我要固守著自己，保持自己的孤獨與體面。」他臉色蒼白，表情沉鬱。

「遇到我你後悔嗎？」

「我又後悔又高興。」

「你現在怎麼想?」

「我很後悔，這是因爲外界的原因，所有那些糾紛、毀謗、反噬遲早都會來的。當我氣餒時，我總是情緒低落，但是當我情緒高漲時，我又很快樂，甚至像是勝利者。在我沒有遇到妳之前，我的心裡正越來越苦，我覺得世上再也沒有眞正的性愛了，除了黑人婦女，再也沒有女人能眞正自然地跟男人一起達到高潮了。但不知何故，我們是白人，而黑人卻有點像是泥土。」

「那我能讓你快樂嗎?」康妮問道。

「是的!當我能忘掉別的女人時。當我無法忘掉別的女人時，我只想鑽到桌子下去死。」

「爲什麼要鑽到桌子下?」

「爲什麼?」他笑了起來，「藏起來啊，孩子!」

「看來你對女人沒什麼好印象。」

「妳知道，我不能自欺。大多數男人都在自欺，他們採取一種態度，接受一種謊言，但我絕不會愚弄自己。我知道自己要從女人身上得到什麼，如果我沒有得到，我絕不會欺騙自己說我得到了。」

「那你現在得到了嗎?」

「看起來我好像可以得到。」

「那你爲什麼這樣抑鬱、臉色這樣蒼白？」

「因爲我忘不了過去，也許是因爲我害怕自己。」

「你覺得男女之事很重要嗎？」她默默地坐著，夜已經深了。

「對我來說是的。要是我能和一個女人發生正當的關係，它將是我生命的核心。」

「假如你不能呢？」

「那我只好沒有核心。」

「你覺得自己從未錯誤地對待女人嗎？」她沉思了一下，然後問道。

「天啊，不是！是我把我妻子弄成那個樣子的，那都是我的錯，是我毀了她。我是個疑心病很重的人，妳以後會知道的，我很難眞心相信別人。也許我也是個騙子，我什麼都不相信，要是我眞的溫柔，那就不該犯錯。」

「當你熱血沸騰時，你不會懷疑自己的身體，那時你就不再狐疑了，是嗎？」她看著他。

「啊，是的！這就是我陷入煩惱的原因，這就是我的心如此狐疑的緣故。」

「讓你的心狐疑去吧！那有什麼關係呢？」

狗兒躺在蓆子上，不安地嘆了口氣。爐火爲灰燼所掩，暗了下去。

「我們是一對被打垮的勇士。」康妮說。

「妳也被打垮了嗎？」他笑了起來，「現在我們又回到了戰鬥中！」

「是的！我真的覺得害怕。」

「啊！」他站起來，把她的鞋拿去烘乾，然後擦了擦自己的鞋，也放到火爐邊，第二天早上他還要給它們上油。他儘可能地把相片紙灰撥出火爐外。「即使被燒掉，它仍是骯髒的。」他拿了一些柴放在鐵架上，預備明天早上燒，然後他帶著狗出去了一會兒。

當他回來時，康妮說：「我也想出去一會兒。」她獨自走到黑暗中。

繁星滿天，在夜晚的空氣中，她能聞到花的香氣，她覺得自己的鞋更濕了，但是她想走開，離開他和所有的人。夜裡很冷，她打著顫回到屋裡，他正坐在黯淡的爐火前。

「啊，很冷！」她哆嗦道。

他往爐子裡添了些柴，又去取了一些，直到爐子裡又劈劈啪啪重新燃起熊熊大火。黃色的火焰撲撲地跳著，溫暖著他們的面頰和靈魂，讓他們覺得很快活。

「不要對此耿耿於懷。」看到他沉默而疏遠地坐著，她握住他的手說：「你已經盡力了。」

「啊！」他嘆著氣，微微苦笑了一下。

「忘了吧！」她投身進他的懷裡，她低語道，「忘了吧！」

他的心中升起一股暖意，緊緊地抱住她。火焰本身就像是一種忘記。她那柔軟的、溫暖的、成熟的重量！慢慢地，他的血液又重新恢復了力量與魯莽的活力。

「也許那些女人也想與你一起達到高潮，也想『正當』愛你，只是她們做不到，也許這並不全是她們的過錯。」

「這我知道。我自己就曾經像是一條被蹂躪得斷了脊的蛇，妳以爲我不知道嗎？」

康妮突然緊緊地貼著他，她並不想再說這些了，但是一種反常的任性卻在驅使著她。

「但是你現在不是了，不再是一條被蹂躪得斷了脊的蛇。」

「我不知道自己現在是什麼，前方還有黑暗的日子。」

「不！」她纏著他抗議，「爲什麼？爲什麼？」

「黑暗的日子會降臨到我們身上，降臨到每一個人身上。」他重複道，像在進行悲觀的預言。

「不！不要說這種話！」

梅樂士沉默著，但是她能感覺到他內心絕望的黑色空虛。這是所有慾望、所有愛的死滅，男人心中的絕望像個黑洞，他們所有的精神、熱情都迷失在其中。

「你這樣冷淡地談著性，好像你只追求自己的快樂與滿足。」她不安地抗議道。

「不，我想從女人那裡得到快樂和滿足，但我卻從未得到過，因爲除非她能同時從我身上得到快樂和滿足，否則我無法得到。但這種事從來沒發生過，這是兩個人的事。」

「但是你從來不相信你的女人，你甚至連我也不相信。」

「我不知道相信女人是什麼意思。」

「瞧，你就是這樣。」她仍舊蜷縮在他的大腿上。

但他的精神是陰鬱的，他的心思不在那兒，她所說的每一句話都把他趕得更遠。

「你到底相信什麼？」她堅持問道。

「我不知道。」

「什麼也不信，像我認識的所有男人一樣。」

兩人都沉默下來。

「是的，我確實相信什麼，我相信熱情。我特別相信愛的熱情、性愛時的熱情，我相信如果男人能熱情地去幹女人，而女人又能熱情地接受它，那一切事情都會好起來的。只有死人和白癡在性愛時才會冷漠無情。」他突然振奮地說。

「你不會冷漠無情地幹我吧？」她問。

「我一點也不想幹妳，我的心現在冷得像凍壞的馬鈴薯。」

「噢！」她吻著他，嘲弄地說：「讓我們煎一煎這馬鈴薯。」

他笑了起來，挺了挺身子。

「這是事實，做什麼事情都需要熱情，但是女人不喜歡，甚至妳也不是眞正地喜歡。妳喜歡那種強健的、劇烈的、刺激的、冷漠無情的性愛，卻假裝哪一種都喜歡。妳對我的柔情在哪裡？妳像貓懷疑狗似地懷疑我。我告訴妳，溫柔與熱情是兩個人的事。妳喜愛性愛，但是妳想把它弄成一件重大而神祕的事情，好滿足妳那妄自尊大的虛榮心。對妳來說，妳的自尊比任何男人，或者是與男人的交融都重要五十倍。」

「這正是我要責備你的話。對你來說，你的妄自尊大是最重要的。」

「啊，很好！」他欠了欠身，似乎想站起來，「那我們分開吧。我寧願死，也不願再去冷漠無情地性愛。」

她從他懷裡站起來，他也站了起來。

「你以為我願意嗎？」

「希望妳不願意。好了，妳上床去睡吧，我就睡在這兒。」

她看著他。他臉色蒼白，眉頭緊鎖，他退縮著，離她好像離北極一樣遠。男人都是一樣的。

「不到早上我回不了家。」她說。

「不，是到我床上，快要一點了。」

「我不去！」

「那我就出去！」他走過去拿他的鞋，開始穿鞋。

她凝視著他。

「等一等！」她結結巴巴地說，「等一等！我們倆這是怎麼了？」

他彎腰繫著鞋帶，沒有回答。

在那一瞬間，康妮覺得眼前一黑，好像是要暈眩。她失去了意識，圓睜著眼睛站在那裡，毫無感覺地看著他，什麼都不知道。

這種靜默讓他抬起頭，他看見她眼睛圓睜、一副茫然的樣子。好像被一陣風推著，他直起腰，只穿著一隻鞋，蹣跚地向她走去。他把她摟進懷裡，緊緊抱著她的身體，這個不知怎的就被徹底傷害的身體。

他就這樣抱著她，而她一動也不動，直到他的手盲目地下滑到她的臀部，伸進她衣服下面那又滑又暖的地方愛撫著她。

「我的愛人！」他低語道：「我的小愛人！我們不要鬥嘴了！我們永遠也不要鬥嘴了！我愛妳。我喜歡愛撫妳。不要和我爭執！不要！不要！不要！讓我們成爲一體吧。」

她仰著臉看著他。「不要煩悶，煩悶沒有好處。你眞的想和我成爲一體？」她鎭靜地說。她眼睛圓睜，直直盯著他的臉。

他突然停下來，動也不動，把臉轉到一邊。他的身體動也不動，沒有退開。

然後他抬起頭看著她的眼睛，臉上掛著他那種略帶嘲諷的古怪苦笑說：「啊，是的！讓我們發誓成爲一體！」

「眞的嗎？」她眼睛裡含滿了淚水。

「眞的！我的心、腹，還有陽具都跟妳在一起。」他仍舊微笑地看著她，眼裡閃著一絲嘲諷、一絲苦澀。

她默默地哭泣著，他倆躺到爐前的地毯上，他進入她的身體，他們這才安靜下來。然後他們趕緊上床就寢，因爲夜越來越冷了，他們倆也疲憊了。她小鳥依人似地抱著他，兩人立刻進入了夢鄉。他們就這樣依偎地躺著，直到太陽升過林梢，又一天開始了。

梅樂士醒了過來，陽光刺眼。他聽到樹林中的山鴉和畫眉在吱吱亂叫著，這一定會是個陽光燦爛的早晨。現在大概是五點半，這是他平常起床的時間。他昨夜那麼快就睡著了！這是多麼新的一天！康妮仍舊蜷縮著身子甜甜地睡著。

他的手撫摸著她，她吃驚地睜開眼睛，無意識地朝他笑了笑。

「你睡醒了？」她對他說。

他看著她的眼睛微笑著，吻了吻她。

「想不到我是在這兒！」她突然清醒過來，坐起。

她打量著這間牆壁刷白的小臥室，天花板是傾斜的，山牆上的窗戶上掛著白色的窗簾。房子裡空蕩蕩的，只有一個黃色的衣櫃、一把椅子，還有這張她和他一起睡在上面的小白床。

「想不到我們在這兒！」她俯身看著他說。

他躺在那兒看著她，用手指挑逗她那薄薄睡衣下的乳房。當他溫和而平靜時，他看起來是那麼年輕而俊美。他的眼睛看上去是那麼溫暖！而她則年輕鮮豔，像朵花。

「我想脫掉它！」她說著，掀起了薄薄的麻質睡衣，從頭頂脫了下來。她裸著肩坐在那兒，略微下垂的乳房微微帶有金色。

他喜歡讓她的乳房輕輕搖晃，像吊鐘一樣。

「你也得脫掉睡衣。」

「啊，不！」

「要！要！」她命令道。

他脫掉了舊棉布睡衣。除了他的手、腕、臉和脖子，他的身體像牛奶一樣白，他的肌肉美麗而嫩弱。驟然地，康妮突然覺得他又美得令人心動，就像那大下午她看見他洗澡時一樣。

金色的陽光照著白色的窗簾，她覺得它好像想進來。

「啊！讓我們拉開窗簾吧！鳥兒們叫得多歡快啊！我們讓太陽進來吧！」

他背對著她下了床，赤裸的身體白皙而瘦弱，他走到窗前，微微彎腰拉開窗簾向外望了一會兒。他的背部白皙而瘦弱，小小的屁股有一種男性的精緻優美，他的頸背是紅色的，靈敏但卻強壯。

在這瘦弱而美妙的肉體裡，有著一種內在而非外在的力量。

「你眞美！那樣的純潔而美妙！來吧！」她伸出了雙臂。

他羞於轉向她，因爲他赤身裸體地勃起了。他從地板上拾起襯衫，把它遮在身前朝她走去。

「不！」她仍舊伸著纖細而美麗的雙臂，兩只乳房下垂著。「讓我看看你！」

他鬆開襯衫，看著她，靜靜地站著。陽光穿過低矮的窗戶，照亮了他的大腿、纖細的腹部和直立的陽具。它在一小叢金紅色的鮮亮毛髮中，黑黝黝地挺立著，看上去像熱得發脹。

她嚇了一跳，覺得有點害怕。

「多麼怪異！」她慢慢地說，「它挺立在那兒的樣子多麼怪異！那麼大！那麼黑！那麼自信！不是嗎？」

男人低頭看了看他那纖細而白皙的腹部，笑了起來。在他瘦弱的胸膛上，毛髮很暗，幾乎是黑色的。但是在他小腹下那纖細而彎曲的陽具挺起處，卻有一片發亮的金紅毛髮。

「這麼驕傲，而且這麼神氣活現！我現在明白男人們為什麼都那麼專橫了！不過它的確很可愛，像是另一種生命！有點令人害怕，但的確可愛，而且衝著我來了！」她既興奮又恐懼地緊咬下唇，不安地喃喃說道。

「啊，我的小夥子！你可眞不賴。你必須昂著你的頭，你獨一無二，你誰都不放在眼裡，你使我相形見絀，約翰．湯瑪斯②，你是我的老闆嗎？啊，你比我更趾高氣揚，你比我沉默。約翰．湯瑪斯，你想她嗎？你想要我的珍妮夫人嗎？你又使我在你裡面充漲起來，好傢伙！啊，你微笑著挺起來……那就去問她，去問珍妮夫人吧，就這麼說：『門啊，請妳敞開吧，驕傲的君主就要進來了！』啊，你這不知害臊的東西！你想要的是一個屄。告訴珍妮夫人你想要一個屄，約翰．湯瑪斯，和珍妮夫人的屄！」男人沉默地看了看自己緊繃的陽具，低聲說道。

「噢，不要取笑它了！」康妮跪在床上爬向他，雙臂環抱著他白皙的細腰，把他拉到身前，她那下垂而搖晃的乳房碰到了他直立而顫抖的龜頭，沾上了幾滴滑液。她緊緊地摟住他。

「躺下！」他說，「躺下！讓我來！」

他有點猴急了。

雲雨之後，兩人都平靜下來，女人從男人身上翻身下來，去看他那神祕的陽具。

「它現在細小而柔軟，像一個生命的小蓓蕾！」她說著，把他柔軟的小陰莖握在手裡。「難道它不可愛嗎？這樣獨特！這樣奇異！而且這樣天眞！它是多麼深入地插進了我的身體，你可不要得罪它。要知道，它不僅是你的，而且也是我的！它是我的！它是這樣可愛、這樣天眞！」她溫柔地握著陰莖。

「祝福那連結我們的心的陰莖。」他笑了起來。

「當然！甚至在它柔軟而細小時，我也覺得我的心只連結在它身上。你的陰毛多麼可愛，非常非常獨特！」

「那是約翰．湯瑪斯的毛，不是我的！」

「約翰．湯瑪斯！約翰．湯瑪斯！」她迅速吻了一下那柔軟的陰莖，它又開始抖動起來。

「啊！」男人似乎痛苦地伸展著身子，「它這個紳士已經在我的靈魂裡扎下了根，有時我眞不知道該拿它怎麼辦。啊，它有自己的意志，要讓它滿意是很不容易的，不過我還是不願失去它。」

「難怪男人總是害怕它！它確實相當可怕。」康妮說。

當意識之流已改變方向，沉寂了下去時，一陣顫抖又穿過了男人的身體。男人覺得很無奈，因爲陰莖正自己慢慢地輕輕抖動著、膨脹了起來，怪異地高聳在那兒，堅硬而傲慢。

女人看著，禁不住顫抖起來。

「好！拿去吧！它是你的。」男人說。

她顫抖著，她的意識被融化了。當他進入時，一陣無法形容的快樂波浪強烈而溫柔地沖刷著她，一種奇異的顫抖開始延展著、延展著、融化著她，直到她被最後盲目的強烈激流所淹沒。

梅樂士聽到遠處的史德門響起了七點鐘的號笛聲，這是星期一的早晨。他打了個顫，把臉埋在她的雙乳間，讓她的雙乳輕輕壓著他的耳朵，好讓自己聽不見。

她沒有聽見號笛聲，她全然安靜地躺著，靈魂像被洗過一樣透明。

「妳得起來了不是嗎？」他低語。

「幾點了？」她淡淡地問。

「七點鐘的號笛響過了。」

「我想我該起來了。」她恨這種來自外界的壓迫，她怨恨。

他坐起來，茫然看著窗外。

「你眞的愛我，是不是？」她安靜地問道。

「這妳知道，爲什麼還要問？」他低頭看著她，有點焦躁地說。

「我想要你留下我，不再讓我走了。」

「什麼時候？現在？」他深邃的眼睛充滿了不可思議的柔情蜜意。

「現在把我留在心裡，我希望不久後能永遠跟你住在一起。」

他赤裸地坐在床上，低著頭，無法思考任何問題。

「你不願意嗎？」她問道。

「願意！」他深邃的眼中換了另一種意識的光彩，幾乎像是沉睡。他看著她。「現在什麼都不要問我，就讓我這樣吧。我喜歡妳，我喜歡妳躺在這兒。女人在做愛時是很可愛的，屄是個好東西。我愛妳，愛妳的大腿、妳的體態、妳的女性氣質，我愛妳這個女性。我用心、用我的睪丸來愛妳，但是現在什麼都別問我，不要逼我說什麼。以後妳什麼都可以問，現在就讓我這樣吧，就讓我這樣吧！」

他把手輕輕地放在她維納斯般的陰唇上，放在她柔軟而光潔的褐色毛叢中，他赤著身靜靜地坐在床上，臉色平靜，沒有絲毫沉迷於肉慾的表情，幾乎像是佛陀的面孔。他一動也不動地坐在那兒，手放在她身上，內心翻湧著另一種無形的意識，等待著事態的轉變。

過了一會兒，他取過襯衫穿上，默默地迅速穿好衣服。

她仍舊赤裸裸地躺在床上，膚色淡黃，像一朵黃玫瑰。

他望了她一眼，轉身走了。

她聽見他下樓，把門打開。她躺在床上冥想著，冥想著。要離開他的懷抱眞不容易啊！

「七點半了！」他在樓梯下喊道。

她嘆了口氣，下了床。小屋裡空蕩蕩的，只有一個小衣櫥和一張小床，但是地板擦得很乾淨。窗邊的牆角有個小書架，上面擺著一些書，有些是從巡迴圖書館借來的。她翻了一下，有關於蘇俄的書，關於旅行的書，關於原子和電子的書，一本關於地殼組成及地震原因的書，二本關於印度的書，此外還有一些小說。他竟然讀這些書！啊，畢竟他是個能識文認字的人！

陽光穿過窗戶，照著她赤裸的四肢。透過窗戶，她看到狗兒弗洛西在外面遊蕩著，榛樹叢下長著深深淺淺的綠色水銀菜。這是一個清朗的早晨，鳥兒們飛騰著、歡快地唱著歌。要是她能留下來，要是沒有那個煙與鐵的可怖世界，要是他能爲她創造一個新的世界，那該有多好啊！

康妮走下狹窄而陡峭的木梯。只要她還沒走出這間自成一格的小屋，她就仍感到心滿意足。

梅樂士已經梳洗過了，爐火正燃燒著。

「妳想吃點什麼？」

「不用！不過讓我用一下梳子。」

她跟著他來到廚房後面，在門後的一片小鏡子前梳好頭。她可以走了。她站在屋前的小花園裡，看著那些帶著露水的花朵，灰色的石竹花正含苞待放。

「我希望能和你住在這兒，而此外的世界全都消失。」

「它是不會消失的。」

他們默默穿過那帶著露水的可愛樹林，但是在他們自己的世界中，他們還是在一起。

「我希望很快就能跟你生活在一起。」回勒格貝令康妮感到痛苦，她離開時這麼說。

他微笑著沒有回答。

她平靜地回了家，回到自己樓上的臥室裡，沒有被人注意到。

譯註：

①波斯波利斯（Persepolis），古波斯帝國都城之一，其廢墟在今伊朗西南部。丁布各都（Timbuctoo），歷史名城，在撒哈拉沙漠南緣。

②梅樂士對自己陽具的謔稱，下文的珍妮夫人也是他為康妮取的充滿性意味的謔稱。

第15章 暴雨激情

早餐時，托盤上放著一封希爾達的信——

父親這週要去倫敦。我打算在六月十七日星期四那天去找妳，妳得準備一下，以便我們可以立即動身。我不想在勒格貝消磨時間，那是個可怕的地方。我可能會在勒霍的高爾門家過夜，所以星期四午餐前我就能趕到妳那兒，然後我們在吃午茶時就可以啓程，晚上可以住在格蘭森。出發前的夜晚跟克利福待在一起沒意思，要是他不喜歡妳走，那他也太不情願了。

啊！她又被人在棋盤上推來推去了。

克利福不願意讓她走，僅僅是因爲她走後他會覺得「不安全」。出於某種原因，她在身邊讓他覺得安全，可以自由地去做自己的事。他的心思大都花在煤礦上，他絞盡腦汁去解決那些幾乎無法解決的問題，例如——如何用最經濟的方法採煤，然後又想方設法地把它賣出去。他知道自己應該找個辦法使用自己的煤轉化成別的什麼，這樣他就不必去賣煤，或者說不必委屈地低價拋售。但是就算他將煤轉化成了電能，他能把它用掉或賣掉嗎？將煤轉化成石油還太過複雜，費用也太高。要讓工業保持生機，必須要有更多的工業，這是一項瘋狂的事業。

這眞的是一種瘋狂的事業，只有瘋子才能取得成功。那好啊，他不也有點瘋狂嗎？康妮這樣想。在她看來，他在礦務上表現出來的幹勁和才智都是瘋狂的表現，他的每一個靈感都是精神錯亂的靈感。

他跟她談起自己的重大計畫，她驚訝地聽著，隨他怎麼說下去。說完之後，他轉向收音機，又變得非常空虛，他的計畫很顯然是像夢一樣盤繞在他心裡。

現在，克利福每天晚上都要跟波頓太太玩大兵們的遊戲——二十一點，每次賭六便士。賭博時，他常常陷入某種無意識中，陷入某種空虛的陶醉，或者是某種陶醉的空虛中，隨便它是什麼，康妮眞受不了他這副表情。在她就寢之後，克利福和波頓太太還要賭到凌晨兩、三點，他帶著某種奇異的狂熱，心裡覺得很安全。

波頓太太賭起來幾乎跟克利福一樣狂熱，而她越狂熱，就輸得越多。

「昨天晚上我輸給克利福男爵二十三先令。」有一天，波頓太太對康妮說。

「他拿妳的錢了嗎？」康妮驚訝地問。

「當然了，夫人！這可是榮譽之債！」

康妮很生氣，嚴厲地勸誡他們一番。結果克利福把波頓太太的年薪加了一百鎊，幫她充實賭本，這讓康妮覺得克利福眞是無可救藥了。

最後她告訴他，她打算在十七日離開。

「十七日！那妳什麼時候回來？」

「最遲七月二十日。」

「好，就是七月二十日。」他怪異地、茫然地看著她，茫然的像個孩子，怪異的像個空虛而狡詐的老人。「妳不會讓我失望的，是嗎？」

「怎麼了嗎？」

「當妳離開後，我是說，妳肯定會回來？」

「比什麼都肯定，我一定會回來的。」

「好，那好，就七月二十日！」他古怪地看著她。

然後他眞的想讓她走。這是很奇怪的，他確實希望她走，希望她能有場小小的浪漫史，也許在回家時還能懷個孩子，但同時他又害怕她走。

康妮開始顫抖起來，緊盯著這個可以讓她完全脫離克利福的眞正機會，等待著他倆都能成熟面對這種分離時刻的到來。

*　　*　　*

「當我回來時，我就可以告訴克利福我必須離開他，然後我們可以一起離開，他們絕不會知道我是跟你走的。我們可以到國外去，不是嗎？到非洲或澳洲去，好嗎？」她坐下來告訴守林人她要出國，這計畫讓她興奮得發抖。

「妳從來沒有去過殖民地，是嗎？」梅樂士問道。

「沒有！你呢？」

「我去過印度、南非和埃及。」

「我們爲什麼不去南非？」

「我們可以去！」他慢慢地說。

「難道你不想去？」她問。

「我無所謂，我怎樣都無所謂。」

「難道你不喜歡這樣？爲什麼不呢？我們不會窮困的。我寫信問過了，我一年約有六百鎊的入息。不太多，卻足夠我們用了，不是嗎？」

「對我來說這已是一大筆錢。」

「啊，那時我們該會多麼快樂啊！」

「但是我應該去離婚，妳也應該去離婚，否則我們會有麻煩的。要考慮的事太多了。」

*　　　　　　*　　　　　　*

有一天他們在小屋裡，屋外雷雨交加，她問了一些關於他個人的事。

「從前你是一位中尉、一位軍官、一位紳士，那時你快不快樂？」

「快樂？是的，我喜歡那位上校。」

「你愛他嗎？」

「是的！我愛他。」

「他愛你嗎？」

「是的！從某種方面來說，他愛我。」

「跟我說點他的事。」

「說些什麼呢？他出身行伍，他愛軍隊，他從未結過婚，他比我大二十歲，他是一個非常聰明的人，在軍隊裡很少與人往來。他是這樣的一種人——做起事來很熱情，是個非常聰明的軍官。當我跟他在一起時，我完全被迷住了，我讓他支配著我的生活，我絕不爲此感到後悔。」

「他死的時候你很痛苦吧？」

「那時我也差點死掉，但是當我恢復之後，我知道自己的一部分已經死掉了。從那時起，我意識到自己的生命終究有一天會爲死亡所終結，所有的東西都會結束於死亡。」

她坐在那兒沉思著。屋外雷聲轟鳴，小屋好像是洪水中的諾亞方舟。

「你的閱歷似乎很豐富。」

「是嗎？我覺得我好像已經死過了一、兩回，可是我還活著，頑強地活著，準備迎接更多的煩惱。」

「在上校死後，作爲一個軍官和紳士，你還覺得幸福嗎？」康妮聽著屋外的雨聲，努力地思考著。

「不！我的同僚們都很鄙吝。」他突然笑了起來，「上校常說：『夥計，英國中產階級每吃一口東西都要嚼三十次，因爲他們的腸子太窄，一粒豌豆大的東西就能把他們噎住。他們是些鄙吝的、自負的、女性化的可憐蟲，甚至連鞋帶沒繫端整也要大驚小怪，他們腐爛不堪，而且總是自以爲是，這也是我不求上進的原因。他們舔屁股舔得舌頭發硬，但他們仍然自以爲是。他們自命不凡地高踞在一切之上。自命不凡，這是一代只有一顆睪丸的自命不凡者！』」

康妮笑了起來。屋外的雨下得很大。

「他恨他們！」

「不，他不屑去恨他們，他只是厭惡他們，這之間是有區別的。因爲，如他所說，現在連大兵們都變得自命不凡、半陰不陽、器量狹小了，這種改變是人類的命運。」

「那些普通的群眾、那些勞動者也一樣嗎？」

「全都一樣，他們的血性全都死了。汽車、電影、飛機吸走了他們的最後一點血性。告訴妳，人們像兔子似地繁衍後代，他們的腸道是橡膠管做的，臉和雙腿是馬口鐵做的，馬口鐵做的群眾！一種堅定的布爾什維克主義，一面消滅著所有人性，一面崇拜著機械。金錢，金錢，金錢！所有的時髦人，都在剿滅人類古老感情的行為中、在把老亞當和老夏娃①剁成肉醬的行為中，得到了極大樂趣。他們全都一樣。整個世界都一樣，都在剿滅人類的實體，每塊包皮一英鎊，每對睪丸兩英鎊！屄是什麼？不過是性愛的工具！都是一樣的。給他們錢，讓他們去割掉世界的陽具，金錢讓人們失去了人類的血性，變成了一些只會盲目旋轉的小機器。」

梅樂士坐在小屋裡，臉上滿是譏諷的表情。儘管如此，他還是留著一隻耳朵傾聽著樹林中的暴雨聲，那聲音讓他覺得非常孤獨。

「這一切難道不會終結嗎？」康妮道。

「啊，會的，他們會自己拯救自己。當最後一個真正的人被消滅掉，人們就全都變得馴服了；白種人、黑種人、黃種人，各種膚色馴服的人，人們全都變得愚蠢而瘋狂，只因健全的心智根植在睪丸之中。人們將會變得愚蠢而瘋狂，並且舉行盛大的『判決儀式』②。妳知道的，判決儀式是一種信仰行為。好，他們將為他們小小的信仰舉行盛大儀式，將彼此做為獻祭的祭品。」

「你是說他們將互相殘殺嗎？」

「是的，寶貝！照現在的速度繼續下去，在百年之內，這個島將只剩下不到一萬人，也許不到十個。人們將含情脈脈地消滅掉對方。」

雷聲轟鳴著，消失在遠方。

「那多好啊！」她說。

「非常之好！想想人類的滅絕，以及此後其他物種還未產生前的長期停滯，這比什麼都更能讓人平心靜氣。如果我們這樣繼續下去，如果所有的人、知識份子、藝術家、政府、實業家、工人……都繼續瘋狂地消滅著最後的人類感情，消滅著他們最後的一點直覺，最後的健全本能，如果這樣以代數、級數繼續下去，那麼，人類就要完了。再見吧，親愛的，毒蛇吞掉了自己，留下一片空虛，非常的糟糕，但又不是毫無希望。眞是好極了！凶猛的野狗將在勒格貝狂吠，凶悍的野馬將在特維蕭的礦井邊踐踏！『讚美祢，主啊！』」

「那你應該很高興他們都是布爾什維克主義者，你應該很高興他們都在匆匆走向窮途末路！」康妮笑了起來，但不是快樂地笑。

「是的。我不阻止他們，因爲就算我想阻止也阻止不了。」

「那你爲什麼這麼苦惱呢？」

「我並不苦惱！只要我底下的雄雞還能啼叫，我就不會苦惱。」

「但是如果你有個孩子呢？」

「啊，我覺得把一個孩子生到這個世界上是錯誤而可悲的。」他低下了頭。

「不！不要這麼說，不要這麼說！」她懇求，「我相信我會有個孩子的……說，說你會高興。」她把手放在他的手上。

「我很高興，妳覺得開心，但我覺得對未出生的孩子來說，這是一種可怕的背叛。」

「啊，不！」她震驚地說，「那你就不是眞正地想要我！如果你這樣想，那你就無法眞正地想要我。」

他又沉默下來，臉色陰沉。此刻只聽見屋外刷刷的雨聲。

「你說的並不完全正確！」康妮呢喃道：「並不完全正確！還有另外的事實。」她覺得他現在之所以悲傷，部分原因是因爲她將要離開他到威尼斯去，這一點讓她覺得高興。

她拉開他的衣服，使他露出小腹來。她吻了吻他的肚臍，然後把臉貼在他的小腹上，雙臂緊緊抱著他那溫暖而沉靜的腰。

他們孤獨地處在「洪水」之中。

「告訴我，你想要個孩子，眞心希望！」她喃喃地說道，臉頰在他的小腹上貼得更緊了。「告訴我，你想！」

「啊！有時我想，爲什麼就沒有人試著去改變這些礦工的生活？他們的工作環境很差，賺的錢又很少，如果有人能對他們說：『不要只想著錢。我們離不開錢，但我們只要一點錢就夠了。讓我們不要爲金錢而活……』」

她感覺到，思想的轉變與放鬆帶來的奇異顫抖，穿過了他的身體。

她用臉頰輕輕磨蹭著他的小腹，她把他的睪丸握在手裡。

他的陰莖輕輕地抖動著，好像有一種奇異的生命，但卻沒有勃起。屋外的雨急打著。

「讓我們爲別的什麼而活吧！讓我們不要爲賺錢而活，無論是爲他人還是爲自己，但我們現在卻被迫這麼做。我們被迫去爲自己賺一點點錢，爲老闆賺一大堆錢。讓我們阻止這種狀況吧，一點一滴地阻止。我們不需要激昂地叫囂，讓我們一點一滴丟掉這工業化的生活，回到過去吧，只要有一點錢就夠了。對每個人來說，包括你和我，老闆和雇主，甚至包括君王，只要有一點錢就夠了。只要下定決心去做，你就可以從這種糟糕的狀態中跳脫出來。」

梅樂士停頓了一下，又接著說：「我要告訴他們：『瞧，看看喬，他的動作是多麼美妙、多麼靈敏自如、多麼俊美。再看看約拿，他行動笨拙、面目醜陋，這是因爲他從不願振作起來。』我要告訴他們：『瞧，看看你們自己，一肩高一肩低的，腫著腳，腿已經變了形！看看這該死的工作把你們變成了什麼樣子，它把你們給毀了，根本沒必要做那麼多工作。脫掉衣服，看看你們自己，你們本應敏捷而俊美，如今卻顯得笨拙而醜陋。』這就是我要告訴你們的事。我要讓我們男人穿上另一種服裝，也許是鮮紅的緊身褲和白色的短夾克。爲什麼呢？要是男人們有了紅色的美麗雙腿，僅此一點就能在一個月之內改變他們，他們會重新成爲男人，成爲眞正的男人。

「女人喜歡穿什麼就穿什麼，因爲只要男人穿著鮮紅的緊身褲走路，漂亮的紅屁股在白色短夾克底下一扭一擺，女人就會成爲眞正的女人。就是因爲男人不成男人，所以女人才不成女人。最後，我們要拆掉特維蕭，另外建一些美麗的屋子，讓我們大家都住在裡面，然後再清理整個國家。不過不要生太多孩子，因爲這個世界已經太擁擠了。

「我不會向人們說教，我只會剝去他們的衣服，說：『瞧瞧你們自己，這就是爲錢而工作的下場！瞧瞧，這就是爲金錢而工作的下場！你們一直在爲金錢而工作！看看特維蕭！它是多麼可憎！因爲它是你們在爲金錢而工作時建起來的。瞧瞧你們的女人！她們不在乎你們，你們也不在乎她們，因爲你們把時間都花在工作和賺錢上。你們無法說話，無法行動，無法生活，你們無法和女人好好相處。你們毫無生氣，瞧瞧你自己！』」

他突然沉默下來。

康妮心不在焉地聽著，把她來小屋時在路上採的幾朵勿忘我，綁在他小腹底下的陰毛中。屋外的世界已陷入沉寂，有點冰冷。

「你有四種毛髮，」她對他說，「你胸膛上的毛髮幾乎是黑色的，而你的頭髮顏色較淺，你的鬍子很硬，是暗紅色的，而你這兒的毛，你的陰毛，卻像是一小叢明亮的金紅色槲寄生，它是最好看的。」

他低頭看著繫在陰毛中的乳白色勿忘我。

「啊！男人的陰毛、女人的陰毛，都是放勿忘我的好地方，但是，難道妳不關心未來嗎？」

「啊，我關心，關心得很呢！」康妮抬頭看著他。

「因為我覺得，人類的世界因為鄙吝的獸性而注定要遭到毀滅，所以我覺得殖民地並不夠遠，甚至連月亮也不夠遠。因為在那兒，一回頭就能在眾星之中看到骯髒的、殘忍的、可憎的、被人類弄得烏煙瘴氣的地球。我覺得這像吞了一塊苦膽，連腸子都嘔了出來，沒有地方遠得足以讓我們逃避開來，但是只要我屈從了，我就能忘掉這一切。在最近的一百年裡，人都變成了什麼樣子？男人們全都變成只會工作的昆蟲，他們的陽剛之氣、他們真正的生命全都被消磨掉了。我要把機器掃出地球，徹底地結束工業時代，就像清除垃圾一樣。但是既然我做不到，也沒有人能做到，所以我最好還是安靜下來，努力過自己的生活。但我懷疑自己是否還有生活可過。」

最後一道閃電掠過天空，雷聲沉悶地轟鳴著滾向遠方，慢慢地停了下來，但是已經減緩的雨突然又大了起來。

康妮覺得很不安，他說得太多了，他是在自言自語，而不是對她說話。他好像又被絕望完全佔據了，但她卻覺得快樂；她憎恨絕望，她知道他之所以陷入這種心境，僅僅是因為他內心意識到她就要離開他了。她覺得有點得意。

她打開門，看著屋外鐵幕似的傾盆大雨，突然渴望能衝進雨中，離開這一切。她站起來，迅速脫掉襪子、外衣、內衣。

他屏住了呼吸。當她動作時，她高聳的乳房活潑地抖動著，在微綠的光線裡，她的膚色像象牙一樣白。

她穿上了膠鞋，露出一絲野性的微笑，伸出雙臂，挺起乳房迎接沉重的雨點，她在雨中身影模糊地跑著，跳著多年前學的體操舞蹈。這個奇特而蒼白的身影，在雨中忽起忽落。她彎下腰，讓雨水淋著她微微發亮的屁股，然後又扭腰擺臀地站了起來，接著又彎下腰，以便露出整個臀部和陰部向他致敬，她重複著這種狂野的敬禮。

他乾笑著脫掉自己的衣服。妙極了！他打了個寒顫，赤裸裸地跳進這打得人很痛的疾雨裡。弗洛西狂吠著竄到他前面。

康妮的頭髮全濕了，黏在她的頭上，她轉過發熱的臉看著他，藍色的眼睛興奮地閃著光，她猛地轉過身，飛快地跑出空地，跑到林中的小徑上，濕透了的樹枝刮在她身上。

她狂奔著。他只看見一顆濕漉漉的圓頭，一個傾斜飛奔的濕漉漉背脊，還有閃著光的渾圓臀部——一個飛逃的女性美妙裸體。

康妮快跑到馬路上時，他才趕上了她，用赤裸的雙臂抱著她柔軟而赤裸的腰身。她尖叫了一聲，挺直身，把自己柔軟而寒冷的肉體緊貼在他身上。

他瘋狂地緊擁著，女人柔軟而寒冷的肉體一經碰觸很快就變得像火焰一樣溫暖。雨水傾注在他們身上，他們的肉體開始冒出熱氣。他雙手分別摟著她可愛又厚實的臀部，把它們狂暴地壓在自己身上，在雨中戰慄著，一動也不動。突然，他讓她躺下，和她一起躺在小徑上，在雨聲怒號的寂靜中迅速激烈地佔有了她，迅速激烈地完了事，像野獸一樣。

他立即站起來，擦掉眼前的雨水。

「回去吧！」他說。

然後他們開始朝小屋跑去，他迅速地逕自跑向小屋，他不喜歡被雨淋。但康妮卻放慢腳步，採了些勿忘我、野蝴蝶花和野風信子，她跑了幾步，看著他飛奔著離她而去。

當她帶著花、氣喘吁吁地回到小屋時，他已經生好了火，柴在劈啪作響。她尖尖的乳房晃動著，濕漉漉的頭髮緊緊貼在頭上，面色緋紅、渾身發亮。她喘著氣、雙眼圓睜，小腦袋濕漉漉的，渾圓自然的臀部滴著水，看起來像是另一種生物。

他取了張舊床單幫她擦乾身子，她像個孩子似地站著。然後，他關上門，擦了擦自己的身體。爐火很旺，她低下頭，用床單的另一端擦了擦自己濕漉漉的頭髮。

「我們共用一條毛巾，這是吵嘴的預兆！」

「不！」她頭髮亂蓬蓬的，抬頭看著他，睜大眼睛說。「這不是毛巾，是床單。」

然後她繼續擦著頭髮，他也忙著擦自己的頭髮。

因爲剛才的運動太劇烈，他們倆仍舊喘著氣，各自披了一條軍毯，向著爐火袒露身子，並肩坐在一塊木頭上，逐漸安靜下來。

康妮不喜歡毯子刺著她皮膚的感覺，但是床單已經濕透了。她丟下毯子，跪在火爐前的地面上，把頭伸向火，搖晃著晾乾頭髮。

他看著她優美的臀部曲線，它今天讓他著迷。它雍容地向下傾斜至她渾圓的屁股上，在她的兩股之間，緊夾著一個隱密而溫熱的入口！

他用手在她後面愛撫著，緩緩地、微妙地愛撫她的曲線和渾圓的屁股。

「妳的後面眞美！」他操著方言，用喉音愛憐地說：「這是人間最美麗的屁股！它是最美的，最美的女人屁股！它的每一處都是女人，眞正的女人！妳不是那種像男孩般長著鈕釦似屁股的女人！妳有一個眞正柔軟而飽滿的屁股，讓男人們愛得傾心，它能夠裝下整個世界。」

他在說話時一直溫柔地愛撫著她渾圓的屁股，直到一股難以捉摸的火焰好像從它上面升起，傳到了他的手上。他的指尖像一把火熱的小刷子，在她身上兩處隱密的孔穴來回撫摸。

「如果妳能拉屎或撒尿，我會很高興的，我可不想要一個不會拉屎或撒尿的女人。」

康妮忍不住驚訝地猛然噴出一陣笑聲，但是梅樂士卻很正經八百。

「妳是眞實的，是的，妳是眞實的，甚至有點淫蕩。妳在這兒拉屎，在這兒撒尿。我把手放在它們上面，我因爲它們而愛妳。這才是眞正的女人屁股，它很驕傲，它毋需爲自己感到羞愧。」

他的手緊緊壓著她的私處，好像在親切地表示問候。

「我喜歡它！」他說，「我喜歡它！如果我只能活十分鐘，卻能愛撫、熟悉妳的屁股，那我就認爲這一生沒有白活，妳明白嗎？管什麼工業制度！這兒就是我生命的全部！」

「吻我吧！」她轉身爬到他的膝上，緊緊地貼著他，低語。

離愁別恨縈繞在他們心裡，最後她悲傷起來。

她坐在他的大腿上，頭依偎在他的胸膛上，慵懶地叉開象牙般光潔的雙腿，爐火參差地照在他們身上。在火光的映照下，他低頭看著她扭曲的身體，看著她叉開的雙腿間那叢柔軟的褐色陰毛，它們垂下來束於一點。他伸手從背後的桌上拿起她採來的花，它們仍舊很濕，幾滴雨水滴在她身上。

「不管什麼天氣，這些花都待在外面，它們沒有屋子。」

「甚至沒有一間小屋！」她喃喃地回道。

他安靜地把幾朵勿忘我繫在她私處美麗的褐色陰毛上。「這兒！這兒才是勿忘我該待的地方！」

「多漂亮啊！」她低頭看著自己那繫在褐色陰毛中的乳白色怪異小花。

「像生命一樣漂亮。」他又在那毛叢中插了一朵粉紅色的野蝴蝶花花蕾。「瞧，那花蕾是我，在這兒妳永遠不會忘記我！那是蘆葦叢中的摩西。」

「我就要離開了，你不會在意的，是嗎？」她看著他的臉，熱切地問。

在濃密的眉毛下，他的臉上沒有一點表情，讓人難以捉摸。

「妳想怎樣做就怎樣做吧！」他又說起標準的英語來。

「但是如果你不想要我走，那我就不走了。」她緊偎著他。

兩人都沉默下來。

梅樂士俯身往火裡添了一根柴，火焰竄了起來，映著他沉默的、出神的臉。

她等待著，但是他什麼也沒說。

「我只是想，這是開始跟克利福斷絕關係的一個好辦法。我眞的想生個孩子，而且它給了我一個機會去、去……」她繼續說道。

「去向他們撒謊。」梅樂士替她接下去。

「是的，眞眞假假。你要他們知道眞相嗎？」

「我不在乎他們知道的是眞是假。」

「我在乎！當我還待在勒格貝時，我不想讓他們以一種令人不快的冷冰冰方式對待我。當我最終離開後，他們愛怎麼想就可以怎麼想。」

他沉默了一會兒。

「克利福男爵希望妳回到他身邊？」

「噢，我必須回來！」她說。

兩人又沉默下來。

「妳要在勒格貝生孩子？」他問。

「如果你不帶我走，我就不得不在勒格貝生孩子。」她用手臂勾住他的脖子。

「帶妳去哪兒呢？」

「隨便哪兒都行！只要能遠遠地離開勒格貝。」

「什麼時候？」

「噢，當我回來的時候。」

「妳既已走了，又何必回來？何必把一件事分成兩次做？」

「啊，我必須回來，我已經答應過了！我已經信誓旦旦地答應過了。不過，我是爲你而回來的，眞的。」

「爲你丈夫的守林人？」

「我不覺得這有什麼不對。」

「是嗎？」他沉思了一會兒。「那妳最後想在什麼時候離開呢？說個確切的時間。」

「噢，我不知道。等我從威尼斯回來，我們再準備一切。」

「怎麼準備？」

「噢，我會把一切都告訴克利福的，我必須告訴他。」

「是嗎？」他沉默著。

「不要讓我爲難。」她懇求。

「讓妳爲難？」

「我得去威尼斯，得做些安排。」

「我沒有爲難妳，我只想弄清妳究竟想做什麼，可是事實上妳自己也不知道。妳想從容地離開這裡，仔細考慮一下，我不責怪妳，我覺得妳很明智，妳可以選擇在勒格貝做主婦，我不會責怪妳的。我沒有勒格貝可以獻給妳，事實上，妳知道妳能從我身上得到什麼。不，不，我相信妳是對的！我是眞的相信！而且我不想靠妳生活、受妳供養，這個因素也得考慮。」他半微笑半苦笑著。

不知何故，康妮覺得梅樂士好像是在報復她。

「但是你想要我，不是嗎？」她問。

「妳想要我嗎？」梅樂士不答反問。

「你知道我要，這是很顯然的。」

「很好！那妳什麼時候要我？」

「你知道，等我回來後，我們可以安排一切。你現在弄得我喘不過氣來，我得沉靜下來，清醒清醒。」

「很好！靜下來清醒清醒吧！」

「但是你信任我，不是嗎？」她覺得有點不快。

「噢，絕對信任！」

「那請你告訴我。」她聽出他是在嘲諷，洩氣地說，「你認為我不去威尼斯更好嗎？」

「我相信妳去威尼斯更好，」他冷冷地答道，略有點嘲諷。

「你知道我將在下週四動身嗎？」

「知道！」

「等我回來，我們將更清楚我們的處境，是不是？」她沉思著，最後她說。

「噢，當然！」

他們之間橫著一條奇特的沉默深淵！

「我已經為離婚的事見過律師了。」他有點不自然地說。

「是嗎？他說了些什麼？」她微微顫抖了一下。

「他說我早就應該離掉，現在離可能比較困難。不過因為我是去從軍，所以他認為可以離得掉。只是不要案子一辦，又把她招到我頭上來才好！」

「必須讓她知道嗎？」

「是的！她將接到一張傳票。和她同居的男人也一樣，他是共同被告。」

「這些手續多麼討厭啊！我想我和克利福也得這樣走一遭。」

他們都沉默下來。

「當然，我得過六到八個月的獨身生活。如果妳去了威尼斯，我至少在兩、三個星期內可以遠離誘惑。」

「我是誘惑嗎？」她撫摸著他的臉說，「我很高興能成為你的誘惑！讓我們不要想它了，你思考時總會嚇到我，好像會把我壓扁似的。讓我們不要想它了！我們可以在分開時好好地想。這是最緊要的！我想我在動身前必須再與你共度一宵，我得再來一次村舍。我星期四晚上來好嗎？」

「那天妳姐姐不是要來嗎？」

「是的！但是她說我們將在吃午茶時動身。晚上她會在別的什麼地方過夜，而我可以跟你睡在一起。」

「那她會發覺的。」

「噢，我打算把一切都告訴她，我已經多少告訴過她一些事情了。我必須跟她談這些事，她很有頭腦，對我很有幫助。」

「妳們將在午茶時從勒格貝出發，假裝要趕往倫敦？那妳們打算走哪條路呢？」他考慮著她的計畫。

「經過諾丁漢和格蘭森。」

「妳姐姐在什麼地方讓妳下車，然後妳再走路或坐車回到這裡？我覺得這聽起來太冒險了。」

「是嗎？那好，希爾達可以送我回來，她可以在曼斯菲爾德過夜。她可以晚上把我送回來，早上再把我帶回去，這很容易。」

「但是被人發現了怎麼辦？」

「我會戴上面紗和墨鏡。」

「好，跟平時一樣，隨妳喜歡吧。」他沉思了一會兒。

「但是你不覺得高興嗎？」

「噢，是的！我也很高興。」他有點無情地說，「我也要趁熱打鐵。」

「你知道我在想什麼嗎？」她忽然說，「我突然想，你是灼熱的『鐵杵騎士』！」

「啊！妳呢？妳是紅熱的『椿臼夫人』！」

「是的，是的！你是鐵杵騎士，我是椿臼夫人。」

「很好，我是騎士。約翰．湯瑪斯成了約翰騎士，珍妮夫人。」

「是的！約翰．湯瑪斯被封爲騎士了，而我是陰毛夫人。你也得掛上幾朵花才行！」

「好了！多迷人啊！多迷人啊！約翰騎士！」她在他陰莖上方的金紅色陰毛繫了兩朵粉紅色的蝴蝶花。

康妮又在他胸口的深色毛髮上放了一朵勿忘我。

「你在這兒不會忘掉我，是嗎？」她吻了吻他的胸口，在他的兩只乳頭上各放一朵勿忘我，然後又吻了吻他。

「把我當成日曆吧！」他說著笑了起來，花兒從他的胸口上掉了下來。「等一下！」他站起來打開門。

在門廊臥著的弗洛西站起來看他。

「啊，是我！」他說。

雨已經停了，屋外是一片潮濕沉重、卻又芬芳的寂靜。黃昏已經來臨。

他出了門走上小徑，朝著與馬路相反的方向走去。康妮看著他清瘦而白皙的身影，覺得他好像一個鬼魂，一個正在飄離她的幽靈。

當他走出她的視線時，她的心沉了下去。她站在小屋的門口，披著一條毯子，看著這潮濕死寂的靜默。

但是梅樂士回來了，奇特地小跑步著，帶了一些花。

她有點怕他，好像他不完全是個人。當他走近她時，他看著她的眼睛，但是她讀不懂他的眼神。

他帶了些耬斗菜、野蝴蝶花、野秣草、橡樹枝，和一些含苞未放的金銀花。他用柔嫩的橡樹枝纏住她的乳房，然後在上面插了些風信子和野蝴蝶花；他把一朵粉紅色的野蝴蝶花放在她的肚臍上，又在她的陰毛中插了一些勿忘我和車葉草。

「現在妳富麗而堂皇！」他說，「珍妮夫人在與約翰．湯瑪斯舉行婚禮。」

他在自己身上的毛髮裡也插了些花，用一枝爬地藤纏著自己的陰莖，再把一朵風信子黏在肚臍上。

她快活地看著他，看著他古怪而專心地做著這一切。她在他的鬍子上放了一朵蝴蝶花，花兒黏在上面，在他的鼻子下面晃動著。

「這是迎娶珍妮夫人的約翰．湯瑪斯。我們得和康妮與梅樂士告別了，也許……」

他伸出手做了一個手勢，但卻打了個噴嚏，鼻子下和肚臍上的花全晃掉了。他又打了個噴嚏。

「也許什麼？」她等著他繼續說下去。

他有點茫然地看著她。

「呃？」

「也許什麼？接著說吧。」她堅持道。

「啊，我是要說什麼？」他忘記了。

他總是有頭無尾，讓她覺得很失望。

一束黃色的陽光照在樹上。

「太陽！妳該走了。時光！時光！夫人，時光！什麼可以無翼而飛呢？夫人！是時光，時光！」

「向約翰．湯瑪斯道晚安吧！」他拿起襯衫，低頭看著他的陰莖說，「它躺在爬地藤的懷裡很安全！它現在還不是灼熱的鐵杵。」

他把法蘭絨襯衫套到頭上。

「一個男人最危險的時刻……」當他的頭從襯衫裡冒出來時，他說，「就是他的頭套進襯衫裡的時候，那時他等於把自己的頭放進了一個袋子裡。所以我喜歡那些美國襯衫，穿起來跟夾克一樣。」康妮仍舊站在那兒看著他。

他把腳套進短褲，拉到腰上扣好。「看看珍妮！它滿戴著花兒！明年爲妳戴花的人是誰呢？珍妮！是我，還是別的什麼人？『再見，我的風信子，再見！』——我恨這首大戰早期的流行歌。」

他坐下來穿襪子，她仍舊站在那兒沒有動作，他把手放在她的臀下。「漂亮的小珍妮夫人！也許妳可以在威尼斯找到一個在妳陰毛放茉莉、在妳肚臍放石榴花的男人！可憐的小珍妮夫人！」

「別說這種話！你說這只是爲了傷我的心！」

他低下頭，然後用方言說：「啊，也許是的，也許是的！好，我不說了，不再說那種話了。但是妳得穿上衣服，回到妳堂皇的英格蘭大宅裡去，它們是多麼美麗啊。時間過了，約翰爵士和珍妮小夫人的時間過了！穿上妳的內衣吧，查泰萊夫人！妳這樣一絲不掛地站著，掛著幾朵花，沒有人能看出妳的身分。啊！這些花兒，讓我來摘掉它們，你這禿尾巴的小畫眉！」他摘掉她頭髮上的樹葉，吻了吻她潮濕的頭髮；他摘掉她乳房上的花朵，吻了吻她的乳房；他吻了吻她的肚臍、她的陰毛，卻讓花瓣留在那兒。

「只要它們願意，就得讓它們留在那兒。好了！妳又變得光溜溜的，妳只是個帶有幾分珍妮氣的、光著屁股的小女人！現在穿上內衣吧，妳必須走了，否則查泰萊夫人會趕不上她晚餐的！——『妳上哪兒去了，我漂亮的少女③？』」

當他這樣滿口說著方言的時候，她從來不知道該怎麼回答他。她穿好衣服，準備就這樣有點恥辱地回勒格貝去，也許這種恥辱只是她的感覺。

他陪她走到馬路上去，他的小雞已被關在棚子裡。

當他們倆走到馬路上時，波頓太太正臉色蒼白地朝著他們猶疑地走來。

「啊！夫人！我們很想知道是否發生了什麼事情。」

「不！什麼事也沒發生。」

波頓太太看著守林人，愛情使他滿面春光。她碰到他半含笑半嘲諷的目光，他在不幸的時候總是這樣笑著，但是他友善地看著她。

「晚安，波頓太太！現在我可以不陪夫人了。晚安，夫人！晚安，波頓太太！」他行了個禮，轉身走了。

譯註：

①此處以亞當和夏娃象徵人類自然質樸的情感。

②指中世紀天主教會異端裁判所的判決儀式，持「異端」者被公開處以火刑。

③此句是民歌歌詞。

第16章 行前幽會

康妮回家後受到了一番嚴厲的盤問。

克利福在吃午茶時出去了一會兒，但在暴風雨來臨之前就回來了。夫人到哪兒去了？誰也不知道。只有波頓太太認爲她可能是到樹林裡散步，在這樣的暴風雨中到樹林去！這一次，克利福焦慮不安得幾乎要發狂，每一道閃電、每一陣雷聲都讓他感到驚懼。他看著冰冷的雷雨，好像已經到了世界末日，他變得越來越焦躁。

「她會在小屋中避雨的，直到雨停下來。不要擔心，夫人不會有什麼事的。」波頓太太試圖安慰他。

「我不希望她在這種暴風雨中還待在樹林裡，我壓根就不喜歡她到樹林去！她現在已經出去兩個多小時了，她是什麼時候出去的？」

「在你回來前她剛出去。」

「我在花園裡沒看到她。天知道她在哪兒、出了什麼事！」

「噢，不會有事的，雨一停她立刻就會回來，只是被雨困住了。」

但是雨停後夫人並沒有立即回來，又過了很久，直到夕陽露出最後一抹斜暉，還是看不到她的身影。太陽落下山，天色漸黑，晚餐的第一聲鑼也敲響了。

「這樣等下去沒用！」克利福暴怒地說，「我得讓菲爾德和白蒂斯去找她。」

「噢，不要這麼做！」波頓太太叫道，「他們會瞎想發生了自殺或是別的什麼……噢，不要惹起人們的閒話。讓我假裝漫不經心地到小屋那邊去，看看她在不在那兒。我能找到她，她會沒事的。」

經過這樣一番勸說，克利福允許她去看看。

而康妮則在馬路上碰到了她，她臉色蒼白，獨自在路上徘徊著。

「不要怪我來找妳，夫人！但是克利福男爵十分焦躁，他以爲妳一定是被雷擊，或是被一棵倒下的人樹壓死了。他堅決要派菲爾德和白蒂斯來林中找妳的屍首，所以我想我最好出來，以免驚動所有的僕人。」她不安地說道。

康妮的表情很沉著，還帶著一層未曾消退的熱情，但波頓太太仍感到她對自己動了怒。

「很好！」康妮說。她再也說不出話來。

兩個女人在沉默中腳步沉緩地穿過這濕漉漉的世界。大顆的雨滴從樹上濺下來，發出爆炸似的聲響。波頓太太比較福態，當她們走到花園時，她已開始微微喘氣，無法跟上康妮的腳步。

「克利福如此大驚小怪，眞是太愚蠢了！」康妮終於憤怒地對自己說。

「唉，男人們就是這樣！他們總是讓自己焦躁，但只要一見到夫人就會安靜下來。」

讓康妮惱怒的是，波頓太太知道了她的祕密——她當然知道。

「我竟然需要人來找，眞是太荒唐了！」康妮突然在小徑上停下，她的眼睛發著火光。

「唉！夫人，別這樣說！要是我不來，他肯定會派那兩個人來的，他們會逕自找到小屋的。我不知道小屋在哪兒，眞的。」

聽到這種暗示，康妮的臉氣得更紅了。然而，當她的激情還沒消退時，她無法撒謊，她甚至不能僞稱她和守林人之間毫無關係。她看著那個狡猾的女人，只見她低著頭站在那兒，然而，她畢竟是個女人，是個盟友。

「噢，那好，就這樣吧！我不怪妳了。」

「夫人，妳放心吧！妳只是在小屋裡避雨，這沒有什麼不妥。」

她們回到屋裡。

康妮逕自走進克利福的房間，衝著他過度焦慮的蒼白面孔和鼓起的雙眼，發起火來。

「我得告訴你，我想你沒有必要叫僕人來找我！」她大聲喊道。

「上帝啊！」他也暴怒起來，「妳這女人到哪兒去了？在這種暴風雨中，妳出去了幾個小時，幾個小時！妳究竟到那該死的樹林做了什麼事？妳去做什麼了？雨已經停了幾個小時，幾個小時了！妳知道現在幾點了嗎？妳讓人急得發狂！妳去哪兒了？妳究竟做了些什麼？」

「我要是不告訴你又怎樣？」她摘下帽子，擺了擺頭髮。

克利福鼓鼓的眼睛看著她，眼白泛黃，這樣暴怒非常有害他的健康。

結果是波頓太太在往後的幾天裡都沒得好過。

「的確！」康妮突然內疚起來，她溫和地說，「誰都會奇怪我究竟到哪兒去了！下雨的時候，我坐在小屋裡烤火，怪快活的！」

她的語調很自然。畢竟，為什麼要激怒他呢！

「瞧瞧妳的頭髮！瞧瞧妳那副樣子！」他猜疑地看著她。

「噢，」她平靜地回答，「我脫光衣服在雨中裸奔了一陣。」

他瞪著她，說不出話來。「妳一定是瘋了！」

「怎麼？喜歡雨水浴就是發瘋嗎？」

「妳是怎樣把自己弄乾的？」

「用一條舊毛巾，還烤了烤火。」

「假如有人來……」他仍舊愣愣地瞪著她。

「誰會來？」

「誰？隨便是誰！比如梅樂士。他來了嗎？他晚上一定會到那兒去。」

「是的，他來得比較晚，在放晴後才來，他是來餵小雞的。」她若無其事地說道，從容得令人吃驚。

波頓太太在隔壁偷聽著，佩服得五體投地。想想，一個女人竟能如此自然應付此事！

「要是他在妳像個瘋子似地在雨中裸奔時來了，該怎麼辦？」

「我想他一定會被嚇得魂不附體，逃之夭夭。」

克利福一直死盯著她，他不知道自己的潛意識在想什麼。他的意識因爲震驚而無法清晰地思考，只能茫然而草草相信她說的話。他愛慕她，他不能自已地愛慕她。她的臉色是那樣紅潤、美麗、光滑，愛情的光滑。

「至少，這可能會讓妳得重感冒。」他漸漸平靜下來。

「噢，我沒感冒！」她回道，心裡卻想著那個男人的話——妳有著最漂亮的女人屁股！她希望，她眞的希望能告訴克利福，在雷雨交加之時，有人曾對她說過這話。然而，她卻擺出一副厭煩的樣子，像個被冒犯的王后，到樓上換衣服去了。

那天晚上，克利福想對她好一點，他爲她讀一本有關科學的宗教新書，他有一種似是而非的宗教氣質，他只是自私地關心自我的未來。既然他們之間不得不談些什麼，跟康妮討論書籍似乎成了他的一種習慣。這種談話，幾乎像是用化學方法在他們的腦中配製出來的。

「請問妳對此有什麼想法？」他拿起書說道，「要是我們再進化幾個地質紀，妳就不用再跑到雨中去冷卻自己滾燙的肉體了。啊，聽這句話——『宇宙向我們展示了兩種面目：一方面，它在物質上耗損著;另一方面,它在精神上上升著。』」

康妮聽著,等待著下文,但是克利福停了下來。

「如果它在精神上上升,那麼,在它下面,在它尾巴原來所在的地方,它所留下的是什麼呢?」她驚訝地看著他。

「啊!我想,按照作者的意思,『上升』是『耗損』的反面。」

「那就是說,精神爆發了!」

「不,嚴肅點,不要說笑,妳覺得怎樣?」

「在物質上損耗?我只見你越來越胖,而我也沒有什麼損耗。你覺得太陽比以前更小了嗎?我不覺得。我想,亞當遞給夏娃的蘋果,不見得會比我們今天的蘋果大,你說是嗎?」她的目光又移到他身上。

「好吧,聽聽他下面是怎麼說的——『宇宙就這樣緩慢地演化著,慢得非我們所能思議,直至一種新的創世情境,在那種情境中,我們如今所知道的物質世界,將變成一種波,這種波與虛無幾乎沒有什麼區別。』」

「多麼愚蠢的騙人鬼話!好像他那一丁點自負的意識能知道那種緩慢發生的事情!那只能說明他自己在物質上是失敗的,所以他想使全宇宙在物質上也變得失敗。眞是不知天高地厚的狂言!」她有趣地聽著,心中冒出種種不便說出的話,於是她僅僅這麼說。

「噢，再聽，不要打斷了這個大人物的嚴肅陳述——『這個世界目前的秩序來自一個不可思議的過去，將會消失在一個不可思議的將來。剩下的是抽象形式的無盡王國、生生不息變化無窮的創造力，和主宰大千世界的睿智上帝。』這就是他的結論！」

「他在精神上『爆發』了。一派胡言！什麼不可思議、世界秩序的消滅、抽象形式的王國、變化無窮的創造力，還有，連上帝也跟秩序形式混在一起！太荒唐了！」康妮坐在那兒輕蔑地聽著。

「我承認他說得有點含糊，有點像煙幕。」克利福說，「不過，我覺得他對於宇宙在物質上的損耗、在精神上上升的想法是有道理的。」

「是嗎？那就讓它上升吧，只要它把我安全而穩固地留在下面。」

「妳喜歡妳的體型嗎？」他問。

「我愛它！」她的腦海閃過那句話——這是最美的女人屁股！

「妳的看法非常獨特，因爲身體無疑是個累贅，我想女人也許無法從精神生活中得到至高的樂趣。」

「至高的樂趣？」她看著他說，「那種白癡的想法就是精神生活的至高樂趣嗎？對此我敬謝不敏！給我肉體吧，只要肉體眞能散發出活力，我相信肉體生活會比精神生活更眞實。但是許多人都和你那知名的風力機器一樣，只會把精神緊緊別在他們行屍般的肉體之上！」

「肉體的生活……跟禽獸有什麼分別?」他驚愕地看著她。

「那也強過職業化的行屍走肉般生活!但你說得不對,人類的肉體只是剛剛開始復甦。它在古希臘曾經靈光乍現,但是被柏拉圖和亞里斯多德毀掉了,然後由耶穌完全消滅了它。但是現在,肉體眞的開始在復甦,從墳墓中擺脫出來。人類肉體的生命,將成爲這個可愛宇宙中的一種可愛的生命!」

「親愛的,聽起來好像是妳把它引到這個世界上來的!妳就要去度假了,但是請妳不要得意到忘了形!相信我,不管有個什麼上帝,祂都會慢慢去除人的腸胃和機體,使人類進化成一個更高尚、更精神化的存在。」

「我爲什麼要相信你,克利福?我倒覺得不管有個什麼上帝,祂都剛剛在我的腸胃裡醒來,在那兒幸福地顫動著,像是黎明時醒來一樣。既然我的感覺跟你完全相反,我爲什麼要相信你?」

「啊,確切地說,是什麼讓妳發生了如此顯著的改變?是因爲像酒神巴克斯的女祭司一樣在雨中放蕩、裸奔?因爲某種感官的慾望?還是因爲要到威尼斯去了?」

「全都是!你覺得我因旅行而如此興奮,很討厭嗎?」

「討厭的是妳這樣露骨地表現它。」

「那我把它隱藏起來。」

「啊,不用了!妳的興奮感染了我,我幾乎覺得是我要出去旅行了。」

「那你爲什麼不跟我一起去？」

「理由我已經跟妳說過了。事實上，我想最令妳興奮的是，妳可以暫時告別眼下的一切。眼下，沒有什麼比『告別這一切』更能令妳興奮。但是，每一次分別都意味著別的相逢，而每一次相逢都是一種新的束縛。」

「我不打算陷入任何新的束縛。」

「不要誇口，上帝聽著呢。」

「不！我沒有誇口！」她沉默了一會兒，而後開口。

但是她的興奮一點也沒有減弱——出門旅行，那種擺脫桎梏的感覺令她興奮得不能自已。

克利福晚上睡不著，跟波頓太太賭了一夜牌，直至她睏得實在熬不住。

* * *

希爾達光臨的日子到了。康妮和梅樂士商定如果他們的約會沒有阻礙，她就在窗上掛條綠圍巾，否則就掛條紅圍巾。

波頓太太幫著康妮收拾行李。

「換換環境對夫人很有益處。」

「我也這樣想。妳不介意在這段時間一個人照料克利福男爵吧？」

「啊，不！我會把他照顧好的。我是說，他需要我做的事，我都能做得了。妳不覺得他比以前好些了嗎？」

「噢，好多了！妳在他身上創造了奇蹟！」

「言重了！不過男人都一樣，就像嬰孩，妳得奉承他們、哄騙他們，讓他們以爲自己在按自己的方式行事。不知妳有沒有意識到這一點，夫人？」

「在這方面我沒有太多的經驗。」

康妮停下手中的工作，看著波頓太太問道，「甚至對妳的丈夫，妳也得像對待嬰孩般去應付他、哄騙他嗎？」

「嗯，我也得十分耐心地對待他。但我得說，他總是知道我想要什麼，他通常會向我讓步的。」波頓太太也停了下來。

「他從來不擺老爺先生的架子嗎？」

「不！不過，當他的眼神不對時，我就知道自己得讓步了，但通常總是他對我讓步。不，他從來不擺老爺先生的架子，但我也不固執。當我覺得自己再也無法繼續對他強硬時，我就會讓步，雖然這有時會讓我付出很大的代價。」

「要是妳跟他對峙下去會怎樣呢？」

「噢，我不知道，我從來沒那麼做過。即使是他錯了，只要他固執，我就退讓。妳知道，我不想損害我們之間的關係。如果妳執意反對男人，那就完了。如果妳在意他，在他下決定的時候，妳就得退讓；不管有理沒理，妳都得退讓，否則妳就會毀掉彼此的情誼。但是我得說，當我是非不分地固執起來時，泰德有時也會退讓的，我想雙方都是這樣的。」

「妳就這樣對待妳所有的病人？」康妮問道。

「噢，那是不同的，我並不以同樣的方式對待他們。我知道什麼對他們是有益的，或者設法去知道，然後爲了他們好而想方設法控制他們，那和對待自己眞正喜愛的人是不同的，非常不同。如果妳曾經眞正愛過某個男人，那麼妳幾乎會對任何需要妳的男人都很親切，但那是不同的事，妳並不是眞的愛他。如果一個人眞正地愛了一次，我懷疑他是否能眞正地再愛一回。」

「妳認爲一個人只能愛一次嗎？」康妮被這些話嚇住了。

「是的，或是根本從未愛過。大多數女人從未愛過，從未開始去愛，她們不知愛意味著什麼。男人們也一樣，但是如果我看到一個性愛中的女人，我會堅決支持她的。」

「妳覺得男人很容易被冒犯嗎？」

「是的！如果妳傷了他們自尊心的話。但女人不也一樣嗎？只是彼此的自尊心有點不同罷了。」

康妮沉思著她的話，又開始猶豫著要不要外出旅行。雖然時間很短，但不管怎麼說，她不是在故意怠慢她的情人嗎？他知道這一點，所以神情怪異，話中帶刺。

然而，人類生活總是受到外部環境的制約，而她就處在這種機制的控制之下。她無法使自己在這五分鐘之內解脫出來，她甚至根本就不想解脫。

星期四早晨，希爾達駕著兩人座的輕便汽車在約定的時間到來，她的衣箱用皮帶緊緊地拴在車後。她看上去仍是那麼溫和嫻靜，卻很有主見，如同她丈夫發現的那樣，她像魔鬼般太有主見了。現在，她的丈夫正在跟她辦離婚，她沒有情人，但這爲她辦離婚提供了許多方便。她暫時「脫離」了男人，她對完全成爲自己的主人、成爲自己兩個孩子的主人非常滿意，她打算把孩子們「正確地」教養成人，不管那個詞是什麼意思。

在汽車上，康妮也只能帶一只衣箱，不過她已經把一口大箱子送到父親那兒，託他帶過去，他打算坐火車去威尼斯。七月的義大利太熱了，不適合駕車旅行，所以他決定舒舒服服地搭火車去。他剛從蘇格蘭回到倫敦。

這麼一來，希爾達就像個個性安靜、純樸的籌備人來安排這次旅行的具體行程。她和康妮在樓上的房間交談著。

「希爾達。」康妮有點惶恐地說，「今晚我想留在附近，不是留在這兒，而是這附近。」

希爾達灰色的眼睛困惑地盯著自己的妹妹——她看起來很平靜，但又不時顯得非常興奮。

「哪兒，這附近嗎？」她輕聲問道。

「妳知道我愛上了一個人，不是嗎？」

迫切。

「好，他就住在附近，我想跟他共度最後一夜。我必須去！我已經答應了。」康妮顯得非常

「這我能感覺到。」

希爾達沉默著低下她密涅瓦①般的腦袋，然後又抬頭看著康妮。「妳願意告訴我他是誰嗎？」

「他是我們的守林人。」康妮支吾著說，臉漲得通紅，像個羞愧的孩子。

「康妮！」希爾達厭惡地微微聳鼻，這種動作是她從母親那兒學來的。

「但是他確實很可愛，懂得溫情。」康妮努力為他辯護。

希爾達低頭沉思著，像個臉色通紅的雅典娜。事實上她非常惱怒，但是她不敢表露出來，因為康妮跟父親一樣，勢必會立刻任性妄為，不聽人勸。

的確，希爾達不喜歡克利福，不喜歡他以大人物自居的冷漠自信。她覺得他在厚顏無恥、很不體面地利用著康妮。她曾希望妹妹離開他，但是，作為一名頑固的蘇格蘭中產階級人士，她憎惡任何自貶身分或者家譽的事。最後，她抬頭看著康妮。「妳會後悔的！」

「不會的！」康妮叫道，臉色通紅，「他完全是個例外。我真的愛他，他是個可愛的情人。」

希爾達仍舊沉思著。

「妳很快就會厭倦他的，然後因為他而一直生活在恥辱之中。」

「不會的！我希望不久後能跟他生個孩子。」

「康妮！」希爾達的聲音嚴厲得像是錘擊，臉色因憤怒而變得蒼白。

「只要我能生孩子，我就會的。如果我能生個他的孩子，我會非常驕傲的。」

「克利福沒有猜疑嗎？」跟她爭論是沒有用的，希爾達沉思後說道。

「噢，沒有！他怎麼會猜疑？」

「我想妳肯定給了他不少猜疑的機會。」希爾達說。

「不，一點也沒有。」

「今晚的事太荒唐了。那個人住在哪兒？」

「住在樹林那頭的村舍中。」

「他是單身嗎？」

「不是！但她的妻子離開他了。」

「他多大了？」

「不知道，但比我大。」

每一句回答都讓希爾達更加惱怒，她的惱怒跟她母親的惱怒一樣，會突然地發作出來，但她還是隱忍著。

「我要是妳，就會放棄今晚的勾當。」她平靜地勸道。

「我不能！今晚我必須跟他一起過夜，否則我就不去威尼斯。」

希爾達從康妮的話中聽出了父親的那種任性，她只得讓步，但這只是一種外交手腕。她同意先駕車帶康妮到曼斯菲爾德吃晚飯，天黑後把她送回通向村舍的小路口，第二天早上再到那兒去接她，而她自己將在曼斯菲爾德過夜，那不過是半個小時的路程，假如車開得順的話。但是她對妹妹妨礙計畫的行爲非常憤怒，她把它藏在心裡。

康妮急不可耐地在窗上掛上一條翡翠綠的圍巾。

在惱怒中，希爾達不覺同情起克利福來。他畢竟是個有理智的人，雖說他沒有性能力，但這更好，少了一樁吵架的事！希爾達再也不想要性事了，男人們在做這件事時都變得骯髒自私，還有點可怕。比起許多女人，康妮可以不必去忍受這一切，只是她不知道罷了。

而克利福也斷定希爾達是個聰明的女人，要是一個男人想從事政治，那這種女人就是最好的伴侶。是的，她不像康妮那麼糊塗。康妮更像個孩子，你得自己找理由來原諒她，因爲她本來就不可信任。

大家在大廳時提早用了午茶，門敞開著讓陽光照進屋子。每個人看起來情緒都有點激動。

「再見，康妮！希望妳能早日平安地回到我身邊！」

「再見，克利福！是的，我不久後就會回來。」康妮溫柔地說。

「再見，希爾達！妳一隻眼睛得盯著她，好嗎？」

「我要用兩隻眼睛！」希爾達說，「她不會陷入迷途的。」

「這是個保證！」

「再見，波頓太太，我知道妳會好好照顧克利福男爵的。」

「我將盡我所能，夫人。」

「有什麼事寫信給我，告訴我克利福男爵的狀況。」

「很好，夫人，我會的。祝妳玩得開心，並早日回來解我們的悶！」

大家揮手道別。車子發動了，康妮回頭看著克利福，他坐在輪椅上，在門口的臺階上目送她們離開。無論如何，他終究是她的丈夫，勒格貝是她的家，這是環境所決定的。

錢伯斯太太打開大門，向康妮道了聲一路平安。

汽車滑出佈滿黑色灌木的花園，駛上了大路，在公路上，礦工們正在無精打采地朝家走去。希爾達駛上十字山路，這不是大路，但也通向曼斯菲爾德。

康妮戴上了墨鏡。她們駛近一條鐵路，這鐵路從下面的一條壕溝穿過，她們正駛過壕溝上的橋。

「這就是通向村舍的小路！」康妮說。

「很可惜我們無法直接離開，否則我們在晚上九點前就可以趕到蓓爾美街②。」希爾達不耐煩地瞥了一眼。

「我很抱歉。」康妮戴著墨鏡說。

她們很快就到了曼斯菲爾德，這座城市一度極富浪漫氣息，現在卻完全成了一個令人沮喪的礦工城市。希爾達在旅行指南裡介紹的一家賓館前停下，訂了一個房間。整件事讓她感到非常厭煩，她惱怒得幾乎不想說話，然而，康妮卻忍不住對她說些關於那男人的事。

「他！他！妳用什麼名字叫他？妳只是說『他』！」希爾達說。

「我從來沒有用名字叫過他，他也沒有那樣叫過我，這件事想來也怪。除非我們說：『珍妮夫人』或『約翰·湯瑪斯』，但是他的名字叫奧利佛·梅樂士。」

「怎麼，妳願意被稱爲奧利佛·梅樂士太太，而不是查泰萊男爵夫人？」

「是的，我愛這種稱謂。」

康妮眞是無可救藥了！不過，既然那男人在印度駐軍中當過四、五年中尉，他多少應該是體面的，看來他有點身分。

「但是妳很快就會厭倦他的，那時，妳將會爲和他發生過關係而感到恥辱。我們不能和工人階級混在一起。」

「但妳是個社會主義者！妳總是站在工人階級的一方。」

「在政治危機中，我可以站在他們那一方，但是站在他們那一方讓我認識到，把我們兩種階級的生活相混是多麼不可能的事。這並不是勢利，而是因爲彼此的節奏是完全不和諧的。」

希爾達曾經在眞正的政界知識份子中生活過，她的話是無可辯駁的。

在賓館中，傍晚沉悶地降臨了，她們沉悶地吃過晚飯。晚餐過後，康妮把一些東西塞進一個絲製的手袋，又梳了一次頭髮。

「不管怎麼說，希爾達，愛情是美妙的，它使妳覺得自己還活著，並且處在所有生命的中心。」康妮好像是在自吹自擂。

「我想每隻蚊子都有這種感覺。」希爾達說。

「妳覺得牠們有嗎？那牠們眞是太幸福了！」

在這座小城裡，傍晚驚人的清朗而漫長。這個夜晚肯定一夜都很清朗。

希爾達繃著臉，像是戴了個面具，悶悶不樂地發動了汽車，姐妹倆取道波梭娃折返。

康妮戴著墨鏡，用帽子遮住臉，沉默地坐在一邊。希爾達的反對讓她更加堅決站在愛人這一邊，無論境況好壞，她都要與他同舟共濟。

過了十字山，她們打開車燈。小火車亮著燈通過壕溝，讓人覺得夜眞的降臨了。希爾達打算在橋頭駛上小路。她突然減速駛離大路，明亮的車燈照在小路上叢生的野草中。

「我們到了！」康妮望見一個暗影，她打開車門輕聲說道。

「橋上沒有東西吧？」希爾達簡略地問。她關掉車燈，正專心倒車，調頭。

「沒有，妳放心倒車吧。」一個男人說道。

她把車倒到橋上，掉過頭，再開到大路上，然後又倒到小路上的一棵榆樹下，把下面的蕨草輾得粉碎。

康妮走下車。男人站在樹下。

「你等了很久嗎？」康妮問道。

「不算久。」梅樂士答道。

他們倆都等著希爾達下車，但是希爾達卻關上車門，直直地坐著。

「這是我姐姐希爾達，你願意過去跟她說話嗎？希爾達，這是梅樂士先生。」

守林人舉起帽子致意，但沒有走上前去。

「下來跟我們一起到村舍去吧，希爾達。」康妮懇求道，「離這兒不遠。」

「那汽車呢？」

「就放在小路上，不要緊的，妳有鑰匙。」

「我能將車倒到灌木叢後面嗎？」希爾達沉默考慮了一會兒，然後回頭望了望小路。

「噢，可以。」守林人說。

她慢慢將車倒到灌木叢後面，以使它無法從大路上被看到，她鎖好車，走了出來。

已經入夜了，但夜色是明亮的，在這條荒棄的小路兩旁，樹籬又高又寬，空氣中有一種新鮮的甜香。守林人走在前面，康妮跟在後面，希爾達走在最後，大家都沉默著。到了難走的地方，他用手電筒照著，然後又接著走。一隻貓頭鷹在橡樹上低聲叫著，弗洛西悄無聲息地跟著亂跑。

沒有人說話，沒有什麼好說的。

康妮看到小屋黃色的燈光，她的心猛地跳了起來，她覺得有點害怕。

他們繼續前後相隨而行。

梅樂士打開門鎖，把她們領進那溫暖卻空蕩的小屋。爐火不太旺。這次，桌上鋪著一張潔白的桌布，擺著兩張碟子和兩個杯子。

希爾達攏了攏頭髮，打量這空蕩而無趣的房間，然後鼓起勇氣看著那個男子。

他中等身材，有點消瘦，她覺得他很英俊。他安靜而矜持，好像根本不想開口說話似的。

「坐吧，希爾達。」康妮說。

「坐吧！」他說，「妳要茶嗎？要不給妳來杯啤酒？啤酒滿冰涼的。」

「啤酒！」康妮說。

「請也給我來杯啤酒！」希爾達假裝羞怯地說。

他看著她，瞇起眼睛。

他拿了一個藍色的水壺走進食物儲藏室，當帶著啤酒回來時，他臉上的表情已經改變了。

康妮坐在門口，希爾達坐在他常坐的座位上，背靠著牆，正對著窗角。

「那是他的椅子。」康妮輕聲說道。

希爾達站起來，好像被火燒到似的。

「坐著吧，別起來！我們這兒不講究這個。」他平靜地用方言說道。

他給希爾達帶了一個玻璃杯，先爲她從藍色的水壺中倒了杯啤酒。

「我這兒沒有香菸，但妳們要是有可以隨便抽。我從不吸菸。妳們要吃點什麼嗎？」他轉頭對康妮說：「妳要吃點什麼嗎？妳可以隨便吃一點。」他平靜而自信地說著方言，好像是個鄉間旅舍的主人。

「有些什麼？」康妮紅著臉問。

「有煮熟的火腿和乾酪、核桃，希望妳們喜歡，只是不太多。」

「好的。」康妮說，「妳也來點吧，希爾達？」

「你爲什麼要說約克郡方言？」希爾達抬頭看他，輕聲問道。

「這不是約克郡的方言，而是德比話。」他回頭看著她，含混地冷笑道。

「德比話！那你爲什麼要說德比話呢？你起初說的英語很自然。」

「是嗎？但是如果我想，難道我不能轉換嗎？不，不，如果妳不反對，就讓我說德比話吧，我覺得我說它比較自然。」

「它聽起來有點做作。」希爾達說。

「嗯，也許吧！但是在特維蕭，妳的口音聽起來才做作呢！」他側過臉，怪異而冷漠地打量著她，好像在說——妳以爲妳是誰啊？

他到食物儲藏室去取食物。

姐妹倆默默地坐著。

「假如妳們不介意，我要像平時那樣把外衣脫了。」他又拿了一張碟子和一份刀叉，然後說。

他脫下外衣，把它掛在衣鉤上，就那樣只穿著一件淡黃色的薄薄法蘭絨襯衫，在桌前坐了下來。「隨意吧，自己來，不要客氣！」

他切好麵包，然後坐在那兒一動也不動。

希爾達像康妮以前一樣，感受到他沉默和冷漠的力量，她看見他纖巧靈敏的手自在地放在桌上。他不是個簡單的工人，不是，他在裝腔作勢！裝腔作勢！

「不過……」希爾達拿了一小塊乾酪，「如果你對我們說普通話，而不是方言，一定會更自然一些。」

他看著她，覺得她有股惡魔般的意志。

「是嗎？」他用普通話說道：「是嗎？妳我之間有什麼很自然的話可說呢？除非妳說妳希望我到地獄見鬼去，好讓妳妹妹不再見到我，而我也說些同樣難聽的話來回敬妳。此外，還會有什麼自然的話呢？」

「啊，有的！」希爾達說，「有禮貌就是很自然的。」

「那是第二天性！」說著，他笑了起來。「我憎惡禮貌。不要管我！」

希爾達不知該說什麼才好，她覺得非常惱怒。是的，他可以展現出他知道人家給了他體面、但他卻擺出重要角色的威風，彷彿是他給了別人體面似的。多麼無恥！可憐的康妮，她竟迷失在這個人的手裡！

三人默默地吃著，希爾達留意著他在餐桌上的儀態。她不得不承認，他本能的儀態比她自己要高尚、有教養得多，她有某種蘇格蘭人的笨拙。此外，他有著一種英國人式的安靜從容自信，無懈可擊，要佔他的上風可不大容易。

但是他也沒有佔她的上風。

「你眞的覺得這件事値得冒險嗎？」希爾達問。

「什麼事値得冒什麼險？」

「和我妹妹的越軌行爲。」

「那妳得問她！」他不快地苦笑了一下，用方言說話，然後看著康妮。「妳找我是出於自願的，寶貝，不是嗎？我沒有強迫妳吧？」

「我希望妳不要無端挑剔，希爾達。」康妮看著希爾達。

「我自然不想亂挑毛病，但是一個人總得考慮後果。在妳的生活中，總得有什麼東西是連貫的，妳不能把它搞得一團糟。」

他們沉默了一會兒。

「呃，連貫！」梅樂士問：「那是什麼意思呢？在妳的生活中有什麼是連貫的？妳正在鬧離婚，那是什麼連貫？只有妳的固執是連貫的，我看得很清楚。那種連貫對妳有什麼好處？妳不久就會厭惡這種連貫。一個固執的女人和她的自我意志結合在一起，造成了一種堅固的連貫。謝天謝地，我用不著跟妳打交道！」

「你有什麼權利這樣對我說話？」希爾達說。

「權利！妳有什麼權利用妳的連貫來厭煩他人？請不要干涉別人的『連貫』。」

「好，你認爲我和你有關嗎？」希爾達輕聲說道。

「啊，有的。妳多少總是我的大姨子，誰也改變不了這個事實。」

「我明確告訴你，還差得遠呢。」

「我明確告訴妳，並不像妳想得那麼遠。不管怎麼說，我有我的連貫性，而且就跟妳的一樣好。妳妹妹到我這兒來尋找性愛與溫情，她知道自己要的是什麼。她曾經在我床上睡過，感謝上帝，妳和妳的連貫性沒在上面躺過。」

在他補充之前，大家都死寂地沉默著。

「呃，我不會讓人笑我是個傻蛋。假如天鵝肉掉到我的嘴邊，那是我吉星高照。與像妳這樣的女人相比，一個男人能從她這種可人兒身上得到更多的享受。可惜的是，妳本來可以是一顆好蘋果，而不是一顆中看不中吃的野蘋果。」他面帶微笑，用一種古怪的、欣賞的、曖昧的眼光打量著她。

「像你這樣的男人，應該被隔離起來，這是你們那粗鄙自私天性所應得的懲罰。」希爾達憤怒地說道。

「啊，太太！幸運的是還有人喜歡我，但卻沒有人理睬妳，這是妳應得的懲罰。」

希爾達已經站起身，走到門口。

他站起來，從衣鉤上取下外套。

「我一個人能找到路。」希爾達說道。

「我懷疑妳不能。」他隨口答道。

他們又走上那條小路，再度沉默而可笑地魚貫而行。那隻貓頭鷹還在叫著，他覺得應該把牠殺掉。

汽車停在那兒，沒人動過，只是沾了些露水。希爾達爬上去發動車子，兩個人在一邊等著。

「總之，我的意思是……」她坐穩後說：「我懷疑你們倆以後會覺得這樣做不值得！」

「某人的佳餚是他人的毒藥。」梅樂士在黑暗裡說，「但是對我來說，這既是佳餚又是美酒。」

「早上別讓我等。」車燈亮了起來。

「是，不會的。晚安！」

汽車慢慢地駛上大路，然後迅速地開走了，夜空裡一片沉寂。

康妮怯怯地挽著他的手臂，他們沿著小路往回走。他一言不發。最後，她拉著他站住。

「吻吻我！」她喃喃地說。

「不，等一下，讓我平靜下來。」

她被逗笑了。她依舊挽著他的手臂，他們在沉默中匆匆向回走去。她很高興現在能跟他在一起。當她想到希爾達差點把他們拆散時，她打了個寒顫。

他沉默著，顯得高深莫測。

當他們回到村舍後，她覺得自己終於擺脫了姐姐，高興得差點跳起來。

「你對希爾達的態度太糟糕了！」她對他說。

「她應該吃耳光的。」

「爲什麼？她爲人挺好的！」

他沒有回答，只是像平常那樣安靜地做些家務。他顯得很憤怒，但不是針對她。康妮感覺到他的憤怒替他帶來一種特別的俊美、氣質和光彩，讓她心醉神迷、四肢酥軟。

他仍舊沒有注意她。

「妳要上樓嗎？那兒有一支蠟燭！」他坐下來解開鞋帶，然後抬頭看她，眉間依舊含著怒氣。但他很快地轉了轉頭，示意是桌子上那支燃著的蠟燭。

她馴服地拿起蠟燭，當她踏上樓梯時，他盯著她飽滿的臀部曲線。

這是個充滿肉慾的激情之夜，讓她覺得有些震驚，自己幾乎是勉強地迎合著他。但是，在那一瞬間，一種富有穿透力的震顫擊穿了她，這種肉慾帶來的震顫與溫情帶來的震顫完全不同，更尖銳可怕，更令她愉悅。雖然有點害怕，她還是讓他恣意妄爲，這種放蕩、不知羞恥的肉慾徹底震撼了她，剝掉了她所有的體面，使她成爲一個完全不同的女人。這不是眞正的愛，也不是淫樂，而是一種尖銳的、像火一樣灼熱的肉感，使靈魂像火一樣燃燒起來。

它焚毀了隱藏在最祕密地方、最深沉古老的羞恥感，這使康妮賣力地讓他在她身上恣意胡來。她不得不被動地默許他，像個奴隸，一個肉體意義上的奴隸。激情熱烈地舔著她全身，當慾火穿過她的五臟和乳房時，她眞的覺得她快死了，一種刺激的、絕妙的死亡。

阿伯拉爾說，在他與埃洛伊茲③相愛時，他們嘗過了情慾的所有精緻花樣。她以前一直不明白這是什麼意思。啊，千年以前，甚至萬年以前就有了同樣的東西！它繪在古希臘的花瓶上，隨處可見！精緻的情慾、放蕩的肉慾！用純粹的肉慾之火焚毀那虛僞的羞恥之心，把沉重的肉體礦石熔煉得更加純潔是必要的，永遠必要的。

在這個短短的夏夜，她學到很多。她曾經相信一個女人會因羞恥而死，然而現在，她發現死掉的是羞恥。羞恥是一種恐懼，這種深刻的器質性羞恥、這種古老的肉體恐懼扎根蜷縮在我們肉體的深處，只有肉慾之火才能將它趕走，它最終會被男人陽具的追獵驚醒、擊潰。她深入到了她生命叢林的中心，現在，她覺得自己已經到達了本性的基部，可以毫無羞愧地面對一切。她就是她肉慾的自我，赤裸裸而無所羞愧。她覺得很得意，甚至有些自負。原來如此！就是這回事！這就是生命！這就是一個人的本來面目，沒有什麼需要僞裝或羞愧的！她和一個男人，另一個生命，一起分享她徹底的赤裸。

那個男人是一個多麼莽撞的魔鬼啊！眞的像個魔鬼！只有堅強的人才能忍受他。但是要達到那生命叢林的中心，要達到那器質性羞怯的最後、最深潛伏處是很不容易的，只有陽具才能探究它。啊，他是多麼用力地插入她啊！

在恐懼中她曾經多麼憎恨它，但實際上她是多麼需要它！在她的靈魂深處，她從根本上需要這種陽具的探究，她在私心裡曾隱密地渴求過它，而且她曾經相信她永遠也無法得到它。現在，它突然來了，一個男人分享著她最終、最後的赤裸，她無所羞愧。

詩人和世人都是騙子！當妳最想要的是這種強烈的、具有穿透力的、相當可怕的肉慾時，他們讓妳相信妳需要的是情感。找個沒有羞恥心、沒有罪惡感顧忌、敢作敢爲的男人！假如他事後覺得羞愧，而且讓妳感到羞愧，那就太糟糕了！可惜的是，大多數男人都像狗一樣，對此都感到有點羞愧，像克利福，甚至像麥克里斯！這兩個人在肉慾上都有點像狗，尊嚴掃地。

精神上的極度快樂！它對女人有什麼價值？對男人又有什麼價值，它只會讓男人在精神上也變得污濁，變得像狗一樣猥瑣，甚至需要用純粹的肉慾來淨化、刺激精神；是純粹的、熾熱的肉慾，而不是那種污穢的東西。

啊，上帝，男人是多麼稀有的東西！他們是一些東聞西嗅、只知道交配的走狗。可是她找到了一個不知畏懼和羞愧爲何物的男人！康妮看著他，他像隻野獸般沉睡著，離她是那麼的疏遠。她依偎在他身上，不願離開他。

梅樂士醒來時把她也完全弄醒了。他從床上坐起，低頭看著她。她從他的眼睛裡看到自己的裸體，看到他對她的直接認識。這種男性對她的認識，好像液體似地從他的眼中流到她身上，肉感地將她包了起來——啊，這還未睡醒、飽含情慾的沉重肢體是多麼撩人肉慾、多麼可愛啊！

「該起床了嗎？」康妮問。

「六點半了。」

八點鐘她得到小路口去。世事總是，總是，總是這樣逼迫著人！

「我去弄些早餐，把它帶上來，好嗎？」他說。

「噢，好的！」

弗洛西在樓下低聲哼著。

梅樂士起了床，脫下睡衣扔到一邊，用條毛巾擦了擦身子。

當一個人充滿勇氣和生命力時，他是多麼美啊！她這樣想著，默默地看著他。

「拉開窗簾好嗎？」

清晨的陽光已經照在嫩綠樹葉上，附近的樹木一片鮮綠。她坐在床上，做夢似地看著窗外，她用裸露的雙臂將赤裸的雙乳擠在一起。他正在穿衣服，而她生活在半夢半醒之中，跟他生活在一起，這才是生活！

他正要走，正要逃離她危險的、蜷縮著的裸體。

「我的睡衣怎麼不見了？」她問。

他把手伸到床下，拉出一條薄薄的綢衣。

「我睡覺時覺得腳踝下有什麼綢的東西。」他說。

睡衣幾乎被撕成了兩片。

「不要緊！」她說，「事實上，它屬於這兒，我要把它留在這兒。」

「啊，把它留下來，夜裡我可以把它夾在腿間陪伴我。它上面沒有名字或什麼標記，是嗎？」

她披上那件被撕破的睡衣，坐起，夢一般地看著窗外。窗戶開著，鳥兒的叫聲隨著清晨的空氣吹了進來。鳥兒一隻隻從窗前飛過，弗洛西在門前徘徊著，已經是早晨了。

她聽見他在樓下生火、抽水、走出後門。不久，她聞到了燻肉的氣味。最後，他端著一個大得剛好能通過門框的黑色托盤走上樓來。他把盤子放在床上，倒了杯茶。康妮穿著破碎的睡衣，蹲在床上吃了起來。他坐在那張椅子上，把自己的碟子放在膝上。

「多麼好啊！一起吃早餐眞是太美妙了。」

他默默地吃著，心想這時光飛逝得太快了，他正在將她記入心底。

「啊，我多麼希望能跟你一起留在這兒，而勒格貝卻遠在百萬里之外！我真正想要離開的是勒格貝。這你知道的，不是嗎？」

「嗯。」

「我要你承諾，我們將會住在一起過著共同的生活，就你和我！你向我承諾，好嗎？」

「嗯，當我們可以的時候。」

「是的，我們會的！我們會的，不是嗎？」她身子前傾，握住他的手腕，茶從杯子裡溢了出來。

「嗯！」他擦著茶漬說。

「今後，我們不可能不生活在一起，不是嗎？」她懇切地說。

「不！再過二十五分鐘妳就得走了。」他看著她，臉上閃過一絲苦笑。

「是嗎？」她叫道。

突然，他舉起手指示意她不要出聲。他抬起腳。

弗洛西突然短促地叫了一聲，接著大聲地狂叫起來，像是在示警。

他默默地把碟子放在托盤上下了樓。

康妮聽到他走上花園的小路，外面響起自行車鈴聲。

「早安，梅樂士先生！你有一封掛號信！」

「噢！你有鉛筆嗎？」

「有。」

接著是稍稍的停頓。

「加拿大來的！」陌生人的聲音說。

「是的！這是我在不列顛哥倫比亞省的一位朋友，不知他有什麼事得用掛號信寄。」

「也許是寄給你一大筆錢，好像是。」

「更像是想要點什麼。」

又是短暫的沉默。

「好了！今天天氣眞好！」

「是的！」

「早安！」

「早安！」

「郵差。」過了一會兒，梅樂士回到樓上，面帶怒氣。

「他來得太早了！」她回道。

「這是鄉間的郵遞。如果有信，他一般會在七點左右來。」

「是你朋友給你寄來一大筆錢嗎？」

「不，只是不列顛哥倫比亞省一處產業的幾張照片和檔案。」

「你要到那邊去嗎？」

「我想也許我們可以去。」

「啊，是的，我相信那個地方一定很可愛！」

「這些該死的自行車，不等你回過神它們就來到你跟前。我希望他什麼也沒聽到。」但是郵差的到來讓他覺得很掃興。

「他能聽到什麼？」

「妳現在得起來了，準備一下，我到外面看看。」

她看見他拿著槍，帶著狗，到小路上去偵察。她下樓去梳洗，等他回來時，她已經準備好了，把幾件小東西塞進了綢布手袋裡。

他鎖上門，他們動身走入樹林，但沒有沿著小路走。他顯得非常機警。

「你不覺得一個人可以多次擁有昨晚那種生活嗎？」她對他說。

「啊！不過也得留點時間去思考。」他簡短地答道。

他們步履沉重地走在林木遮蔽的小路上，他默默地走在前面。

「我們將會住在一起，過著共同生活，不是嗎？」她懇求道。

「嗯！」他回答道，目不斜視地大步走著，「等時機到了再說！現在妳正要去威尼斯或別的什麼地方。」

她心情沉重，默默地跟著他。啊，她對他是多麼難捨啊！

「我要從這兒穿過去。」最後他停下，指著右邊說。

「你對我的柔情永不會變，是嗎？」她用雙臂抱著他的脖子，緊貼著他，在他耳邊低聲說道，「我愛昨夜！你對我的柔情永不會改變，是嗎？」

「我得去看看車子來了沒有。」他吻了吻她，緊緊擁抱她一下，然後嘆口氣，又吻吻她。

他踏過低矮的荊棘和蕨草叢，在中間踩出一條小道。他去了幾分鐘，然後又大步走了回來。

「汽車還沒有來，但是大路上停著一輛送麵包的馬車。」他看起來焦慮而不安。

「聽！」

他們聽到一輛汽車輕輕鳴著喇叭，漸漸駛近。汽車在橋頭慢了下來。

她無限悲傷地走上他在荊棘中踩出的小道，走向一排巨大的冬青樹籬。

「喂！從那兒出去！」他跟在她後面，指著樹籬上一個洞口說，「我就不過去了。」

她失望地看著他，但是他吻了吻她，讓她走了。她滿懷悲傷地爬過冬青樹籬和木柵欄，磕磕絆絆地爬過小壕溝，走上小路。

「啊，妳來了！他在哪兒？」希爾達正惱怒地走下車來。

「他不來了。」當康妮帶著她的小手袋上車時，她的臉上掛滿了淚水。

「戴上吧！」希爾達把頭盔和難看的墨鏡遞給她。

康妮戴上這用來遮掩面目的東西，然後穿上乘車用外套，在位子上坐好，變得誰也無法認識。希爾達面無表情地發動了汽車，她們出了小路，向大路駛去。康妮回頭望了望，卻沒有看到他的身影。別了！別了！她流著苦澀的淚水。分別來得太突然、太出人意料了！就像死亡。

「感謝上帝，妳要離開他一段時間了！」希爾達說道，她轉了個彎，以免穿過十字山的村莊。

譯註：

①密涅瓦（Minerva），羅馬神話中的藝術女神，即希臘神話中的雅典娜。

②蓓爾美街（Pall Mall），英國倫敦一條以俱樂部林立而著稱的街道。

③阿伯拉爾（Abelard，一〇七九～一一四四），法蘭西經院哲學家、邏輯學家和神學家，所著《神學》被指為異端而遭焚毀。埃洛伊茲（Heloise，一〇九八～一一六四），法國女隱修院院長，早年與其師阿伯拉爾相戀私婚，生一子，被拆散後進隱修院，兩人的熱戀在歷史上頗為出名。

第17章 醜聞

「聽著，希爾達。」康妮在午餐之後說，她們正駕車駛往倫敦，「妳既沒有見識過眞正的溫情，也沒有見識過眞正的肉感。如果妳從同一個人身上經驗到它們，那將會對妳產生很大的影響。」

「求求妳別再吹噓妳的經驗了！我從來沒碰到過，一個能和女人親密無間、能夠對她放下架子的男人。我想要的就是這種男人，而我不稀罕他們自私的溫情和肉感，我不願做任何男人的玩偶，我想要的是親密無間，但我卻得不到，我覺得夠了！」

康妮默默思索著她的話。親密無間！她所說的親密無間，就是兩個人互相向對方表白自己，但這種事令人厭煩。男女之間所有的自我意識，所有的忸捏害羞都令人厭倦。都是一種疾病。

「我想，妳在別人面前太爲自己著想了。」她對姐姐說。

「我希望我至少沒有奴隸的天性。」希爾達說。

「但是妳也許有！也許妳是自己觀念的奴隸。」

希爾達默默地開著車，她沒想到康妮這個黃毛丫頭竟會說出這麼傲慢的話來！

「至少我不是別人觀念底下的奴隸，而且這個人還是我丈夫的僕人。」她終於狂怒地反擊。

「妳知道，不是那麼回事。」康妮平靜地說。

她過去常常讓姐姐支配自己，現在，雖然她內心某處正在哭泣，但她卻擺脫了別的女人的支配。啊！擺脫另一個女人奇異的支配和困擾，這在本質上是一種解脫，像是被賦予了另一次生命。那些女人是多麼可怕啊！

她很高興能跟父親重逢，她一直是他最寵愛的女兒。她和希爾達住在蓓爾美街外的一家小飯店裡，麥爾肯爵士住在他位於這條街上的俱樂部裡。晚上他帶女兒們出去，她們喜歡跟他在一起。他依舊健壯而俊美，只是有點害怕在他周圍出現的新世界。他在蘇格蘭續娶了一位比他更年輕、更有錢的女人，但是他一有機會就離開她外出渡假，就像他前妻在世時那樣。

在歌劇院，康妮坐在他旁邊。他身材健壯、大腿很粗，但卻強壯而結實，這是享受過人生樂趣的健康男人大腿。他自私地快活，他固執地我行我素，他無悔的肉感，這一切康妮都能從他結實而挺直的大腿看出來，他是一個眞正的男人！令人悲哀的是，他正在變老，因爲在他粗肥的男性雙腿中，已絲毫沒有那種敏感而溫情的力量，而這些恰恰是青春的根本，一旦失去便永遠不會回返。

康妮突然意識到腿的重要意義了。她覺得大腿比臉孔更重要，臉孔已經不再完全眞實，而充滿生氣而敏感的大腿卻是多麼罕有。她觀察著前排座位上的男人，他們的腿或像巨大的火腿般穿著黑色腸衣，或像穿著黑色喪服的枯瘦木棍，或者是一些好看的年輕的腿，但卻沒有任何意味、肉感、溫情或敏感，它們只是些闊步高蹈的、像腿一樣的平常之物。甚至她父親的腿也沒有肉感，它們全都畏畏縮縮，孱弱得像是失去了生命。

但是女人們並不畏縮！大多數女人都有著可怕而粗大的腿，實在讓人震怒，讓人想行兇殺人！或者是竹竿般可憐的細腿，或者是穿著絲襪的、毫無生氣的潔雅之物！太可怕了，成百萬條無意義的腿，在毫無意義地闊步高蹈著！

康妮在倫敦並不快活，人們看起來像幽靈一樣蒼白。無論他們多麼漂亮、多麼活潑，他們都沒有鮮活的幸福，一切都貧瘠而無聊。康妮有一種相當傳統的、對幸福的盲目渴望，渴望能眞正得到幸福。

在巴黎時，她多少感覺到了一點肉感，但這是多麼令人厭倦、厭煩和衰敗的肉感啊！因爲缺少溫情而衰敗。啊，令人悲哀的巴黎，這是一座最令人悲哀的城市——令人厭倦的逢場作戲肉慾、令人厭倦的金錢壓力，甚至還有令人厭倦的怨懟與自負，令人厭倦得要死，卻又不夠美國化或倫敦化，將這些厭倦掩藏在機械的恰恰舞下！

啊，那些雄赳赳的男人、那些流浪漢、那些拋媚眼的女人、那些宴會上的食客，他們看起來多麼厭倦啊，因爲無法得到或給予溫情而感到厭倦、衰敗。那些能幹的、有時顯得十分迷人的婦女，對肉慾本身略知一二。在這一點上，她們比那些愚蠢的英國女同胞要勝過一籌，但是她們對溫情所知更少。枯燥，在意志無盡地枯燥緊逼下，她們也正在衰敗。人類世界正在衰敗，也許它會發生猛烈的暴亂，變成一種無政府主義！克利福和他保守的無政府主義！也許它保守不了多久，也許它將變成激進的無政府主義。

康妮發現自己在畏縮著，她害怕這個世界。在巴黎的林蔭大道上，或在布蘭森林，或在盧森堡公園，她有時也能感覺到短暫的快樂，但巴黎到處都是裝束古怪的奇特美國人，和一到國外就更加沉悶得不可救藥的英國人。

她很高興能繼續她們的旅程。天氣突然變熱了，所以希爾達打算取道瑞士，經過勃倫納山口，然後穿過多羅米山到達威尼斯。希爾達喜歡駕車，喜歡操持一切，喜歡成爲這種「炫耀」中的女主角。康妮則安於沉靜自處。

沿途的景色確實很美，康妮不住地對自己說：「爲什麼我一點也不喜歡？爲什麼我一點也不興奮？多可怕啊，我眞的再也無法欣賞風景了，這眞可怕。我就像聖伯納①一樣，渡過了盧塞恩湖，卻沒欣賞那兒的青山綠水。我再也無法欣賞風景了，那我爲什麼還要盯著它看？爲什麼？我拒絕去看！」

在法國、瑞士、奧地利、義大利，她都沒有看到什麼充滿生機的東西，她只是被車載著經過那裡罷了。那一切比勒格貝更不眞實，比可怕的勒格貝更不眞實！她覺得即使今後她再也不去法國、瑞士、義大利，她也不會遺憾。它們會一直都是這個樣子，相比之下，勒格貝更爲眞實。

至於人們！人們全都一樣，差別不大，他們全都想掏你的腰包；如果他們是遊客，他們會努力去尋找樂趣，好像要從石頭裡榨出血一樣。可憐的山巒！可憐的風景！它們被一次又一次地壓榨，爲人們提供快樂和享受。這些一心享樂的人，活著究竟有什麼意義呢？

「不！」康妮對自己說，「我寧願待在勒格貝，在那兒我可以四處走走或待著不動，不用觀賞什麼，不用做出一副什麼樣子。遊客們這副享樂的樣子簡直太丟人了、太敗興了！」

她想回到勒格貝去，哪怕是回到克利福身邊，回到下肢癱瘓的可憐克利福身邊。無論如何，他不像這些蜂湧而來的渡假者那樣愚蠢。

但是在她的內心，她一直沒有忘記那個男人，她絕不能讓她和他的聯繫中斷。啊！絕對不能，否則她會迷失的，完全迷失在這個逢場作戲、生活奢靡、快樂得像豬一樣的有錢人世界中。啊！這些快樂的豬！啊，享受生活！這是一種時髦的病態。

她們把車留在梅斯脫的一間車庫裡，然後乘汽船到威尼斯去。那是一個晴朗的夏日午後，清淺的礁湖微波蕩漾，在強烈的陽光下，隱約可以看到對岸威尼斯的背影。

到了碼頭，她們換乘一艘貢多拉遊船，把地址給了船伕。那是一個普通的船伕，穿著一件藍白相間的寬鬆罩衫，長得不太好看，也不特別。

「埃斯梅拉達別墅！嗯，我知道那兒，那裡的一位先生坐過我的船，但是那裡離這兒很遠。」

他是個孩子氣的熱情傢伙。他急匆匆地划著船，動作有些誇張。小船穿過黑色的支河道，河道兩岸是討厭的黏呼呼綠牆，這些河道經過貧民區時，晾洗的衣物高高掛在繩上，四處散發著一股或輕或重的下水道氣味。

他終於將船划到一條空闊的河道，河兩岸出現了人行道，河上跨著一些拱橋，河道筆直，與大運河適成直角。她們坐在小遮陽篷下，他站在她們後面撐船。

「signorine②，要在埃斯梅拉達別墅住很久嗎？」他慢慢地撐著船，用一條藍白相間的手帕擦了擦臉上的汗。

「大概要住二十天。我們倆都是結了婚的夫人。」希爾達用她那種古怪的沉靜嗓音說道，使她在說義大利語時流露出很重的外國人口音。

「啊，二十天！」那人說。過了一會兒，他又問道：「夫人們在這二十天裡要不要雇一個船伕？他可以在埃斯梅拉達別墅門口伺候著，按日算錢，或是按週算錢。」

康妮和希爾達商量了一下。在威尼斯最好能有一艘自己的小船，這就有如在陸地上最好能有一部自己的汽車一樣。

「別墅裡有什麼？是什麼船？」

「有一艘汽艇，還有一艘貢多拉，但是……」這個「但是」的意思是——它們不是妳們的。

「你要多少錢？」

「一天三十先令，一週十磅。」

「一般都是這個價錢嗎？」希爾達問道。

「更便宜一些，夫人，一般的價錢是……」

姐妹倆商量了一下。

「好吧！」希爾達說，「你明天早上來，我們再確定此事。你叫什麼名字？」

他叫喬凡尼，他問他應該在幾點來，找哪一位。

希爾達沒有名片，康妮就給了他一張名片。他用南方人的藍眼睛熱情而迅速地掃了一眼，然後又掃了一眼。

「啊！」他臉上放光，「男爵夫人！男爵夫人，是嗎？」

「康士特查男爵夫人③！」康妮說。

「康士特查男爵夫人！」他點了點頭，重複道，然後把名片小心地收進口袋。

埃斯梅拉達別墅很遠，在正對紀奧遮的礁湖邊上。房子不很古老，很舒適，屋頂有幾處可以望見大海的平臺，下面是一個相當大的花園，園裡樹木蔥籠，被一道牆圍著與礁湖隔開。

別墅的主人亞歷山大爵士是個有點粗俗、身軀臃腫的蘇格蘭人，他戰前在義大利發了一筆橫財，由於戰爭期間十分愛國，被授予爵位。他的妻子是個蒼白削瘦的精明女人，她沒有自己的財產，不幸地還要管束她那招蜂引蝶的丈夫。他跟僕人們在一起時非常齷齪，但是他在冬天生了一場小病，現在容易駕馭多了。

別墅裡幾乎住滿了客人，除了麥爾肯爵士和他的兩個女兒，另外還有七位客人。一對蘇格蘭夫婦，他們也帶了兩個女兒；一位是年輕的義大利伯爵夫人，她是個寡婦；一位年輕的喬治亞王子；一位還算年輕的英國牧師，他曾經得過肺炎，因爲健康的緣故，現在在亞歷山大爵士的小教堂當牧師。那位王子是個窮光蛋，相貌英俊、厚顏無恥，用來做個車伕倒很不錯！伯爵夫人是個會耍點手段、小貓般沉靜的女人。那個牧師是從巴克斯教區來的、不諳世事的率眞傢伙，他幸運地把妻子和兩個孩子留在家裡。加絲利一家，即那一家四口蘇格蘭人，是愛丁堡優秀而保守的中產階級，他們用一種保守的方式享受一切，只要不必冒險，他們什麼都敢做。

康妮和希爾達立即就把王子排除在外。加絲利一家多少是她們的同族，很實在，但也很令人厭煩，那兩個女孩正在找丈夫。那個牧師人倒不壞，但是太恭順了。在病癒之後，亞歷山大爵士就很難再快活起來，但是家裡來了這麼多年輕漂亮的女人，仍舊讓他覺得很興奮。庫柏夫人，也就是亞歷山大爵士的妻子，是個安靜而陰險的女人，她並不快樂；可憐的人兒，她冷冷觀察著別的女人，這竟成了她的第二天性。她說些冷酷而污穢的閒話，表明她對人類的天性是多麼鄙視。康妮發現她對僕人也非常惡毒，只是表面上不那麼激烈罷了。她非常巧妙地使亞歷山大爵士相信自己是一家之主，是這一家的君王，因爲他有可愛的大肚子和那令人厭煩的笑話，以及希爾達所謂的幽默感。

麥爾肯爵士正在繪畫，他想在空閒時畫一幅威尼斯的水景；與他的蘇格蘭風景畫相比，這是完全不同的。於是每天清早，他都帶著一張畫布乘貢多拉去某個地方取景。稍晚一些，庫柏夫人也會帶著畫板和顏料乘船到市中心去；她對水彩畫嗜好很深，滿屋子都是一幅幅玫瑰色的宮殿、暗淡的運河、曲折的拱橋、中世紀的建築等圖畫。再晚一些，加絲利一家人、王子、伯爵夫人，還有亞歷山大爵士會乘船到麗島洗浴，牧師林德先生有時也會跟他們一起去，他們在午後一點半左右才回來吃午餐。

別墅裡的宴會令人厭煩，但是姐妹倆並不爲此煩惱。她們整天都待在外面，父親帶她們去看展覽，去看幾英里長而令人厭倦的繪畫；他帶她們去盧齊西別墅拜訪他的密友；天熱的夜晚，他和她們坐在佛羅連的廣場上。

他帶她們到劇院去看哥爾多尼的戲劇，到處是燈火輝煌的水上園遊會，到處是露天的舞會，這是渡假勝地中的渡假勝地。麗島上，躺著一大片或被陽光曬得發紅、或只穿著睡衣的肉體，好像無數隻海豹從水中鑽出來尋求交配，佔據了整個海灘。廣場上的人太多了，利都的人太多了，貢多拉太多了，汽船太多了。鴿子太多了，雪糕太多了，雞尾酒太多了，想要小費的僕人太多了，不同的語言太多了……太多了……陽光太多了，威尼斯的氣味太多了，裝著草莓的貨船太多了，絲圍巾太多了，像生牛肉片般擺在貨攤上的大塊西瓜太多了；總而言之，人們的享樂太多了！

康妮和希爾達穿著曬太陽的服裝四處閒逛。她們認識很多人，也有很多人認識她們。麥克里斯令人不快地出現在她們面前。

「嘿！妳們住在哪兒？一起吃點霜淇淋或別的什麼，坐我的船到什麼地方逛逛。」麥克里斯幾乎讓太陽曬焦了，其實，他的肌肉說是被太陽烹炙過更恰當。

從某種意義上說，這是很舒適的，幾乎是一種享受。總之，痛飲雞尾酒，在溫暖的海水裡洗浴，在炙熱的沙上曬太陽，在夜晚與什麼人抵著肚皮跳爵士舞，或是吃些霜淇淋消暑，都完全是麻醉品，而這正是他們想要的。緩慢的流水是麻醉品，太陽是麻醉品，爵士舞是麻醉品，香菸、雞尾酒、霜淇淋、苦艾酒都被用來當作麻醉品。享樂！享樂！

希爾達有一半喜歡被麻醉。她喜歡觀察所有的女人，猜測她們的身分、心事。女人對女人是非常感興趣的。她漂不漂亮？她勾搭上了什麼樣的男人？她得到了什麼樂趣？男人則像一隻隻穿著白色法蘭絨褲子的大狗，等著被人摸摸頭，等著去打滾作樂，等著跳爵士舞時用他們的肚皮去磨蹭一個女人的肚皮。

希爾達喜歡爵士舞，因爲這樣她就可以用自己的肚皮去磨蹭一個所謂男人的肚皮，並且讓他從她的肺腑之中控制她的動作，在舞池裡轉來轉去，然後她擺脫他，拒不理睬那個「生物」，他只是被利用一下罷了。

可憐的康妮卻悶悶不樂，她不願跳舞，因爲她簡直無法用她的肚皮去磨蹭什麼「生物」的肚皮。她憎恨利都這一堆堆近乎赤裸的人肉，利都的水甚至還不夠把他們弄濕呢。她不喜歡亞歷山大爵士和庫柏夫人，她不想讓麥克里斯或別的什麼人跟著她。

有時，她說服希爾達跟她一起横渡礁湖，到一處很遠的鵝卵石海灘洗浴，讓貢多拉停在礁石後面，這是康妮最快樂的時候。

那時，喬凡尼得找一個船伕來幫他，因爲路程太遠了，他在太陽下揮汗如雨。喬凡尼爲人很好，非常友善，但像所有的義大利人那樣，不是十分熱情。義大利人不夠熱情，因爲熱情被蘊涵了起來。他們的確很容易感動，常常充滿感情，卻少有任何持久的熱情。

就這樣，喬凡尼已傾心於他的兩位夫人，就像他過去曾對許多乘船的夫人那樣傾心，他已經準備好賣身給她們④，如果她們要他的話──他私心希望她們要他，因爲他正打算結婚，這樣一來她們將會送他一筆可觀的禮金，那是唾手可得的。他告訴她們，他要結婚的事，她們饒有興味地聽著。

他想，横渡礁湖到那處偏僻的海灘，大概意味著什麼事──「愛」的事。所以他叫了一個幫手，因爲路很遠，而且她們畢竟是兩位夫人。兩位夫人，兩條鯖魚！高明的盤算！而且是兩位漂亮的夫人！他不禁得意起來。雖然給錢和發號施令的是那位夫人，但他卻希望那位年輕的男爵夫人暗示他去做那件事，她會給他更多錢的。

他帶來的幫手名叫丹尼，他並不常划貢多拉，所以沒有那種賣笑男娼的神態，他是附近島嶼上一艘載運水果和農產品到威尼斯來的大船船員。

丹尼高大英俊，體型很好。他眉宇疏闊，臉龐有一種男人式的俊美，圓圓的腦袋上披著一頭淡黃色的細密短捲髮，有點像獅子。他不像喬凡尼那樣多情、饒舌、嗜酒，他默默地、從容有力地划著船，好像世界只剩他一人似的。夫人是夫人，離他很遙遠，他甚至看都不看她們，他看著前方。

他是一個眞正的男人，當喬凡尼喝了太多紅酒而笨拙地亂划著船槳時，他會覺得有點惱怒。他是個眞正的男人，就像梅樂士是個眞正的男人一樣，絕不會賣身。康妮同情起喬凡尼的未婚妻，她的丈夫是這麼容易放蕩啊。丹尼的妻子一定是位嫵媚的威尼斯婦女，端莊可愛，像花一樣美，我們仍舊可以在這座城市迷宮似的街道上看到。

啊，先是男人賣身於女人，然後是女人賣身於男人，多麼可悲！喬凡尼一心想要賣身，像條狗似地滴著口涎，想把自己交給某個女人。只是爲了金錢！

康妮看著遠處低低浮在水面上的玫瑰色威尼斯。它是用金錢建立起來的，靠著金錢繁榮起來，又被金錢殺死。死氣沉沉的金錢！金錢、金錢、金錢——賣身和死亡。

但丹尼的確是個眞正的男人，他沒有出賣男人的忠貞，他穿著一件縐巴巴的藍色夾克，沒有穿那種寬鬆的罩衫。他有些粗野、驕傲，他受雇於像狗一樣恭順諂媚的喬凡尼，而喬凡尼又受雇於那兩個女人。事情竟然是這樣！當耶穌拒絕魔鬼的金錢時，他卻讓魔鬼像個猶太銀行家似地支配著一切。

礁湖上波光閃爍，令人昏眩，康妮想回去看看家裡有沒有來信。克利福定期寫信給她，他的信寫得很好，完全可以拿來出版。康妮因此覺得它們沒什麼意思。

康妮享受著瀲灩的湖光、輕輕拍打著鹹鹹的海水，空闊的海天，無思無慮，還有空寂所帶來的昏眩，但卻是健康的、健康的昏眩。太愜意了，她在其中平靜下來，什麼也不想，此外，她現在知道自己已經懷孕了。就這樣，她享受著陽光、鹹鹹的海水、海水浴、躺在沙灘上、尋找貝殼、蕩舟湖上所帶來的昏眩，最後則享受著她的懷孕，那是另一種健康的充盈，令人滿足、昏眩。她在威尼斯已經待了兩個星期，而且還要待上十天半個月。陽光照耀得使人忘記了時光的流逝，而她在生理上健康的充盈讓她完全忘記一切，她生活在一種舒適的昏眩之中。

直到克利福的一封信把她驚醒。

我們這兒發生了一樁小小的趣事。聽說守林人梅樂士那與人私奔的妻子回到了村舍，卻發現自己已不受歡迎。他把她攆了出去，然後鎖上了門。但是，有人說當他從樹林回到家時，他發現那個已經不再美麗的女人正赤裸裸地躺在他的床上，她是打破窗户的玻璃爬進去的。由於無法把這個有點受虐癖的維納斯從床上趕走，他只好退避三舍。據說，他回特維蕭的母親家去了。其間，這位史德門來的維納斯佔據了那個村舍，聲稱那是她的家；顯然，向波羅定居在特維蕭了。

這是我聽到的傳聞，因為梅樂士沒有親自來找我。這些傳聞我是從我們那位喜歡說廢話的鳥，我們的朱鷺，我們那位愛吃腐肉的禿鷹——波頓太太那兒聽來的。要不是她說「要是這個女人待在附近，夫人就再也不會到林中去了」，我是不會向妳提這件事的。

我喜歡妳畫的麥爾肯爵士肖像，他走在海邊，海風吹拂著他的白髮，粉紅色的皮膚在太陽下閃著光，我羨慕你們的太陽；這邊正下著雨，但是我並不羨慕麥爾肯爵士那積習難改的凡人肉慾，不過，那適合他那個年紀。顯然，一個人越老就越留戀人世的肉慾，只有青春才能體會到不朽……

這個消息讓康妮很煩惱，以至於惱怒起來。現在那個潑婦正困擾著他，讓她感到震驚和惱怒。她沒有收到梅樂士的信，他們倆約好互不通信，但是現在她很想收到他親自寫來的信。畢竟，他是她肚子裡孩子的父親。讓他來信吧！

但是多麼可恨啊！現在所有事情都亂成了一團，那些底層的人們是多麼邪惡啊！與陰鬱混亂的米德蘭相比，這兒的陽光和閒散是多麼可愛啊！畢竟，晴朗的天空幾乎是生命中最重要的東西。

她從未向別人，包括希爾達在內，提過她懷孕的事。她寫了封信給波頓太太詢問詳細的情況。

她們的一位畫家朋友，鄧肯·霍布斯，從羅馬來到埃斯梅拉達別墅。現在，他成了她們遊船上的第三個人，跟她們一起到礁湖裡洗浴，成了她們的保鏢。他是個沉靜的、幾近沉默寡言的年輕人，在藝術上造詣很深。

康妮收到了波頓太太的回信。

夫人，當妳再見到克利福男爵時，我敢肯定妳會高興的。他現在容光煥發、滿懷希望地努力工作著，當然，他天天盼著妳再度回到我們之間。自從夫人走後，家裡很沉悶，我們都盼看著夫人再度回到我們之間。

關於梅樂士先生的事，我不知道克利福男爵向妳說了多少。好像是一天下午，他的妻子突然回來了，當他從樹林回到家時，他看到她坐在門階上。她說她要回來跟他一起重新過活，因為她是他的合法妻子，他不能離棄她。但是他不願再與她發生任何牽連，他不願讓她進屋，他自己也沒有進屋，他沒有開門，又回到樹林裡去了。

但是當他天黑後回到屋子時，他看到屋門已經被撬開，於是他跑到樓上，發現她一絲不掛地躺在床上。他給她錢，但是她說她是他的妻子，他必須收留她。我不清楚他們究竟怎麼鬧了一場，這是梅樂士的母親告訴我的，她感到非常煩惱。他告訴她，他寧死也不願再與她一起生活，於是他拿了自己的東西，逕自回到特維蕭他母親的家裡。他在那兒待了一夜，第二天他從花園進入樹林，再也沒有走近村舍。他那天好像沒有見到他的妻子。

但是第二天，她跑到北加利她哥哥丹尼的家裡，發誓說她是他的合法妻子，說他在村舍裡有過女人，因爲她在他的抽屜裡發現了一瓶香水，在爐灰裡找到了一些包著金箔的菸蒂，還有別的什麼東西。然後好像是郵差佛瑞德．柯克說，有一天清早，他聽見有人在梅樂士先生的臥室裡說話，而且在小路上看到汽車的輪胎痕。

梅樂士先生繼續住在他母親家，每天穿過花園到樹林去，而她也好像一直住在村舍。外面的閒話說個沒完，最後，梅樂士先生和湯姆．菲力浦到村舍把大部分家具和被褥都搬走，把抽水機的手柄也擰了下來，因此她只得離開。但她沒有回史德門，而是住到北加利的史橫太太家裡，因爲她嫂嫂不肯收留她。

她經常到梅樂士的母親家去追他，她向人發誓說他在村舍裡跟她上過床。她找了一個律師，要求他給生活費。她比以前更胖、更庸俗了，強壯得像頭公牛。她到處說他的壞話，說他在村舍裡留宿女人，說他在婚後怎樣粗俗而殘忍地虐待她，如此等等，我也不太清楚。一旦一個女人開始說話，她什麼壞事都做得出來。眞是太可怕了！不管她多麼粗俗，總是有人願意相信她，總會惹來一身騷。

她把梅樂士先生說成一個對待女子既粗俗又殘忍的人，簡直駭人聽聞。但是人們總願意相信損人的話，特別是在這種事情上。她聲稱只要他活著，她就不會讓他一個人過活。可是我要說，如果他對她很殘忍，那她爲什麼急著回到他身邊？當然，她是快到更年期的人了，因爲她比他大好幾歲；這些庸俗粗野的女人在更年期來臨時，總會變得瘋瘋顛顛……

對康妮來說，這是一個骯髒的打擊。毫無疑問地，她也將被捲入這場流言惡詆之中。她憤恨他沒有與貝莎・考茲了斷，甚至憤恨他跟她結婚，也許他眞的有種下賤的渴望。康妮想起與他共度的最後一夜，她顫抖起來。他甚至也在貝莎・考茲那樣的女人身上，體驗過那種肉感，啊，眞的太令人厭惡了。也許最好能擺脫他，從此與他一刀兩斷，也許他眞的那麼庸俗而下賤。

她突然對整件事感到非常厭惡，她幾乎羨慕起不諳世情、遲鈍而羞澀的加絲利姐妹來。她現在擔心有人知道她和守林人之間的事，那種恥辱簡直無法形容！她感到厭倦、害怕，她渴望過受人尊重的生活，即使是加絲利姐妹那種庸俗而死氣沉沉、卻受人尊重的生活。要是克利福知道了她的事，那會是多麼難以形容的恥辱啊！她對這個社會，以及這道德敗壞的中傷感到害怕、恐懼。她甚至希望打掉那個孩子，變得清清爽爽。簡言之，她陷入了恐慌。

至於那瓶香水，那是她自己幹的蠢事。出於孩子氣，她忍不住在他抽屜裡的手帕和襯衫上灑了一些香水，還把那半瓶高狄牌紫羅蘭香水留在那兒，她想讓他在聞到香水時想起她。至於菸蒂，那是希爾達留下的。

她忍不住向鄧肯・霍布斯傾吐了一些心事，但並未透露自己是守林人的情人，只說她喜歡他，並訴說那個人的過去。

「噢，」鄧肯說，「妳瞧著吧，他們不把這個人弄垮是絕不會罷手的，要是他有機會卻不願爬進中產階級，要是他敢於堅持自己的性愛，那麼他們會殺掉他的。在性愛上，人們絕不會要妳坦誠而率直，但妳怎樣齷齪，他們卻不在乎。事實上，他們喜歡齷齪的東西。但是如果妳珍視自己的性愛，不願讓它變得齷齪，他們就會詆毀妳。性愛是人類最後一個瘋狂的禁忌，它是自然且關係重大的事情，但他們不想要它，他們在讓妳做愛之前就已經殺死了妳。瞧著吧，他們會把那個人迫害垮的。他究竟做錯了什麼？如果他跟妻子做愛時過於狂熱和投入，那難道不是他的權利嗎？她應該爲此而驕傲！但是妳看，甚至連那條下賤的母狗也轉過來反對他，而且利用那群反對性愛的暴民，以如鬣狗般的本能打垮他。在妳被允許做愛之前，妳得痛哭流涕，感到自己罪孽深重，對性愛充滿畏懼。啊，他們會把那個可憐的傢伙圍剿垮的。」

現在，康妮又突然不再憎惡這件事了。畢竟，他做錯了什麼？除了給她強烈的快感、讓她感受到自由和生命之外，他又對她做了什麼？他釋放了她熱情而自然的性愛湧浪，爲此，他們竟要圍剿他、打垮他。

不，不，不應該那樣！她能想見他的樣子，他白皙的裸體、被太陽曬得發紅的面孔和雙手；他低著頭對勃起的陰莖演講，彷彿它是另一個人似的；他臉上閃過的那種奇特苦笑。她似乎能聽到他的聲音——「妳有著最漂亮的女人屁股！」她似乎能感受到，他的手正熱情而溫柔地愛撫著她的屁股，愛撫著她的私處，像是一種祝福。一股暖流流過她的子宮，微弱的火焰在她的膝間跳動，她對自己說：「啊，不！我絕不能背棄這份純粹的肉慾！我絕不能背棄他！無論如何，我一定要對他，以及我從他身上得到的東西保持忠誠！我生命中的溫暖和光彩是他給予的，我不能背棄他。」

她做了一件冒失的事。她寫了封信給波頓太太，裡面附了一張寫給守林人的紙條，她請求波頓太太幫忙轉交。她寫道——

聽說你妻子為你帶來很多麻煩，我很替你難過，但是不要煩惱，那只是一種歇斯底里罷了。它突然而來，也會突然而去。但是對此我非常抱歉，我希望你不要過於煩惱，為這事不值得。她只不過是個想傷害你的歇斯底里女人罷了。我將在十天內趕回去，希望你一切都好。

幾天後，克利福來了一封信，他顯然非常煩惱。

聽說妳準備在十六日離開威尼斯，我非常高興。但是如果妳在那邊很快樂，就不要急著回來。我們想念妳，勒格貝想念妳，但是妳應該享受充足的陽光，這是很必要的。「陽光與睡衣」，就像利都的廣告上說的那樣，所以，如果待在那邊能讓妳快樂，能讓妳準備好對付我們這邊非常糟糕的冬天，就在那邊多待幾天吧。這兒，今天已經在下雨了。

波頓太太照顧我極為勤勉周到。她是個怪人，我活得越久，就越意識到人類是多麼奇怪的生物。有些人可以像蜈蚣一樣有一百條腿，或像龍蝦一樣有六條腿。人與人之間的和諧共處，和一個人指望從同伴那兒獲得的尊敬，實際上好像並不存在，甚至讓人懷疑它們本身是否存在。

關於守林人的流言蜚語像滾雪球一樣日見增大，我是從波頓太太那兒知道這一切的。她使我想到了魚，魚雖然不會說話，但只要牠活著，好像就要用腮去呼吸無聲的流言。她用腮過濾著一切，沒有什麼能令她吃驚；他人生活中的事件，彷彿是她必須的氧氣。

她十分關注梅樂士的事，只要我讓她開口，她的閒話就會把我淹沒。她對梅樂士的妻子非常憤慨，她堅持叫她貝莎·考茲，好像她在其中扮演著某種角色，我曾聽她說過貝莎·考茲各種道德敗壞的瑣事。當我擺脫那閒言的洪流，重新慢慢浮出水面時，我看著白日的陽光，奇怪竟然會有那些事。

我們的世界，它只向我們顯露一切事物的表象，事實上卻是深海的底部——所有的樹都是海底植物，我們是長著鱗甲的神祕海底動物，我們像蝦一樣以腐肉爲食。在我看來，這是完全眞實的，只有靈魂偶爾能喘氣穿過我們所生活的深不可測深淵，上升到太空的表面，那兒才有眞正的空氣。我確定，我們平常呼吸的空氣是一種水，而男人和女人都是一種魚。

但是，在海底掠食之後，靈魂有時確實會上升，像海鷗似地朝著光明展翅疾飛。我想，在人類的海底叢林中，掠食我們同類那行屍走肉般生命的，是我們必朽的人類命運。但我們不朽的命運是逃離，是在吞下獵物之後向上進入明亮的太空，是躍出這古老海洋的水面，進入真正的光明。那時，我們才能意識到自己永恆的天性。

當我聽波頓太太說話時，我覺得自己正在往下沉，往下沉，直沉到神祕的人類之魚扭動與涵泳的海底。在滿足肉慾之後，向上，再向上，直至脫離濁重的空氣進入清明的太空，直至從濕處上升到乾處。我可以跟妳談論這整個過程，但是跟波頓太太在一起，我只覺得自己正在可怕地下陷，陷入海洋底部海草和蒼白怪物的中間。

恐怕我們的守林人要走了。他跟妻子的鬧劇不但沒有平息，反而越演越烈。她控訴他種種難以說出口的事情，奇怪的是，她竟能讓大多數礦工的妻子支持她，她們都是些可憎的魚，整個村子都被流言弄得發臭。

我聽說貝莎・考茲在洗劫了村舍和小屋之後，把梅樂士堵在母親的家裡。一天，當她女兒放學回家時，她抓住這個長相酷似自己的女兒，想把她帶走，但是這個小女兒不但沒有吻慈母的手，反而在上面狠狠咬了一口，於是被母親的另一隻手一巴掌摑進了水溝裡。她這才被那位憤怒而苦惱的祖母救了出來。

這個女人散佈了數量大得驚人的毒氣，她到處講述他們夫妻之事的所有細節，在夫婦之間，這種事情通常會被深深地埋藏起來，不可提及。在十年的埋藏之後，她選擇挖掘出它們，她所說的一切非常怪誕。這些細節我是從林來與醫生那裡聽來的，醫生覺得這很好笑。

當然，那一切事實上毫無意義。

渴望嘗試特殊性愛姿勢是人類的本性，如果一位男人跟妻子行房時喜歡採用切利尼⑤所說的「義大利式」，那也只是個人口味罷了。不過我確實沒想到我們的守林人能玩這麼多花樣。那無疑是貝莎·考茲教他的。無論如何，那是他們的私污之事，與別人沒有任何關係。

然而，大家都在聽著，我也在聽著。數十年前，普通的廉恥之心就足以平息這件事情，但是普通的廉恥之心如今已不復存在，礦工的妻子們今都張牙舞爪、不知廉恥地叫囂著，讓人以爲特維蕭近五十年內出生的孩子全都是聖靈感孕⑥所生，而我們每個背棄國教的女人都是聖潔的聖女貞德。我們可敬的守林人身上帶有拉伯雷⑦的氣質，這似乎讓他顯得比克里平⑧更殘暴可怕。但是，如果人們對此信以爲眞，那特維蕭的這幫村民就是一群放蕩之徒。

然而，麻煩的是，可恨的貝莎·考茲並不僅僅講述自己的經歷與痛苦，她高調宣稱，她已經發現誰是她丈夫「留」在村舍裡的女人，而且說出這個女人的名字時竟膽敢肆意攻擊，於是有幾個可敬的名字被拖進污泥之中：事情走得太遠了，法院已向她發出禁令。

由於無法讓那個女人離開樹林，我不得不爲此事會見梅樂士。他跟往常一樣四處走動，一副漠不關心的樣子，但我懷疑，他覺得自己像一隻尾巴上掛著錫罐的狗，儘管他擺出一副並沒有什麼錫罐的樣子。我聽說當他從村裡走過時，女人們都會把她們的孩子叫開，好像他是薩德侯爵⑨的化身。雖然他恬不知恥，但那錫罐恐怕還是緊緊綁在他的尾巴上，他心裡一定在哀嘆，就像堂・羅德里在一首西班牙民歌裡說的：「唉！它咬了我最容易犯罪的地方！」

我問他還能不能盡職照看樹林，他說他不認為自己疏忽了職責。我告訴他我不喜歡讓那個女人侵入樹林，他回答說他沒有逮捕她的權力。然後我委婉地向他探詢那樁醜事及其討厭的詳情。「啊，」他說，「人們應該操自己的，那樣他們就不願再聽關於別人的屁話了。」

他這麼說的時候有點苦澀，不過他的話無疑很有道理，但他在說這話時既不含蓄又不恭敬。我暗示了他一下，就聽到那錫罐又響了起來。「克利福男爵，像你這種處境的人，不應該嘲笑我這個兩腿之間吊著個玩意兒的人。」

不管是誰，逢人便說這種話當然對他毫無益處，牧師長、林來，還有波勞斯都認為最好讓他離開這個地方。

我問他在村舍裡留宿婦女的事是否屬實，他說：「啊，那關你什麼事呢？克利福男爵！」我告訴他，我希望在我的產業裡不要發生不體面的事，他回道：「那你得把女人的嘴全都鉗起來。」當我追問他在村舍的生活習慣時，他說：「你漏掉了一個要素，除非你認為我和我養的母狗弗洛西的確幹了什麼醜事。」事實上，就拿魯莽無禮來說，沒人比得上他。

我問他另外找份工作是否容易。他說：「如果你在暗示我滾蛋，那像眨眼睛一樣容易。」就這樣，他同意在下個週末離開，沒提任何異議，而且他顯然願意向那個接替他工作的年輕人，喬・錢伯斯傳授這份工作的種種竅門。我告訴他，他離開時我會多給他一個月的薪水，但他說他寧願我留著這筆錢，讓我沒有機會紓解良心上的不安。我問他這是什麼意思，他說：「你沒有另外欠我什麼，克利福男爵，所以不要另外付給我什麼。假如你還有什麼不滿的話要說，那就只管告訴我。」

好了，這件事暫時有個了結，那個女人已經走掉了，我們不知道她上了哪兒。只要她在特維蕭露面，她就會被拘禁起來。我聽說她非常害怕坐牢，因爲她實在太夠格了。梅樂士將會在星期六離開，這個地方不久就會恢復原狀。

親愛的康妮，如果妳覺得快樂，妳可以在威尼斯或瑞士待到八月初，想到妳能置身在這些污言穢語之外，我覺得非常高興。這些流言在這個月底就可以完全平息。

瞧，我們是深海裡的怪物，當一隻龍蝦走過污泥時，牠把大家的水都攪渾了，對此我們只能坦然處之。

克利福的來信充滿惱怒而且毫無同情心，讓康妮留下了極壞的印象。但是在她之後收到梅樂士的來信後，她才完全明白了克利福那封信的意思。

貓從袋子裡鑽出來，同時帶出了其他各種貓咪⑩。妳知道，我的妻子貝莎又回到了我冷酷的臂彎，而且佔據了村舍。在那兒，說句失禮的話，她嗅到了一隻耗子——那一小瓶高狄牌香水。此後的好幾天內，她並沒找到別的證物。當她發現那張照片被燒掉時，她怒號不已，她在臥室裡找到了相框的玻璃和夾板。不幸的是，有人在那張夾板上潦草地畫了一幅素描，下面重複簽著幾個姓名首字母「C.S R.」。但這並沒有提供什麼線索，直到她闖進小屋，在那兒找到一本妳的書——《女星朱狄絲自傳》，首頁上寫著妳的名字「Constance Stewart Reid」。後來那幾天內，她四處叫囂著說我的情婦不是別人，正是查泰萊男爵夫人。這消息最終傳到了牧師長、波勞斯先生和克利福男爵的耳裡，於是他們向法院控告了我那位忠誠的夫人，她嚇得逃之夭夭，因爲她一向害怕警察。

克利福男爵要見我，我就去了他那裡。他兜著圈子向我提及此事，好像在生我的氣，然後問我是否知道男爵夫人的名字也被提及了。我說我從不與聞流言，而且對於從克利福男爵本人口中聽到這些感到非常驚訝。他說，這當然是巨大的羞辱。我告訴他，在我儲藏室的掛曆上有瑪麗女王的照片，那無疑是因爲女王陛下是我後宮的一員，但他並不欣賞這個諷喻。他幾乎等於說，我是個走路時連褲子鈕釦也不扣的聲名狼籍人物，而我也幾乎等於是在說無論如何，他沒有什麼東西需要扣住，因此他把我解雇了。我將在星期六離開，我再也不會出現在這個地方了。

我要去倫敦找我以前的女房東英格太太，她住在高堡廣場十七號，她將爲我提供一個房間，或是幫我找個房間。

我的罪過一定會得到報應的，尤其是我已經結婚，而對方的名字叫貝莎……

信中沒有一個字是關於她或寫給她的，康妮對此感到憤恨。他大可以說幾句安慰的話讓她放心，她知道他是在給她自由，讓她能自由地回到勒格貝，回到克利福身邊。她對此也感到憤恨，他不必這麼虛僞地表現大氣，她倒希望他對克利福說：「是的，她是我的愛人，我的情婦，我爲此而感到驕傲！」但是他沒有這個勇氣。

這下子，在特維蕭，他們的名字被放在一起了！太尷尬了，但那不久就會平息下去。

她生著氣，那複雜而混亂的憤怒令她變得遲鈍。她不知該做什麼，也不知道該說什麼，於是她什麼也不說，什麼也不做。她繼續待在威尼斯，像往常一樣，繼續跟鄧肯・霍布斯一起乘著貢多拉去洗海水浴，讓時光輕輕地溜過。十年前曾暗戀過她的鄧肯，現在又愛上了她。

「我只想要男人們做一件事，那就是讓我一個人獨處。」不過，她這麼對他說。

於是鄧肯讓她一個人待著，而且對此十分滿足。但他還是用一種奇異的、顛倒的、溫柔的愛流沖刷著她。他想跟她在一起。

一天，他對她說：「妳有沒有想過，連結人與人之間的東西是多麼的少？瞧瞧丹尼，他英俊得像是太陽之子，但是妳看，他的俊美看起來是多麼孤獨！但我敢打賭他有妻有兒，而且不可能離開他們。」

「你去問問他。」康妮說。

鄧肯過去問。

丹尼說他已經結婚，而且生了兩個男孩，一個七歲，一個九歲。談及此事時，他並沒流露出任何情感。

「也許只有那些能眞正與他人合爲一體的人，才有這種孤獨生活在世界之中的表情。其餘的人只是有一種黏性，他們黏在群眾身上，就像喬凡尼一樣。」同時，她在心裡想道——或是像你鄧肯一樣。

譯註：

①聖伯納（Saint Bernard，一〇九〇～一一五三），法國基督教神學家，明谷隱修院的創建人和院長，神祕主義者，著有《論恩寵與自由意志》、《致聖殿騎士團書》等。

②這個字為義大利語，指未婚的小姐。

③康斯坦絲這名字唸成義大利文時的變音。

④威尼斯貢多拉遊船的船伕，許多人常常是變相的男娼。

⑤切利尼（Benvenuto Cellini），義大利雕塑家、金匠，除雕塑外也從事金幣、獎牌等金屬品的製作，代表作有「帕爾修斯」雕像。

⑥天主教認為聖母瑪麗亞在其母腹成胎以及耶穌在她腹中成胎時，因蒙受天恩而未沾染原罪。

⑦拉伯雷（Rabelais），法國作家、人文主義者，代表作為長篇小說《巨人奇遇記》；此處指守林人在性愛上富於幻想和熱情。

⑧克里平（Crippen），英國二十世紀初以殘暴謀殺女性而臭名昭著的罪犯。

⑨薩德侯爵（Marpuis de Sade，一七四〇～一八一四），法國作家，軍人出身，著有長篇小說《美德的厄運》、《朱莉埃特》等，以性虐待色情描寫著稱，曾因變態性虐待行為多次遭監禁。施虐狂（sadism）這個字，即源於其姓氏。

⑩在英語中，貓（cat）一詞還有「惡毒女人」的意思，貓咪（pussy）一詞還有「小女人」的意思，此處暗喻貝莎回到梅樂士身邊，並把康妮與梅樂士的關係抖了出來。

第18章 尋求支持

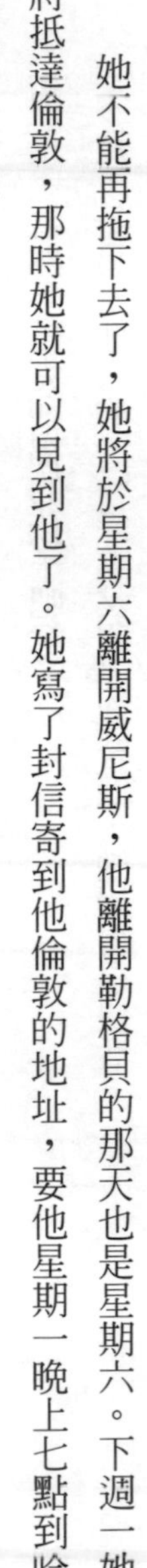

她不能再拖下去了，她將於星期六離開威尼斯，他離開勒格貝的那天也是星期六。下週一她將抵達倫敦，那時她就可以見到他了。她寫了封信寄到他倫敦的地址，要他星期一晚上七點到哈蘭飯店去見她。

在她內心深處有一種莫名的混亂憤怒，以至於她所有的感覺都近乎麻木了。她不再相信任何人，包括希爾達，而希爾達則對自己妹妹那份固執的緘默感到惱怒，她開始和一個荷蘭女人親密起來。康妮厭惡女人之間這種令人窒息的親密，而希爾達卻樂此不疲。

麥爾肯爵士決定陪康妮離開威尼斯，希爾達可以由鄧肯陪著。這位藝術家老爵士一向是個養尊處優的人，他買了兩張「東方快車」的臥鋪票。康妮不喜歡豪華列車和車廂裡那種庸俗墮落的氛圍，但是坐這種車到巴黎會快一些。

要回家見太太，麥爾肯爵士總是覺得不大自在，這種個性他在第一任太太在世時就已表露無遺。他太太即將在家裡舉行一次松雞遊宴會，他想提前趕回。

被太陽曬黑的康妮顯得十分美麗，她默默地坐著，無心欣賞沿途的風景。

「回勒格貝是不是讓妳覺得有點沮喪？」父親注意到了她的陰鬱。

「我還沒確定回不回勒格貝。」她突然說道，直盯著父親的眼睛。

他藍色的大眼睛顯得十分恐慌，彷彿心懷歉疚。

「妳是說妳要在巴黎待一段時間？」

「不！我是說我再也不回勒格貝了。」

「怎麼回事，是不是太突然了？」他自己的小麻煩已經夠多了，實在不想分擔她的煩惱。

「我快要生孩子了。」這是她第一次向另一個活生生的靈魂吐露此事，這句話彷彿在她的生命中劈開一道裂縫。

「妳怎麼知道的？」父親問道。

「我怎麼知道的？」她笑了。

「但是，當然不是克利福的孩子吧？」

「不是！是另一個人的。」能讓父親如此苦惱，她覺得很快活。

「我認識那個人嗎？」麥爾肯爵士問道。

「不！你從未見過他。」

接著是長久的沉默。

「妳有什麼打算？」

「我不知道，這就是問題所在。」

「沒法跟克利福商量解決這事嗎？」

「我想克利福會接受他的。」康妮說，「在你上次跟他談話之後，他告訴我，只要我處事謹慎，他不會介意我生個孩子。」

「在那種境況下，這是他所能表達唯一明智的話。我想這樣很好。」

「在哪一方面？」康妮看著父親的眼睛。這雙眼睛跟她的眼睛一樣又大又藍，卻流露出某種不安，有時不安得像個孩子，有時又流露出自私的不安，儘管它們平時是機敏而隨和的。

「因爲妳給了克利福一個可以傳承查泰萊家族的繼承人，給了勒格貝又一個男爵。」麥爾肯爵士臉上露出曖昧的微笑。

「但我想我不會這麼做。」

「爲什麼不呢？因爲妳還牽掛著那個人？好了，孩子，讓我對妳說些實話。這個世界在運轉，勒格貝存在著，它還要繼續存在下去。這個世界多少是確定的，我們表面上不得不去適應它，但我們可以在私底下恣意行樂。情感在變，妳可以今年喜歡這個人，明年喜歡另一個，但勒格貝還是在那兒。只要勒格貝忠於妳，妳就忠於勒格貝，然後妳就可以恣意行樂。如果妳願意，妳儘可以換種生活方式，但破壞現狀不會讓妳得到多少好處。妳有自己的收入，這是一個人唯一可以依賴的東西，但妳的入息並不多。給勒格貝一個小男爵，這是件非常有趣的事。」麥爾肯爵士說完，重新坐下，又開始微笑著。

康妮沒有回答。

「我希望妳終於找到了一個眞正的男人。」過了一會他對她說，猥褻得有些露骨。

「我得到了，但這又讓我煩惱。這種男人很罕見。」

「啊，看在上帝的份上，確實罕見！好了，親愛的，看看妳的樣子，他是個幸運的人。他肯定沒爲妳帶來什麼麻煩吧？」

「噢，不！他完全讓我自主。」

「當然了，這是一個眞正的紳士該做的。」麥爾肯爵士覺得很高興。康妮是他寵愛的女兒，他一向喜歡她的女人味，她不像希爾達那麼像她母親。他一向不喜歡克利福，所以他很高興。他對女兒非常溫柔，彷彿那未出生的孩子是他的。

他陪她搭車到哈蘭飯店，把她安置好後才去俱樂部。

康妮要他晚上別過來陪她。

她收到了梅樂士的一封信——

我不想去妳住的飯店，七點鐘，我在亞當街的「金雞」咖啡店門口等妳。

造作要好得多。

梅樂士穿著一套淺黑色的禮服站在那兒等她，高而削瘦，是那樣的與眾不同。他天生獨特，沒有她那個階級的矯揉造作，但是她立刻看出他上得了任何檯面，他天生的教養比階級化的矯揉造作要好得多。

「啊，你來了，你的氣色眞不錯！」

「是的，但妳的氣色不大好。」

她不安地看著他的臉。他的臉很削瘦，顴骨突露出來。他的眼睛對著她微笑，她覺得跟他在一起很輕鬆。突然，她外表緊張的矜持消失了。他的生理上流溢出一種什麼東西，讓她心中覺得輕鬆、快樂、自在。憑著現代婦女追求快樂的敏銳本能，她立即就感受到了——「只要他在那兒，我就會快樂！」這種內在的充盈與溫暖，不是威尼斯的陽光所能給予的。

「那件事你覺得可怕嗎？」當他們在一張桌前坐下時，她問道。

他太瘦了，她現在看出來了。他那雙熟悉的手放在桌上，奇異地散漫，像是被遺忘了一樣，像隻熟睡的動物。她眞想把它們捧起來親吻，但是她不敢。

「人們總是可怕的。」他說。

「你很在意嗎？」

「我在意，我總是會在意。我知道這樣很蠢。」

「你是不是覺得自己像隻尾巴上拴著錫罐的狗？克利福說你有這種感覺。」

他看著她。此刻她太殘忍了，因爲他的自尊心曾遭受過巨大的痛苦。

「我想是的。」

她從未體會過羞辱帶來的劇烈痛苦，他爲此而憎恨羞辱。

長久的沉默持續著。

「你想我嗎？」她打破沉默。

「我很高興妳置身其外。」

「人們相信你和我的事嗎？」她問。

又是一陣沉默。

「不！我從來不認爲他們會相信。」

「克利福呢？」

「我想他也不會，他把它擱在一邊不去想它。但是很自然，這使他再也不想見到我。」

「我就要有個孩子了。」

他臉上的表情、他的整個身體一下子僵住了。他看著她，眼神黯淡下來，像冒著黑焰的幽靈。

「告訴我，你很高興！」她無法理解他的神情，她懇求道，撫摸著他的手。她看到他流露出某種狂喜，但這種狂喜卻被她不明所以的什麼東西籠罩下來。

「他是個將來。」

「難道你不高興嗎？」她堅持問道。

「我根本就不相信將來。」

「你不必擔心要負什麼責任，克利福會視他爲己出，他會高興的。」

聽到這句話，他的臉色變得蒼白，開始畏縮起來。他沒回答。

「你要我回到克利福身邊，爲勒格貝生個小男爵嗎？」她問道。

他看著她，臉色蒼白而又冷漠。他的臉上閃過一絲難看的苦笑。「妳不必告訴他誰是孩子的父親吧？」

「噢！即使是那樣，如果我要他接受這個孩子，他就會接受。」

「啊！」梅樂士想了一會兒，最後他自語道，「我想他會的。」

兩個人都沉默著，他們之間有一條巨大的鴻溝。

「但是你不想讓我回到克利福身邊，是嗎？」她問他。

「妳自己是怎樣想的？」他反問。

「我要跟你同居。」她簡潔地說。

聽到她這樣說，他的小腹升起一小團火焰。他低下頭，然後又抬頭陰鬱地看著她。

「妳覺得值得嗎？我一無所有。」

「你比大多數男人更富有。得了，你自己知道的！」

「在某種意義上，我知道。」他沉默了一會兒，思考著，然後接著說：「他們常說我太女性化了，但不是這麼回事。我不是女人，不是因爲我不想打鳥，也不是因爲我不想賺錢或往上爬。在軍隊我可以輕鬆發跡，但是我不喜歡軍隊，雖然我完全能駕馭部屬——他們喜歡我，當我發火時，他們敬畏我；但是我那愚蠢又刻板的上級卻把軍隊弄得死氣沉沉。我喜歡我的手下，他們也喜歡我，但是我無法忍受那些專橫粗暴操縱著這個世界的人。這就是我沒爬上去的原因。我憎恨金錢的粗暴，我憎恨階級的粗暴。那麼，在這樣的世界上，我還有什麼可以獻給女人的？」

「但是爲什麼要給呢？這不是交易，只要我們彼此相愛就夠了。」

「不，不！不是這麼簡單。生活總在變動，我的生活無法進入正常的軌道，所以像是一張廢票。我沒有權利把一個女人扯進我的生活，除非我能有所作爲、有所成就，至少是在心靈上，以使我們的生命都能保持新鮮。如果那是一種孤立的生活，如果她是一位眞正的女人，那麼，一個男人就應該供給女人他生命中的某些意義。我不能只做妳的姘頭。」

「爲什麼不能？」

「爲什麼，因爲我不能！妳很快就會厭倦的。」

「你好像並不信任我。」

「錢是妳的，地位是妳的，決定也是由妳做的。我呢，我只是夫人的性伴侶。」他的臉上閃過一絲苦笑。

「此外你還是什麼？」

「妳可以這樣問。無疑地，你看不出我還能是什麼，然而我至少對自己很重要。我能看到自己生存的價值，雖然我非常清楚再也沒有其他人能看得到。」

「如果與我同居，你生存的價值就會減少嗎？」

「也許。」梅樂士停頓了許久才回答。

「你生存的價值是什麼？」她也遲疑著思索。

「告訴妳，那是看不見的。我不相信這個世界，不相信金錢，不相信進步，不相信人類文明的將來。如果人類還想有將來，那就必須大大地改變現狀。」

「那眞正的將來應該是什麼樣子？」

「上帝才知道！我能感覺到我心中有些什麼東西，它們與許多憤怒混合在一起。但它們到底是什麼，我不知道。」

「能讓我告訴你嗎？」她看著他的臉，「能讓我告訴你，你有的是什麼嗎？那是別人所沒有的、可以創造將來的東西。能讓我告訴你嗎？」

「告訴我吧！」他回道。

「是你柔情的勇氣，就是這個；就像你把手放在我的屁股上，說我有個漂亮的屁股時那樣。」

「那個！」他又苦笑了一下，陷入了沉思……

「啊！妳說得對，眞的是那個，自始至終都是那個，那是我從部屬身上感知到的。我不得不與他們肉體接觸，而且並不對此感到後悔。甚至在我粗暴地對待他們時，我其實意識到自己正與他們肌膚相親，從而對他們心懷些許柔情。如佛陀所說，這是一個知覺的問題。甚至連佛陀也要抗拒出於對肉體的知覺所引起的羞怯，抗拒那種自然的生理柔情，而這種柔情是最好的東西；甚至是在男人之間，以一種完全男人化的方式，它使他們眞正具有男子氣，而不是猴子氣。啊！那確實是柔情，是對屄的意識。性確實只是一種接觸，是一切接觸中最密切的接觸，但是我們多麼害怕接觸，我們只是半知覺著、半活著。我們得去活著、知覺著。英國人尤其應當互相接觸，多一點體貼與柔情，這是我們急迫的需要。」

「那你爲什麼害怕我？」她看著他。

在回答之前，他盯著康妮看了許久。

「因爲金錢，眞的，還有地位。因爲妳心中的世界。」

「但是難道我心中沒有柔情嗎？」她熱切地問。

「啊！它來了又去，像我的一樣。」他看著她，目光黯淡下去，顯得心不在焉。

「難道你不相信這柔情在你我之間確實存在嗎？」她不安地看著他。

「也許有吧！」她看到他的臉色柔和下來，丟掉了盔甲。

兩人都沉默下來。

「我要你把我抱在懷裡，我要你告訴我，你很高興我們將有個孩子。」

她看起來是那樣美麗、那樣溫存、那樣熱切，他的體內為之翻騰起來。

「我想我們可以到我房間去，雖然這又會惹來閒話。」

她看見他又遺忘了這個世界，溫柔的熱情使他的臉色變得柔和而純潔。

他們取道幽巷來到高堡廣場，他在那兒租了一間頂樓的屋子，是一間閣樓，裡面有煤氣爐可以用來做飯。屋子雖小，卻體面而整潔。

她脫了衣服，也叫他脫掉衣服。初次懷孕的激動使她顯得非常可愛。

「妳懷孕了，我不應該驚擾妳。」

「不，愛我吧。愛我，說你會守候我，說你會守候著我，說你絕不會讓我到那個世界、到任何人身邊去！」

她靠近他，緊緊地貼著他削瘦而健壯的赤裸裸的身體，這是她唯一知道的避難所。

「那我就守候著妳，只要妳願意，我就守候著妳。」他緊緊地摟住她。

「說你為這個孩子感到高興，」她重複道。「吻吻他！吻吻我的子宮，說你很高興他在那兒。」

「我害怕把孩子生到這個世界上，我很擔心他們的將來。」但他還是難以接受這個孩子。

「但是你已經把他放進了我的身體。對他溫柔些，這就是他的將來。吻吻他！」

他顫抖起來，因爲這是眞的。對他溫柔些，這就是他的將來……在那一瞬間，他完全愛上了這個女人。他吻著她的小腹和她的維納斯之丘，吻著她的子宮和子宮裡的胎兒。

「啊，你愛我！你愛我！」她低喊著，盲目而含混的愛之呼喊。

他溫柔地插入她的身體，感覺柔情的洪流從他體內釋放出來，流入她的體內，兩人體內燃燒著相互憐愛的柔情。

當他插入她的身體時，他意識到自己必得永遠溫柔地接觸她、碰觸她，這樣才不致丟掉自己做爲一個男人的驕傲、尊嚴和完整。如果她有錢有財富而他一無所有，他當然應該覺得驕傲而光榮，而不該因此覺得難以向她展現柔情。「我擁護所有出於知覺、人類之間的肉體接觸。」他對自己說，「還有柔情的接觸。她是我的伴侶，這是一場反對金錢與機械，以及沒有知覺、像猴子般躁動的觀念世界之戰，她會站在我背後支持我。感謝上帝，我有了一個女人！感謝上帝，我有了一個女人跟我站在一起，她理解我，對我滿懷柔情。感謝上帝，她不凶悍也不愚蠢。感謝上帝，她是個溫柔而明理的女人。」當他的種子播進她的體內時，他的靈魂也播入了她的體內，這是一種極富生殖力的創造性行爲。

她現在已下定決心再也不與他分開了，不過，方法和手段仍有待解決。

「你恨貝莎．考茲嗎？」她問道。

「不要跟我說起她。」

「不！你得讓我說。因爲你曾經喜歡過她，因爲你曾經跟她親密過，就像你現在跟我親密一樣，所以你得告訴我。你曾經跟她親密過，現在又這麼恨她，這不是很可怕嗎？爲什麼會這樣呢？」

「我不知道。她的意志好像時時都在準備反抗我，她那追求自由的可怕女性意志！一個女人擁有可怕的自由會導致最殘忍的暴虐！啊，她總是拿她的自由來反對我，就像把硫酸潑在我臉上一樣。」

「但她後來早已脫離你而獲得自由啊，她是不是還愛著你？」

「不，不！她沒有脫離我，因爲她瘋狂地恨我，她要盡力欺凌我。」

「她一定愛過你。」

「沒有！嗯，她偶爾愛我。她受我吸引，我想她連這也憎恨。她在某些片刻愛我，然後轉瞬間就又將它收回，開始欺凌我。她最深的慾望就是欺凌我，她仍舊沒有什麼改變。從一開始，她的意志就是錯誤的。」

「也許是因爲，她覺得你並非眞的愛她，她想要你愛她。」

「老天！那是多麼殘忍的『想要』！」

「但是你並未眞正愛她，不是嗎？你待她不公。」

「我能怎樣呢？一開始我去愛她，但是她總讓我難堪。啊，我們不要談這個了。那是劫數，而她是災難。在最近這段時間裡，如果可以，我會像射殺白鼬那樣射殺她的，這個胡言亂語的、有著女人模樣的災難。要是我能射殺她，這整個不幸就會結束，這種行為應該被認可。當一個女人著魔於那種『為反對而反對』的意志時，那是非常可怕的，她最終應該被射殺掉。」

「那要是一個男人為他自己的意志而著魔，他最終應不應該被射殺？」

「啊，當然！但是我必須擺脫她，否則她還會欺凌我的。告訴妳，只要可能，我必須跟她離婚，所以我們得小心一些，我們一定不能讓別人看見我們在一起，我受不了她到法院申訴我們。」

「那我們不能在一起了？」康妮沉思著。

「大約有六個月不能在一起，不過我想我的離婚申請會在九月被獲准，那我們就要等到明年三月。」

「但是孩子可能會在六月底出生。」她說。

「我真希望克利福和貝莎那種人全都死掉。」他沉默了。

「這對他們可不夠溫柔。」

「對他們溫柔？好啊，對他們所能做的最溫柔的事，也許就是讓他們死掉。他們無法生活，他們只會破壞生活。他們的靈魂是可怕的，死亡對他們來說應該是甜美的，人們應該允許我去射殺他們！」

「但是你不會這麼做的。」

「我會的！我會像射殺鼬鼠般射殺他們。鼬鼠至少可愛而孤獨，但他們卻是成群結夥的。啊，我要射殺他們。」

「也許你還是不敢那麼做。」

「噢。」

康妮現在有太多事情需要考慮。顯然，他想完全擺脫貝莎．考茲。她覺得他是對的，只是這最後的鬥爭太嚴酷了──這意味著她得孤獨地生活，直到來年春天。也許她能和克利福離婚，但是怎樣離呢？只要提到梅樂士的名字，離婚的事就會泡湯。多麼討厭！難道一個人就不能立即走開，走到世界盡頭，擺脫這一切？

這是不可能的。今日的世界盡頭離倫敦的查令十字路不到五分鐘路程，只要有無線電，就沒有所謂的世界盡頭。非洲達荷美的國王和中國西藏的喇嘛，都在收聽倫敦和紐約的聲音。

忍耐吧，忍耐！這個世界是一個巨大且複雜非常的機械裝置，一個人必須保持機警，以免被它軋傷。

康妮把心事告訴了父親。

「你知道的，父親，他是克利福的守林人，但他以前是印度駐軍的軍官。只是他像有名的弗洛倫斯上校一樣，寧願重新成爲一名列兵。」

然而麥爾肯爵士並不欣賞弗洛倫斯那種令人不快的神祕主義，這種以謙卑來標榜自己的事，他見得太多了。這種自負、這種自抑的自負，看來只讓老爵士感到厭惡。

「妳的守林人是從哪兒冒出來的？」麥爾肯爵士焦躁地問。

「他是個特維蕭礦工的兒子，但是他絕對體面。」

「我看他像是個採金礦的！顯然，妳是一個很容易開採的好金礦。」這位藝術家老爵士更加惱怒了。

「不，父親，他不是那樣的，只要你見到他就會明白的。他是個男子漢，克利福總是因為他不夠謙卑而憎恨他。」

「顯然，克利福總算有了一次準確的直覺。」

麥爾肯爵士無法忍受他女兒和一位守林人私通的醜聞。他倒不在乎私通，他在乎的是那些流言蜚語。

「我對那傢伙一點興趣也沒有。他顯然很能哄妳，但是，看在上帝的份上，想想那些閒話吧！想想妳的繼母會怎麼看待此事！」

「我知道，」康妮說，「閒話是可怕的，尤其是對於生活在上流社會裡的人。他也很想擺脫他的婚姻。我想我們也許可以說他是另一個男人的孩子，而根本不提起梅樂士的名字。」

「另一個男人的？哪個另一個？」

「也許鄧肯·霍布斯可以，他一直是我們的老朋友，而且他是一個很有名的藝術家，他很喜歡我。」

「是嗎！可憐的鄧肯！他從中能得到什麼好處呢？」

「我不知道，但他也許會樂意這麼做。」

「他會嗎？呃，要是他這樣做，可就真是個古怪的傢伙！啊，妳和他之間還沒有發生風流韻事，是嗎？」

「沒有！是他不想要。他只是喜歡親近我，但從不碰我。」

「上帝啊，多麼古怪的一代人！」

「他最想讓我做的事，是做他繪畫的模特兒，不過我從未答應他。」

「可憐的傢伙！但他看起來沒骨氣透了，好像什麼事都忍受得了。」

「如果閒談的主角是他，你不會太介意吧？」

「上帝啊，康妮，這完全是詭計！」

「我知道這令人作嘔，但我又能怎麼樣呢？」

「詭計，欺騙；欺騙，詭計！讓人覺得厭惡。」

「得了，父親，要是你年輕時沒耍過詭計和欺騙，才有資格這麼說。」

「但那是不同的，我向妳保證。」

「那總是不同的。」

希爾達也到了倫敦。當她聽說事情的新進展時，同樣狂怒不已。一想到人們議論她妹妹和守林人的事，她也覺得無法忍受，這太不光彩了。

「為什麼我們不能乾脆去哥倫比亞？這樣就不會有非議了！」康妮說。

但這麼做沒用，非議照樣會冒出來的。如果康妮打算跟那個人同居，她最好能嫁給他，這是希爾達的意見。

麥爾肯爵士猶豫著，他想，事情也許還有補救的可能吧。

「你願意見他嗎？父親。」

可憐的麥爾肯爵士！他一點也不想見他。可憐的梅樂士！他更不想見麥爾肯爵士。然而他們還是見了面，他們在俱樂部的一間包廂共進午餐，就他們兩個人，彼此上下打量著對方。

麥爾肯爵士喝了不少威士忌，梅樂士也喝了一些。他們一直談論著印度，這是那個年輕人熟悉的話題。用餐時兩人一直談著這個，直到咖啡端上，侍者離開後，麥爾肯爵士才點了一支雪茄，痛快地說道：

「喂，年輕人，我女兒該怎麼辦？」

「先生，你女兒怎麼了？」梅樂士苦笑了一下。

「你已經搞大了她的肚子！」

「我很榮幸！」梅樂士苦笑道。

「榮幸，看在上帝的份上！」麥爾肯爵士噗嗤笑了出來，露出蘇格蘭人的猥褻氣息。「榮幸！情況如何呢？不錯吧，孩子，怎麼樣？」

「不錯！」

「這我敢打賭！哈哈，我的女兒當然非常不錯！我自己就從不懊悔美妙的性愛。然而她的母親，噢，是位聖徒！」他望天翻著眼睛，「但是你讓她熱情起來，啊，你讓她熱情起來，這我看得見。哈哈，我的血在她體內流著呢，你在她這堆乾柴上放了一把火。哈哈哈，告訴你，你這麼做我很高興，她需要那個。啊，她是個好女孩，她是個好女孩，我知道，只要有個傢伙放火燒她，她就是好樣的。哈哈哈，一個守林人，呃，孩子，我看你自己根本就是個很棒的盜獵者。哈哈，但是現在，喂，說正經的，我們該怎麼辦呢？要說正經的，知道嗎？」

說正經的，他們倆都喝多了。梅樂士雖然有點微醺，卻是他們兩人中較為清醒的一個。他盡力保持清醒地談話，但他們還是什麼都沒能說清。

「你是個盜獵者！啊，你做得很對！這種遊戲值得男人去做，不是嗎？考察一個女人只要捏捏她的屁股就夠了。只要摸摸她的屁股，就知道她來不來勁。哈哈，我嫉妒你，孩子。你多大了？」

「三十九。」

麥爾肯爵士揚起眉頭。「有這麼大嗎？看你這神氣，你還有二十年的好日子。啊，不管是不是守林人，你都是隻好公雞，我閉著一隻眼睛都能看出來。不像那討厭的克利福，一個從來不敢碰女人的膽小鬼。我喜歡你，孩子，我敢打賭你有個好傢伙；啊，你是隻矮腳公雞，我看得出來你是個鬥士。守林人！哈哈，哎呀，我可不敢讓你幫我守林！但是，說正經的，我們該怎麼辦呢？這個世界上到處都是討厭的長舌老女人。」

說正經的，他們倆都沒能提出辦法，只是就男性的肉慾達到了古老的共識。

「喂，孩子，要是我能為你做點什麼，儘管開口。守林人！基督啊，眞逗！我很喜歡，啊，我喜歡這樣！這代表我的女兒有膽識，不是嗎？你知道，她有自己的收入，不太多，並不太多，但是夠她吃了。我會讓她繼承我的全部財產，以上帝的名義，我會的。這是她應得的，因爲在這個滿是老女人的世界裡，她還能表現出這種勇氣。七十年來，我掙扎著想要擺脫老女人的裙子，然而至今還沒成功，但是你可以的，這我看得出來。」

「眞高興你能這樣想。人們通常告訴我，從側面看，我像隻猴子。」

「噢，當然啦！我親愛的朋友，在那些老女人眼中，你不是猴子是什麼？」

他們非常愉快地分了手，之後梅樂士在心裡笑了一整天。第二天，他和康妮、希爾達在一個低調的地方共進午餐。

「你們的處境太糟糕了，眞令人遺憾。」希爾達說。

「我卻從中得到了不少樂趣。」梅樂士說。

「我以為你們會在可以自由結婚生子之前，避免懷了孩子。」

「上帝把火星吹得太快了。」他說。

「我想這不關上帝的事。當然，康妮的錢足夠養活你們兩個，但是這種處境讓人難以忍受。」

「但是妳不需要忍受什麼，不是嗎？」他說。

「要是你跟她是同一個階級的就好了。」

「或者要是我被關在動物園的獸籠就好了。」

大家都沉默下來。

「我想，」希爾達說，「要是她找另一個人做共同被告，而不把你牽扯進來，那是最好的。」

「但我想我才是當事人。」

「我是說在離婚程序中。」

他吃驚地看著希爾達。康妮不敢跟他提起關於鄧肯的計畫。

「我不明白妳的意思。」梅樂士說。

「我們有位朋友他可能會答應做共同被告，這樣你的名字就可以不被提及了。」希爾達說。

「妳是說一個男人嗎？」

「當然！」

「她有別的情人？」他驚愕地看著康妮。

「不，不！」希爾達連忙說，「他只是個老朋友而已，沒有愛。」

「那他爲什麼願意忍受責難？如果他無法從妳們身上得到好處。」

「有些男人有騎士風度，而不是只算計能從女人身上得到什麼好處。」希爾達說。

「一個代我受責的人是嗎？這傢伙是誰？」

「是我們在蘇格蘭從小就認識的朋友，一位藝術家。」

「鄧肯．霍布斯！」他脫口而出，康妮曾跟他提起。「妳們要怎麼把責任轉到他身上？」

「他們可以一起住在某個旅館，或者甚至住到他家裡。」

「我覺得有點小題大作了！」

「那你還有更好的辦法嗎？」希爾達說，「如果你的名字被提起，你和你妻子就離不成婚了，她顯然是個很難對付的人。」

「這該死的一切！」他沮喪地說。

他們沉默了很久。

「我們可以馬上就走。」他說。

「康妮無法馬上走。」希爾達說，「克利福太有名了。」

又是沮喪的沉默。

「這個世界就是這樣。如果你們要住在一起而不被煩擾，你們就得結婚。要結婚，你們就得先離婚。你們打算怎樣辦？」

「妳準備怎樣爲我們安排？」他沉默了很久。

「如果鄧肯同意做共同被告，我們就要讓克利福跟康妮離婚，你也得趕緊把婚離掉。而在離婚之前，你們倆必須分開。」

「聽起來像是在瘋人院。」

「也許吧！但在世人眼中，你們才是瘋子，或者更糟。」

「什麼更糟？」

「罪犯，我想。」

「希望我還能用匕首多刺幾下。」他苦笑，然後又沉默下來，他很惱怒。「好吧！我什麼都同意。這個世界是個十足的白癡，沒有人能殺掉它，但我會盡力的。妳是對的，我們得盡力解救自己。」

他用屈辱、憤怒、厭煩、愁苦的眼神看著康妮。

「我的愛人，世人會醃了妳的尾巴的。」

「要是我們不讓就不會。」她說。

她比他更看重這次欺騙的作用。

鄧肯來到倫敦，堅持要見一見這位幹了壞事的守林人。這一次，他們四人在鄧肯家裡共進午餐。鄧肯身材矮胖，膚色較黑，蓄著黑色的直髮，是一個哈姆雷特式的寡言之人，有一種居爾特人的古怪自負。他的畫上全是些管子、活塞、螺旋之類的東西和奇異的顏色，是超現代的，但仍帶有某種感染力，甚至有某種純粹的形式與色調。只是梅樂士覺得它過於刺激，令人厭惡。他不敢說出來，因爲鄧肯近乎瘋狂地堅持自己的藝術主張：這是一種個人的狂熱，一種個人的宗教。

他們在畫室裡看畫，鄧肯褐色的小眼睛一直沒離開梅樂士，他想聽聽這位守林人對此事有什麼意見。康妮和希爾達的意見他已經知道了。

「這簡直像謀殺！」梅樂士終於說道。

鄧肯根本沒想到一個守林人能說出這種話來。

「誰被謀殺了？」希爾達冷冷地問道，口氣輕蔑。

「我！它殺死了一個男人心中所有的同情。」

藝術家覺得很厭惡。他聽出那個人的口氣裡帶著對這個世界的厭惡與輕蔑，而且他厭惡別人提什麼同情心。太濫情了！

梅樂士站著，又高又瘦，神色疲憊，他看著這些畫，臉上不時閃現漠然的神色，像是一隻飛舞的蛾。

「也許被殺掉的是愚蠢，濫情的愚蠢。」藝術家譏誚道。

「你這樣想嗎？我覺得所有這些管子和縐褶比什麼都愚蠢，而且更濫情。在我看來，它們流露了太多的自憐和太多神經質的自負。」

另一陣厭惡湧上心頭，藝術家的臉都黃了，但是他一言不發，傲慢地把畫轉向牆壁。「我想我們可以去餐廳了。」

他們掃興地離開畫室。

「我一點也不介意充當康妮孩子的父親，但是有個條件，她得過來當我的模特兒。這是我多年的心願，但她總是拒絕。」喝過咖啡後，鄧肯說起這個計畫，他好像一名審判官宣佈火刑的黑色終審。

「啊，」梅樂士說，「你做這件事一定要附加條件，是嗎？」

「是的！而且非這個條件不可。」鄧肯試圖在他的話中表露出他對另一個男人的極度輕蔑。他做得太過火了。

「最好同時也讓我做你的模特兒。」梅樂士說。「最好把我們畫在一起，把維納斯和伏爾岡①畫在同一張畫布上。做守林人以前，我曾經做過鐵匠。」

「謝謝！」藝術家說，「我想我對伏爾岡的體型不感興趣。」

「甚至連他打扮得像根管子也不感興趣？」

藝術家沒有回答，他不屑回答。

這是一次沉悶的聚會。鄧肯執意不再理睬梅樂士，他只跟兩位女士談話，而且句句簡短。他臉色陰沉、盛氣凌人，好像連這些話都不願說。

「你不喜歡鄧肯，但其實他爲人很好，他眞的很友善。」當他們回去時，康妮辯護道。

「他是一隻熱病不時發作的小黑狗。」梅樂士說。

「是，他今天是不太讓人愉快。」

「妳還要去當他的模特兒嗎？」

「啊，我眞的不再在乎這個了。他不會碰我的，只要能爲我們的共同生活鋪平道路，我什麼都不在乎。」

「但是他會在畫布上把妳畫得像大便一樣。」

「我不在乎。他只是在畫他對我的感覺，他怎麼畫我不在乎，我不會讓他碰我的，絕對不會。如果他認爲他那雙藝術家的梟眼能瞧出什麼名堂，就讓他瞧好了。只要他樂意，他把我畫成多少根空管子和縐褶都行，那是他的不幸。他之所以恨你，是因爲你說他的管子藝術是濫情而妄自尊大的。當然，你說得對。」

譯註：

①伏爾岡（Vulcan），羅馬神話人物，是維納斯的丈夫。他是火與冶煉之神，天生病腿，容貌醜陋。

第19章 最後決定

親愛的克利福，恐怕你所預料的事情已經發生了。我眞的愛上了另一個男人，我希望你能跟我離婚。我現在住在鄧肯家，我說過，他在威尼斯時曾跟我們待在一起。我很爲你難過，但是試著平靜接受吧。你不再眞的需要我了，而我也無法忍受再回到勒格貝。我很抱歉，但是請你原諒我，跟我離婚，另外找個比我更好的人。我眞的不適合你，我覺得我過於自私而缺乏耐心，我無法再回去跟你一起生活，對此我覺得非常抱歉。但是只要你不過於激動，你就會發現這件事並不至於太讓你煩惱，你並不眞的在乎我這個人。請你原諒我，甩掉我。

收到這封信，克利福心中並不吃驚，他早就知道她要離開他，但克利福絕不肯向自己承認。因此，表面上這封信給了他最沉重的打擊，因爲他表面上一直很泰然地相信著她。

我們都是這樣的，我們藉著意志的力量，壓制我們內心直覺到的東西，使它無法進入意識，所以一旦它眞的出現，就會使我們陷入恐慌憂慮，使打擊變得十分難受。

克利福像個歇斯底里的孩子，他茫然地坐在床上，像死了一般，把波頓太太嚇壞了。

「怎麼了？克利福男爵，究竟發生了什麼事？」

沒有回答！她唯恐他中了風，慌忙過去摸了摸他的臉，測了測他的脈膊。

「疼嗎？告訴我你哪兒疼，告訴我！」

還是沒有回答！

「噢，天哪！噢，天哪！我要打電話到雪菲爾德，叫凱林頓醫生和勒基醫生馬上趕過來。」

「不！」她正要朝門口走去，只聽見他聲音低沉地說。

她停下腳步凝視他。他臉色臘黃、茫然，像張白癡的臉。

「你的意思是不讓我去找醫生？」

「是的！我不想要醫生。」他的聲音陰森。

「噢，但是克利福男爵，你病了，我可不敢擔這個責任。我得讓人叫醫生來，否則人們會責怪我的。」

「我沒有病，我的妻子不回來了。」停了一會兒，那個低沉的聲音說道，好像是一尊石像在說話。

「不回來了？你是說夫人？」波頓太太朝床邊走了幾步。「啊，別相信這話。你放心，夫人一定會回來的。」

床上的石像一動也不動，只是把一封信從床單上推過來。

「讀吧！」陰森的聲音說。

「啊，要是這是夫人來的信，我相信夫人是不願讓我讀她寫給你的信的，克利福男爵。如果你願意，你可以告訴我她說了些什麼。」

「讀吧！」那聲音重複道。

「啊，如果我必須讀，那麼我服從你，克利福男爵。」她讀了那封信。「啊，夫人讓我吃驚，她曾信誓旦旦地說會回來！」

床上那張面孔的表情似乎更瘋狂呆滯了，波頓太太擔心地看著這張臉。她知道她面對的是什麼，是男性的歇斯底里。她從前看護士兵的時候就對這種討厭的病有所瞭解了。

她對克利福男爵感到有點不耐煩。無論哪個頭腦清醒的男子，都應該察覺到他的妻子愛上了別人而要離開他，她甚至敢確定克利福內心是完全清楚此事的，只是他不願對自己承認罷了。要是他承認它、做好準備去接受此事，或者與妻子一起努力去避免此事發生，那才像是個男人的作爲。但是不然！他清楚此事，卻一直試圖欺騙自己，說事情並非如此。他感覺到惡魔在扭他的尾巴，卻假裝那是天使在對他微笑。這種虛僞的情境，現在終於引起虛僞而擾亂的發作——歇斯底里，這是瘋狂的一種形式。

她有點厭惡他，心想：「事情之所以如此，是因爲他總是只想到自己。他把自己裹在那個不朽的自我裡，於是打擊一來，他就像個被纏屍帶捆起來的木乃伊。瞧他那副樣子！」

但是，歇斯底里是危險的，而她是個看護，救治他是她的責任。試圖喚醒他的男人氣概和驕傲只會讓他更糟，因為他的男人氣概已經死了——如果不是永遠死了，至少是暫時死了。他只會像隻蟲子似地蠕動著，越來越軟，他的生活被打亂了。

唯一可做的事是，讓他發洩出自憐的情緒，他得痛哭一場，否則他會憋死的。

於是波頓太太開始先哭起來。她用手捂住臉，突然失控地抽泣起來。「我從沒想到夫人會這樣做，從沒想到！」她哭著，突然勾動了自己往日所有的悲傷與痛苦，她開始為自己的不幸而哭泣。一旦開始，她的哭泣就是真的，因為她有自己想哭的事。

在波頓太太的悲傷感染下，克利福想著他是怎麼為康妮所背叛，淚水湧上了他的眼眶，順著臉頰流了下來，他為自己而哭泣。波頓太太看到他失神的臉上流著眼淚，忙用一塊小手帕擦乾自己的雙頰，側身轉向他。

「不要煩惱，克利福男爵！」她充滿感情地說：「不要煩惱，不要，這樣會傷身子的。」

他無聲地抽泣著，吸了一口氣，渾身顫抖起來，淚水在臉上流得更急了。

她把手搭在他的手臂上，自己卻又流起淚來。

他又一次顫抖起來，像痙攣似的。

「好了，好了，不要煩惱了。不，不要煩惱了！」她把雙手放在他的肩膀，流著淚，哽咽地勸道。她把他拉近，雙臂環繞著他那寬厚的肩膀。

他把臉伏在她的胸前抽噎著，寬大的肩膀顫抖著。

「好了，好了，好了！別傷心了，別傷心了！」她溫柔地撫摸他褐黃色的頭髮說道。

他用雙臂摟住她，像個孩子似地依偎著她，他的淚水打濕了她漿過的白圍裙和淺藍色的衣服，他盡情發洩著自己的情感。

最後，她吻了吻他，把他抱在懷裡搖著，她在心裡對自己說：「啊，克利福男爵啊！高高在上的查泰萊！你終於淪落到這般田地了！」最後，他甚至像個孩子般睡著了。她疲憊不堪地回到自己房間，她又哭又笑，她自己也歇斯底里了。這太可笑了！太可怕了！太不堪了！太恥辱了！太讓人心煩了！

從此以後，克利福在波頓太太面前就變得像小孩一樣。他常常握住她的手，把頭靠在她的胸口。當她輕輕地吻他時，他說：「吻吧！吻我吧！吻我吧！」當她用海綿擦洗他龐大的軀體時，他也一樣會說：「吻我吧！」她就半打趣地輕吻他身上的隨便什麼地方。

他像個孩子般躺在床上，臉色怪異而茫然，像孩子般容易驚愕。他有時用孩子似的大眼睛盯著她，在「聖母崇拜」裡得到放鬆；這是一種徹底的放鬆，他所有的男人氣概全都消失了，又回到一種孩童狀態，這是眞正的變態。他的手有時探入她的懷裡，撫摸著她的乳房，狂喜地吻著它們，這種狂喜是變態的，因爲他是成人，卻像個孩子。

波頓太太既興奮又害羞，她對此既喜歡又厭惡，但是她從不回絕和斥責他。他們之間在肉體上更親密了，這是一種變態的親密，因爲他顯然像孩子一樣天眞、好奇、無能，這看起來幾乎像是一種宗教的昇華，這是變態的、字面意義上的──「除非你又變成一個小孩」。而她是偉大的聖母瑪麗亞，富有權威與力量，把這個大孩子般的男人完全放在她的意志與撫慰之下。

克利福現在像個孩子，幾年來他一直在變得像個孩子。奇特的是，當他與外界打交道時，他卻比以前更加精明敏銳，那時他依然是個眞正的男人。這個變態孩子般的男人，現在成了一名眞正的事業家，在處理事務時，他絕對是個專橫的男人，精明得像根針，堅硬得像塊鐵。當他在外和別的男人在一起時，他在追求個人目標和發展煤礦業的方向上，具有一股不可思議的精明、嚴厲、敏銳的力道，看來似乎是那偉大的聖母順從和賣身，帶給他這番在商場實務上的洞察力，帶給他某種非凡的超人力量。對私人情感的沉迷、對自己男性氣質的全然貶低，帶給他一種冷靜而富有遠見，相當精於生意之道的第二天性。在事業上，他的確是超人的。

「他做得多好啊，這都是我的功勞！老實說，他和杳泰萊男爵夫人在一起時，從來沒做得這麼好過。她不是那種會推著男人向前的人，她太爲自己著想了。」波頓太太對此很得意，她驕傲地對自己說。

與此同時，在她神祕女性靈魂的某個角落裡，她是多麼地輕視他、憎惡他啊！在她看來，他是隻被擊倒的野獸，是隻蠕動的怪物。她全力幫助他、鼓勵他，但在她古老而健全的女性氣質深處，她卻又無情地輕蔑他、無限地輕蔑，她覺得哪怕一個乞丐也比他強。

他仍敬重康妮，他對她的反應很古怪，他堅持要再見她一面。此外，他堅持要她回勒格貝來！在這一點上他十分堅決——康妮曾經信誓旦旦地承諾他會回到勒格貝。

「承諾有什麼用呢？」波頓太太說，「難道你能不讓她走、不擺脫她嗎？」

「不！她說過她要回來，她就得回來。」

波頓太太不再反對他了，她知道自己在與什麼人打交道。

他寫了封信給康妮——

我毋需告訴妳妳的信對我造成了什麼樣的影響，如果妳試著想一下，也許妳可以想像得到；不過，妳無疑不願麻煩自己替我想想。

我對妳的答覆只有一句：在我做出決定前，我必須在勒格貝親自見妳一面。妳曾經信誓旦旦地說要回到勒格貝，我要求妳履行諾言。除非能在這個熟悉的環境中親自見妳一面，否則我什麼都不相信、都不理解。不用說妳也知道，這邊沒有人猜疑什麼，所以妳的歸來是十分正常的。等我們談過後，如果妳還沒改變主意，我們無疑可以協商解決。

康妮把這封信拿給梅樂士看。

「他要報復妳了。」他把信交還給她。

康妮沒有說話，她有些吃驚地發現自己害怕克利福，她害怕靠近他。她害怕他，好像他是邪惡而危險的。

「我應該怎麼做呢？」

「別理他，如果妳不願意。」

她回了封信，試圖推掉這次會面。

克利福回信說——

如果妳現在不回勒格貝，我相信妳總有一天會回來的，我將依據這個判斷行事。我將一直在這兒等妳，就算等五十年也行。

她被嚇住了。這是一種陰險的威嚇，她毫不懷疑他會這麼做的。他不跟她離婚，孩子就會成爲他的，除非她有辦法證明他是私生的。

經過一段時間的焦慮煩惱，她決定去一趟勒格貝，希爾達將陪她一起去。她寫信告訴克利福此事。

他回信說——

我不歡迎妳姐姐，但我也不會讓她吃閉門羹。我相信是她慫恿妳逃避自己的義務與責任的，所以不要指望我在見到她時會笑臉相迎。

當她們趕到勒格貝時，克利福恰好出去了，波頓太太接待了她們。

「啊，夫人，這可不是我們所期待的『欣然歸來』！」

「不是嗎？」康妮說。

原來這個女人知道此事！不知其餘的僕人知道多少，有沒有猜疑？

康妮走進屋子，她現在對它恨之入骨。在她看來，這個巨大而不規則的地方是邪惡的，正在威脅著她。她不再是它的女主人，而是它的犧牲品。

「我不能在此久留。」她恐懼地對希爾達低聲說道。

她走入臥室，像什麼都沒發生似的重新佔有這間屋子，令她覺得十分痛苦，她憎恨待在勒格貝的每一分鐘。

直到下樓去用晚餐時，她們才遇到克利福。他穿著禮服，繫了條黑色的領帶。他很矜持，像一位高傲的紳士，吃飯時他舉止客氣、談吐文雅，卻顯得有些瘋狂。

「僕人們知道得多嗎？」女僕出去後，康妮問道。

「關於妳的打算，什麼也不知道。」

「但波頓太太知道。」

「確切地說，波頓太太並不是僕人。」他的臉色變了。

「噢，我沒留心。」

喝過咖啡後，當希爾達說她要回房時，氣氛頓時緊張起來。

她走後，克利福和康妮默默坐著，兩人誰都不願先開口。

康妮很高興他沒有搬出一副可憐相，她盡力不去觸犯他的傲慢，她只是默默地坐著，低頭看著自己的手。

「我想妳並不介意收回妳的話。」他終於說道。

「我無能為力。」她咕噥道。

「但是如果妳不能，還有誰能？」

「我想沒有人能。」

他憤怒地看著她，表情怪異而冷酷。他已經習慣了她，她已經嵌入他的意志之中，她怎麼膽敢背棄他、破壞他日常生活的結構？她怎麼膽敢引發他人格的錯亂！

「是什麼讓妳想要背棄一切？」他堅持問道。

「愛情！」還是彈彈老調為妙。

「對鄧肯・霍布斯的愛情？但是當妳見到我，妳就不再覺得那值得擁有。妳不會要說，妳現在愛他勝過妳生命中的一切吧？」

「一個人是會變的。」

「可能吧！可能妳是一時興起，可是妳得讓我相信這種改變對妳而言很重要。我只是無法相信妳愛上了鄧肯・霍布斯。」

「你爲什麼要相信呢？你只要跟我離婚，而不必相信我的感情。」

「我爲什麼要跟妳離婚？」

「因爲我不願再待在這兒生活了，而你實在也不需要我。」

「我再說一遍！我沒有變。對我來說，妳是我的妻子，我寧願妳高貴而安靜地待在我的屋子裡。我們可以把私人的感情擺到一邊，告訴妳，對我來說，這可是擺開了許多。僅僅因爲妳的一時興起而打破勒格貝的生活秩序，打碎這體面的日常生活節奏，對我來說像死一樣痛苦。」

「我沒辦法，我必須離開。我想，我就要有個孩子了。」她沉默了一會兒，說。

「是爲了孩子的緣故妳才要走嗎？」他也沉默了一會兒，最後問道。

她點了點頭。

「爲什麼？難道鄧肯・霍布斯那樣熱切渴望有個孩子？」

「肯定比你渴望。」

「眞的嗎？我需要我的妻子，我看不出有什麼理由讓她走。如果她願意在我的屋子裡生個孩子，她隨時可以這麼做，孩子也是受歡迎的，只要能保持生活的體面與秩序。妳不會要告訴我，鄧肯．霍布斯比我更能吸引妳吧？我不相信。」

他們又沉默下來。

「你知道嗎？」康妮說，「我一定要離開你，我一定要跟我愛的男人生活在一起。」

「眞的，我不明白！我不相信妳的愛情，還有你所愛的男人能値兩便士，我不相信那種鬼話！」

「但是我相信。」

「是嗎？我親愛的夫人，妳很聰明，我想，妳不可能相信自己對鄧肯有愛。相信我吧，即使在此刻，妳更喜歡的人其實是我。我爲什麼要相信這些胡言呢？」

她覺得他在這一點上是對的，她覺得她再也不能沉默下去了。

「因爲我眞正愛的不是鄧肯。」她抬頭看著他說，「我們說是鄧肯，是不想傷害你的感情。」

「不想傷害我的感情？」

「是的！因爲我眞正愛的人會使你憎恨我，他是梅樂士先生，我們這兒的守林人。」

如果他能從輪椅裡跳出來的話，他一定會的。他的臉色變黃了，他盯著她，眼珠外凸，像是大難臨頭。

克利福又跌進椅子，喘著氣，仰看著天花板。最後，他坐正身子。

「妳不會告訴我，妳說的是眞的吧？」他的樣子很可怕。

「是的！你知道。」

「妳和他是什麼時候開始的？」

「春天。」

他沉默著，像是掉進陷阱的野獸。

「那麼，在村舍臥室裡的那個人就是妳？」其實他心裡一直很清楚。

「是的！」

他坐在輪椅裡，身體靜靜地向前傾，盯著她，像一隻被逼入絕境的野獸。

「上帝啊，眞該把妳從大地上抹掉！」

「爲什麼？」她輕聲說道。

但他好像沒有聽見。

「那個人渣，那個傲慢的蠢貨，那個可憐而下流的傢伙，妳在這兒的時候竟然和他發生了關係，而他是我的一個僕人。上帝啊，上帝啊，女人的下賤究竟有沒有止境？」他勃然大怒。

她知道他會這樣。

「妳是說妳要跟那個下流的傢伙生個孩子？」

「是的！我就要生了。」

「妳就要生了！妳確定？妳確定自己懷孕有多久了？」

「從六月份起。」

他一言不發，臉上浮現出孩子般奇特而茫然的表情。

「眞是奇怪，這種人竟然也配生到世界上。」

「哪種人？」她問道。

他古怪地看著她，沒有回答。顯然，他甚至無法接受梅樂士存在的這個事實，無法接受他與他妻子之間有任何關係。這是純粹的、無法形容的、無能為力的憎恨。

「妳是說妳要嫁他，忍受他的穢名嗎？」他最後問道。

「是的，那正是我想要的。」

他又一次吃驚得說不出話來。

「是的！這證明我對妳一向的看法是正確的。妳心理不正常，妳失去了理智，妳是那種半瘋狂的墮落女人，妳一定要追污逐臭，『沒有爛泥便要發愁』。」

他幾乎快成了一個傷感的衛道者，把自己看成善的化身，而梅樂士、康妮之流則是污穢和邪惡的化身。在一種光環中，他的形象看起來越來越模糊。

「難道你不覺得最好還是跟我離婚，而且你也想要離婚？」她說。

「不！妳喜歡到哪兒就到哪兒，但我是不會跟妳離婚的。」他癡癡地說道。

「爲什麼不呢?」

他沉默著,像個弱智者般固執地沉默著。

「難道你要讓這孩子成爲你合法的孩子和繼承人嗎?」

「我毫不關心孩子的事。」

「但如果他是個男孩,那麼他將成爲你合法的兒子,他將繼承你的爵位和勒格貝。」

「我毫不關心這一切!」

「但是你不得不關心!我將盡力不讓這孩子成爲你合法的孩子。我寧願他是個私生子,如果他不能成爲梅樂士的孩子,他至少是我的。」

「妳愛怎樣就怎樣。」他的態度十分堅定。

「難道你不願跟我離婚?你可以拿鄧肯當作藉口,眞正的名字不必被提出來。鄧肯是不會介意的。」

「我絕不會跟妳離婚。」他說,像是在板子上釘釘子。

「爲什麼呢?因爲是我向你提出要求?」

「因爲我照自己的意志行事,而我不想離婚。」

再談也無益了,康妮上樓把最後的結果告訴希爾達。

「我們最好明天就走。」希爾達說,「讓他慢慢恢復理智。」

於是，康妮花了大半夜時間把她私人的東西收拾好，第二天早上，她沒有告訴克利福，就叫人把她的箱子送到火車站。她決定午餐前再見他一面，去道別。

她對波頓太太說：「我得向妳道別了，波頓太太，妳知道爲什麼，但我相信妳不會對別人說的。」

「啊，妳可以相信我，夫人。對此我們大家確實都很難過。我祝妳和那位紳士生活幸福。」

「那位紳士！他是梅樂士先生，我愛他。克利福男爵知道，但是不要對別人說。如果哪天妳覺得克利福男爵願意跟我離婚，請讓我知道好嗎？我想跟我愛的男人正當地結婚。」

「我相信妳會的，夫人！噢，妳可以相信我，我將忠於克利福男爵，我也將忠於妳，因爲我明白你們雙方都是對的。」

「謝謝妳！瞧，我想把這個送給妳，可以嗎？」

於是康妮又一次離開了勒格貝，和希爾達一起去了蘇格蘭。

梅樂士去了鄉下，在一個農場找了份工作。他的想法是，無論康妮能否離婚，只要可能，他都要把婚離掉。他要在農場做六個月的工，這樣，以後他和康妮就可以有自己的小農場，他可以把他的精力投注在上面。因爲他得工作，哪怕是艱苦的工作，他得有自己的營生，即使康妮有錢幫助他起步。

就這樣，他們等待著，等到春天，等到孩子出世，等到初夏……

第20章 尾聲

吉蘭治農場　九月二十九日

我設法在這兒找了份工作，因爲我在軍中認識的理查，現在是一家公司的工程師。這個農場屬於拔拉．斯密登煤礦公司，他們在這兒種植草料和燕麥當作小馬的飼料；它不是一個私人的角落，但是他們也飼養牛、豬等家畜。我在這兒做勞工，每週的工資是三十先令。農場的負責人羅萊儘量分派我做各種不同的工作，這樣，從現在起到復活節，我可以儘量多學些東西。貝莎的消息我一無所知，我不知道她爲什麼不在離婚案中露面，也不知道她在哪兒、在幹什麼，但是，只要我能在這兒靜靜地等到三月，我想我就自由了。妳也不要爲克利福的事而煩惱，總有一天他會想擺脫妳的。只要他不糾纏妳，那已經是大幸了。

我寄宿在一處比較像樣的老村舍裡，男主人是海派克的機車司機，身材高大，蓄著鬍子，是個很虔誠的人。女主人喜歡一切上流的東西，像鳥兒一樣嘰嘰喳喳，總是說著標準的英語，一開口就是──「請允許我」。但是他們在大戰中失去了唯一的兒子，這在他們心底留下了一個巨大的空洞。他們還有個高大而遲鈍的女兒，她正準備成爲小學教師，我有時幫她輔導功課，所以我們完全像是一家人。他們都是非常正派的人，他們對我眞是太好了，我想我比妳更受人寵愛。

我非常喜歡農場的工作。這種工作雖不激動人心，但我也不想被激動。我習慣跟馬、牛待在一起，牠們都是母的，讓我感到撫慰。當我坐下來擠牛奶時，我把頭依偎在牠身上，覺得這是一種慰藉。他們有六隻漂亮的赫里福種母牛。田裡的燕麥剛剛收完。雖然經常下雨，而我的手又受了傷，但我仍覺得很快活。我不太關心這兒的人，但是我和他們相處得很好。大多數事情人們只能忽視。

礦井很不景氣——這兒像特維蕭一樣是個煤礦區，但比特維蕭美。我有時到惠靈頓酒吧和工人閒聊，他們都滿腹牢騷，卻不打算去改變什麼。每個人都說「諾持斯·代貝的礦工們的心都在適當的位置上①。」但是在這個再也用不著他們的世界上，他們身上其餘的部分一定都不在適當的位置上。

我喜歡他們，但是他們無法讓我振奮起來，他們缺少老雄雞好鬥的精神。他們大談國有化，採礦權國有、全部工業國有。但不可能只把煤礦國有化，而其他工業則聽其自然。他們談論爲煤炭尋找新用途，就像克利福男爵設法做的那樣。這在局部可能成功，但是一旦普及開來就不行了。不管你把它弄成什麼，你總得把它賣出去。工人們對此都不感興趣，他們覺得這一切該死的東西都是命定的劫難，我相信是這樣的。於是他們也跟著遭殃。有些年輕人大談蘇維埃，但是他們並不十分相信它。除了確定一切都是一團糟、都是一個空洞之外，他們對什麼都不太相信。即使在蘇維埃之下，你還是要賣掉煤炭，這就是困難所在。

我們有大量的工業人口，而他們又得塡飽肚子，所以這該死的把戲總得以某種方式繼續下去。今天的女人比男人說得更多，她們比男人更自信。男人是軟弱的，他們覺得災難就要來臨，他們四處閒逛，彷彿對此束手無策。儘管他們議論紛紛，但是沒有人知道該怎麼辦，年輕人因爲沒有錢花而變得瘋狂。他們的整個生活靠花錢支撐，然而現在他們沒有錢可花了。我們的文明和教育使群眾靠花錢過活，然後再分發金錢。煤礦現在每週只開兩天、或兩天半的工，甚至並不因冬天將至而有好轉的跡象。這意味著，一個男人得用每週二十五到三十先令的工錢養活一家人。女人是最瘋狂的，如今花錢最瘋狂的也是她們。

光告訴他們「生活和花錢不是同一件事」是沒有用的，如果他們曾經被教育著去生活，而不是去賺錢和花錢，那麼他們靠二十五先令也能幸福地生活。如果男人如我所說都穿上鮮紅色的褲子，他們就不會老是想著錢了。如果他們能舞蹈、跳躍、唱歌、炫耀，把自己打扮得漂漂亮亮的，那麼他們只需要很少的鈔票就夠了。他們能討得女人的歡心，而女人也會來討他們的歡心！他們應當學會如何裸露自己、如何讓自己漂亮起來，他們應當學會在人群中唱歌，學會跳古老的群體舞，他們應該在自己坐的椅子雕上花紋，爲自己的標幟繡上花飾，那時他們就不需要錢了。這是解決工業問題的唯一方法——訓練人們毋需花錢就能生活，漂漂亮亮地生活，但這是不可能的。

今天人們的思想都是單向而偏狹的，然而群眾甚至不該去思想，因為他們無法思想。他們應該歡躍著去崇拜大神潘恩②，他永遠是唯一的群眾之神。少數人，只要他們喜歡，儘可以去崇拜更高的神祇，但是讓群眾永遠成為異教徒吧！

但是礦工們不是異教徒，永遠不是。他們是一群哀傷而死氣沉沉的人，在他們的女人面前，在生活面前，都像死了一樣。年輕人一有機會就騎著摩托車帶女孩子四處兜風、跳舞，但是他們從頭到腳都死了，而且那需要花錢。當你有錢時，錢毒害你；當你沒錢時，錢餓死你。

我敢肯定妳對這一切都感到厭惡，但是我並不想喋喋不休地談論自己的事，我也沒有什麼新鮮事可說。我不願在腦子裡老是想著妳的事，那只會把我們倆都搞糊塗的。但是，不用說，我現在過這種生活是為了我們將來能生活在一起。其實我很害怕，我覺得惡魔就在空中，它試圖捉住我們。或許它不是惡魔，而是財神——我想它就是那個渴求金錢而厭惡生命的唯一大眾意志。

總之，我覺得空中有一雙貪婪的白色巨手，想要扼住任何試圖生活、試圖擺脫金錢束縛之人的喉嚨，掐得你靈魂出竅。壞日子就要來了，壞日子就要來了，孩子們，壞日子就要來了！如果事情照這樣繼續下去，這些工業大眾的未來就只有死亡與毀滅。

我有時覺得自己的心腸都化成水了，而妳待在裡面，正要爲我生個孩子！但是不要煩惱，過去所有的壞日子都沒能吹落番紅花，甚至沒能熄滅女人的愛情，所以它們也無法熄滅我對妳的慾望，和我們之間小小的熱情。明年我們就會在一起了。雖然我覺得害怕，但我相信妳會跟我在一起。一個人只有抗爭著去追求最好的東西，才會相信神祕之物。只有相信你身上最好的東西，相信那個神祕之物的力量，你的未來才有希望，所以我相信我們之間的小火焰。現在對我來說，這是世界上唯一的東西。我沒有朋友，沒有眞正的知己，只有妳。現在，那小火焰是我在生命中唯一在意的東西。還有孩子，但那是枝節問題。

妳我之間跳躍的火焰，就是我的「聖靈降臨」③。古老的「聖靈降臨」並不大對，「我」和「上帝」，這無論如何有點過於傲慢。但在妳我之間跳躍的火焰卻實實在在地觸手可摸，那就是我所堅持的，而且要一直堅持下去，管他什麼克利福和貝莎、煤礦公司和政府，還有所有那些追逐金錢的群眾！

這就是我居然不願去想妳的緣故，妳的事只會折磨我，而且對妳沒有好處。我不想讓妳遠離我，但是如果我開始焦慮，它只會損耗掉一些什麼。忍耐，總是忍耐！這是我一生中的第四十個冬天。我過去的所有冬天都在無可奈何中度過了，但是這個冬天，我要堅守著我「聖靈降臨」的小火焰，平靜地度過，我不會讓眾人的氣息吹滅它。我相信有一種更高的神祕之物，它甚至不會讓番紅花在風中凋零。

雖然妳在蘇格蘭而我在米德蘭，我無法用雙臂摟著妳，用雙腿夾著妳，但我仍能感受到妳。我的靈魂在「聖靈降臨」的小火焰中，和妳一起溫柔拍打著翅膀，就像做愛時的平靜那樣。那火焰是在我們做愛時產生的，甚至連花朵也是在太陽與大地的相交中產生的，但是它嬌嫩而脆弱，而且需要耐心和漫長的過程。

所以我現在喜愛貞潔，因爲它是從做愛中產生的平靜。我現在願意保持貞潔，我喜愛它，就像雪花蓮喜愛雪花一樣。我喜愛這貞潔，它是我們做愛的平靜停頓，它在我們之間，像一朵跳躍的白火似雪花蓮。當眞正的春天來臨之時，當相聚的日子來臨之時，我們就能在做愛中讓那小火焰明亮起來，鮮豔而奪目。

但不是現在，現在還不行！現在是保持貞潔的時候，保持貞潔是多麼美妙啊，就像有一條清涼的河水在我的靈魂中流淌，我喜愛現在在我們之間流淌的貞潔，它像是清水和雨水。男人怎能在厭倦之時還想跟女人調情！像唐璜那樣是多麼痛苦，他從來無法從做愛中獲得平靜，小火焰燃燒著，既無法達到高潮，也無法在激情冷卻期間保持貞潔，就像在河邊一樣。

好了，說了這麼多，都是因爲我無法觸摸妳。如果能抱著妳共枕而眠，這些用來寫信的墨水就能繼續待在瓶子裡。我們能夠一起保持貞潔，就像我們可以一起做愛一樣。我們不得不分開一段時間，但我想這麼做其實更明智，只要我們確定彼此就行。

不要煩惱，不要煩惱，我們不能焦躁。我們要眞的相信那小火焰，相信那位庇護火焰不致熄滅的無名之神。妳有許多地方跟我待在一起，眞的，可惜妳不完全在這兒。

不要爲克利福男爵煩惱，如果他不同意跟妳離婚，不要煩惱，其實他不能對妳怎樣。等著吧，他最終會想擺脫妳、拋棄妳的。如果他不這麼做，我們可以設法避開他。但是他會這麼做的，他最後會像嘔吐穢物似地把妳吐出來。

我現在甚至停不下筆來。

我們倆有許多地方待在一起，我們只要堅守著它，調整我們的航線，在不久後重逢。

約翰·湯瑪斯向珍妮夫人道晚安，它雖然有點萎靡，但心中卻充滿了希望。

譯註：

①「……have their heart in the right place……」，意指懷抱真情或善意，此處刻意按照字面意思翻譯。

②潘恩（Pan），人身羊足，頭上有角，是希臘神話中的畜牧神，愛好音樂。

③《聖經》上說，只有聖靈降臨在你們身上，你們才能做主的工作。

作者的話

原始性愛魅力無限

D・H・勞倫斯

當市場上充斥著各式各樣的《查泰萊夫人的情人》盜印版本的時候，我於一九二九年出版了這本書的便宜大眾版（法國出版，定價六十法郎），希望能滿足歐洲市場的急需。而這本書的盜版在美國市場也十分猖獗。從義大利的佛羅倫斯到美國紐約的正版書出版後，不到一個月就能看到盜版書充斥整個紐約書市。盜版本是根據原版複印而成，在一些正規書店中也出售，並且像出售正版書一樣堂而皇之，而讀者買盜版書竟然毫不遲疑，儼然如購買正版一樣心安理得。盜版書價常常高達十五美元，而正版書僅售價十美元。買書的人好像對盜版書更加偏愛，鍾情有加。這種公然盜印《查泰萊夫人的情人》的現象很快就蔓延開來。

別人告知我，在紐約或費城仍然暢銷著另一個複印本。連我自己也取得了這樣一本盜版書，其外表粗陋不堪，橘色布面封皮，帶有綠色絲帶。很顯然這也是一本複印盜版本，裡面還模仿我的假簽名；簽名十分拙劣，一看就知出自盜版。這一盜版本從紐約轉售到倫敦已是一九二八年年底的事，市場售價是三十先令。這時候我就出版了佛羅倫斯版本，總數兩百冊，定價一個金幣。

作者的話

我本想把這兩百本書保存一年左右再推上市場，然而爲了抵制拙劣的橘色盜版本，我不得不提前發行。在盜版盛行的市場上，這兩百冊正版書如同杯水車薪，橘色的盜版本仍然充斥在市場上。

後來我又收集到一個外表顯得悲哀而嚴肅的版本，黑色封面，加長頁面，看似《聖經》或長篇讚美詩集一樣憂鬱而嚴肅。這一盜版本看起來不但正式些，而且還表現得比較「率直」。書中不只有一個書名頁，而是兩個書名頁。每頁的書名還配有一幅畫著一隻美國鷹，頭環六顆星星，爪下發出閃電，整個畫面包圍在一個月桂花環裡面，整幅畫顯示了美國大量盜印圖書後的一種滿足和驕傲。這個版本令人倍感邪惡和恐怖，就像卡德船長鐵黑著臉，爲那些蒙著眼在突出船舷外的木板上行走、即將落海淹死的俘虜們，誦念死前佈道詞一樣令人毛骨悚然。至於盜版本爲何加長頁面，並且還要加上一頁書名插圖，我就不得而知了。

這本盜版書給人的印象是壓抑和悲傷，並且文化品味極高。這本書也是複印而成，其中我的簽名乾脆刪掉不用。並且這本貌似憂鬱的大本書售價十到四十美元不等，這要取決於買書者的心情和讀者們的輕信程度。到目前爲止，美國就有三個不同的盜印本；有人又告知我，市面上已有了第四本，也是原版複印而成，但我還未能親眼看到，就當它不存在吧！

然而在歐洲流行的盜版本，印量高達一千五百冊，書上還赫然印有巴黎人書店出版、德國印刷等字樣，至於是不是德國印刷暫不論定，但它畢竟是印刷出版了，而不再是複印出版，並且關於原版書中的許多拼寫錯誤也都一一作了訂正。這一版本看上去十分高貴，毫不遜色於原版書，只是比原版書少了我的簽名頁而已，並且書的顏色是綠黃絲綢封面，這也與原版書不一樣。這一盜版書批發價爲一百法郎，而市場價從三百到五百法郎高低不等。據說有些熱心而不肖的書商還仿製了簽名，把它當正版書出售，但願這一說法不是眞的。

這一切聽起來極爲邪惡，但仍然有一些好消息傳來。有些書店根本不出售盜版書。從感情和商業道德等角度來說，書商都不應該從事盜版書的發行。有些書店購買盜版書，但他們也不太熱中於這一不當經營；相反地，他們都應義無反顧地出售正版書籍，而這一情感正是抵制盜版行爲最堅決的心理因素。儘管目前不太強大，但它卻充滿無限的生機和活力。

所有這些盜印本都未經我的授權，從這些盜印本中我也未獲得一分錢。曾經有一個紐約市的書店老闆似乎良心未泯，幡然醒悟。他寄給我幾美元，並且在信中寫道：「我知道這點錢只是我營業額中的一點點而已。」他的意思不是這滄海一粟，而是他那滄海濺出的一個小水珠而已。這濺出一個水滴的數字也極爲可觀，而盜印書的利潤也就可想而知了。

我還接到了歐洲盜版商的協商信函。迫於書商們的壓力，他們答應給我，他們所有印量的版稅，而條件是由我授權他們印製這一盜版。我常捫心自問我們生活在一個什麼樣的世界裡！人們的尊嚴總會背叛他自己。居心不良的猶大早就爲耶穌準備好了一切，對此耶穌也心中有數，於是索性成全了猶大。善良的耶穌成全了猶大，而這一次也輪到我去成全那些盜版商了。

因此我決定自己複印再版這本物美價廉的法國版本，定價僅六十法郎。英國出版商要求我重新修訂原版，並許諾我更加優厚的報酬，堅持讓我向公眾展示說明這是一本好小說，而不是什麼瀆褻不潔的小說。我漸漸地被他們所說服，開始了我的刪寫。但後來我發現任何形式的刪寫都是不可能的，任何刪寫都會有損這本書的意義。

儘管有些負面意見，但我仍然認爲這本小說是一部誠實而健康的小說，對當前的讀者仍然有閱讀的必要。小說剛剛面世時，書中有些話對讀者有一定的衝擊力，然而一段時間過後，這種驚駭的程度就大爲減少了。這是不是人們見怪不怪，習以爲常了呢？當然不是。這不是什麼心靈的墮落，也不是習慣的腐蝕使然，一點也不是。使人們接受這部小說的眞正原因，是小說中的語言儘管人們乍看不太順眼，但對人們的心靈卻沒有一點點負面影響。那些沒腦子的讀者可能仍然抱怨這部小說的淫蕩，那就讓他們去抱怨吧；而有頭腦、有眼光的讀者絲毫不會感到震驚，他們從來也沒感到過震驚，他們從小說中得到的只是快感和輕鬆。

這就是這本小說的關鍵所在。今天我們人類的發展、文化程度的提高，足以使我們有能力去克服我們文化本身中的禁忌侷限，意識到這一點十分重要。對那些參加過十字軍東征的聖徒來說，語言的力量之大可能是我們常人所無法理解的。對沉悶呆板的中世紀信徒們來說，被稱爲「淫蕩污穢」的語言力量可能具有摧枯拉朽的驚人力量，使他們陰暗的心理、卑賤的自我和暴烈的信念都無法接受和容忍。而今天對那些心智不高、文化偏低的人們來說，所謂污穢淫蕩的語言同樣會使他們目瞪口呆、氣惱萬分。但是眞正的文化是使人們對那些語言產生正常的心智反應，從而使我們避免偏激和任性的舉止，也使社會的體面免於受到衝擊。在人類初期，人的內心十分脆弱和粗暴，對自己身體和體能的關注不夠，無法使自己的身體順從環境的發展，因而常常把自己搞得十分被動。然而，現在一切都已經改變了，文化和文明已經使人們辨明什麼是語言和行爲、什麼是思想和行動，以及什麼是身體的本能反應。我們現已明白，行動沒有必要與思想亦步亦趨。事實上，思想和行動、語言和事件是人們意識的一體兩面，也是我們生活的兩種不同狀態。我們要做的事情就是在兩者之間維繫一種虔誠的聯繫而已。也就是說，當思考的時候，我們沒有行動；當我們行動的時候，卻沒有思考。但是行動的時候，我們一定要遵從我們的思想去行動；思考的時候，我們一定要根據行動去思考。然而事實上，我們在思考的時候，無法同時行動；而當我們行動的時候，也無法眞正的思考。思想和行動這兩種狀態是相互獨立的，而我們所能做的，就是在這兩者之間保持一種和諧。

這也是《查泰萊夫人的情人》一書的精妙所在。透過這部小說，我想使人們對「性」這一話題能夠進行充分完整而全面誠實的思考。即使在性行爲上我們得不到完全的滿足，但是讓我們至少在思想上有一次完全的滿足和充分的思考。有人說少女的貞潔如同一張純潔無瑕的白紙，這完全是一派胡言。少男少女們對性的憧憬和嚮往是一樣熱烈、一樣困惑、一樣苦惱的，這一切衝擊和困惑只不過是透過年齡的增長來消解和順導。數年來對性的誠實思考，數年來對性行爲的掙扎求索，最終將得到我們對性嚮往已久的聖潔和高雅，達到人們渴求已久的完美和完整，從而實現我們對性行爲和性思考的和諧統一。

當然，我並非鼓勵所有的婦女都去找一個獵場看守人做情人，我也不主張任何人去追求情人。現在，許多男男女女在他們單身或分居時也同樣感到幸福滿足，這是由於他們對性的理解更加充分而全面了。現在人們對性的瞭解和認識，缺乏的是理解和意識而不是行爲。在人類過去的歷史長河中，性行爲暴戾成災，而伴隨性行爲的性思考卻少之又少，兩者完全失調。因此，我們現在的任務是去瞭解性，實現性行爲和性知識的和諧統一，這一點更爲重要。

經過數個世紀的性愚昧以後，人們的心智開始了對性的進一步認知和瞭解。人的身體在很大程度上還處於擱置狀態，當人們進行動作時還未能完全投入其中，因爲他們簡單地認爲，他們只是本能地有性行爲的需求。事實上，人的心智先於身體對性感到興趣，人的身體只是緊跟其後，輔助完全性行爲而已。我們的祖先有過大量的性行爲，並使人的性行爲變成一種機械、單調而令人失望的事情。只有當人們充分意識到性的完整和全面後，性行爲才會煥發生機，才能爲人們帶來愉悅和快感。

確實在性行爲中，我們的心智也要進行思考。從精神上來說，我們的性思考大爲滯後，仍不太明朗、不太光明磊落，還遠未擺脫先祖們原始而野蠻的陰影困惑。長期以來，我們的性思考幾近荒蕪，現在是到了我們回歸性愛、尋求性行爲和性思考和諧的時候了。我們應解放思想，增強對身體感覺和身體行爲的認識，加強對性行爲和性感覺的全面體驗，努力使兩者達成和諧，養成對性的尊重和對身體體驗的思考。換言之，讓我們學會運用所謂的「淫穢的語言」去描述我們對自身的感悟。而淫穢的感覺和念頭來自我們對自己身體的鄙視和恐懼，來自我們身體對心智感悟的仇恨和抵制。

當我們讀過貝克上校的故事後，我們就會明白這一切。貝克上校是個女扮男裝的婦女，這位女上校後來竟然也娶了妻子，並一起生活了五年，她們的婚姻生活居然也能幸福愉快，而那位可憐的妻子還一直認爲自己找了個正常而體貼的丈夫呢！故事眞相大白的時候，對這位妻子來說，結局未免太殘酷了。由此可見，她們的夫妻生活是多麼的畸形和恐怖。然而當今世界上像這位不幸女人的故事不勝枚舉，數以千計的婦女都受到過這樣的欺騙或正在受這樣的欺騙。爲什麼會發生這樣的事情呢？因爲她們對性一無所知，因爲她們不能坦然面對性這一話題，她們在性知識方面極爲反常和無知。因此，向每一位年滿十八歲的少女們推薦此書是再恰當不過的了。

我們還聽過一位令人尊敬的小學校長兼牧師的醜聞。多年來，他受人敬重和羨慕，整日說著神聖而高尚的話語，但是在他六十五歲高齡時卻因強姦幼女而遭法庭審判。這件事情正好發生在，內務部部長（也是位受人尊重的老者）極力強調和推行一種對性問題採取委婉和迴避政策的時候，難道那位道貌岸然老紳士的醜聞，還不能改變這位政府官員的態度嗎？

事實上，人們不能對性保持緘默。人們的心智對自己的身體及其潛能，有一種古老而莫名的恐懼，因此我們理應著力去解放我們的心智，去開化我們這方面的侷限。在心理上，人們對自身體能的恐懼使好多男人陷入了瘋狂的邊緣，就連大文豪史威夫特也難以倖免。史威夫特在寫給他情人的一首短詩中，就包含著一句略顯瘋狂的複句：「賽麗亞，賽麗亞，賽麗亞，拉屎了。」顯然連這一偉人也無法戰勝自己心中對身體的恐懼——連史威夫特這麼高智慧的人都無法明白自己的心態多麼令人可笑。當然，賽麗亞是會拉屎的，而世上哪一個人不拉屎呢？如果她不拉屎，那豈不太糟糕了？這眞是太荒誕的驚嘆。試想可憐的賽麗亞，自己的戀人竟把她極其自然的生理功能說得這麼恥辱，這是多麼荒誕的事啊！而這所有的一切，都是因爲人們的禁忌語言太多，都是因爲人們對自己身體和性意識的瞭解淺薄和遲滯所致，這都是人們的心智和身體要求發生了衝突，所引發的愚昧行爲。

與清教徒的禁慾生活相反，現在我們摩登的年輕人生活放縱，對性絲毫不避諱，大有我行我素的瀟灑和果敢。他們不再懼怕自己的身體，也不拘束自我，更有甚者視性爲玩偶——一個平庸但又有趣味的玩偶。這些年輕人極端藐視性的嚴肅，視性行爲宛如開胃雞尾酒而已，並敢於用性行爲向年長者和社會叫囂挑釁。這些年輕人眞是開放和優越！他們瞧不起《查泰萊夫人的情人》這本小說。對他們而言，這本書顯得單調而乏味，書中的性話也激不起他們的興致，書中的示愛方式，對他們來說也極爲古板落後，他們甚至不明白人們對這樣一本書何必要大驚小怪？把它當作一杯雞尾酒喝掉算了。他們還說，這本書的情節只是一個十四歲男孩的心理反映而已。但是，或許一個十四歲男孩的心理仍然充滿了對性的自然恐懼和不安，他比那些視性爲雞尾酒的年輕人更加讓人放心，因爲那些年輕人在生活中失去了尊重的目標，他們心裡只想著遊戲人生，視性行爲如兒戲，他們在今後的生活中肯定會迷失自己。這一點千眞萬確。

在現今的年代，清教徒的性思想顯得陳腐而古老，而現在年輕快樂的一代又極爲精明享樂，他們居然說出了「我思，我行，我能幹」的口號。然而還有一些人，他們的文化程度不高，心理頗顯骯髒，想在我這本小說中找出他們需要的東西來。對於上述三種人，我都奉勸一句：「如果你喜歡這樣，就請你保持它。」你有權保持你的清教徒禁慾偏好，你也有權保持精明放縱的性開放，你同樣擁有保持黑暗心理的權利。但是在這本書中，我會堅持我自己的觀點和態度——只有當一個人的身心和諧時，生活才變得可以忍受。一個人的身心兩方面存在著一個平衡點，兩者只有在相互尊重中才能達到平衡和諧。

然而很明顯地，人們目前仍未找到身心和靈肉的平衡點，也未能尋找到那種和諧，一個人的身體充其量是他心靈的工具，或者只是心靈的一個玩偶。一個生意人保持健康，是爲了保持良好的工作狀況，以免影響自己賺錢；年輕人花費時間使自己保持健康，以期自我滿足、自我迷戀。一個人的心智擁有一整套的原型理念和情感，而一個人的身體只是用來執行心智的指令，就像訓練有素的獵犬一樣，當需要糖的時候，牠會搖尾乞憐；當需要握手時，牠就會中止撲咬那隻手的動作。當今男人和女人的身體就宛如訓練有素的狗，對那些放縱享樂的年輕人更是如此。畢竟他們的身體就如同那些馴犬的身體一樣，然而馴犬經常會去做一些新奇的事情，那是那些老犬從未做過的事情，他們也因而自稱自己絕對自由、充滿生機，活得踏實而眞實。

但是，他們自己深知這一切都不是眞的，就像只有商人自己知道在什麼地方完全搞錯了般。事實上，男男女女看似狗態，但畢竟不是狗類。在人們的內心深處，總有一些深深的懊悔和不可容忍的不滿情緒，而人們的身體內在也會出現僵死和偏癱的狀況，身體會像馬戲團裡的馴獸般過著極不自然的馴服生活，並在不斷的出場表演中慢慢死去。

人的生命究竟包括了哪些因素？身體的生命就是人們的情感生命。身體會感受到眞正的饑餓與乾渴，體會在陽光與瑞雪中的快樂，以及感受到玫瑰的花香和丁香花叢的美妙；身體也能體驗到眞正的憤怒、傷感、摯愛、溫柔、溫暖和激情，當然還能感覺到仇恨和悲傷。所有的這些情感都屬於身體的體驗，但同時也被心靈所感知。當我們聽到最令人悲傷的消息時，我們的心理會感到一陣精神的波動，稍後，也許數小時後，我們才能睡去，悲傷的感覺才會慢慢擴散到全身，導致人們傷心欲絕的痛感。

由此可見，眞正的情感和精神感受是多麼地不同，而當今世界，又有多少人從未有過眞正情感世界的體驗。當然，他們表面上擁有豐富的感情生活，但這也只能是一些強烈的精神波動而已，並不是眞正的情感體驗。巫術中有一幅讓人倍感神祕的畫面——一個人站在一面大鏡子前，腰部以上到頭部完全映現在鏡中，換言之，這個人的頭部到腰部都能在鏡中看到。從腰部到頭部，再從頭部到腰部，反覆映現幾次，就會使人感到一種奇異的感覺。不管這在巫術中有何含義，但對今天的我們而言，它就意味著任何人的自我感覺是沒有確切內容的，換言之，這都是人們內心的感受自白。我們所受的教育從一開始就向我們灌輸一系列的情感模式，包括什麼感情需要去感受，什麼感情不應該去感受，以及如何去感受體驗那些我們需要的情感等等。而我們對那些不應體驗情感的感覺是——儼然它們不存在。

對任何新書，大眾讀者都有一個世俗的情感預設，當然也許讀者對此毫無覺察，那就是人們試圖在書中找尋他們允許自己去體驗的情感，這就是十九世紀讀者的大眾心態。這種限制人們情感體驗範圍的作法，無疑扼殺了人們對情感體驗的敏感和能力，在更高的情感領域，人們最終會失去自己的情感能力。在二十世紀，這種情感能力的喪失已初露端倪，更高層次的情感嚴格說來已死去，因此虛偽的情感就會盛行於世。

我所說的更高層次情感，是指各個層面愛的具體表現，包括對柔愛的眞實渴望，對自己同類的熱愛，以及對上帝的敬愛，當然也包括人們的愛心、歡樂、愉快、希望、發自內心的憤慨，以及對正義和邪惡的強烈感情；眞理和謬誤、榮譽和恥辱，以及對任何事情的信仰。任何信仰都是經過內心默許的一種深刻情感。上述愛的具體現象在當今世界已或多或少地消亡著，取而代之的都是些明目張膽的虛假情感。

再也沒有哪個時代像我們今天這樣讓人傷感，缺乏眞情而又虛情假意。感傷和虛僞的情感已經變成一場遊戲，而且每個人都樂此不疲，互不示弱。廣播和電影是傳播它們的主將，出版界和文學界也難辭其咎。全體人類都沉迷在這虛假的情感遊戲之中而無法自拔，人們傳頌著這不眞實的情感，而不眞實的情感竟成了人們賴以生存、不可分割的一部分了。人們生活在虛假的情感世界中，並不斷製造出更多的虛假情感。

曾幾何時，人們和虛假情感相處得默契極佳，然而後來分歧突生，並有了不可共天之勢。最後，這種貌似和諧的一對「戀人」不得不分道揚鑣。對自己的眞實感情，你可以長時間欺騙自己，但是你不會欺騙自己一輩子，你的身體也會不時地刺探你，最終迫使你接受自己眞實的情感。而對別人而言，你可以欺騙大多數人，也可以長時間欺騙所有人，但是你絕對不可能一直都能欺騙蒙蔽所有的人。一對年輕的夫婦可能會陷入一場虛假的愛情遊戲之中，欺騙著自己和對方，然而虛僞的愛情只是「美味的蛋糕」，而不是人們賴以生活的新鮮麵包，時間久了，它一定會引發令人恐懼的感情消化不良。而現在，自從人們有了現代的婚姻概念，當然也就有了更加現代的情感分離和貌合神離的悲哀。

虛僞情感的危害在於，沒有人能得到眞正的幸福，以及滿足、平和的心態，更加可悲的是每個人都在試圖衝破虛假情感的桎梏，最終卻只能越陷越深。他們或許剛擺脫彼得的欺騙，卻又落入亞德安的圈套；他們或許剛走出瑪格麗特的糾纏，卻又陷入維吉尼亞的情網；他們剛剛認清電影的欺騙，卻又陷入廣播的愚弄……人們越是試圖改變它，越是發現它無處不在。

在當今世界，愛成了最不可靠的東西。對此，年輕人會直言不諱地告訴你，愛是世上最偉大的騙術，對愛千萬不要當眞。如果你不把愛當作一回事，你也許還能容忍它的存在；一旦你開始嚴肅認眞起來，愛就會變得醜陋不堪，肯定會讓你大失所望。

年輕的女人會感嘆世上沒有可愛的男子，年輕的男人也悲鳴世上沒有可愛戀的女子，因此，他們就開始了虛假愛情的角逐。換言之，如果找不到眞正的感情，你一定會用虛假的情感來取而代之，因爲你必須擁有一種感情，不能使之空白。比如談戀愛。然而世上還有一些年輕人仍然執著地追求眞正的感情，甚至到死他們也不明白人們爲什麼得不到眞正的感情，尤其是在愛情方面。

然而，充斥在情場上的卻只有虛情假意。我們從小就受到這樣的教育，千萬不要相信別人的感情，我們的父母就是這樣教育我們的。「不要向任何人吐露你的眞心感受」，好像也成了今天的時尚。人們甚至可以用金錢來換取信任，但是人們卻從來不敢用眞情來贏得信任，因此，他們注定要踐踏自己的感情。

我認爲，沒有哪一個時代會比我們這個時代更加不信任別人，人們相互間的不信任似乎成了心照不宣的信條。我的朋友一定不會偷我的錢包，也不會故意讓我坐在一張壞椅子上，然而談及我的眞實情感時，他們卻絕對是大加譏諷。哪裡有愛，哪裡就會有友誼，因爲兩者都體現了一種人類最基本的同情因素，因而也就不可避免蔓延著虛假情感。

人一旦浸染了虛僞的感情，就體驗不到性帶來的眞正幸福，因爲性是最不能欺騙的，但同時性欺騙也是最惡劣的感情欺騙。一旦涉及到性，所有感情的僞裝都會自動繳械，感情的騙子也就會原形畢露。然而人們獲取性滿足的手段可謂花樣翻新，騙術高超精妙，但是一旦得到性滿足，他們也就暴露了自己眞正的嘴臉。

性在無情地鞭撻著虛僞的感情，無情地剝除虛假愛情的外衣和僞裝。由於缺乏愛而導致夫婦成仇，這已成了我們這個時代的通病。沒有眞愛的夫婦總是假裝深愛著對方，或者想像著深愛對方。這種現象，古來有之，但在今天卻越演越烈。人們想像中的這種愛可能非常熱烈而眞誠，也可能持續若干年；但當若干年後的某一天眞相大白，他們之間就會產生一種最深刻而鮮活的仇恨。如果仇恨在年輕時未能暴露，那麼也會在他們五十歲左右撕破他們幸福的假象，進而引發他們對性認識的突變，這種變化如洪水吞天般不可阻擋，氣勢驚人。

當今社會，自認爲深愛著對方的夫婦突然發現他們的愛情是虛幻、不可依賴的，並進而生恨發狠，這眞是破天荒的怪誕和悲哀。這種仇恨的爆發總是超越常規的、不可預料的，當你越熟知一個人，你會發現仇恨來得越快越奇特。無論她是女僕，還是情人；無論她是公爵夫人，還是警察的老婆，都概莫能外。

對虛假愛情的拒斥是人類肉體的一種自然反應，如果不明白這一點，會是很恐怖的事。當今世界上的愛情都是虛假的，都是一種原型化的東西，年輕人都知道應該如何去感受愛以及如何去追求愛。然後，他們就依樣畫葫蘆，因此他們所感受和接觸的愛大多是一種虛假的愛而已。

這種虛假愛情的後果將是十倍的報復懲罰。爲滿足性慾而獲得的虛假愛情，經過一段時間的累積之後，就會使蘊藏在男女內心的性慾，聚積成絕望的憤怒而大爆發。愛情中的虛假因素最終會使性慾膨脹瘋狂，乃至於毀滅。換言之，愛情中的虛假因素總會激怒一個人內心的性慾，甚至於毀滅一個人的性慾。人們總會有一個憤怒的爆發期，然而令人驚怪的是，在虛假愛情遊戲中，玩得最過火的那個人，同時也會是最憤怒的受害者。那些眞情未泯的人所受的傷害會少些，儘管他們所受的欺騙最大，蒙蔽最深。

然而眞正的悲劇卻在於，我們每個人都不會只受傷一次，每個人都難逃欺騙，都無法擁有眞正的愛情。在眾多的婚姻生活中，在男男女女的虛假愛情中，的確也不時泛起一、兩朵眞情的浪花。而就是這僅有的一點眞情，也會在夫婦間的相互欺騙和指責、懷疑和憤怒中消失得無影無蹤，這不能不說是世人的悲哀。關於愛情虛假和感情欺騙的有關描述，已成了當今多數高深作家筆下的常見主題。他們這樣大肆描述渲染，當然也等於是回應那些感傷而溫柔作家筆下的更大欺騙。

也許我應該表明自己對性愛的觀點，以洗清別人對我的誤讀和指責。有一天，一位表情嚴肅的青年告訴我：「你知道，現在的英國人不能再用性來繁衍後代了。」我的回答是：「當然，他們不能僅只用性來傳宗接代。」他本人沒有一點性慾，並且貧困交加，敏感不安，自發過著僧侶的生活。況且，他根本不知道如何去增強自己的性慾，也不知性慾到底爲何物。對他而言，人們只有兩種——有心智和無心智的人，並且多數人沒有心智，人們活著也是倍受嘲諷。因而，他雲遊四處去找尋有心智的及無心智的人，並且堅持封閉自我，以免受他人欺騙和污染。

現在，當這位出色的青年用這種口吻與我談及性或指責性時，我竟一時無話可說，眞的無話可說。對他們而言，性慾竟墮落成女士的內衣或者觸摸內衣的衝動而已。他們都讀過愛情文學名著《安娜．卡列尼娜》以及其他作品，他們也都欣賞過希臘女神艾芙洛蒂的雕塑和神像，並且讚不絕口。然而一旦回到現實中，對他們來說，性愛竟只意味著身著高貴內衣、柔愛全無的年輕女人。這些年輕人，無論是牛津大學的畢業生，還是普通的勞動工人，心中的性愛都是這種模式。現在盛傳著都市貴婦和消暑勝地的山村青年的浪漫故事，在渡假消暑之時，每位貴婦人都會從當地青年中找一個新伴解悶，而到了九月底，消暑的城裡人大多紛紛離開，年輕的山村小夥子約翰會向倫敦來的貴婦人道別，然後繼續在家鄉孤獨遊蕩。有人問他：「約翰，你會想念你的女伴嗎？」他回答：「不會，她有什麼可想的？她只不過是穿有華麗內衣的人罷了。」這就是他心中的性愛，僅僅是些裝飾物。難道英國的後代是靠這些裝飾物來繁衍？天哪，可憐的英國人！他應該在自己的青年後代中推廣性愛，然後才能保證自己不會滅種完蛋。因此，並不是英國需要再生，而是它的年輕後代需要換腦新生。

有人指責我迷戀原始風尚，說我試圖把英國拖回到野蠻人的生活狀態。然而，正是透過這些對性愛粗野愚蠢、荒蕪死亡的現實思考，我才發現了原始性愛的魅力無限。

認爲女人內衣能激發他強烈性慾的那些人無疑就是野蠻人，野蠻人就是這麼直接了當。我們曾讀到過野蠻的女人在自己身上捆上三層樹衣來挑逗男人，並且屢試皆爽。這種性愛方式無疑是極爲野蠻粗魯的，並且直接表示爲一種功能性行爲，而那種對女人內衣的觸摸和迷戀，在我看來，也是一種原始且粗俗不堪的行爲。然而隨著對性愛認識的不斷加深，我們白色文明（尤指英國和美國）都表現出一種粗魯而野蠻醜陋的原始風尙。

這一點，我們文明的偉大闡釋大師——蕭伯納爲我們作了精采分析。他說，衣服可以刺激人們的性慾，沒有了衣服，也就沒有了性慾。這是他對於那些用衣服深裹自己的女士，以及那些露臂露腿的女士們而言的。他還指責了羅馬教宗試圖用衣服裹住女人的愚蠢想法，並且戲稱世上最後知曉性爲何物的人肯定是歐洲的首席神父教宗，而對性愛不斷追問的肯定是歐洲最偉大的妓女。

從上述至少可領略我們偉大思想家們的輕率和粗俗。當然，今天半裸的女人們也很難在正襟危坐的男人心中引起他們的性趣，原因何在？爲什麼今天裸露的女人竟然輸給了蕭伯納時期那些絲毫不顯山露水的女人呢？如果把問題簡單地歸於穿衣遮體上，顯然是太愚蠢了。

當一個女人的性愛意識本身變得動態而富有生命時，性愛意識本身就具有一種力量，一種超越理智的力量。女人的性愛本身就會發揮出一種魔力，使男人發出性愛慾望，而女人爲了保護自己，就不得不盡力掩飾自己的性愛意識。由於性愛意識本身具有一種力量，使得女人成爲男人慾望的對象，所以女人就要把自己隱身在膽怯和節制之中。如果一個女人本身擁有鮮活的性意識，之後再像今天那些女孩一樣袒胸露背，那肯定會使她周圍的男人爲之瘋狂。

然而，一旦女人的性意識喪失了它的生氣和活力，或者是性意識趨向死亡停滯，那麼這個女人就會因爲自己的魅力不在而刻意去吸引男性，原先潛意識的愉悅性慾就變成了有意識而又乏味的性引誘。她也就會越來越暴露自己的肉體，然而不幸的是，她袒露得越多，她越遭異性的反感。値得注意的是，男性在性抵制的同時，也受到社會意識的驅動。社會意識驅動和個人的潛意識在今天看來是互相排斥的。從社會意義的角度看，男性十分欣賞女性的暴露及大街上「顯山露水」之態，因爲這是一種時尚，一種對抗和獨立精神的表白，因爲它是自由的、流行的，因爲這是一種無性別歧視的追求。當今社會的男男女女都喪失了自己眞正的慾望，轉而去追求那種虛假的情感替代。

然而，我們又是複雜多面的，因爲我們會有多樣而矛盾的慾望。有些男人鼓勵婦女更加開放大膽，鼓勵她們走上無性別歧視的生活道路，然而他們又對女性的性冷淡大發牢騷和批評。婦女也是如此複雜而多變，她們崇尚男性社交魅力和他們的清心寡慾，但同時她們也對男性缺乏性愛熱情而大爲憤恨。在公眾場合下，每個人都對異性有種種虛假的性別期待，然而在他們人生的某個時期，他們對虛假的性愛又深惡痛絕。愛之越深，痛之越切。

現在的女孩子們，無論身著襯架女裙、梳著好看的髮髻、身體上下用衣服遮掩得僅露一雙眼睛，還是那些幾近半裸的女孩們，她們都無法在異性心中激起任何眞正的性衝動。衣服的裹掩是爲了隱去性別差異，否則人們的穿衣遮體就失去了存在的意義，或者就失去了它應有的魅力。男人總是心甘情願上當受騙，有時候男人總會被女性的服裝所蒙蔽而幻想連連。

當女人擁有自己都無法克制的性魅力時，她們往往會求助於服裝以掩飾自己內心的性衝動和性吸引，十九世紀八〇年代流行一時的女性腰墊和裙撐就預警了性愛冷淡的來臨。

當性本身擁有無限的魅力時，女性總是想盡辦法加以掩飾，而男性對此則鼓勵有加。當年羅馬教宗力倡在教堂裡女性不得外露肉體，他所反對的也不是性愛，而是女性掩飾性愛的拙劣方式而已。教宗和神父認為，如果讓女士在教堂裡如同在大街上一樣裸露肉體，那會帶給教徒一種不聖潔的墮落之心，在這一點上他們是無可指責的。然而事實上，肉體的裸露絕少能引起人們的性愛衝動，對此，蕭伯納先生也心知肚明。但另一方面，如果女性的肉體引不起男性的性愛衝動，那肯定是他某個方面出了問題，並且問題還比較嚴重。今天，婦女裸露手臂會讓人倍感輕率、玩世不恭，以及粗鄙不堪，而這種心態是絕對不能帶到教堂去的。在義大利教堂內，婦女裸露被傳統視為褻瀆神靈而遭譴責。

英國南部的天主教堂不像北方天主教堂那樣反對性愛，也不像蕭伯納及其他社會思想家那樣主張消除性別差異。南方天主教堂承認性愛，並認為由性愛而生的婚姻是神聖的，是人們延續後代的必然。人們的生殖行為仍然富有情感的神祕性和悠久歷史的重要性，然而這些都被北方教堂和蕭伯納的簡單邏輯所排斥。

儘管如此，南方的教堂仍然恪守著自己的傳統，並堅信這是人生的基礎。男性作為潛在的造物主和立法者，如丈夫和父親，他們會對此習以為常，並堅信不移。那麼，基於此的永恆婚姻對夫婦來說，便是一種平靜心態的必然，即使是命中注定的婚姻也是如此。天主教堂並不會費力向教徒解釋——天堂裡沒有婚姻，而且也沒有性愛的機會。天主教堂強調的是，一旦結婚了，婚姻就永不改變，人們應該遵守婚姻帶來的一切義務和責任。對神父來說，性愛是人們婚姻的引子，而婚姻又是世人日常生活中不可分割的一部分，而教會則是人們通往天堂的嚮導。

因此，對教堂而言，性引誘本身並無大礙，眞正的麻煩在於人們對性的公然挑釁和蔑視，如袒露手臂、舉止輕率、性自由氾濫、憤世嫉俗、離經叛道等。在教堂內談論性，可能被視為淫穢下流、褻瀆神靈，但絕不會被認為是對上帝的公然挑戰。而今天女性們袒露手臂則被視為是一種潛在的憤世嫉俗無神論舉止，等於披上了可怕的世俗外衣而已，因此教會自然會責無旁貸地去反對它們。歐洲首席神父對性的瞭解要比蕭伯納先生多得多，因為他深知人的本質之所在，因為人類擁有一千多年的悠久歷史傳統，而蕭伯納先生才剛蹣跚學步。在他的劇作中，蕭伯納先生也只不過是在展示現代人虛假性愛的笨拙騙術而已。他當然能做得很好，因為連俗不可耐的電影也能如法炮製。然而毋庸置疑，對內心的性愛需求他就一無所知、束手無策了，他甚至會懷疑這種需求的存在呢！

因此，在蕭伯納先生看來，探討性愛知識，人們應該去求教於歐洲首席妓女，而不是歐洲首席神父。當然，歐洲首席妓女的性知識肯定比蕭伯納先生要淵博得多，這位偉大的妓女深知男性的虛假性愛及伎倆，她會對男性的眞正性愛要求視若無睹，不懂男人的性愛會隨時間和四季的變化而變化——冬至時的性愛危機、復活節時的性愛激情，對上述一切，身爲妓女她渾然不覺，一無所知，這也是她做妓女的慘痛代價吧！即使如此，她對性愛的瞭解也要比蕭伯納先生高明若干倍，因爲她至少知道男性內心深處存有對性愛的嚮往和節奏，即便她是如此深深排斥。

有史以來的文獻都記載著妓女最後的性無能悲劇、沒有男人愛的結局，以及她們強烈憤恨男性的性忠誠。男人的性忠誠本能比她的性混亂本能更加強大，更加深刻；有史以來的文獻都記載著男性和女性都有深刻的性忠誠本能，以及性忠誠滿足後的那種性亂躁動和困惑。忠誠本能可能是性愛本身最深刻的本能要求，眞正的性愛都有性忠誠的嚴格要求，妓女對此心知肚明，並極力抗爭。因此，妓女的身邊都只是一些沒有眞正性愛需求的男人，這也是她極爲蔑視的男人。對性愛忠誠的男性最終都會棄她而去，奔向自己眞正的性愛歸宿。

首席妓女的性知識如此淵博，而教宗只要稍加思考就與她不相上下，不會比她知道的少，因爲教會長期以來的傳統意識即包含了這一切，而我們最偉大的戲劇大師蕭伯納卻對此一頭霧水。在他看來，所有的性愛都是不忠誠的，而最不忠誠的也是性愛，婚姻也因此變得乏味而單調。性愛只有在不忠誠的心態中才得以滿足，而性愛皇后的桂冠當屬首席妓女無疑。如果婚姻中偶然泛起性愛火花，那肯定是夫妻其中一方有外遇後，才會出現的性欺騙滿足感。不忠誠就是性愛的本質，妓女對此十分精通，而妻子們卻一無所知，故其下場也極爲可悲。這就是我們這位戲劇大師和許多思想家們的諄諄教誨，而大眾卻對此拍手贊同。性愛成了人們玩耍的活物，性愛除了不忠和私通以外，便一無是處。在我們戲劇大師和思想家的手中，性愛成了一無是處的垃圾，並險些成了路人盡知的不辯事實。性愛除了存乎不忠和通姦之外，就再無容身之所，而婚姻也隨之成了沒有靈魂的空殼和浮屍。

然而現在，婚姻和性愛的關係變得至關重要，是因爲我們的社會生活依賴婚姻，而婚姻正如社會學家們所言，是建立在財產的基礎之上，因此婚姻又成了獲取和增加財產的最好方式。確實如此嗎？我們目前正處於反叛婚姻的痛苦掙扎中，一種對婚姻維繫和限制的反叛。事實上，現代至少有四分之三的婚姻生活出現了悲劇。現在，無論是結婚的還是未婚的，對婚姻都充滿了滿腔憎恨，視婚姻爲束縛和欺騙，對婚姻反叛之劇烈有時更甚對政府的反叛。

因此現在每個人都想當然耳地認爲，一旦機會成熟，他們就會掙脫婚姻的牢籠。正如前蘇聯一度廢除婚姻一樣，希望後來的新生政府能爭相效仿，找出一種替代婚姻的良方，以廢除婚姻桎梏。新生政府可以支持母愛，支持孩子，鼓勵婦女獨立，但總之，就是要廢除婚姻舊制。

而我們唯一要問的問題是，我們是否眞的不需要婚姻制度呢？我們是否衷心希望並支持婦女絕對獨立，並且眞正放棄婚姻制度呢？我們還需要婚姻嗎？問題的關鍵所在，是男人和女人是否眞正願意去做他們該做的事。無論是這裡還是世界各地，我們都堅信男人的需求是兩面的——淺露的和深刻的，個人的表面的暫時的慾望，還有內在的非個人的長期的慾望。暫時的慾望容易滿足，但內在深層的慾望就不太容易實現。因此，我們偉大思想家的社會任務應當是告訴我們，如何去實現我們內心深處的慾望，而不是拿那些不重要的事在我們耳邊鼓譟。

而教堂的設立就在試圖解決人們內在深層的慾望，這些慾望的實現要花費人們幾年或一生的時間，甚至幾個世紀去完成。教堂，正如裡頭那些禁慾的牧師一樣，在人世力倡婚姻的必要和神聖。教堂將與神聖而不可消解的婚姻同在，任何有損婚姻穩定、破裂及消滅婚姻的行爲，都是教會極力反對的惡行，二者同息共脈，不可分離。歷史上，英國國教的一度衰落就是明證。

教堂立身之本在於它有助維繫婚姻，維護人類的和諧統一。基督教世界的統一要素首先當屬穩固的婚姻，婚姻關係無論以什麼形式呈現，都是維繫基督教社會統一局面的基本要素。婚姻破裂會使人們重新退回前基督教的混亂狀態，由政府統轄不穩定的一切。眾所周知，羅馬政權極爲強大，國王代表政府行使國家權力，在羅馬，家庭成了國王的私有財產，並以國家力量來維繫它。在古希臘也是如此，人們對私有財產的永久性沒有足夠信心，因而家庭關係也變得極不穩固。然而，希臘和羅馬時期的家庭主宰都是男性，而且男性還代表著國家利益。因而在國家（男人）面前，家庭就變成了婦女、妻子，至少在歷史上是這樣的。在國家面前，家庭會名存實亡；在神父國家中，神父會控制一切，甚至會發揮家庭般的作用；在社會主義國家中，家庭同樣名存實亡，國家會控制個人的一切，就像早年的埃及一樣，宗教國家透過宗教監視來控制個人的一切行動。

我們現在要問的問題是，我們是否願意重新退回、或期待那種由國家控制一切的生活方式呢？我們是否願意過羅馬帝國或共和國底下的羅馬人生活呢？考慮我們的家庭和自由，我們是否願意過那種城邦國家底下的古希臘人生活呢？我們能否容忍自己過古埃及那種由宗教控制一切的生活？我們是否希望過著由國家控制個人一切的那種生活？

對我個人而言，我不得不說，我不願意。談到這裡，讓我重新回顧一下婚姻這個古老而著名的話題。婚姻也許是基督教帶給人類的最大貢獻，基督教把婚姻帶給了這個世界，基督教在國家政權強大的統治下，建立了家庭這個相對獨立自治的小王國。在某種程度上來說，基督教使婚姻變得神聖而不可侵犯，即使是國家政權也無權干涉婚姻的獨立性。也許就是婚姻賦予了男人最好的自由，使男人在強大的國家政權統治下，依然擁有自己的獨立小王國，同時使男人憑恃自己獨立的立身之所，來抵制國家政權的不公正統治。丈夫和妻子，就像擁有一、兩個臣子的國王和皇后，在自己的小小王國內自由而獨立地生活著，這個王國就是他們的婚姻家庭。對丈夫、妻子，甚至對孩子來說，婚姻意味著眞正的自由實現。

現在我們還想破除婚姻嗎？如果失去了婚姻，那就意味我們又會陷入國家政權的獨裁統治中。我們願意接受國家政權的絕對統治嗎？對我而言，我是不接受任何國家政權的絕對獨裁的。

教堂把婚姻視爲神聖男女性愛的和諧統一，婚姻使丈夫和妻子永不分離，直到他們生命結束。即使夫婦被死亡分開，他們仍然受到婚姻的制約，婚姻對個人而言是永恆的，婚姻使兩個不完整的個體變得更加完美，婚姻使夫婦兩人在性和諧中獲得靈魂的提升和完善。婚姻神聖而不可違背，它是在教堂精神統領下，實現男人和女人和諧統一的偉大舉措。

這就是基督教帶給人類的偉大貢獻，但這一貢獻又往往被人忽略。婚姻究竟是不是人類實現自身價值的巨大進步？婚姻究竟是人類實現自身價值的巨大動力，還是巨大障礙？這是每一個人都必須正面思考而不可迴避的重大問題。

按照新教教徒們的理解，我們每個人都是孤獨而有罪的，我們活在世上的最高目標就是使自己的靈魂獲得拯救，當然，婚姻對他們而言因此成爲自我救贖的障礙。如果我們只在意自己的靈魂救贖，那麼最好遠離婚姻殿堂，對此，那些僧侶和隱士們應該更加清楚。但如果我們只關心救贖別人的靈魂，同樣我們也得遠離婚姻，就像那些傳教的聖徒們一樣，獻身傳教事業就行了。

但是，如果我對自己和別人的靈魂救贖都不感興趣，如果靈魂救贖對我們而言不可理喻，那結果又會如何？坦率地說，我真的對靈魂救贖說不感興趣，「被救贖」的概念對我而言只是自欺欺人的胡言亂語。假如我認爲救世主和救贖概念是不存在的，假如我只把靈魂當作人一生中必須不斷發展和完善的東西，那結果又會如何呢？

我始終認爲婚姻是人類生活所必需的東西，我認爲古老的教堂對人類的原始需求更爲瞭解，不像今天和昨天的需求那麼混亂而易變。教堂在人類生活中力倡婚姻，主張婚姻是人一生中的靈魂歸宿，並且婚姻也不會延續到人的來世生活中去。

古老教堂認爲，人的一生是短暫的一生，是奮鬥的一生。聖班乃迪克的嚴厲隱修生活，以及聖方濟各以麻衣赤足徒步宣傳「清貧福音」的故事，都是教會天堂的魅力感召。在教堂的扶持下，人生的節奏本身也時時刻刻、經年累月、代代相繼地不斷發展，永不停息。在人生發展的歷史長河中，聖人顯事會層出不窮、相伴而生。對此我們能感覺得到它們的存在，不管是在南方還是在鄉下農間，伴隨著每天的鐘鳴，在眾人的彌撒和祈禱聲中，我們感到了時光的流逝。在節日慶典、遊行隊伍、聖誕聚餐、復活節、聖靈降臨節、聖約翰日時，我們都能體會到生活本身的節奏。這就是時間前行的車輪聲，日月升降，四季輪迴。而同時，伴隨降靈節時的驚奇、聖約翰日的煙火、聖人墓地的點點燭光、聖誕樹上的彩燈，這些都會在男女情感的和諧中達到完美。

聖奧古斯丁說，上帝使世界每天都是新的，這對具有生命情感的人來說，千眞萬確。當每一個黎明降臨，新的一天就會開始；當復活狂歡的彩燈如鮮花初展，一個嶄新的世界就會令人驚喜萬分。在層出不窮的情感歷程中，人們的靈魂會始終新鮮而充實。男女之間始終都會好奇，相思相慕，永無止境，他們會隨時光的流逝而在婚姻的自由王國中歡躍。

性愛是世上男女調衡和諧的平衡點，男女間的相互吸引、排斥、和諧、再吸引、再排斥，往復循環，始終新鮮如初。一年四季的循環也是一種平衡調和：一月份是中性平和的封齋期，人的血流舒暢緩慢；復活節時的熱吻狂歡令人熱血沸騰，春暖花開時的喁喁求歡、仲夏時節的激情四射、秋季性愛的緩歸躁動和悲傷，以及冬季時的灰色和清冽，與漫漫長夜。性愛在男女之間隨季節而變化不拘，受到日月調和、陰暗互補的支配。婚姻是我們人類生活的主線，而不合乎日月星辰制約的婚姻是不存在的。但這並非說，男人和女人一天之中就會朝夕不同，也不是說變化中的和諧和失衡就是人類生活的祕密。

在人的一生之中，性愛和婚姻也並非總是如此。一個男人在三十、四十、五十、六十、七十歲時都會有所改變，但他的妻子卻不可能變化得如此明顯。然而，在不同之中，他們是否還存在著一定的奇妙聯繫呢？有沒有一種奇特的和諧存在於人生各不同階段呢？例如在人的青年期、嬰兒期、活潑少年期、婦女的更年期，儘管痛苦，但有時可以恢復；例如在激情漸減、情感眞摯圓熟之時，在死神將至的憂鬱時期，夫婦雙目相視、倍感分離苦痛時——當然這並不是眞正的分離。在上述情形之下，難道不存在一種潛在而不爲人知的平衡、和諧和完美嗎？就像無聲的交響樂，悄然從一個樂章跳躍到另一個樂章，而男人和女人就是人生這一無聲交響樂的兩個變化不拘的無聲樂章。

這就是婚姻，這就是婚姻的神祕——婚姻在一個人的一生中得以神奇地完成。我們堅信，在天堂人們將不會擁有婚姻，所有的一切都必須在人世間完成。如果在人世間無法完成婚姻，就再也沒有完成的希望了。像耶穌這樣的聖人們，便是在爲神聖的婚姻增加一種新的解釋和美好嚮往。

但是從根本上說，婚姻並不是男性主宰下的永恆婚姻。婚姻會與日月星辰、歲月流淌和四季循環密不可分。婚姻也並非單純的血緣傳延，血緣是我們靈魂賴以存在的物質，同時也是人類最深層意識所依。正是有了血緣關係才有了我們的存在——有了心臟和肝臟，我們才能四處行走，才能存於世。擁有統一血緣的我們會擁有相同的知識、情感和存在，魔鬼和禁果並不能分離我們。因此，一旦有了血緣交融，人的婚姻就會牢不可破。男女的血液像兩條獨立的河流，永不混流，這一點從科學意義上我們不難理解，因此男女這兩條河流是我們人類生活的兩大主動脈。只有透過婚姻，兩者才能進行良性循環，美化人類的生活。透過性愛，兩條河流才能相互支持補充，永保青春，但絕不會混雜而渾濁不堪。我們知道，男人透過充血的陰莖去探索女人的充血山谷，男性血液的河流抵達女性血液河流的最深處，兩河相匯但絕對不會氾濫成災，這就是人類性行爲的魅力，也正是兩條河流的和諧與交融。這兩條河流宛如古老的幼發拉底河和底格里斯河，在亞洲西南部的美索不達米亞相匯，而兩河之間的美索不達米亞平原就是人類的伊甸園，人類社會開始的地方。這種神聖的伊甸園就是我們所說的婚姻含義。

丈夫和妻子的兩條血緣河流相互呵護、相互依賴，不斷納故吐新又不失各自的本分。而陰莖就成了兩河相連的樞紐和通道，進而使兩河成爲一個完美的統一體，而這個統一體要用男女兩人一生的時間去完成，也是時間和永恆的最高成就。正是有了這個統一體，才有人類的一切，有了子孫後代，有了美醜概念，而這一切也是上帝期待人們去完成的。

男人會死去，女人也會死去，也許分離的靈魂又回到了上帝身旁，對此又有誰知道呢？然而我們知道，人類透過婚姻完成了男女兩河的和諧統一，使世界達到了完整，充滿人性，使日月星辰也能各就其所，與人類美好相處。

當然與此相反，就會相應出現虛假的一切，比如虛假的婚姻。當今社會上的婚姻大多虛假而不可信。現代人都是個性十足而張揚的一代，他們會在各自的個性吸引下而匆匆結婚，性格吸引可能只是源於對家具的同樣喜好、對相同文體的愛好，以及心靈上的默契，這些都是友誼的基礎，但絕不能做爲婚姻的基石。因爲，婚姻的開始與性行爲密不可分，而性行爲從古至今總公然敵視著人們的精神，這幾乎成了人人皆知的公理。由性格吸引而成的婚姻大多以身體的相互仇恨而結束。起初，兩人相互吸引是友情的良好基礎，但絕不能做爲婚姻的基礎。起初，兩人相互傾慕而信誓旦旦，爾後卻無法克制地相互仇恨起來。這種轉變開始時，兩人還遮遮掩掩，因爲這是多麼令人羞恥而傷心的事。婚姻上的這種變化對那些個人感情強烈而敏感的人來說，仇恨最終一定會變得激憤和幾近瘋狂，當然這一切都是理智所無法解釋的。

然而這種婚姻產生變化的眞正原因，在於人的神經和心智的同情、個人興趣，以及性別間血緣同理的仇視感。現代的性格相吸時尚，可以做爲異性朋友的良好基礎，但性格吸引對婚姻而言卻是致命的。大致說來，現代人還是不結婚爲宜，這樣他們就能保持自己的性格不受婚姻影響而有所改變。

然而無論結婚與否，致命的錯誤已經發生。如果你僅僅擁有個人同理和愛情，那麼對血緣的同理和血緣的接觸最終會引發你的憤怒和仇恨。如果獨身，那麼這種對血緣同理的排斥就會衰微，會使人的脾氣變壞，而對結婚的夫婦來說就會導致這種排斥。談及性愛，我可能已犯下一個錯誤，那就是性愛對我而言，僅意味著血緣同理和血緣接觸。這在操作技巧上確實如此，然而事實上幾乎所有的性愛都是單純的神經過敏、冷淡無趣而平淡無奇。這就是個人的性愛眞相，眾所周知，這種性愛不僅具有特殊的生理效用，而且還是一個精神過程。男女兩條血緣河流的交匯不但是血液激情的要求，還是血液本身再生的願望使然。這種合理的血液再生要求，可以激發新鮮血液的產生，然而這種血液的接觸也會引發摩擦和破壞力，使血液失色變質。個人自私的、或精神的性愛對血液本身有害無益，而熱血沸騰的性愛就是一種新陳代謝的健康活動。精神性愛可能會產生短暫的快感和滿足，但正如毒品和酒精的作用一樣，這種快感和滿足會付出身體虧耗的代價，這也正是現代人精力不足的原因之一。本來能使人身心煥發的性愛如今成了乏味而有害身體的劣行，因此，一開始我所提及的那個年輕人斷言——「英國不能靠性愛來延續後代」，對此，我只好附和。正是由於性愛變得日益個人化和精神化，性愛因而難免令人生厭，勞心傷神。現代性愛已變得弱不禁風，這已是不爭事實，它只比手淫的危害稍小一些而已。

現在，我終於明白爲什麼那些評論家指責我的小說行文淫穢、刺激性慾，因爲可憐的評論家他們只是片面地理解性愛，而不知其全面。對他們而言，性愛就是剛才我們談論過的那種神經過敏、極個人化而又極具分裂破壞性的性愛。這種蒼白之愛儘管有一時快感，卻是很大的欺騙，而且是沒有生命的，因此看來英國的後裔單靠這種性愛，的確無法強國保種。

與此同時，我們還應看到無性別差異的英國也同樣沒有希望。一個失落性愛的英國對我是沒有什麼吸引力的，其他人也不會有興趣。儘管我像傻子一樣堅持性愛的眞誠和合理性，但是社會上對性愛的認識和時尚，卻與我的觀點大相逕庭。一個無性愛的英國對我來說，只是一個沒有希望的民族。

令人愉悅的激情性愛會改善夫婦關係，激發他們的生活創造性，但是如何恢復這種性愛方式，我也一無所知。但是我知道，我們一定要恢復這種性愛，如果我們這一代不能成此大任，至少年輕的一代也要完成它，否則我們最終都會失落自己。通往這種性愛的橋梁就是活力四射的陰莖，同時也是陰莖義不容辭的義務和責任，而那些虛假陰莖肯定對此無力回天。

失去了血緣接觸，人們就會失去生活的新鮮和活力，那種積極的血緣接觸會帶給生活無比的熱情和活力，因爲男女的基本血緣接觸總是令人愉悅的。同性接觸當然就在其次，其效果遠遠不如男女之間那種虛假的愛。

而英國要再生，關鍵在於要找到一種新型的血緣接觸方式，一種新的觸摸，以及一種新型的婚姻理念。而這種新型的理念應以陰莖爲中心，因爲陰莖代表古老的男性活力和直接接觸。

婚姻也是新型的婚姻，一種眞正以陰莖爲中心的婚姻。當然這種新型的婚姻也與身體的生活節奏分不開。人們的生活始終是在一種日月星辰的運動中展開的，因而人類的生活本身也具有鮮明的節奏感。起初基督徒對異教徒的節日慶典十分反感，並加以抑制，但最終無法消除，只好納爲己有，一塊發揚光大。幾個世紀以來，人們習慣於生活在教堂的統領之下，因爲宗教的根基是永恆的，一旦人們失去了宗教信仰和生活節奏，他們就會無望地死去。儘管新教徒們對原來的宗教儀式和習俗改變許多，但他們後來還是透過不同形式恢復了人們對秩序和節奏的需求。而人類的婚姻問題也命運多變，但只要人們有序的生活存在，婚姻就會繼續存在。

上面就是我對《查泰萊夫人的情人》一書所作的說明，或者說，就算是《查泰萊夫人的情人》一書的序言吧。（編按：因全書編輯作業關係，故將此作者序移至書末。）

人們的慾望需求不多，但層次較深。在不多的人生需求中，我們會犯錯，直到我們逐漸失去更深層次的需求，而陷入瘋狂之中。人及其需求的發展，要受道德觀念的影響和限制，而這種道德觀念也是我們的立身之本。然而，還有一種更深層次的道德約束著所有婦女、男人、國家、民族、種族及各層次的人群，這種更深層的道德在人類歷史長河中，制約著人類的命運，適應人類偉大需求的發展，並且時常與人類的淺層需求和淺層道德衝突不斷。這種悲劇意識向我們詔示人類的深層需求之一就是——去認識和體驗死亡，每個人都要意識到他的身體會有死去的一天，然而在這種悲劇意識的前後，我們不知道人類最偉大的需求就是使生死的節奏保持生命的循環，生生不息。日月星辰，人生長短，願它們都能良性發展，這就是我們的需要，我們的終極關懷，這也是我們心靈、肉體和精神的需要，也是我們性愛本身的需求。這種需要並不是哪一個字所能表達得了的，任何語言、邏輯與聲音都無法擔此重任。此類論述不少，但我們給予的眞正關注卻很少。誰來號召我們去完成、實現這深層需求呢？實現一年四季的輪迴，人生的肉體消長，日月星辰的演變，男女結合的和諧和完善，以及人類靈魂的永恆存在等等，這些都是我們人生面臨的挑戰。我們有責任去完美闡釋這些深層需求，也許我們能找到一個對等的詞來表達前述願望，但我們的行爲仍遠遠無法實現它。讓我們放棄前人們那種狹隘的現世生死觀念，去實現與世界萬物密不可分的生命神聖吧。

這就是一個關係的操作問題。我們必須重新回到關係那裡去，在生動多彩的關係中，尋求我們人類和宇宙萬物的關係。關係的確立和界定，必須仰賴對現有日常儀式的重新審視，以期找出存在的新意。透過對宇宙萬物的重新審視，確立人與宇宙的和諧，並借助現有的各種儀式來適應我們人類的需要，否則我們就實現不了人類的偉大願望。任何脫離宇宙萬物的想法都會置人類於死地，人類就如同一棵參天大樹，如果根本倒置，肯定也會嗚呼哀哉的，人類必須在宇宙中鎖定自己的位置。

這就意味著我們必須回歸古老的思維形式。我們對古老的思維形式要重新加以改造和創新，這一宏偉任務遠比傳播上帝的福音要困難得多。福音告訴我們，我們都會得到上帝的救贖，然而我們現在環顧四周會驚異地發現，當今世界，人類仍然沒有得到救贖，而且還悲哀地失去了人性關懷，面臨著絕望和滅種的困境。我們追溯先哲柏拉圖的理想哲學理念，追溯一下關於人生悲劇的古老命題，然後再反觀我們人類本身，便不難發現，福音所允諾的僅是一種理想化的生活，而逃離肉體苦難又和人類的悲劇意識不謀而合。關於人類的救贖和人性悲劇的說法，都不是人類解決深層需求的關鍵和良方。

理想主義的宗教哲學誕生之後，人類歷史的悲劇才剛剛拉開序幕。而後三千年的人類歷史經歷了理想主義、禁慾時代和悲劇時代之後，終於結束了它的游離生活。宛如劇院一曲悲劇的結尾般，舞臺上一片死屍，一具具沒有靈魂的殭屍，狼藉中帷幕緩緩而降。

而現實生活中的人生悲劇還沒有降下帷幕。那一片片狼籍、那一具具殭屍，正等著後人去清掃。然而這一切終於過去了，現在我們正處於悲劇和理想主義過後的時代，儘管時代的慣常惰性仍然揮之不去，但是我們必須奮力向前。

現在，我們對那些偉大理想主義者力倡的悲劇人生需重新界定。理想主義者認爲人生只是一場徒勞的抗爭，人生只有死亡才能脫離苦海。佛陀、柏拉圖和耶穌看待人生都是徹底的悲觀主義，都力倡人們去追求現世之外的一種永恆生活。然而三千年過去了，這種永恆而抽象的理想生活使我們幾乎忘記了自然萬物的正常生命規則，而不明世間的生死界線。因此我們驚醒，明白這種抽象的生活並沒有快樂和幸福可言，更沒有自由可想，只是一場虛幻而已。那些偉大的聖人和先哲只是用他們的虛幻美景使我們與鮮活的生活隔離開來，這眞是又一場悲哀的南轅北轍。

宇宙對我們而言已僵死多年，該如何煥發宇宙的生命和活力呢？人類所謂的「知識」已使日月失去了它們往日的神祕和美好想像，太陽被知識變成一個單調的汽球，並且還帶有斑點；月亮也被「醜化」成充滿小坑的天花病人；機器的發明使地球成了我們可以旅行的崎嶇地面……究竟那些曾經充盈我們心中的美妙想像都上哪裡去了呢？我們怎樣才能喚回那些妙不可言的童話和傳說呢？

我們一定要把它們找尋回來，因爲它們是我們心靈的依託，是我們深層意識的生長沃土。在理性和科學的世界中，月球變成一堆了無生氣的廢土，太陽也成了有斑點的氣團。這就是我們目前賴以生存的乾燥、了無生氣環境；這就是我們淺層意識的世界，零碎而充滿欺騙；這就是我們所認知的外部世界——竟如此孤立淺薄。如果我們用聯繫和整體的觀點來審視這個世界，那麼日月神話魅力就會重新煥發生機和活力。太陽上的金獅像母獅舐犢般呵護著我們，用他有力的形象激勵我們勇往直前；我們還知道月亮女神曾賦予我們軀體，並又向我們索回她的惠贈。我們認知世界的方法有許多種，知識也很多樣，但是對人類來說，共有兩大認知方法——一種是孤立的認知方法，較理性科學，偏於心理認知；另一種是綜合聯繫的方法，富於宗教意味和詩學傾向。基督教，尤其是新教，使人類和宇宙徹底分離開來；有關人的肉體、性愛、感情、激情都與日月星辰失去了聯繫。

然而人與宇宙的關係主要表現在下面三點——人與生存環境、男人和女人的關係，以及男人之間的關係。每一種關係都帶有血緣關係，並不僅僅是精神和心智上的聯繫。我們已經把世界抽象成物質和精神，把男人和女人抽象成單獨的性格存在，這種性格互不聯繫，孤立行事。顯而易見，這三種關係都是沒有肉體、了無生氣的關係。而其中最爲僵死的關係就是男人之間的關係，如果我們眞正剖析男人之間的眞實情感，我們會驚異地發現，每個男人都把另一個男人視爲潛在的威脅。

這是多麼新奇的事，並且男人越敏感、越理想化，他對其他男人的威脅感就越敏銳，因而危及他自身存在的陰影便總揮之不去。這就是我們文明所帶來的惡果，也是我們文明的醜陋所在。正如一部戰後小說所云——「這是一個『友誼和希望、廢棄和血腥』的時代。」也就是說，友誼和希望最後都會以廢棄和血腥告終。

當人們發起對性愛的偉大聲討時，人的軀體就大力去討伐柏拉圖，其實這種聲討不過是對理想的遠征和聖戰，爲自己孤立的精神知識尋求支持罷了。而性愛本身正是偉大的黏合統一體，是合作的天使，在激情性愛的過程中，男女心中湧現出的激情使兩顆分離的心合而爲一，並獲得快感和幸福滿足，而理想化的宗教和哲思卻試圖扼殺這種統一和諧。友誼和希望的偉大迸發，最終都消解在廢棄的泥土和血腥之中。現在，男人都成了孤立的個體，「善良」一詞也成爲人們日常的口頭禪。處在當今社會中，每個人都必須「善良」，然而在善良的外衣之下卻是令人發冷的漠然和冷酷，這樣一來，一個男人便成了另一個男人的威脅。

在男人相互敵視的遊戲中，個人主義思想大行其道，如果我是一個極端的個人主義者，那麼其他人則成了我的潛在威脅，這也是當今社會的通病之一。表面上我們溫文爾雅、善良友好，實則相互防範、互不關心，這都是威脅論的悲哀吧。

伴隨著威脅和恐懼而來的就是孤獨的感覺，而孤獨和空虛又會帶來孤僻和個人主義，以及個體性格，逐漸失卻與人交流的熱情，其結果就是個人主義和個人性格的盛行。那些所謂的「文化人」，就是這種個人主義和性格養成的始作俑者，當然他們也是威脅和恐懼的首批受害者。而那些勞動階層雖長時間保留了古老樸實的群體主義傳統，但最後就連勞動大眾也喪失了人們的和諧統一，進而階級之間出現了階級意識和階級仇恨。階級意識標誌著人民和諧與統一的最終喪失。每個人都深知自己孤單無助，爲了各自的利益，社會上因而湧現各種各樣的利益團體。

同樣地，這也是當前社會生活的悲劇。在古老的英格蘭，維繫階級的樞紐是人們的血緣關係。鄉紳傲慢粗暴，欺善壓良，但他們還是作爲一個階層共同對付人民群眾，這就是血緣組成的關係。在狄福和菲爾丁的小說中，我們對此屢見不鮮，然而到了珍・奧斯汀的小說中，這種血緣關係就不存在了。這位女小說家用個性代替性格，讓人擁有了個體性格，而放棄階級歸屬感。在她的筆下，英國變得令人不快，英國人變得卑鄙勢利，先前菲爾丁筆下的善良慷慨等美好景象都蕩然無存。

在小說《查泰萊夫人的情人》一書中，主角男爵因擁有自己的個性而失去了與周圍的人的各種親情聯繫，他與別人的關係只是相互利用而已，人類溫情再也遍尋不著，溫暖壁爐內一片灰燼，人心變得慘無人道。他就是我們文明的傑作，他宣告了世間人性的死亡和消失，儘管他彬彬有禮，但他已不識人間溫情滋味。他就是他自己，他喪失了選擇女人的機會。小說中的另一個男人雖然仍有男人的熱情，但卻窮困潦倒，瀕臨滅亡邊緣。如果有女人眞正愛他，那麼這個女人能否眞正地理解和支持他，這還是一個不明的問題。

至於這種象徵意義是不是有意爲之，我自己也搞不清楚，然而在小說一開始寫時，它並不具備這種象徵意義。當我在敘述時，我自己心中也不知他們是什麼樣子或將成爲什麼樣子，後來他們就自己成了那個樣子。但是這部小說前後改寫了三遍，當我讀第一遍時，我承認殘廢具有某種象徵意味，一種深層情感和激情的缺乏殘廢，這也是當今社會那個階層和類型的常態。但我馬上意識到，這種處理對女主角來說不太公平。讓女主角離開他顯然多少有些俗氣，然而故事本身如此，我也就不再改動了。至於象徵意味的有無，我想這難免不具有某種象徵意義。

以上這些筆記都是小說完成後，兩年內陸續寫成的，它們本身並不試圖去解釋什麼，僅做爲小說本身的寫作背景介紹而已。很顯然這部小說是對傳統的公然蔑視，所以我在此很有必要爲此態度做些解釋和說明。透過這部小說，我想表達一種與資產階級不同的想法，試圖使普通人改變自己的傳統觀念，這並非爲了取笑逗樂。在小說行文中，我不得不使用許多禁忌語言，如果我們對這些生殖語言和下流污穢語言棄之不用，那麼我們就永遠無法在人類的生殖現實中，驅逐那麼污穢的東西。許多人認爲，我把污穢的東西提高到這麼神聖的高度是褻瀆神靈，也是對人類文明的最大褻瀆。如果小說中的女主人和獵場看守人結了婚（實際上她未能遂願），那麼她的愛並不具有什麼階級偏見，恰恰相反的是，她並未過多加考慮自己的階級利益。

後來，有讀者寫信抱怨我在序言中指責盜版書的篇幅過長，談論正版的話語較少。這本小說的首次正版是在義大利佛羅倫斯發行的，是硬皮封面，封面上印有紫紅色的鳳凰插圖；鳳凰象徵永恆，身披火焰從鳥巢飛出，而封底是白紙出版標記，書衣是義大利柔和的手翻紙。印製儘管美觀，但也十分普通，書的裝訂也是由佛羅倫斯的小書商裝訂。在印製出版這本小說時，我們沒參考任何專家的意見，裝幀樸實，但仍比當前許多高檔書好看多了。

書中的拼寫錯誤較多，這是因為小說的排版是在義大利一家印刷廠進行的，並且還是一個家庭工坊，其中沒有一個人認識英語，他們一點也不懂英語，因此避免不了所謂的閱讀尷尬和難堪，校對也十分糟糕。在最初的幾頁，出版校訂還十分認真，到了後來，校對的人就像醉漢一樣有點亂來了。這樣一來，有些章節便排印得十分怪誕和離奇，把英文校得面目全非，因此如果這個版本中仍有拼寫錯誤，那肯定和先前的錯誤不可共語。

也有人撰文寫到，當初印製這本小說的義大利人是受騙上當才出版了這本小說，其實這當中根本沒有什麼欺騙可言。當時這位白鬍子老者剛剛二度娶新娘，有人告訴他有本英國小說包含了這樣或那樣的內容，並且描述了某些隱私，並告誡他如果不怕惹麻煩，可以印製這本小說。他問道：「它到底描寫了什麼事情？」在得知內容後，他不以為然地說：「這有什麼嗎？我們每天都這麼做，有什麼好大驚小怪的。」就這樣，這本小說便印製發行了。由於小說無關政治，出版這類小說也就沒什麼顧忌。書中的事情確實是眾所周知、極為普通的事情。

然而這本小說的出版確實是一場鬥爭，書一出版確實也引起人們的熱切關注。當時排版時，這家排字社的字形檔僅夠排完書的一半，然後就印製了一千冊，為謹慎起見，有兩百冊印成普通紙；然後毀掉前半部分，再排印書的第二部分。

接下來的鬥爭史就是發送小說。小說一進入美國海關就遭到查封，值得慶幸的是，書到了英國，海關動作稍遲了些，因此才有至少八百本小說進入英國境內。

然後就是世俗的凌罵和圍攻，這當然是不可避免的。那個小個子義大利出版商聲稱書的內容我們每天都在做，然而英國媒體的指責卻是「可怕、荒謬、淫蕩」。義大利佛羅倫斯的一位著名評價家則說：「感謝你寫出了一部真正的性愛小說，對那些虛假的性愛小說我真是厭倦了。」而另一名膽小的佛羅倫斯評論家說：「我不知道，我真的不知道，小說的語言真的有些過頭。」有人會責問我：「勞倫斯先生，你認為有必要把這一切都描寫出來嗎？」我的肯定回答使他大惑不解。言及書中兩個男人時，有位美國婦女評論說：「一個是聰明的色情騙子，另一個是性變態。」而她的結論是：「小說中的女主人又面臨了常見的兩難選擇。」

（譯／孫繼成）

郁達夫觀點

讀勞倫斯的小說——查泰萊夫人的情人

郁達夫

勞倫斯的小說《查泰萊夫人的情人》，批評家們都無異議地承認它是一代的傑作。在勞倫斯的晚年，大約是因爲有閒而有了點病前的脾氣，他把這小說稿清書重錄成了三份之多。一樣的一部小說的三份稿本，實質上是有些互相差異的，頭一次出版的本子是由他自己計畫的私印出版，其後因爲找不到一個大膽的出版者爲他發行，他就答應法國的一家書鋪來印再版，定價是每本要六十個法郎，這是在數年以前，離他的死期不久的時候，其後他將這三本稿子的版權全讓給了芙麗達·勞倫斯。他曾在英國本國，將干犯官憲的忌諱爲檢查官所通不過的部分削去，出了一本改版的廉價本。一九三三年，在巴黎的 Les Editions Du Pegase 出的廉價版是和英國版本不同的不經刪削的全版，上頭有一篇芙麗達·勞倫斯的公開信附在那裡。

先說明了這版本的起伏顯沒以後，再讓我來談談這書的內容和勞倫斯的技巧等等。書中所敘的，仍舊是英國中部偏北的德比炭礦區中的故事，不過這書與他的許多作品不同，女主角是一位屬於將沒落的資產貴族階級的男爵夫人。

克利福・查泰萊是查泰萊男爵家的次子，是英國中部特維蕭礦區的封建大地主，離礦區不遠的山上的官衙——勒格貝宅邸，就是克利福家歷代的居室，當然是先由農民的苦汗，後由礦區勞動者的血肉所造成的阿房宮。

查泰萊家的長子戰死了，克利福雖有一位姐姐，但她卻在克利福結婚的前後去世，此外，查泰萊家就沒有什麼近親了。

查泰萊夫人名叫康斯坦絲，是有名的皇家藝術學會會員麥爾肯爵士之次女，母親是費邊協會的會員，所以康斯坦絲和她的姐姐希爾達從小所受的是很自由的教育。她們姐妹倆幼時曾到過巴黎、佛羅倫斯、羅馬等自由之都。當一九一三年的前後，希爾達二十歲、康斯坦絲十八歲光景的時候，兩人在德國念書，兩人曾很自由地和男同學們談過戀愛，發生過關係。一九一七年克利福・查泰萊從前線回來，請假一個月，和康斯坦絲認識，匆匆地結了婚。一個月後，假期滿了，他只能又上佛蘭達斯的陣線。三個月後，他終被炮彈所傷，彷彿變成了一堆碎片被送回來。這時候的康斯坦絲（暱稱康妮）正當二十三歲的青春。在病院裡住了兩年，他總算痊癒了，但是自腰部以下卻完全失去了效用。一九二〇年，他和康妮回到了查泰萊世代的老家；他的父親死了，所以他成了克利福男爵，而康妮也成了查泰萊男爵夫人。

此後兩人所過的生活，就是死氣沉沉的傳統貴族社會的生活。男爵克利福是一個只有上半身（頭腦）而沒有下半身的廢人，活潑強壯的查泰萊夫人是一個守著活寡的隨身看護婦，從早起一直到晚上，他們倆所過的都是刻板且不自由的英國貴族生活。而英國貴族所特有的那一種利己、虛僞、傲慢、頑固的性格，又特別濃厚地集中在克利福的身上。什麼花呀、月呀、精神呀、修養呀、統治階級的特權呀等廢話空想來得又多又雜，實際上他卻只是一位毫不中用、虛有其名的男爵。

在這中間，這一位有閒有爵、不必活動的行屍曾開始玩弄文墨，他所發表的許多空疏矯造的文字，也曾搏得一點社會上的虛名。同時有一位以戲劇成名的愛爾蘭青年麥克里斯（暱稱米克）於聲名大噪之後，終因出身係愛爾蘭人的結果，受了守舊的英國上流社會的排擠，陷入了孤獨之境。克利福一半是好意，一半也想利用米克而成名，而請他到了他的家裡。本來是一腔熱情無處寄託而變成孤傲的米克，和查泰萊夫人一見就成了知己，通了款曲。但查泰萊夫人在他的身上覺得還不能夠盡意的享樂，於是兩個人中間的情交就又淡薄了下去。米克去倫敦以後，在勒格貝宅邸裡的生活又回復了故態，身強血盛的查泰萊夫人又成了一位有名無實的守活寡的貴族美婦人。這中間她對於喜歡高談闊論、自命不凡的貴族社會，早已生了嫌惡之心。因厭而生倦，因倦而成病，她的健康忽而損壞到了消瘦的地步。

不久以後，克利福的園囿之內雇來了一位自就近的礦區工人階級出身，因婚姻失敗而曾去印度當過幾年兵的管園獵夫梅樂士，小說中的男主角從此上場了！這一位工人出身的梅樂士就是查泰萊夫人的情人！

原書共十九章，自第五章以下敘的就是查泰萊夫人和情人梅樂士兩人間的性生活，以及書中各人微妙的心理糾葛。

梅樂士婚姻的失敗，就因爲他對於女人、對於「性」有特異的見解和特別的要求的緣故。久渴於男性的愛，只在戲劇家米克身上嘗了一點異味，而又同出去散了一次步、仍回到家裡來的康妮，在遇見梅樂士瘦長精悍的身體以後，就覺得人生的目的、男女間的性的極致盡在於此。說什麼地位，說什麼富貴，人生的結果還不是一個空，一個虛無！命運是不可抗的，也是不能改造的。

在這一種情形之下，殘廢的查泰萊一個人在稱孤道寡，讓雇來的一位看護婦波頓太太——寡婦去伺候廝伴，而她查泰萊夫人得空就走，成日地來到園中和梅樂士過著原始且徹底的性生活。但在很滿足的幾次性交之後，所不能避免的孕育問題必然地要繼續發生。在這裡，查泰萊夫人卻想起了克利福有一次和她的談話。他說：「若妳去和別人生一個孩子，只要不破壞像現在這樣的夫婦生活，而能使查泰萊家有一個後嗣以傳宗接代，好保持我們一家的歷史，倒也很好。」當她想起這一段話的時候，恰巧她的父親和她已出嫁的姐姐希爾達約她去南歐威尼斯避暑，於是她就決定離開克利福，跟她父親、姐姐上威尼斯去。因爲她想，在這異國的水鄉，她或許可以找出一個懷孕的理由，而克利福或許會因使她懷孕者是一個不相識的異鄉人之故而把這事情輕輕地帶過。

但是巴黎的醉舞、威尼斯的陽光、與米克的再會，以及和舊友理想主義者的霍布斯相處，都不能使她發生一點點興趣。這期間，胎內的變化卻一天天的顯著起來，最後她走到了一個不得不決定去向的人生歧路。

而最不幸的，是當她不在的期間，在愛人梅樂士的管園草舍裡又出了一件大事，就是梅樂士未曾正式離婚的前妻貝莎．考茲又突然回來了。這一位同母牛一樣的潑婦於出去同別的男人住了幾年之後，又回到了梅樂士的草舍，宣佈了他和查泰萊夫人的祕密，造了許多梅樂士變態性慾的謠言，硬要來和梅樂士同居，向他和他的母親勒索些金錢。梅樂士迫不得已只好向克利福辭職，一個人回到了倫敦。剛自威尼斯回來的查泰萊夫人康妮，私下和梅樂士約好了上倫敦旅館中去相會。肉與肉一經接觸，她也就堅決地立定了主意，寫信要求和克利福離婚，預備和梅樂士兩人去過他們的充實生活。

這一部有血有肉的小說共計三百餘頁，是以在鄉間做工，等滿了六個月，到了來年春夏，取得了和考茲的離婚證書後，再來和康妮同居的梅樂士的一封長信做結束的。「一口氣讀完，略嫌太短了些！」是我當時讀後的一種茫然的感想。

這本書的特點是在寫英國貴族社會的空疏、守舊、無爲而又假冒高尙的一面，使人不得不對這特權階級發生厭惡之情。他寫工人階級，寫有生命力的中流婦人，處處滿持著同情，處處露出了卓見。本來是以極端寫實著名的勞倫斯，在這一本書裡更把他的技巧用盡了。描寫性交的場面，一層深似一層，一次細過一次，非但動作對話寫得無微不至，而且在極粗的地方，恰恰和極細的心理描寫，能夠連接得起來。尤其要使人佩服的是他用字遣句的巧妙，所有的俗字，所有男人、女人身上各部分的名詞，他都寫了進去，但能使讀者不覺得猥褻，不感到他是在故意挑撥劣情。我們試著把中國的《金瓶梅》拿出來和他一比，馬上就可以看出兩國作家的時代不同，和技巧的高下。《金瓶梅》裡有些場面和字句是重複的、牽強的，省去了也不關宏旨的；而在《查泰萊夫人的情人》裡，卻覺得一句一行也移動不得，他所寫的一場場的性交，都令人覺得自然得很。

還有一層，勞倫斯的小說中，關於人的動作和心理原是寫得十分周密的，但同時他對於社會環境與自然背景也一步都不肯放鬆。所以讀他的小說，每有看色彩鮮豔、刻劃明晰的雕刻之感。

其次要說到勞倫斯的思想了，我覺得他始終還是一個消極厭世的虛無主義者，這色彩原在他的無論哪一部小說裡都可以看得出來，但在《查泰萊夫人的情人》裡表現得尤其深刻。

現代人只熱中於金錢，金錢，金錢！到處都是為了金錢的爭鬥、傾軋，原是悲劇中之尤可悲者。但是將來呢？將來卻也杳莫能測！空虛，空虛，人生萬事，原不過是一個空虛！唯其如此，所以大家在拚命的尋歡作樂，滿足官能，而最有把握的實際，還是男女間的性交流！

在這小說的開卷第一節裡就說：「我們所處的，根本是一個悲劇的時代，可是我們卻不想絕望地來順受這個悲劇。悲慘的結局已經出現了，我們是在廢墟之中了，我們卻在開始經營著新的小小的建設，懷抱著一點新的小小的希望，這原是艱難的工作。對於將來，哪裡還有一條平直的大道，但是我們卻迂迴地前進，或在障礙物上匍匐。不管地折與天傾，我們可不得不勉圖著生存。」

這就是他對於現代人吃人的社會的觀察。若要勉強地尋出一點他的樂觀來的話，那只能拿他在這書的最後寫在那封長信之前的兩句話來解嘲了——「他們只能等著，等明年春天的到來，等小孩的出生，等初夏的一週復始的時候。」

勞倫斯的小說結構向來是很鬆懈的，所以美國的一位批評家約翰麥西（John Macy）說：「勞倫斯的小說，無論從哪一段，就是顛倒從後面讀起都可以。」但這一本《查泰萊夫人的情人》卻不然，它的結構倒是前後呼應著，很有層次，也很嚴整。

這一位美國的批評家，同時還說他的作風有點像維多利亞時期的湯瑪斯・哈代（Thomas Hardy）與喬治・梅若迪斯（George Meredith），這大約是指他的那一種宿命觀和寫作的細緻而說的。實際上我以為稍舊一點的福斯特（E. M. Forster）及現在正在盛行的喬伊斯（James Joyce）與赫胥黎（Aldous Huxley）和勞倫斯，怕要成為對二十世紀的英國小說界影響最大的四大金剛。

寫於一九三四年九月

林語堂書中書

談勞倫斯

林語堂

朱柳兩位老人正在暗淡的燈下閒談，因為此時雖是民國三十五年，蘇州城外大半的住戶卻還未有電燈。在二十八年曾經因為滬甯公路通行，蘇州的馬路上屢次發現汽車的蹤跡，後經吳門人士一體反對，報上也曾有過一次劇烈的辯論，才把汽車禁絕了。柳先生飯後無事，過來找朱先生攀談，在這暗淡的燈光之下，看得最清楚的就是朱先生的一支旱菸，下垂著一個菸袋，一捲煙雲繚繞而上。

「早晨在我的箱篋裡翻出一部舊稿。」朱先生指著紅木桌上一部黃紙的書稿說，「看來倒還有趣，但這是不預備發表的。」

「怎麼不發表？」

「一則還有末段兩章未譯，一段譯得不甚滿意。起初我也想發表，但拿給一家舊書局看，書局不要。過了半年，書局忽然來信要了，我卻遲疑莫決起來，主張不發表。我想一本書如同和人說話一樣，也得可與言而與之言，才不致於失言。勞倫斯的話是對成年人說的，它不大容易懂，給未成熟的社會讀了反而不得其旨。」

「報上也常聽見勞倫斯的名字，大概說他穢淫罷了。」

「自然，日報上哪裡有什麼別的東西可談；就是談，人家也不懂。現代孤芳自賞的作者除非不做書，或做趨時的書，否則就得被人拖到十字街頭示眾，頂好還是可以利用做香水肥皂的廣告。這是德謨克拉西的恩賜。大家都識字了，日報就是大眾唯一的讀物，日報逢迎讀者，讀者管住日報，除了姦淫殺掠以外，還有什麼可談呢？只有賣便藥式的文章及廣告，才能把得住讀者。你告訴讀者科學的理論，他們要聽嗎？現在做社論、傳宗教、說文學的，都是取法於賣便藥的廣告。文人、教士、政治，都跟江湖賣膏藥的庸醫差不多。文字以聳人觀聽爲主，你說這便藥是椰粉加香料做的，吃了病也好，不吃病也好，還有人肯買你的藥嗎？我頗不願使勞倫斯淪爲走江湖賣膏藥的文學，所以也不願發表了。」

「那麼，勞倫斯與中國的金瓶梅有何別呢？」

「其間只有毫髮之差罷了。庸醫、良醫不都戴眼鏡，都會按脈，都會打針嗎？我不是要貶卻金瓶梅，金瓶梅有大膽、有技巧，但與勞倫斯不同——我自然是在說他的《查泰萊夫人的情人》。勞倫斯也有大膽、有技巧，但是不同的技巧。金瓶梅是客觀的寫法，勞倫斯是主觀的寫法。金瓶梅以淫爲淫，勞倫斯不是以淫爲淫。這淫字別有所解，用來總不大合適。老柳，你也許不相信，勞倫斯是提倡腎囊的健康，但是結果腎囊二字，在他用來不覺爲恥；不覺爲恥，故亦無恥可言。

你也許不相信，金瓶梅描寫性交只當性交，勞倫斯描寫性交卻是另一回事，把人的心靈全解剖了。這在於他靈與肉複合為一，勞倫斯可說是一返俗高僧、吃雞和尚吧！因有此不同，故他全書的結就以這為主。」

「這怎麼說法？」

「你沒看見當查泰萊夫人裸體給梅樂士簪花於下身之時，他們正在談人生、罵英人嗎？勞倫斯此書是寫英人，罵工業社會、罵機器文明、罵黃金主義、罵理智的，他要人歸返於自然的、藝術的、情感的生活。勞倫斯此書是看見歐戰以後人類頹唐失了生氣，所以發憤而作的。」

「現代英人也失了生氣了嗎？」

「在我看來倒不，但在勞氏看來是如此。若使我們奄奄待斃的中國人給勞氏看來，那簡直無話可以形容了。我想，他非用北井最下流的惡罵來罵不夠出氣。你要明白他的全書旨意，須看準他所深惡痛絕的對象。他罵英國人沒情感，男人無睪丸，女人無臀部，就是這個意思。梅樂士表示輕鄙查泰萊男爵一輩人時，查泰萊夫人問：『他一輩人怎樣？』『妳比我知道的清楚。那種女子式小白臉的青年，沒有蛋。』『什麼蛋？』『蛋！男人的蛋！』她沉思這句話的意義。『但是問題是不是在這點？』『一人呆笨，你說他沒有頭腦；一人促狹，你說他沒有心腸，一人懦怯，你說他沒有肝膽；一人若沒有一點大丈夫氣，你說他沒有睪丸，這人就靡靡不振了。』」

朱先生翻起他的舊稿說：「我念一段給你聽聽。工業制度社會主義規矩、小白臉的無人氣，都罵在裡頭。你明白他對戰後英人的憤慨，你就難怪他所以不惜用極粗鄙淫猥的話罵他們的理由。這是一種反抗，不這樣罵不出氣的。梅樂士說：『他們一輩是最卑鄙的賤流。上校常對我說：老梅，英國的中等階級一口飯就得嚼三十次，因爲他們的膽腸太窄了，一粒小豆般的東西就可以塞得腸胃不通。天地間就沒有看過這樣小姐式的鳥，又自豪、又膽小，連鞋帶結得不合適都怕人家見笑，又像陳舊的野味一般的黴腐，而又自以爲盡合聖道，所以我吃不消，再不振作了。叩頭，叩頭，舔屁股舔到舌頭也厚起來了，然而他們還是自以爲盡合聖道，而且都是一班鄉愿的小人，就是鄉愿的小人！一代小姐式的鄉愿小人，一人只有半個睪丸。』康妮（查泰萊夫人）笑了。雨還淋淋不止。『他一定痛恨他們。』『不！』他說，『他不管了，只是討厭他們。這有不同，因爲，他說連丘八近來也跟他們一樣拘泥小氣，睪丸一樣不全，肚腸一樣窄小，這是人類注定了要走的命運。』『連平民，連工人也這樣嗎？』『全夥都這樣，他們的人氣都完了。汽車、電影、飛機把他們還遺留的一點人氣都吸完了。妳聽我說，一代不如一代了，越來越像兔子，橡皮管做的肝腸、馬口鐵的腳腿、馬口鐵的面孔、馬口鐵的人！這是一種飽羅希微主義慢慢把人味兒戕賊了，代以崇拜機器味。金錢，金錢，金錢！一切現代人只把人情人道賊害創傷當作玩樂，把老亞當、老夏娃剁成肉膾。大家都一樣的，世界都一樣的：把活活的一個人悶死了，割掉一張莖皮一金鎊，割掉兩個睪丸兩金鎊，陰戶還不是機器的肉嗎？大家都一樣的。我們出錢，叫他們替我們割掉陽物。給他們錢，錢，錢，叫他們把人類的陽氣都消滅了，只留下一些孤弱無能的機器。』

這書的前後就是由這樣一個脈絡貫串著，時時暴發出謾罵淫鄙同時又優美的文字之美是不必說的。他全書結構寫一戰後陽萎且斷了兩腿的男爵，要一健全的中等階級女子做夫人，及夫人求健全的性愛於代表作者主義的園丁梅樂士。所以他引 Henry James 的話，處處罵他們的金錢崇拜爲崇拜狗母（bitch-goddess）（意爲發財、致富、金錢等意。此詞出自威廉・詹姆斯給作家威爾斯的信：「道義上的優柔寡斷，源於對財富的唯一追求。」）——狗母就是金錢的富有及商業的成功。查泰萊夫人康妮看見她的丈夫管工廠，著發財迷，就恐慌起來。所以她想到將來的英國，想到自己將爲這樣的人類懷孕傳種，就不敢想下去了。所以梅樂士說：『我要把機器全部消滅，不使之存在於世上，而把這工業時代收拾得乾乾淨淨，像一場惡夢。但是我既然沒有這本事，所以只好沉默下去，自顧自地生活。』勞倫斯的意思是要歸眞返璞，回到健全的、本能的、感情的生活。」

「我明白了。」柳先生說，「那麼，他描寫性交，也就是帶著這種玄學的意義？」

「是的，性交就是健全本能的動作之一。他最痛恨的就是徒有理智、心靈而沒有肉體。在這點上，他和赫胥黎（Aldous Huxley）諸人一樣，譏笑不近人情的機器文明；也和孔孟一樣，主張『道不遠人，人以爲道而遠人，不可以爲道。』勞倫斯有多少東方思想的色彩。在書的前部，有一段記述幾人的說法，說未來世界女人生產也不要了，性愛也不要了。但是本納利夫人卻說：

『我想，如果性愛也沒有了，總有別的東西來代替。或者用嗎啡，空氣中都散佈著一點嗎啡，政府每星期六散佈一點嗎啡於空中。』賈克說：『我們身體都不要了。』又有一人說：『你想我們大家都化成煙，豈不好嗎？』康妮譏笑他們，所以康妮在以下一段就在心裡想著：『給我內感的德謨克拉西，給我肉身的復活。』因此你也可以明白他描寫性交的意義了。」

柳先生說：「但是你所謂他全書的命脈，文字最具特色的性交描寫與金瓶梅是怎樣的不同？」

「是的，我們是不健全的，像一人冬天在游泳池旁逡巡不敢下水，只佩服勞倫斯下水的勇氣而已。這樣一逡巡，已經不大心地光明。裸體是不淫的，但是待要脫衣又不脫衣的姿態是淫的。我們可借助勞倫斯的勇氣，一躍下水。勞倫斯有此玄學的意味，寫來自然不同。他描寫婦人懷孕，描寫性交的感覺，是同樣帶玄學色彩的；是同大地回春，陰陽交泰，花放蕊，獸交尾一樣的。而且同西人小說在別方面的描寫一樣，是主觀、用心靈解剖的方法。我的譯稿是不好的，不及他文字之萬一。就念一段給你聽吧！

『他已露了他身體的前部，而當他湊上時，她覺得他赤身的肉。有一時，他在她身中不動，堅硬而微顫。到了他在無可如何之發作中開始振動時，她的身中發覺一種異樣的快感在搖搖曳曳地被動。

『搖搖曳曳的，如鴻毛一般溫柔，像溫柔的火焰騰躍、翻播，時而射出明焰，美妙，美妙，融化了她全已融化的內部。像鐘聲的搖播浮動，益增宏亮。她躺著，不覺她最後、最細小的浪聲，她的子宮全部溫潤開放，像潮水中的海葵，溫柔地祈求著他再進來，爲她完結。她熱烈地保住它，而它不全然脫出；她覺得他的細蕊在她身中活動起來，而神異的節奏在神異的波浪中浮運，充溢她的體內，起伏膨脹直到充滿她纏綿的感覺，然而開始那不可形容的動作，其實不是眞正的動作，只是一種感覺的清澈無底的漩渦，旋轉直下，深入她一切的肉質及感覺，直到她變成一團旋流不斷的熱情，而她躺著發出不自覺的嗚咽不明的呼聲。』

這種文字可謂淫詞了，但是我已說過淫詞別有意義，用在勞倫斯總覺不大相宜。這其間的不同，只在毫髮之差。性交在於勞倫斯是健康的、美妙的，不是罪惡的、無可羞慚，是成年人所常舉行的，羞恥才是罪惡。所以他在書後有一段說：『詩人及一切的人都在說謊！他們叫我們相信我們所要的是情感，但我們最需要的是這銳敏的、融化的、相當可怕的肉慾。只要有一人敢這樣做，不要羞恥，不要懺惡，不要後悔！假如他過後羞慚，而叫我們也羞慚，那豈不淫穢！』」

朱先生放下他的譯稿，看見柳先生臉上又回到清淨的神態，露出妙悟的笑容。柳先生此時似乎明白了，也覺得可以聽下去而不覺得羞慚，反而以霎時前羞慚之心爲淫邪。

「勞倫斯眞難讀啊！」柳先生吸一口菸慨嘆地說。

朱先生起立，推開窗口，放入一庭的月光與疏影。牆外聞見賣夜市者的叫賣聲。

D. H. 勞倫斯 生｜平｜年｜表

年份	經歷
1885	生於英國中部的諾丁漢郡的伊斯威特鎮。
1896	獲得英國諾丁漢中獎學金。
1901	任職於諾丁漢的外科醫療器商店，但因感染肺炎而辭職。
1903	擔任東林小學的助教。
1906	進入英國諾丁漢大學教育系。
1908	完成大學學業，並於英國克羅頓地方小學任教。
1910	母親於12月因病去世。
1911	諾丁漢時期的小說代表作《白孔雀》出版。 因為肺炎復發而辭去教職。
1912	認識有夫之婦芙麗達，進而相戀私奔到德國的巴伐利亞、義大利北部。
1913	出版《情詩》、《兒子與情人》，打開知名度。
1914	與已離婚的芙麗達結婚，返回英國。 出版《普魯士軍官》短篇小說集。 申請入伍為國參戰，因肺炎而遭拒。
1915	小說《虹》出版，卻因為內容被指為淫穢不堪而遭法庭沒收。
1916	移居到康瓦爾郡，並出版《義大利的黃昏》和《愛的詩集》。
1917	開始著作《美國古典文學研究》。 因妻子芙麗達為德國人，兩人被視為親德派，而被迫遷離康瓦爾郡。
1918	著作《歐洲史》。 出版《狐》及《新詩》，並發表《美國古典文學研究》。

1919	與芙麗達展開環球旅行，並出版《瞧！我們成功了！》、《新詩》及《絕境》。
1920	出版《戀愛中的女人》及《迷失的少女》。
1921	出版《歐洲史》、《精神分析學與潛意識》、《海與撒丁尼亞》。 出版《亞倫之仗》、《潛意識之幻想曲》和《英格蘭，我的英格蘭》。
1923	出版《澳洲人》、《船長的洋娃娃》、《美國古典文學研究》、《袋鼠》及《鳥、獸、花》等著作，並開始寫作《羽毛蛇》。
1924	與史金諾合著的《森林中的少年》出版。 父親去世。
1925	《羽毛蛇》初稿完成，並出版《盛馬》、《騎車離去的女人》。 感染瘧疾而病倒於墨西哥，之後返回英格蘭及義大利。
1926	出版《羽毛蛇》及其他短篇小說。
1927	出版《墨西哥之晨》。
1928	出版《查泰萊夫人的情人》及《詩選集》，其中《查》書引發社會軒然爭論，進而遭禁，但仍阻止不了該書的盛行。多人因為出版《查》書而遭判刑。
1929	美國宣布《查泰萊夫人的情人》屬猥褻作品，禁止郵政單位郵寄此書。
1930	出版《死去的人》。 因為肺癆而去世於法國汶斯的羅勃門村，享年45歲。
1960	企鵝圖書公司（Penguin Books Ltd.）宣布有意推出完整版的《查泰萊夫人的情人》，遭英國檢察院院長對其提出刑事告訴。經陪審團研議三天，終於確定無罪，該書得以發行。

（資料整輯／溫文慧）

國家圖書館出版品預行編目資料

查泰萊夫人的情人／D.H.勞倫斯（D.H. Lawrence）著；葛菉棋譯. ──三版. ──臺中市：好讀, 2023.11

面：　公分，──（典藏經典；02）

譯自：Lady Chatterley's lover

ISBN 978-986-178-691-9（平裝）

873.57　　112017268

好讀出版

典藏經典02

查泰萊夫人的情人

原　　著／D. H. 勞倫斯
翻　　譯／葛菉棋
總 編 輯／鄧茵茵
文字編輯／簡伊婕、鄧語葶
封面設計／曾子倢
校　　對／朱慧蒨
發 行 所／好讀出版有限公司
台中市407西屯區工業30路1號
台中市407西屯區何厝里19鄰大有街13號（編輯部）
TEL:04-23157795　FAX:04-23[illegible]108
http://howdo.morningstar.com.tw
（如對本書編輯或內容有意見，請來電或上網告訴我們）
法律顧問／陳思成律師

讀者服務專線：(02)23672044 / (04)23595819#212
讀者傳眞專線：(02)23635741 / (04)23595493
讀者專用信箱：service@morningstar.com.tw
晨星網路書店：http://www.morningstar.com.tw
郵政劃撥：15060393（知己圖書股份有限公司）
如需詳細出版書目、訂書，歡迎洽詢

三版／西元2023年11月15日
定價／300元
ISBN 978-986-178-691-9
如有破損或裝訂錯誤，請寄回知己圖書台中公司更換

Published by How-Do Publishing Co., Ltd.
2023 Printed in Taiwan.

讀者回函

只要寄回本回函，就能不定時收到晨星出版集團最新電子報及相關優惠活動訊息，並有機會參加抽獎，獲得贈書。因此有電子信箱的讀者，千萬別吝於寫上你的信箱地址

書名：查泰萊夫人的情人

姓名：____________ 性別：□男 □女 生日：____年____月____日

教育程度：__________________

職業：□學生 □教師 □一般職員 □企業主管

□家庭主婦 □自由業 □醫護 □軍警 □其他________________

電子郵件信箱（e-mail）：________________ 電話：____________

聯絡地址：□□□____________________________

你怎麼發現這本書的？

□書店 □網路書店（哪一個？）____________ □朋友推薦 □學校選書

□報章雜誌報導 □其他____________________________

買這本書的原因是：____________________________

□內容題材深得我心 □價格便宜 □封面與內頁設計很優 □其他__________

你對這本書還有其他意見嗎？請通通告訴我們：

____

你買過幾本好讀的書？（不包括現在這一本）

□沒買過 □1～5本 □6～10本 □11～20本 □太多了

你希望能如何得到更多好讀的出版訊息？

□常寄電子報 □網站常常更新 □常在報章雜誌上看到好讀新書消息

□我有更棒的想法____________________________

最後請推薦五個閱讀同好的姓名與E-mail，讓他們也能收到好讀的近期書訊：

1.____

2.____

3.____

4.____

5.____

我們確實接收到你對好讀的心意了，再次感謝你抽空填寫這份回函

請有空時上網或來信與我們交換意見，好讀出版有限公司編輯部同仁感謝你！

好讀的部落格：http://howdo.morningstar.com.tw/

請填妥後對折黏貼，直接投郵即可，無須貼郵票。

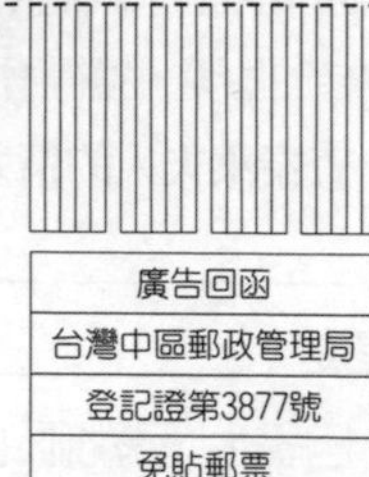

廣告回函
台灣中區郵政管理局
登記證第3877號
免貼郵票

好讀出版有限公司　編輯部收

407 台中市西屯區何厝里大有街13號

電話：04-23157795-6　傳真：04-23144188

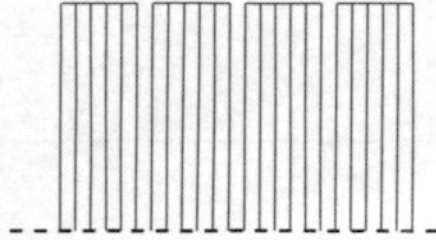

沿虛線對折

購買好讀出版書籍的方法：

一、先請你上晨星網路書店http://www.morningstar.com.tw檢索書目或直接在網上購買

二、以郵政劃撥購書：帳號15060393 戶名：知己圖書股份有限公司並在通信欄中註明你想買的書名與數量

三、大量訂購者可直接以客服專線洽詢，有專人爲您服務：客服專線：04-23595819轉230 傳真：04-23597123

四、客服信箱：service@morningstar.com.tw